Amélie Duval
Hungrig nach Liebe

New Orleans Blues 2

Montlake Romance

Das Buch

Cheyenne Willoz kann Cops nicht ausstehen, vor allem dann nicht, wenn sie unerbittlich sind wie Detective Beau Lamare von der Mordkommission. Dass sie dennoch Herzklopfen bekommt, wenn sie den Mann nur ansieht, macht sie mindestens genauso nervös wie seine äußerst unbequemen Fragen nach dem Verbleib ihres Bruders. Wenn Cheyenne dessen Unschuld beweisen will, dann muss sie ihn finden, bevor die Polizei ihn aufspürt – und vor allem muss sie sich von Detective Lamare fernhalten.

Bei ihren Nachforschungen gerät sie in einen Sumpf aus Korruption und illegalen Geschäften, was sie wiederholt in große Gefahr bringt. Ausgerechnet der attraktive Detective ist es, der immer rechtzeitig zur Stelle ist, um Cheyenne zu retten ...

Die Autorin

Amélie Duval ist gebürtige Französin. Sie studierte in Deutschland Sprach- und Literaturwissenschaften und arbeitete in einem Frankfurter Verlag sowie in der Werbebranche.

Seit 2008 ist sie als Autorin tätig und schreibt hauptsächlich im romantischen Genre. In ihren Liebesromanen erzählt sie gefühlvolle, spannende und prickelnde Geschichten. Mit ihrer Bestsellerreihe »L.A. Guards« begeisterte sie bereits über hunderttausend Leser.

Amélie Duval

HUNGRIG NACH LIEBE

New Orleans Blues

Roman

Montlake
Romance

Deutsche Erstveröffentlichung bei
Montlake Romance, Amazon Media EU S.à r.l.
38, avenue John F. Kennedy, L-1855 Luxembourg
Februar 2019

Umschlaggestaltung: zero-media.net, München
Umschlagmotiv: © DaniloAndjus / Getty
Lektorat und Korrektorat: Verlag Lutz Garnies, Haar bei München,
www.vlg.de
Gedruckt durch:
Amazon Distribution GmbH, Amazonstraße 1, 04347 Leipzig /
Canon Deutschland Business Services GmbH, Ferdinand-Jühlke-Str. 7,
99095 Erfurt /
CPI books GmbH, Birkstraße 10, 25917 Leck

ISBN 978-2-91980-498-6

www.montlake-romance.de

Für den wunderbaren Mann,
der seit 28 Jahren sein Leben mit mir teilt.

Prolog

Der einzelne Sonnenstrahl, der durch einen Spalt zwischen den Vorhängen dringt, lässt das rote Feuerwehrauto erstrahlen, als wäre es eben vom Himmel gesandt worden. Die Drehleiter mit dem Rettungskorb ist ausfahrbar, und der kleine dunkelhaarige Junge in dem verblassten Bart-Simpson-T-Shirt kann der Versuchung nicht widerstehen. Indessen zieht seine fünf Jahre ältere Schwester vorsichtig den integrierten Plastiktank heraus, um diesen mit Wasser zu füllen. Sofort richtet sich die Aufmerksamkeit des Jungen auf die winzige Pumpe, die mit dem Wasserschlauch verbunden ist.

»Cheche, kuck mal!«, jauchzt er, als er diese betätigt und daraufhin ein dünner Wasserstrahl quer durchs Zimmer spritzt.

Seine Schwester stößt ein herzhaftes Lachen aus, das sich ungewohnt anfühlt. Für das Feuerwehrauto hat sie kaum einen Blick übrig, vielmehr sind ihre Augen auf ihren Bruder gerichtet. Er strahlt übers ganze Gesicht, und ein fröhliches Glucksen kommt aus seinem weit geöffneten Mund. Sie kann sich nicht erinnern, wann sie das letzte Mal das Grübchen auf seiner rechten Wange gesehen hat. Als das Mädchen auf einen Knopf im Inneren des Führerhauses drückt und eine Sirene erklingt, ist der Junge nicht mehr zu halten. Begleitet von Lachen, Schreien und Brumm-Brumm-Geräuschen bugsiert er das Auto kreuz und quer über den Boden. Alarmiert blickt das Mädchen auf.

»Psst, Zach! Leiser!«, zischt sie mit Nachdruck. »Du …«

Aber die Warnung kommt zu spät. Schon schwingt die Zimmertür auf, und ein stämmiger Junge mit strohblonden Haaren erscheint auf der Schwelle, ein verschlagenes Glitzern in den Augen.

»Ihr Loser habt ja richtig gute Laune!«, stößt er höhnisch hervor.

Sofort springt das Mädchen auf die Füße und stellt sich schützend vor ihren Bruder, der auf dem Boden hockt und zu Stein erstarrt ist.

»Hau ab, Killian!«, faucht sie und ballt die Fäuste, was den Jungen, der drei Jahre älter ist und auch doppelt so schwer, verächtlich auflachen lässt.

Grob schubst er das Mädchen zur Seite. »Was habt ihr denn da?« Da erblickt er das Spielzeug in Zachs Händen. »Ein Feuerwehrauto. Wie niedlich! Wo habt ihr das Teil her? Aus dem Müll?«

»Von unserer Mom!«, ruft der kleine Junge. Obwohl ihm die Angst ins Gesicht geschrieben steht, ist der leise Triumph in seiner Stimme unüberhörbar.

»Dieser Crack-Hure?«, kommt es gackernd zurück. »Dann ist es bestimmt geklaut.«

»Ist es nicht!«, knurrt das Mädchen. »Und unsere Mom ist keine … das, was du gerade gesagt hast.«

»Schon klar«, erwidert der ältere Junge, die Lippen zu einem gemeinen Lächeln verzogen. »Abgesehen davon hat eure Mom …« Er spricht das Wort voller Schadenfreude aus. »… Besuchsverbot!«

»Wenigstens haben wir eine Mom!«, wirft ihm der kleine Junge entgegen, worauf sich die Miene des Älteren gefährlich verfinstert.

»Die Frau mit der hässlichen Frisur hat das Feuerwehrauto vorbeigebracht«, erklärt das Mädchen hastig und meint damit die zuständige Mitarbeiterin vom Jugendamt. »Zach hat heute Geburtstag, und unsere Mutter wollte ihm eine Freude machen!«

Der stämmige Junge öffnet den Mund, um etwas zu erwidern, als eine Frauenstimme aus einem Raum nebenan erklingt.

»Killian!«, ruft sie flötend.

Der Genannte zögert kurz. Als sein Name erneut fällt, eine Spur eindringlicher diesmal, verzieht er das Gesicht. »Ist eh billiger Schrott!«, knurrt er und schlurft aus dem Zimmer, nicht ohne den Geschwistern einen letzten bösen Blick zuzuwerfen.

»Der ist doch nur neidisch«, murmelt der kleine Junge.

Das Mädchen nickt. *Und ein Vollpfosten.* Aber sie spricht den Gedanken nicht aus.

»Ich glaube, das Auto hat auch Blinklichter«, sagt sie stattdessen und kniet sich neben ihren Bruder, der erwartungsvoll aufblickt. »Willst du sie mal sehen?«

Am nächsten Morgen wird das Mädchen durch ein unsanftes Rütteln an der Schulter geweckt. Missmutig drückt sie den Kopf tiefer ins Kissen, gleichzeitig versucht sie, die lästige Hand abzuschütteln.

»Cheche! Wa... Wach auf!«, vernimmt sie eine zitternde Stimme, die sie als die ihres Bruders erkennt.

Die Müdigkeit weicht schlagartig aus ihrem Körper, und sie setzt sich auf. Die zwei anderen Mädchen, mit denen sie sich das Zimmer teilt, schlafen noch. Ein Blick auf den Wecker verrät ihr, dass es kurz vor halb neun ist. Weil heute Sonntag ist, müssen sie nicht zur Schule. Der einzige Tag, an dem sie ausschlafen dürfen.

»Was ist?«, fragt sie und wischt sich über die Augen. Da erst bemerkt sie, dass das Gesicht ihres kleinen Bruders tränenüberströmt ist. »Zach! Was ist passiert?«

»M… mein Feuerwehrauto«, schluchzt er. »Es ist weg!«

»Bist du sicher?«

Er nickt. »Ich hatte es mit ins Bett genommen, und als ich vorhin aufgewacht bin, war es weg. Ich habe überall gesucht, aber …« Erneut schießen ihm die Tränen in die Augen.

Killian!, fährt es dem Mädchen durch den Kopf.

Sie springt auf die Füße, schlüpft in ihre Pantoffeln und stürmt aus dem Zimmer. Ohne anzuklopfen, reißt sie die Tür zu dem Zimmer auf, in dem Zach, Killian und ein weiterer Junge namens Greg untergebracht sind. Sie stürzt zu Killians Bett, packt seine Haare und zieht mit aller Kraft daran. Prompt stößt er einen Schmerzensschrei aus, versucht, sich loszumachen, doch die Wut verleiht dem Mädchen ungeahnte Stärke.

»Gib meinem Bruder sein Auto zurück!«, schreit sie ihn an. »Sonst reiße ich dir die Haare aus, ich schwöre es!«

»Du spinnst doch!«, keucht der Junge, dem es schließlich gelingt, sich aus dem Klammergriff zu befreien. Er verpasst ihr einen Hieb, der sie taumeln lässt, aber nicht davon abhält, sich erneut zornentbrannt auf den Jungen zu stürzen.

Der Tumult hat die anderen Kinder herbeigelockt, die sie laut anfeuern. Mittendrin glaubt das Mädchen, das Gesicht ihres kleinen Bruders zu sehen, das vom Weinen gerötet ist, was ihre Wut noch weiter anstachelt. Gerade als sie ihrem Widersacher gegen das Schienbein treten will, wird sie am Kragen gepackt und mit einem Ruck zurückgezogen.

»Aufhören ihr zwei. Sofort!«, erklingt die gebieterische Stimme einer Frau.

Die beiden Kontrahenten verharren mitten in der Bewegung, und die anderen Kinder verstummen jäh, als hätte sich eine höhere Macht ihrer Zungen bemächtigt. Eine fast gespenstische Stille legt sich über den Raum.

»Was ist hier los?«, will die Frau wissen.

Das Mädchen schluckt hörbar und löst sich von dem Jungen. Mit größter Anstrengung hebt sie den Blick. Die Frau vor ihr ist weder schön noch hässlich, weder groß noch klein. Alles an ihr ist mittelmäßig. Ihre Haare sind straßenköterblond, das Gesicht ist blass, die Farbe ihrer Kleidung liegt irgendwo dazwischen. Bis auf Killian, der ihr Liebling ist, flößt sie den Kindern eine Heidenangst ein. Was am strengen Kurzhaarschnitt liegen mag oder an der stets bis zum Hals zugeknöpften gestärkten Bluse. Ganz sicher aber liegt es an den kalten blauen Augen hinter der randlosen Brille.

»Killian hat Zachs Feuerwehrauto geklaut«, sagt das Mädchen mit fester Stimme.

»Habe ich nicht!«, erwidert der Beschuldigte empört.

»Hast du doch!«, zischt das Mädchen.

»Das stimmt nicht!«, blafft der andere.

»Du lügst!«

»Es reicht!«, unterbricht die Frau und richtet ihren emotionslosen Blick auf das Mädchen. »Haltlose Beschuldigungen auszusprechen gehört sich nicht, Cheyenne.«

»Was ich sage, ist nicht … haltlos«, antwortet dieses, ohne genau zu wissen, was das Wort bedeutet.

»Ach nein?«

Der merkwürdige Unterton lässt das Mädchen stutzen. Sie glaubt zu hören, wie die anderen Kinder gemeinschaftlich die Luft anhalten.

»Du hast dich an einem Unschuldigen vergriffen«, sagt die Frau, und es klingt wie eine Drohung. Als sie einen Schritt näher tritt, umweht sie der Duft von Pfefferminzbonbons, der jedoch die heftige Alkoholfahne nicht ganz zu überdecken vermag.

»Killian war es nicht, sondern ich. *Ich* habe das Feuerwehrauto genommen.«

Zachs lautes Schluchzen durchbricht die furchtbare Stille, die ihren Worten gefolgt ist.

»Wieso?«, flüstert das Mädchen. Ihre Kehle fühlt sich plötzlich schrecklich rau an.

»Es gibt Kinder, die es nötiger haben als ihr«, antwortet die Frau seelenruhig, ohne den weinenden kleinen Jungen auf der Türschwelle eines Blickes zu würdigen. »Ich habe es heute Morgen der christlichen Mission gespendet. Für die Armen.«

In den Schläfen des Mädchens pocht das Blut, vor ihre Augen schiebt sich ein roter Schleier. Noch nie in ihrem ganzen Leben hat sie einen solchen Zorn verspürt wie in diesem Moment.

»Sie lügen!«, bricht es aus ihr heraus. »Sie haben's für Schnaps verkauft!«

Bam! Ehe das Mädchen reagieren kann, hat ihr die Frau eine kräftige Ohrfeige verpasst, die sie nach hinten stolpern lässt. Ihre Wange brennt, dennoch ist die Scham größer als der Schmerz.

»Mir reicht es jetzt«, bekennt die Frau erschreckend ruhig, fast fröhlich. »Morgen rufe ich das Jugendamt an. Sollen sich andere mit euch beiden herumärgern!«

Schön! Dann sind wir dich endlich los, du stinkende alte Hexe!, will ihr das Mädchen an den Kopf werfen, doch eine leichte Berührung auf ihrem Rücken hält sie zurück. Die Frau, die Sharon heißt und sich von ihren Bekannten gern als aufopferungsvolle Pflegemutter feiern lässt, blickt noch einmal wortlos in die Runde, bevor sie kehrtmacht. Langsam dreht sich das Mädchen um und begreift, dass es Killian gewesen ist, der sie davor bewahrt hat, sich weitere Prügel einzuhandeln. Kurz treffen sich ihre Blicke, dann eilt das Mädchen zu seinem Bruder, der in seinem zu großen Pyjama und mit dem verweinten

Gesicht entsetzlich verloren wirkt. Alles in ihr krampft sich zusammen, als sie ihn an sich drückt.

»Sei nicht traurig, Zach«, flüstert sie mit einem Kloß im Hals und spürt sein Zittern, als er seine Arme um sie legt. »Ich besorge dir ein neues Feuerwehrauto. Eins mit Fernsteuerung«, fügt sie voller Überzeugung hinzu.

Mit großen Augen starrt er sie an. »Wirklich?«

»Wirklich«, antwortet sie ernst.

»Was, wenn die nächste Familie noch schlimmer ist?«, murmelt Zach mit einer von Tränen heiseren Stimme.

»Noch schlimmer als die hier? Das geht doch gar nicht«, erwidert das Mädchen mit einem Lächeln, entgegen besserem Wissen.

Egal, was passiert, ich lasse nicht zu, dass dir jemand wehtut, ergänzt sie im Stillen, während sie ihrem kleinen Bruder die Nase putzt. *Nie wieder.*

Der Bulle

Beau

»Überfall auf einen Gewürzladen mit Schusswaffengebrauch«, verkündet Olivia, kaum dass ich den Rechner heruntergefahren habe. Die blauen Augen in ihrem dunklen Gesicht schauen ernst. »Den Ladenbesitzer hat's erwischt.«

Seufzend blicke ich auf die Uhr. Es ist kurz vor neun Uhr abends, ich wollte gerade Feierabend machen. »Ist er tot?«

Meine Partnerin schüttelt den Kopf. »Nein, aber schwer verletzt. Die Sanitäter wissen nicht, ob er durchkommt.«

Sie holt ihre Glock 17 aus der unteren Schublade ihres Schreibtischs, steckt sie in ihr Brustholster und steht auf. Gemeinsam verlassen wir das Großraumbüro, um zum Parkplatz zu gehen, wo unser Zivilfahrzeug parkt: ein 350 PS starker Chevrolet Camaro, der bei Verfolgungsjagden immer die Nase vorn hat, vor allem wenn Olivia am Steuer sitzt. Sie fährt wie eine gesengte Sau, hätte mein Pa gesagt, was sich in seinen Augen nicht für eine zweifache Mutter gehört, die im Elternbeirat sitzt und einmal in der Woche einen Leseklub besucht. Unauffällig betrachte ich Olivia von der Seite. Sie ist klein und robust, trägt die schwarzen Haare kurz. Ein echtes Energiebündel! Mit ihrem dunkelblauen Kostüm und der hellen Bluse erinnert sie an eine Gefängnisaufseherin, ein Eindruck, den sie hasst. Am liebsten würde sie in Jeans und Männerhemd zur Arbeit erscheinen – ein absolutes No-Go für Detectives des New Orleans Police Department. Ich verstehe Olivia nur allzu gut, trage selbst Anzug und Krawatte auch eher widerwillig. Ist einfach nicht meins, selbst noch nach vielen Jahren als Detective. Bei jeder Gelegenheit, die sich bietet, pfeffere ich meine Krawatte in die Ecke. Sie ist inzwischen daran gewöhnt. Olivia, nicht die Krawatte.

»Ich fahre«, sage ich, bevor meine Partnerin ihr Recht geltend machen kann.

Sie grinst breit. »Du Schisser!«

Ich zucke mit den Schultern. »Im Gegensatz zu dir hänge ich am Leben.«

»Du hast auch keine pubertierenden Monster zu Hause«, seufzt sie, nachdem wir in den Camaro eingestiegen sind.

»Machen die beiden schon wieder Ärger?«

Sie verzieht das Gesicht. »Wann machen die beiden mal keinen Ärger?«

»Was ist mit Brad?« Meine Frage bezieht sich auf Olivias Ehemann.

»Der drückt sich, wo er nur kann!« Sie schnaubt. »Männer!«

Was soll ich darauf erwidern? Ich mag Brad, und ich bin ein Mann, also ignoriere ich ihre Bemerkung.

»Wie lautet die Adresse des Gewürzladens?«, erkundige ich mich stattdessen.

Nachdem Olivia sie mir genannt hat, gebe ich sie ins Navi ein, dann starte ich den Motor und lenke den Wagen vom Parkplatz herunter. Wir sind keine fünf Minuten unterwegs, als ihr Handy klingelt. Der Blick aufs Display lässt sie leise aufstöhnen.

»Ja?«, meldet sie sich, um gleich darauf ein energisches Nein folgen zu lassen. Unwillkürlich richtet sie sich in ihrem Sitz auf. »Wir haben das doch heute Morgen besprochen.« Kurz hält sie inne, und ich kann den Wortschwall am anderen Ende hören, obwohl mir die Bedeutung vorenthalten bleibt. »Die Antwort ist und bleibt nein, Trish!«, unterbricht Olivia ihre Tochter. »Daran wird sich auch nichts ändern. Das kannst du auch deinem Bruder sagen!« Wieder lauter Protest. »Es reicht! Noch ein Wort, und du bekommst Hausarrest! Und Jackson gleich mit!«

Bevor ihre Tochter etwas erwidern kann, trennt Olivia die Verbindung.

»O Mann!«, flüstert sie.

»Was ist?«, frage ich.

Sie fängt den Ball, den ich ihr zuwerfe, dankbar auf. »Stell dir vor! Die beiden wollen am Wochenende zu einer Party, die irgendein Facebook-Typ veranstaltet. Er hat seine ganzen Kontakte eingeladen. Mehr als zweitausend Leute. Seine Eltern besitzen offenbar ein Landhaus in Marigny.« Ungläubig schüttelt sie den Kopf. »Sie kennen den Kerl nicht mal.«

»Du könntest ihn durchleuchten.«

»Ich habe keine Ahnung, wer es ist. Außerdem habe ich Trish und Jackson versprochen, mich von Facebook fernzuhalten, um ihre Privatsphäre zu respektieren.« Die letzten Worte spuckt sie förmlich heraus.

»Ist nicht einfach, was?«

»Nein.« Sie wirft mir einen vielsagenden Blick zu. »Glaub mir, Beau, ich liebe meine Kinder, aber manchmal ...« Sie formt die Hände, als würde sie jemanden würgen.

Ich schenke ihr ein aufmunterndes Lächeln, werde dann aber schnell wieder ernst. »Wenn du willst, mache ich das hier allein. Du kannst nach Hause fahren und ...«

»Bist du verrückt?«, ruft sie entsetzt. »Die Untersuchung eines Tatorts ist wie eine ayurvedische Massage verglichen mit dem, was mich daheim erwartet.«

Während ich den Wagen durch den regen Verkehr lenke, denke ich unwillkürlich an Kane, meinen Freund aus Kindheitstagen, der vor fünf Monaten Vater einer entzückenden Tochter geworden ist. Noch hängt der Himmel voller Geigen, aber das wird sich in ein paar Jahren ändern. Meine Lippen verziehen sich zu einem schiefen Grinsen. Wie Kanes Reaktion wohl ausfallen wird, wenn ihm seine kleine Prinzessin zum ersten Mal eröffnet, dass sie sich mit Jungs trifft? Er wird einen Tobsuchtsanfall bekommen, da bin ich sicher. Die Entscheidung, Eltern zu werden, will jedenfalls gut überlegt sein.

Inzwischen sind wir am nördlichsten Punkt der Canal Street angelangt und passieren den Odd-Fellows-Rest-Friedhof, dessen Mauer im gleißenden Licht der Straßenlaternen wie Elfenbein glänzt. An diesem Septembertag präsentiert sich der Abendhimmel über New Orleans in einem matten Schwarzblau, nicht eine Wolke hat sich darin verirrt, was um diese Jahreszeit keine Selbstverständlichkeit ist. Meine Grandma mütterlicherseits behauptete steif und fest, dass die Eisenpforte des Friedhofs über spirituelle Kräfte verfügt. Bis zu ihrem Tod ging sie jeden Sonntag ans Tor, rief fünfmal hintereinander den Namen ihres verstorbenen Mannes, der sich daraufhin bereit erklärte, aus dem Jenseits ihre Fragen zu beantworten. Ich bin skeptisch, was den Wahrheitsgehalt dieser Geschichte betrifft. Nicht weil ich das Okkulte anzweifle, schließlich gehört dieser Aspekt des Lebens untrennbar zu New Orleans, sondern weil mein Grandpa zu Lebzeiten nicht sehr gesprächig war. Warum sollte er ausgerechnet nach seinem Tod zu einer Quasselstrippe mutieren?

Hinter dem Friedhof biegen wir nach links in die Bienville Street im Bayou St. John. Ironischerweise befindet sich der Tatort nur vier Querstraßen von meinem Apartment entfernt, in einem Industrie- und Gewerbegebiet, wo sich zwischen zwanzigstöckigen Bürogebäuden Lagerhallen und kleine Betriebe ducken. Der Gewürzladen selbst liegt etwas versteckt hinter einem großen Parkplatz.

»Was wissen wir über den Besitzer?«, frage ich Olivia, während wir auf den üblichen Pulk aus Polizeiautos, Notarztwagen und Schaulustigen zufahren.

»Sohrab Atashi, vierundsechzig Jahre alt. Nach dem Sturz des Schahs floh er mit seiner Familie aus dem Iran in die Vereinigten Staaten. Das war 1979. Seit Mitte der Achtziger besitzt er die amerikanische Staatsbürgerschaft. Seinen Laden führt er schon über zwanzig Jahre, ist nie auffällig geworden«, erklärt meine Partnerin geschäftsmäßig. »Atashi hat seine Steuern immer pünktlich bezahlt, nicht einmal einen Strafzettel hat er kassiert. Ein mustergültiger Bürger.«

»Wer hat das Verbrechen gemeldet?«

»Ein anonymer Anrufer.«

»Okay«, sage ich und stelle den Motor ab. »Sehen wir uns das an.«

Nachdem wir ausgestiegen sind, weisen wir uns bei dem Streifenpolizisten aus, der die Schaulustigen fernhält, und schlüpfen unter dem schwarz-gelben Absperrband durch. Gerade wird Mister Atashi von zwei Sanitätern auf einer Rolltrage herangeschoben, während ein dritter einen Infusionsbeutel hochhält. Eine Atemmaske bedeckt das schmale Gesicht des Opfers.

»Wie geht es ihm?«, fragt Olivia den Notarzt, der nebenherläuft.

»Sein Zustand ist kritisch«, erklärt dieser knapp, ohne anzuhalten. »Er hat aus nächster Nähe zwei Schüsse in die Brust bekommen und muss sofort operiert werden. Dass er überhaupt noch lebt, gleicht einem Wunder.«

»In welche Klinik kommt er?«, rufe ich ihm zu, als er hinter der Trage her in den Krankenwagen klettert.

»Lindy Boggs Medical Center«, antwortet der Arzt, bevor die Türen zugeschlagen werden und die Ambulanz mit heulender Sirene davonrast.

Olivia und ich betreten den Laden, über dem in einer orientalisch anmutenden ockerfarbenen Schrift *Sohrab's Spice Market* steht, und werden von einer Explosion exotischer Düfte empfangen. Zimt, Sandelholz, Pfeffer, Kardamom, getrocknete Rosenblätter, Safran, Chili und tausend andere Kräuter und Gewürze verbinden sich zu einem berauschenden Aroma. Der große rechteckige Raum mit dem braun-weißen Kachelboden und dem Ventilator an der Decke hingegen wirkt unerwartet nüchtern. In den dunklen Holzregalen rundum reiht sich Glasbehälter an Glasbehälter, alle sorgfältig etikettiert, darunter sieht man gemahlene Gewürze in transparenten Fächern, in denen kleine Metallschaufeln zur Selbstbedienung stecken. In der Mitte steht ein Tisch mit Sonderangeboten. Beim Anblick eines Stoffsäckchens mit grünem Pfeffer fällt mir ein, dass ich meinen Vorrat zu Hause mal wieder aufstocken müsste.

Mein Blick schweift zu der nicht unerheblichen Blutlache am Eingang, direkt hinter der Registrierkasse.

»Es gibt eine Videoüberwachung«, sagt Olivia neben mir und zeigt auf das kleine Auge über der Kasse. »Sehen wir uns die Aufnahmen an.«

Ich nicke.

Wir steuern eine grün gestrichene Tür zwischen zwei Regalen an, auf der »private« steht und stoßen sie auf. Atashis Büro ist nicht sehr groß, dafür aber mit allerlei Krempel vollgestopft: Büchern, Papieren, noch mehr Glasbehältern und

Gewürzen. Außerdem befindet sich ein Computermonitor auf dem Schreibtisch, der zeigt, was im Laden geschieht. Oder besser gesagt, zeigen sollte, denn der Bildschirm ist schwarz. *Nicht gut.* Ich ziehe den einzigen Stuhl heran und biete ihn Olivia an, die sich kurz orientiert, bevor sie das Gerät wieder einschaltet. Der Bildschirm flackert, dann erscheint das Schwarz-Weiß-Bild eines Streifenpolizisten in der Nähe der Kasse, der sich verstohlen am Hintern kratzt. »Officer Williams« stand auf seinem Namensschild, wenn ich mich recht entsinne. Olivia und ich wechseln einen amüsierten Blick. Anschließend sucht meine Partnerin die MPEG-Datei vom heutigen Tag heraus, öffnet sie, um sie bis zum Zeitpunkt des Verbrechens zurückzuspulen. Was schnell gehen sollte, schließlich müssen die Schüsse erst vor Kurzem gefallen sein, sonst wäre das Opfer bereits verblutet. Wie gebannt starren wir auf die Uhrzeit, die rechts angezeigt wird, um den entscheidenden Moment nicht zu verpassen. Noch drei Minuten, noch zwei, noch eine …

Schneegestöber.

»Was zum Teufel soll das?«, entfährt es Olivia, und ich seufze.

Mir ist sofort klar, was geschehen ist. Jemand hat die Aufnahme gelöscht, dann hat dieselbe Person die Aufzeichnung ausgeschaltet, um unerkannt fliehen zu können.

»Scheiße«, fügt meine Partnerin hinzu, als bei ihr der Groschen fällt.

Ich stimme ihr innerlich zu. »Wäre auch zu schön gewesen«, entgegne ich. »Zumindest wissen wir jetzt mit Sicherheit, dass Mister Atashi zwischen acht und acht Uhr dreißig niedergeschossen wurde.«

»Was er hier wohl noch gemacht hat?«, überlegt Olivia laut. »Auf dem Schild an der Tür steht, dass der Laden um sieben Uhr schließt.«

»Inventur, Warenannahme, Auffüllen der Regale …«, mutmaße ich und zucke mit den Achseln. »In einem Laden gibt es immer etwas zu tun.«

Ich weiß, wovon ich rede. Bis zu seinem Unfalltod betrieb mein Pa ein Geschäft für Köder und Angelzubehör, und Sechzehnstundentage waren keine Seltenheit. Was übrigens auch für Cops gilt. Wir verlassen das Büro und beginnen mit der Untersuchung des Tatorts. Die offene Registrierkasse mit den leeren Geldfächern sowie die unbenutzte Schrotflinte des Ladenbesitzers auf dem Boden deuten darauf hin, dass es sich um einen Raubüberfall gehandelt hat. Um diesen Schluss zu ziehen, braucht man kein Genie zu sein. Als mein Blick auf den Tresen fällt, überkommt mich ein warmes Gefühl, das ich wie einen guten Freund willkommen heiße: Jagdfieber.

»Olivia!«, sage ich und zeige auf den blutigen Fingerabdruck.

Freudige Überraschung spiegelt sich auf ihrem Gesicht wider. »Wenn wir Glück haben, stammt der nicht von Mister Atashi, sondern von einem Zeugen oder noch besser vom Täter.« Sie stößt ein Pfeifen aus. »Und mit noch mehr Glück haben wir ihn im System.«

»Ein einfacher Fall«, sage ich. »Das wäre endlich mal was.«

»Finde ich auch«, antwortet Olivia. »Ein vorgezogenes Weihnachtsgeschenk.«

Ich grinse. »Weihnachten ist erst in dreieinhalb Monaten.«

»Na und? Wir hätten uns das redlich verdient.«

Nachdem die Kollegen von der Spurensicherung eingetroffen sind, die wir auf den blutigen Fingerabdruck aufmerksam machen, was uns pikierte Blicke einbringt – *diese Typen vom CSI sind echte Diven!* –, begeben Olivia und ich uns auf die Suche nach möglichen Zeugen. Wir fangen bei den Schaulustigen hinter der Absperrung an, die natürlich nichts gesehen haben und nur zufällig hier sind. Auch will niemand die Schüsse gehört haben, die auf Mister Atashi abgefeuert wurden, was vielleicht sogar der Wahrheit entspricht, zieht man den Straßenlärm und die etwas abgeschiedene Lage in Betracht. Der oder die Räuber hatten daher auch alle Zeit der Welt, nach ihrer Tat die Videoaufnahme zu löschen. Letzten Endes machen wir doch noch zwei Zeugen ausfindig, die zur fraglichen Zeit einen Wagen gesehen haben wollen, der mit quietschenden Reifen den Parkplatz verlassen hat.

»Eine blaue Karre, vielleicht ein Toyota. Drei Kerle saßen drin, sahen aus wie Latinos. Mexikaner oder so. Haben fast einen Geschäftsmann über den Haufen gefahren, der zu seinem Auto gelatscht ist«, meint der erste Zeuge, ein grimmig wirkender Mitarbeiter der benachbarten Tankstelle, der auf den Parkplatz gekommen war, um eine Zigarettenpause zu machen.

»Ein brauner Chevrolet Spark, da bin ich sicher. Drinnen waren zwei Männer, ein Weißer und ein Schwarzer«, sagt eine Frau aus, die gerade dabei gewesen war, ihren Wagen zu parken.

Widersprüchliche Zeugenaussagen sind nichts Ungewöhnliches. Manchmal reimen sich die Menschen einfach etwas zusammen oder glauben, Dinge gesehen zu haben, die gar nicht da waren. Erinnerungen verschwimmen leider sehr schnell, außer natürlich, jemand besitzt ein fotografisches Gedächtnis. Was an diesen Zeugenaussagen jedoch auffällt, ist die Tatsache, dass der Mitarbeiter der Tankstelle nicht in der Lage war, die Automarke zu bestimmen, während die Frau recht konkret war. Ob einer der beiden lügt, um uns auf eine falsche Spur zu lenken? Die Überprüfung ihrer Identität bringt nichts Verdächtiges zutage, dennoch beschließen Olivia und ich, die Zeugenaussagen nur unter Vorbehalt zu berücksichtigen. Im Gegenzug haben wir Glück mit dem Fingerabdruck, denn als ich zehn Stunden später wieder meinen Dienst antrete, erwartet mich bereits eine Nachricht von der Spurensicherung. Sie hat einen Treffer gelandet. *We Wish You a Merry Christmas! We Wish You a Merry Christmas!* Ich kann Olivia schon trällern hören.

Cheyenne

Das Knallen einer zufallenden Tür reißt mich aus dem Schlaf, acht Minuten, bevor der Wecker klingelt – wie an jedem Werktag. Streng genommen macht es den Wecker überflüssig, aber irgendwie habe ich das Ritual lieb gewonnen, mich noch einige Minuten im Bett rekeln zu können, ehe mich der Alltag herauszerrt. Davon einmal abgesehen wäre ich ziemlich angeschmiert, würde Brian, der neunjährige Sohn der Nachbarin, durch einen dummen Zufall pünktlich sein, die Wohnungstür sachte hinter sich schließen und gemütlich zum Schulbus schlendern. Unwillkürlich muss ich lächeln. Ich mag Brian mit seinen widerspenstigen blonden Locken und seinem frechen Mundwerk, auch wenn er seine alleinerziehende Mutter manchmal in den Wahnsinn treibt.

Ich strecke mich ausgiebig, während ich den Geräuschen lausche, die vom erwachenden Haus künden. Auf dem Balkon über mir sitzen Roger und Irene beim Frühstück und führen mal wieder eine hitzige Diskussion über die politischen Missstände in unserem Land. Das Rentnerehepaar hat sich in den Siebzigerjahren in der Friedensbewegung engagiert und sich ganz nebenbei ineinander verliebt. Aus einem der unteren Fenster ruft Paul, ein geschiedener Buchhalter mit Halbglatze, nach seiner Katze Lucky. Dabei schlägt er wiederholt mit der Gabel gegen die Futterdose, eine Strategie, die sich stets bewährt hat. Als von irgendwoher Huey Lewis and the News in ihrer bekannt fetzigen Art von der Kraft der Liebe schwärmen, wippt mein rechter Fuß im Rhythmus der Musik.

Zufrieden seufze ich. Das Haus, in dem Zach und ich wohnen, mag nichts Besonderes sein, dennoch würde ich es gegen keinen anderen Ort der Welt eintauschen wollen. Vor vier Jahren sind wir hierhergezogen, nur eine Woche nach Zachs achtzehntem Geburtstag. Unser erstes richtiges Zuhause. Das Herz in meiner Brust schwillt vor Stolz. Stolz auf die kleine Küche mit dem knallroten Kühlschrank und der altersschwachen Kaffeemaschine, stolz auf den nicht viel größeren Wohnraum und den schmiedeeisernen Balkon, auf dem Magnolien gedeihen, die ich selbst gezogen habe. Vor allem aber bin ich stolz darauf, für ein Apartment aufkommen zu können, in dem Zach und ich jeweils über ein eigenes Zimmer verfügen. Vier Wände, die uns Schutz bieten und in denen jeder tun und lassen kann, was er will. Gibt es auf der Welt etwas Schöneres?

Der Wecker klingelt, und ich springe aus dem Bett. Erleichtert vernehme ich ein Geräusch aus dem Bad. Zach. Keine Ahnung, wann er nach Hause gekommen ist, aber es muss spät gewesen sein. Als ich um ein Uhr die Nachttischlampe ausgeknipst habe, war er noch nicht da. In meinem gelb-weißen Pyjama schlurfe ich in die Küche, um ein einfaches Frühstück zuzubereiten, das aus Milchkaffee und Cornflakes besteht. Wir sind morgens nicht die großen Esser. Keine zehn Minuten später taucht mein Bruder auf. Seine dunklen Haare, die ihm bis auf die Schultern fallen, sind noch feucht. Er trägt eine Jeans mit etlichen Löchern, ein farbiges T-Shirt und dazu schwarze Sneakers.

»Morgen«, murmelt er und setzt sich an den Tisch.

»Gut geschlafen?«, frage ich, während ich ihm seine Cornflakes rüberschiebe. Die handgemachte blau-weiße Schale habe ich vor einigen Wochen auf dem Flohmarkt in der

Decatur Street gekauft, zusammen mit einer bunt bemalten Salatschüssel.

»Hm«, kommt es knapp zurück, weil Zach sich gerade einen gehäuften Löffel in den Mund schiebt.

Ich nippe am Kaffee. »Du warst heute Nacht nicht da.«

»Und wenn schon?«

Ein Mädchen, fährt es mir durch den Kopf.

»Und? Wie war's?«

Zach rührt in seinen Cornflakes herum, ohne aufzublicken. »Gut.«

Ich lächele nachsichtig. Mein Bruder ist ein Morgenmuffel, was mir ganz recht ist, denn auch ich gehöre nicht unbedingt zur Quasselstrippen-Fraktion. Schon gar nicht vor dem ersten Kaffee. Als er auf seinem Smartphone irgendwelche Nachrichten abzurufen beginnt, blicke ich versonnen aus dem Fenster, die Ellenbogen auf den Tisch gestützt und meine Tasse in den Händen. Erneut kündigt sich ein sonniger Herbsttag an. Unterbrochen vom Zwitschern einiger Vögel kann ich das Geschnatter der ersten Touristen vernehmen, die durch die Straße schlendern. Was trotz der frühen Stunde nicht weiter verwundert. Schließlich befinden wir uns im French Quarter, der historischen Altstadt von New Orleans.

Nachdem ich meinen Kaffee ausgetrunken habe, begebe ich mich ins Bad. Während ich mir die Zähne putze, fällt mein Blick zufällig in den offenen Wäschekorb hinter der Tür. Dabei springt mir ein gesprenkelter weißer Stoff ins Auge, der zwischen zwei schmutzigen T-Shirts hervorblitzt. Ich stutze. Ist da etwa … Blut? Ich beende vorzeitig das Zähneputzen und ziehe mit zitternden Fingern das Kleidungsstück aus dem Korb, um es zu begutachten. Mir fährt ein eisiger Schauer über den Rücken. Es ist Zachs Lieblingshemd. Auf dem oberen Brustbereich verteilen sich Blutspritzer, deren Muster an eine Flamme erinnert.

Vielleicht doch kein Mädchen. Hastig kehre ich in die Küche zurück.

»Was ist passiert?«, frage ich und halte das Hemd hoch. »Hast du dich verletzt?«

Zach schaut kurz auf, sein Blick ist abweisend, bevor er sich wieder seinem Smartphone zuwendet. »Es war nichts. Nur ein wenig Nasenbluten.«

»Erzähl keinen Stuss!«, entgegne ich schärfer als beabsichtigt. Mir wird flau im Magen. Ich weiß, wann Zach lügt. »Das hier sind Blutspritzer. Nasenbluten sieht anders aus.« Ich atme tief durch. »Also, bist du verletzt oder nicht?«

»Nein!«

»Ich glaube dir nicht.«

Sichtlich genervt steht Zach auf, zieht sein T-Shirt hoch und dreht sich um die eigene Achse. Nichts. Er scheint unversehrt zu sein. Erleichtert stoße ich die angehaltene Luft aus.

»Woher stammt das Blut?«, bohre ich dennoch nach.

»Das geht dich nichts an!«

Und ob mich das etwas angeht!

Plötzlich kommt mir ein Gedanke. »Warst du wieder mit Joey unterwegs? Hast du dich in eine Schlägerei reinziehen lassen?«

Ein rebellischer Ausdruck tritt in Zachs Augen. »Und wenn es so wäre?«

»Joey ist ein Drogendealer!«, sage ich eindringlich. »Er bedeutet Schwierigkeiten.«

»Du bist nicht meine Mutter, Cheche!«, kommt es grimmig zurück. »Joey ist mein Kumpel. Akzeptier das endlich!«

Aufgebracht fuchtele ich mit dem Hemd herum. »Wie kann ich so etwas wie das hier akzeptieren, Zach? Erklär mir das mal!«

Mein Bruder umklammert die Stuhllehne vor ihm so fest, dass seine Fingerknöchel weiß werden. »Immer musst du dich in meine Angelegenheiten einmischen!«, speit er hervor. »Das kotzt mich so was von an! Wenn du damit nicht endlich aufhörst, ziehe ich aus dem Rattenloch hier aus!«

Ein messerscharfer Stich fährt mir durchs Herz. *Rattenloch.* Ich beiße mir auf die Unterlippe, dränge gewaltsam den rasch zunehmenden Schmerz zurück. Zach meint es nicht so, da bin ich sicher. Mit seiner Bemerkung will er mich nur verletzen. *Tu dir keinen Zwang an, Zach, schließlich bist du schon 22. Es wird Zeit für dich, auf eigenen Beinen zu stehen.* So oder so ähnlich müsste meine Erwiderung lauten, aber ich schweige. Aus Angst, unsere kleine Familie könnte auseinanderbrechen. Natürlich weiß ich, dass wir eines Tages getrennte Wege gehen müssen, alles andere wäre ungesund, aber ich fühle mich noch nicht bereit dazu. Ich muss kein Psychologe sein, um zu wissen, dass es mein verzweifelter Versuch ist, die sorglose Zeit nachzuholen, die uns als Kinder nicht vergönnt war. Nur dass wir keine Kinder mehr sind.

Ich ringe die Hände. »Ich mache mir Sorgen um dich, Zach«, erwidere ich dumpf.

Er greift nach seinem Handy und schiebt sich an meinem Stuhl vorbei, die Füße kratzen unangenehm über den Kachelboden. »Lass es sein! Ich bin keine fünf mehr, Cheche«, fügt er in versöhnlichem Tonfall hinzu und drückt mir im Vorbeigehen einen Kuss auf die Wange.

Seine Launen sind so wechselhaft wie das Wetter im April.

»Wo willst du hin?«, frage ich, als er die Wohnungstür ansteuert.

»Hab was zu erledigen. Bis heute Abend!«, lautet seine kryptische Antwort, schon fällt die Tür hinter ihm ins Schloss.

Such dir einen Job!, müsste ich ihm hinterherrufen, aber ich lasse es sein. Ich ertrage es nicht, mit Zach im Clinch zu liegen. Dicke Luft zwischen uns schnürt mir buchstäblich den Hals zu.

Du bist feige.

Ja, das bin ich. Immer wenn es um meinen kleinen Bruder geht, ziehe ich den Schwanz ein. Würde ich ihn verlieren, was bliebe mir dann noch?

Nachdem ich das blutverschmierte Hemd wieder in den Wäschekorb gelegt habe, kehre ich in die Küche zurück. Dabei fällt mein Blick auf die Wanduhr neben dem Kühlschrank, und ich schrecke zusammen. Ich muss mich für die Arbeit fertig machen! Schnell spüle ich Tassen und Schalen ab, danach eile ich ins Badezimmer. Eine halbe Stunde später bin ich angezogen und beinahe fertig geschminkt. Inzwischen habe ich darin Übung. Gerade, als ich mit einem feinen Pinsel meinen rechten Mundwinkel bearbeite, klingelt es zweimal kurz hintereinander an der Tür. Ich reagiere nicht. Unangekündigten Besuch kann ich nicht leiden. Außerdem würde niemand, den ich kenne, um diese Uhrzeit hier auftauchen. Vielleicht ist es ein Paketzusteller, der ins Haus will, oder die Zeugen Jehovas. In beiden Fällen geht es mich nichts an.

Konzentriert beschreibe ich mit dem Pinsel einen Bogen, als es erneut klingelt. Kurz halte ich inne. Da ist jemand aber verflucht hartnäckig! Unwillkürlich mache ich einen Schritt nach hinten und stoße mit dem Fuß gegen den kleinen Metallmülleimer, der sich scheppernd revanchiert. *Mist!* Ich erstarre zur Salzsäure, halte die Luft an – und lasse den Pinsel beinahe fallen, als jemand an die Wohnungstür klopft. Fest und unnachgiebig. Wie in Zeitlupe senke ich die Hand. Bittere Galle verätzt meine Kehle. Diese Art des Klopfens ist mir schmerzlich vertraut.

Eine gefühlte Ewigkeit vergeht, bis ich endlich meine Stimme wiederfinde. »Wer ist da?«, rufe ich, während mein unsteter Blick zum Wäschekorb fliegt.

»Polizei! Bitte machen Sie die Tür auf!«

Das Mädchen

Beau

»Von wem das Blut stammt, müssen wir noch klären«, meint der zuständige Forensiker am Telefon. »Aber der Fingerabdruck gehört einem Burschen namens Zachary Willoz, der wegen kleinerer Delikte in unserem System ist. Körperverletzung, Ruhestörung, mehrfacher Diebstahl. Zuletzt klaute er einen Sportwagen, den er zu Schrott fuhr. Dafür erhielt er eine dreimonatige Bewährungsstrafe.«

»Nur?«, wundere ich mich.

»Ja. Das war vor acht Monaten. Seitdem war er nicht mehr auffällig.«

Nachdem ich mich bei dem Forensiker bedankt habe, rufe ich in der Datenbank die Akte des Kerls auf. Das Erste, was mir ins Auge springt, sind die weichen, fast weiblichen Züge. Zachary Willoz ist zweiundzwanzig Jahre alt, sieht aber deutlich jünger aus, was an dem Grübchen und den schulterlangen schwarzen Haaren liegen mag. Ich kann mir vorstellen, warum der zuständige Richter oder die Richterin Gnade walten ließ. Er hat das Gesicht eines Unschuldslamms. Mir kommt die

Zeugenaussage des Tankstellenmitarbeiters in den Sinn. Willoz ist zwar Weißer, doch flüchtig gesehen könnte er aufgrund seiner dunklen Haare und Augen als Latino durchgehen. Beim Überfliegen seines Lebenslaufs seufze ich. Es ist die übliche Geschichte. Die Mutter, eine mehrfach verurteilte Prostituierte, ist vor zehn Jahren an einer Überdosis Crack gestorben, der Vater ist unbekannt. Zachary und seine Schwester verbrachten ihr halbes Leben in Pflegefamilien, in denen sie nie länger als ein Jahr blieben. Aufsässigkeit und Mangel an Respekt waren die Gründe, die immer wieder genannt wurden. Viermal sind die beiden ausgebüxt, wurden aber jedes Mal wieder zurückgeholt.

Unwillkürlich kommt mir meine eigene Kindheit in den Sinn. Aufsässigkeit und Mangel an Respekt gehörten zu den Attributen, die mir als Heranwachsendem ebenfalls zugeschrieben wurden. Geklaut habe ich auch ein paar Mal und sogar gekifft, aber ich bin nie erwischt worden. Ich hatte Glück. Mehr aus Neugier gebe ich den Namen der Schwester ein, Cheyenne Willoz, um zu prüfen, ob wir sie im System haben. Fehlanzeige. Entweder hat sie rechtzeitig die Kurve gekriegt, oder aber sie stellt sich geschickter an als ihr Bruder. Zwar existiert eine Jugendakte der beiden, doch ist diese versiegelt. Also kehre ich zurück zu Zachary Willoz' Profil.

»Niedlich«, vernehme ich plötzlich Olivias Stimme hinter mir. »Wer ist das?«

»Jemand, der mit großer Wahrscheinlichkeit am Tatort war«, antworte ich und drehe mich um.

Meine Partnerin legt gerade ihre Sachen ab. Jacke, Aktentasche und zwei Kaffeebecher mit Deckel, die sie auf ihren Schreibtisch stellt.

»Danke«, sage ich und greife nach dem Mocha Latte.

Weil es auf ihrem Weg liegt und wir uns einmal am Tag eine anständige Bohne gönnen wollen, besorgt uns Olivia jeden Morgen Kaffee von PJ's Coffee – in wiederverwertbaren Bechern, da ist sie sehr eigen. Der Kaffee auf dem Revier schmeckt nämlich beschissen, ganz gleich, wie man die Maschine einstellt. Als hätte jemand Motoröl hineingekippt.

»Der Fingerabdruck«, folgert Olivia sichtlich erfreut. »Ein Zeuge oder ein möglicher Verdächtiger?«

»Muss sich noch herausstellen.« Ich fasse mit knappen Worten zusammen, was ich bisher in Erfahrung gebracht habe.

»Haben wir eine Adresse?«, fragt Olivia.

»Haben wir«, antworte ich.

»Prima. Worauf warten wir noch?«

»Auf dich. Wie immer«, kontere ich und handele mir prompt einen Klaps auf den Arm ein.

»Du weißt doch, dass ich vor der Arbeit die Zwillinge zur Schule fahren muss!«, brummt Olivia.

»Hey!«, beeile ich mich zu sagen. »War nur ein Scherz.«

»Nicht witzig, Beau, gar nicht witzig.«

»Okay«, sage ich mit einem gespielten Seufzer. »Was haben deine Satansbraten wieder angestellt?«

Während mir Olivia von der neuesten Missetat ihrer Sprösslinge erzählt, in der es um Musik aus der Hölle und ein überschwemmtes Badezimmer geht, verlassen wir das Revier. Die Blicke einiger Kollegen bohren sich hasserfüllt in meinen Rücken. Ich ignoriere sie. Im letzten Jahr habe ich fünf Cops aus unserem Revier wegen Korruption, Verletzung von Dienstgeheimnissen und Beteiligung an illegalen Aktivitäten ans Messer geliefert und mir damit Feinde gemacht. Ich hatte die Bande eine Zeit lang infiltriert und genug Beweise gesammelt, um den Staatsanwalt in pure Euphorie zu versetzen.

Das finale Urteil wird in den nächsten Tagen erwartet. Richterin Bishop gehört zu den Hardlinern, wenn es um Fehlverhalten innerhalb der Polizei geht, deshalb gehe ich davon aus, dass sich die ehemaligen Kollegen auf lange

Haftstrafen einstellen müssen. Mein Alltag hier auf dem Revier wird dadurch nicht einfacher, aber ich habe in meinem Leben schon Schlimmeres durchgestanden. Anonyme Morddrohungen und Beschimpfungen à la »Verräterschwein«, die mit Blut auf meinen Spind geschrieben werden, kratzen mich nicht. Hunde, die bellen, beißen nicht. Die wirklich Gefährlichen sind diejenigen, die im Hintergrund bleiben, sich ruhig verhalten, um unerwartet zuzuschlagen. Aber ich kenne meine Pappenheimer, weiß, wer mir ans Leder will, und behalte sie genau im Auge.

Dass ich allerdings in meiner Lieblingskneipe, die auch von anderen Cops frequentiert wird, nicht mehr bedient werde, schmerzt. Mein Feierabendbier genehmige ich mir jetzt im Sue's Corner, zehn Minuten von meinem Apartment entfernt. Keine scheelen Blicke, dafür frisch Gezapftes zum kleinen Preis, eine toughe Wirtin mit tätowierter Oberweite und sehr dicken Eiern sowie gediegene Jazzmusik aus einer altersschwachen Jukebox. Freunde haben mir geraten, das Revier zu wechseln, nur, was soll das bringen? Solche Geschichten sprechen sich herum. Woanders würde es mir nicht zwangsläufig besser ergehen. Im Gegenteil. Ich müsste mich neu bewähren, mir meinen Platz in der Hackordnung erkämpfen. Außerdem habe ich mit Olivia eine fähige Partnerin, die zu mir hält. Nein, ich lasse mich weder verscheuchen noch einschüchtern. Beau Lamare und das 11. Revier gehören zusammen wie Krabbenfischer und selbst gedrehte Zigaretten.

Kurze Zeit später quälen wir uns mit dem Camaro durch den morgendlichen Verkehr von New Orleans nach Süden, Richtung French Quarter, die Ursulines Avenue entlang, um schließlich in die Dauphine Street einzubiegen, die nicht annähernd so glamourös ist, wie sie klingt. Dennoch entbehrt sie nicht eines gewissen Charmes. Gesäumt wird die Straße von niedrigen Gebäuden mit bunten Fassaden und hölzernen Fensterläden, deren Zustand von desolat bis malerisch reicht. Das dreistöckige Haus, vor dem wir schließlich halten, gehört mit seiner abgeblätterten Fassade, die irgendwann einmal rosa oder beige gewesen sein mag, und der rostigen Feuertreppe definitiv zur ersten Kategorie, wobei die efeuberankten, schmiedeeisernen Balkone von der einstigen Pracht zeugen. Entlang der Balustraden hängen Kaffeedosen mit Begonien und Körbe mit Fleißigen Lieschen.

Nachdem Olivia und ich ausgestiegen sind, begeben wir uns zu der Gittertür am Eingang. Schenkt man den Namensschildern Glauben, gibt es sechzehn Parteien. Anders als die handgeschriebenen und teils witterungsbedingt unleserlichen Schilder neben den meisten Klingeln ist der Name »Willoz« gestochen scharf zu erkennen und durch eine Folie geschützt. Ein gewissenhafter Ganove. Mal was anderes. Ich betätige die Klingel und warte. Nichts passiert. Ich klingele erneut. Immer noch nichts. Also läute ich so lange bei den Nachbarn, bis uns jemand aufmacht. Bei nur sechzehn Parteien haben wir das entsprechende Apartment im ersten Stock schnell gefunden und klingeln noch einmal.

Keine Reaktion, außer …

»Ich glaube, ich habe was gehört«, flüstert Olivia.

»Ich auch«, antworte ich leise. »Vielleicht versucht er, über die Feuertreppe abzuhauen.«

Olivia nickt und läuft den Weg zurück nach draußen, um, falls nötig, den Flüchtenden unten in Empfang zu nehmen. Währenddessen schlage ich mit der Faust gegen das Holz.

»Wer ist da?« Eine Frauenstimme, oder aber Zachary Willoz ist noch softer, als sein Foto vermuten lässt.

»Polizei!«, rufe ich. »Bitte machen Sie die Tür auf!«

Eine kurze Pause entsteht, und dann: »Woher soll ich wissen, dass Sie wirklich ein Bulle sind?«

Aha! Wir haben es also nicht nur mit einem gewissenhaften, sondern auch mit einem übervorsichtigen Ganoven zu tun, fährt es mir durch den Kopf. Oder aber Willoz' Freundin versucht, Zeit zu schinden, um ihm einen Vorsprung zu verschaffen. Das kann sie gleich wieder vergessen! Olivia könnte einen wild gewordenen Stier mit bloßen Händen niederringen. Einen schmächtigen 22-jährigen holt sie locker von den Füßen, wenn er ihr dumm kommt. Bleibt nur zu hoffen, dass er nicht bewaffnet ist und blind um sich schießt!

Ich hole meine Marke hervor und halte sie vor den Spion. Kurz verdunkelt sich das Guckloch, dann wird eine Kette gelöst, und die Tür öffnet sich. Auf der Schwelle steht eine junge Frau. Sie ist groß und schlank, trägt ein knielanges Kleid aus schwarzer Spitze mit ausladendem Rock und roter Lederkorsage. In den hochtoupierten, pechschwarzen Haaren prangt eine riesige rote Schleife, ihre Hände stecken in fingerlosen Handschuhen aus schwarzem Samt. Ihre Augen sind dunkel umrandet, der Mund ist knallrot geschminkt. An ihren Ohren hängen silberne Miniatursärge. Das Abstruseste an der ohnehin bizarren Erscheinung sind die langen Eckzähne und das Blut, das aus ihrem rechten Mundwinkel über die ungesund blasse Haut zu rinnen scheint.

»Was ist?«, blafft sie mich an, während ich sie eingehend mustere, für den Fall, dass unter der albernen Kostümierung unser Verdächtiger steckt. Sogleich verwerfe ich den Gedanken. Zachary Willoz mag vielleicht ein wenig feminin sein, aber solche vollen Lippen hat er sicherlich nicht. »Noch nie einen Vampir gesehen?«, fügt die Frau bissig hinzu.

Ich verdrehe innerlich die Augen. Vor mir steht offenbar eine dieser Durchgeknallten, die Blutkonserven in ihrem Kühlschrank aufbewahren und sich für die Wiedergeburt von Elisabeth Báthory halten – einer ungarischen Gräfin aus dem sechzehnten Jahrhundert, die der Legende nach das Blut junger

Frauen trank, weil sie sich davon ewige Jugend versprach. Oder badete sie gar in dem Blut? Ist ja auch egal. In New Orleans gibt es unzählige Anhänger des Vampirkults. Nur zwei Meilen von hier entfernt befindet sich der einzige Laden für Vampirbedarf in den Vereinigten Staaten. Und mal ehrlich: Welche andere Stadt verfügt schon über eine gemeinnützige Einrichtung zur Unterstützung von Menschen, die sich als Vampire geoutet haben? Laut der NOVA, der *New Orleans Vampire Association,* existieren mehr Blutsauger auf der Welt als Sterne am Firmament. Womit sie sogar recht haben könnte.

»Wer sind Sie?«, frage ich, auf die Antwort gespannt.

»Wer sind *Sie*?«, kommt es prompt zurück, obwohl ich ihr vor wenigen Sekunden meine Marke gezeigt habe.

Wenigstens klingt ihre Stimme menschlich und hallt nicht unheilvoll von den Wänden wider. Hab ich alles schon erlebt. Die moderne Technik macht's möglich.

»Detective Beau Lamare von der Abteilung Kapitalverbrechen.« Beim letzten Wort zuckt sie leicht zusammen, was mir eine gewisse Genugtuung verschafft. Je schneller ihr klar wird, mit wem sie es zu tun hat, umso besser. »Ich muss mit Zachary Willoz sprechen.«

Ihr Blick flackert kaum merklich, aber er tut es. »Er ist nicht da.«

»Aber er wohnt doch hier?«

Sie zögert kurz. »Ja.«

»Sind Sie seine Freundin?«

Sie schüttelt den Kopf. »Seine Schwester.«

»Cheyenne Willoz?«

Sie nickt. In ihren Augen liegt ein lauernder Ausdruck.

»Sind Sie zu Besuch hier?«

Ihre Stirn umwölkt sich. »Ich wohne hier«, antwortet sie in einem eigenartigen Tonfall, als hätte ich sie beleidigt.

Perfekt.

»Darf ich mich drinnen umsehen?«

Sie tritt über die Schwelle. Ich kann ihr Parfum riechen, leicht und überraschend dezent angesichts der opulenten Aufmachung. »Haben Sie einen Durchsuchungsbefehl?«, kommt es wie aus der Pistole geschossen.

Ich bohre meinen Blick in ihren. »Noch nicht.«

»Dann ist die Antwort nein.«

Als sie Anstalten macht, die Tür wieder zu schließen, stemme ich die Hand dagegen. »Können Sie mir sagen, wo Ihr Bruder gestern Abend zwischen acht und acht Uhr dreißig gewesen ist?«, frage ich und lasse meine Stimme einen Hauch schärfer klingen.

»Na hier.«

Ihre Antwort kam viel zu schnell. Mein Instinkt verrät mir, dass sie lügt.

»Sind Sie sicher?«

»Natürlich bin ich sicher. Halten Sie mich für verkalkt?« Die Aggressivität ist unüberhörbar. Ich schätze, sie ist kein Fan des New Orleans Police Department.

»Wer weiß? Schließlich haben Vampire gewöhnlich ein paar Jährchen auf dem Buckel«, entgegne ich ungerührt.

Ihre Nase bläht sich leicht. »Da muss ich Sie enttäuschen, Detective«, sagt sie kühl. »Ich bin erst seit Kurzem eine Berufene.«

Die keinen Hauch von Humor besitzt.

»Kann jemand bezeugen, dass Ihr Bruder in der besagten Zeit hier war, Miss Willoz?«, frage ich weiter. »Ich darf Sie doch so nennen? Oder bevorzugen Sie einen anderen Namen wie Athenodora oder Cruella?«, füge ich spöttisch hinzu.

Ihre dunkelbraunen, fast schwarzen Augen feuern Blitze auf mich ab. Wenn Blicke töten könnten, würde ich jetzt leblos auf dem Boden liegen. »Nein und noch mal nein«, kommt es frostig zurück.

»Hm.«

Ich fische ein Notizbuch samt Stift aus meiner Jackentasche und schlage es auf. Dabei nehme ich mir Zeit, lasse die Frau vor mir zappeln, während sie mich weiterhin böse anstarrt.

»Wo arbeitet Ihr Bruder? Wie lautet die Adresse?«, frage ich schließlich.

»Zach hat zurzeit keinen Job.« Es klingt unwirsch.

Warum wundert mich das nicht?

»Wer sind seine Freunde? Können Sie mir ein paar Namen nennen?«, will ich weiter wissen.

Sie zuckt mit den Schultern.

»Wollen Sie etwa behaupten, Sie wüssten nicht, mit wem Ihr Bruder abhängt?«, frage ich.

Ihr Gesicht wird zu einer Maske der Gleichgültigkeit. »Er lebt sein Leben. Ich meins«, entgegnet sie betont gelangweilt, und wieder glaube ich ihr kein Wort.

Gemächlich klappe ich das Notizbuch zu. Auf die nette Tour bekomme ich nichts aus ihr heraus, so viel ist klar, also richte ich meine Augen auf sie. Ohne zu blinzeln, starren wir uns an. Sie hält meinem stechenden Blick stand, provoziert mich förmlich, die Mauer niederzureißen, die sie errichtet hat. Ich kann nicht widerstehen, suche in den dunkel schimmernden Augen nach einer Schwachstelle und werde fündig. Als sie endlich den Blick abwendet, kann ich meinen Triumph kaum verhehlen.

»Warum lügen Sie mich an, Miss Willoz?«, sage ich mit einem übertriebenen Seufzer. »Wir haben Beweise, die belegen, dass sich Ihr Bruder gestern Abend zwischen acht und acht Uhr dreißig an einem Ort vier Meilen von hier entfernt aufgehalten hat.«

Okay, ich bin vielleicht ein wenig vorgeprescht, schließlich könnte der blutige Fingerabdruck schon da gewesen sein, bevor das Verbrechen begangen wurde. Aber es ist höchst unwahrscheinlich. Prompt verschränkt Cheyenne Willoz die Hände ineinander, so fest, dass ihre Fingerknöchel weiß hervortreten.

»Warum fragen Sie mich dann überhaupt?«, entgegnet sie barsch.

»Um Ihre Glaubwürdigkeit zu testen.«

Ein bleiernes Schweigen ist die Antwort.

»Sobald Ihr Bruder auftaucht, sagen Sie ihm, er soll mich anrufen«, erkläre ich. »Es wäre besser für ihn.«

Ihre Finger zucken. Am liebsten würde sie mir ihre roten Krallen in die Augen schlagen, ich kann es ihr ansehen.

»Ist das eine Drohung?«, fragt sie scharf.

»Nein.« Ich lächele kalt. »Nur ein guter Rat.«

Als sie nichts erwidert, zücke ich eine Visitenkarte, die ich ihr reiche. Dann nicke ich kurz und wende mich zum Gehen. Hinter mir fällt die Tür mit einem Knall ins Schloss. Abgesehen von ihrer Aufmachung ist mir noch etwas Frappierendes aufgefallen: Sie wollte nicht wissen, worum es bei der Sache geht. Jeder andere in ihrer Situation hätte mehr über den Tatort und die Umstände erfahren wollen, was sie in meinen Augen verdächtig macht. Wahrscheinlich weiß sie mehr, als sie vorgibt.

Unten angekommen, kläre ich Olivia auf, und wir beschließen, im Wagen auszuharren. Als Cheyenne Willoz zehn Minuten später ein klappriges Fahrrad aus dem Hauseingang schiebt, nicke ich zufrieden. Das Warten hat sich gelohnt. Geschickt schwingt sie sich in den Sattel, was angesichts ihres Kleids nicht einfach ist, und fährt davon.

»Sollen wir ihr folgen?«, fragt Olivia.

Mit zusammengekniffenen Augen blicke ich der roten Haarschleife hinterher, die zwischen den Autos wie ein Signalfeuer leuchtet.

»Ja«, antworte ich und starte den Motor.

Cheyenne

Meine Beine schlottern so sehr, dass ich Mühe habe, das Gleichgewicht zu halten. *Abteilung Kapitalverbrechen.* In meinem Kopf überschlägt sich alles. Was zählt zu Kapitalverbrechen? Eine Prügelei sicher nicht, auch kein Drogendeal, oder doch? Wieder habe ich Zachs blutiges Hemd vor Augen. Körperverletzung vielleicht? Totschlag? *Mord?* Schwindel überkommt mich, und ich vollführe einen unbeabsichtigten Schlenker nach links, was von einem entgegenkommenden Taxi mit wütendem Hupen quittiert wird. Ohne sein Tempo zu verlangsamen, braust es wie ein wild gewordener Stier haarscharf an mir vorbei. Himmel! Ich muss mich beruhigen, sonst gerate ich noch unter die Räder! Ich atme tief durch, konzentriere mich aufs Treten. Die gleichmäßige Bewegung, verbunden mit dem leisen Quietschen der Fahrradkette, zieht mich in einen hypnotisierenden Sog, der mich daran hindert, an der nächsten Ampel vom Rad zu springen und schreiend davonzulaufen.

Nachdem der Bulle verschwunden ist, habe ich vergeblich versucht, Zach auf dem Handy zu erreichen. Ich habe ihm zahlreiche Nachrichten auf der Mailbox hinterlassen, mit der dringenden Bitte zurückzurufen. Zach ist bereits mehrere Male mit dem Gesetz in Konflikt geraten, fast immer ging es um kleinere Sachen, aber das hier ist anders. Ich spüre es. Der Detective, wie hieß er doch gleich, Beau Lamare, sah nicht so aus, als wäre er zu Späßen aufgelegt. Die meisten seiner Art blähen sich auf, verkümmern dann aber zu Witzfiguren, sobald sie ihre Marke und Knarre zu Hause lassen. Dieser riesige Kerl hingegen … Das Herz in meiner Brust pocht schmerzhaft. Mit den harten Gesichtszügen und dem Furcht einflößenden Blick wirkte er wie ein Grizzly, der Blut gewittert hat. Ein Grizzly im kackbraunen Anzug zwar und mit einer schiefen Krawatte, die man nur als potthässlich bezeichnen kann, nichtsdestotrotz ein Grizzly. Der Südstaatenakzent mit den gedehnten Silben und dem leichten Singsang verlieh ihm etwas Lauerndes, Gefährliches. Ganz gleich, was Zach angestellt hat: Ich darf nicht zulassen, dass dieser Kerl ihn in die Fänge bekommt. Unter keinen Umständen!

Ich muss mir etwas einfallen lassen, einen Plan schmieden. Während meine Gedanken auf Hochtouren laufen, beruhigt sich mein Puls. Inzwischen habe ich mein Ziel erreicht und schließe mein Rad an einem Laternenpfahl an. Aus meiner Bauchtasche hangele ich einen Schlüssel und öffne die moosgrüne Holztür, dann betrete ich das Cabinet of Darkness, in dem ich seit fünf Jahren arbeite. Der Kuriositätenladen befindet sich in der Chartres Street, umfasst zwar nicht mehr als dreißig Quadratmeter, aber dafür ist jeder Zentimeter belegt. Du wirst von einem Dämon heimgesucht? Kein Problem. Ein Fläschchen mit gesegnetem Wasser leistet Abhilfe. Im Apartment nebenan ist ein Vampir eingezogen? Hol dir doch den Blutsauger-Notfallkoffer mit Knoblauch und Pflock. Natürlich werden auch Untote im Cabinet of Darkness bedient. Hier können sie sich ihre Fänge passgenau anfertigen lassen, ein neues Cape oder schicke Accessoires erwerben, wie einen Spezialschirm für Spaziergänge am Tag.

Ganz gleich ob Voodoo-Puppen, Altarkerzen, Babyvampir-Statuetten, Tarotkarten, getrocknete Zombiehaut oder Vampirkaffee: Im Cabinet of Darkness bekommt jeder, was er verdient. So lautet das Motto von Mister Dunn, dem Ladenbesitzer, der in diesem Moment die knarzenden Holzstufen der Wendeltreppe im hinteren Teil des Ladens hinabsteigt. Mit den tiefen Furchen im Gesicht und dem

Silberohrring am linken Ohr erinnert er an eine Piratenversion von Morgan Freeman.

»Du bist spät dran, Cheyenne«, sagt er, während er langsam näher kommt. Ein Rückenleiden zwingt ihm seit Jahren eine gekrümmte Haltung auf.

»Tut mir leid, Mister Dunn, ich …« Krampfhaft suche ich nach einer Ausrede. »Zuerst habe ich meine Kaffeetasse zerbrochen und musste die Sauerei in der Küche wegmachen, dann ist meine Fahrradkette rausgesprungen. Heute ist wieder einer dieser Tage, wissen Sie«, füge ich ein wenig hilflos hinzu.

Mister Dunn stößt ein heiseres Gackern aus und unterbricht mich mit einer Geste. »Schon gut, schon gut. Die paar Minuten werden mich nicht in den Ruin treiben.«

»Danke«, murmele ich zerknirscht. »Es tut mir wirklich leid.«

»Mach dir keine Gedanken, Mädchen. Gleich kommt Sheyla und bringt uns ihren handgemachten Fledermaus-Schmuck.« Er verzieht schmerzhaft das Gesicht. »Nimm du bitte die Lieferung entgegen, ja?«

»Fühlen Sie sich heute nicht wohl, Mister Dunn?«, frage ich besorgt.

»Es wird bald Regen geben«, antwortet der alte Mann, was übersetzt bedeutet, dass ihm sein Rücken zu schaffen macht.

Ich nicke. Früh habe ich gelernt, dass er es hasst, bemitleidet zu werden. Unsere Blicke treffen sich.

»Was ist los?«, fragt er unvermittelt.

»Nichts.« Hastig wende ich die Augen ab. »Alles gut.«

»Bist du sicher?«

»Ja«, antworte ich, um einen unbekümmerten Tonfall bemüht. »Warum fragen Sie?«

»Dieser Ausdruck in deinem Gesicht … Wüsste ich es nicht besser, würde ich sagen, du hast vor irgendwas Angst.«

»Ach was!« Ich stoße ein Lachen aus, das sich in meinen Ohren schrecklich schief anhört. »Es ist alles okay. Wie gesagt: Mein Tag fing blöd an.«

Wortlos schlurft der alte Mann zu einem der hinteren Regale, schiebt einige Kerzen beiseite und öffnet mithilfe eines Schlüssels, den er aus der Hosentasche zieht, eine kleine Nische in der Wand. Vorsichtig holt er einen Gegenstand heraus. »Hier«, sagt er und drückt ihn mir in die Hand. »Trag das immer bei dir. Es wird dich vor Unheil beschützen.«

Verwundert schaue ich auf das Zehncentstück, das an einer dünnen Kette hängt und schon sehr alt aussieht. »Danke, Mister Dunn«, flüstere ich ehrfürchtig und lege mir den *Gris-gris* ums rechte Fußgelenk. Es kommt mir gar nicht in den Sinn, den Talisman abzulehnen.

Der alte Mann nickt zufrieden. »Wenn du bereit bist, zu erzählen, was dich quält, weißt du ja, wo du mich findest«, sagt er noch, bevor er sich die Wendeltreppe hochschleppt.

Das »Wo« ist das Zimmer über dem Laden, in dem Mister Dunn seit jeher lebt. Angeblich wurde er dort geboren. Ich selbst habe es noch nie gesehen, obwohl ich vor Neugier brenne. Insgeheim stelle ich es mir wie die Kammer eines Zauberers vor, mit einem von Büchern und Papieren überquellenden Schreibtisch und einem massiven Schrank voller geheimnisvoller Artefakte. Bisher bin ich nicht weiter als bis zur Tür am Ende der Wendeltreppe gekommen, an die ich klopfe, wenn ich seine Anwesenheit benötige. Was eher selten vorkommt. Als ich angefangen habe, sah es wahrlich anders aus. Mister Dunn wich mir kaum von der Seite, arbeitete mich in alle Bereiche ein. Vor allem erläuterte er mir alle Artikel haarklein. Nicht nur die Beschaffenheit, sondern auch ihr Wesen, als wären sie seine Kinder, die er mir anvertraute. Ein übertriebener Vergleich, ich weiß, aber anders kann ich es nicht erklären. Inzwischen bin ich das Mädchen für alles, öffne und schließe den Laden, mache

Inventur, übernehme die Buchhaltung und jede Tätigkeit, die im weitesten Sinne damit zusammenhängt, kümmere mich um die Bestellung und Annahme der Waren. Nur wenn Sheyla vorbeikommt, eine hiesige Künstlerin und alte Freundin von Mister Dunn, verlässt er sein Zimmer, um das Geschäft persönlich abzuwickeln. Was beweist, wie schlecht es ihm heute gehen muss. Ich beiße mir auf die Lippen. Hoffentlich wird sich Mister Dunns Zustand nicht weiter verschlimmern. Ich mag den alten Mann, wie auch meinen Job und die damit einhergehende Verantwortung, auch wenn ich ein albernes Kostüm tragen muss. Aber den Touristen gefällt es.

Fahrig greife ich nach meinem Handy und wähle Zachs Nummer. Es klingelt und klingelt, aber mein Bruder meldet sich nicht. Selbst die Mailbox weigert sich, anzuspringen. *Verflucht noch mal!* Also versuche ich es noch einmal. Wieder ohne Erfolg. Gerade als ich glaube, platzen zu müssen, betritt Sheyla den Laden und lenkt mich kurzfristig von meiner Ruhelosigkeit ab. Nachdem wir das Geschäft getätigt haben, plaudern wir noch über dies und das, auch über Mister Dunns Gesundheit. Ich mag Sheyla. Ihre kurzen weißen Haare bilden einen hübschen Kontrast zu dem dunklen Gesicht, in dem die Augen schelmisch blitzen. Sie ist klein und zierlich und vibriert förmlich vor Optimismus und Lebensfreude. Nicht zum ersten Mal frage ich mich, ob mein Boss und sie früher einmal ein Paar gewesen sind. Der Zauberer und die gute Fee. Würde irgendwie passen.

Als Sheyla den Laden verlässt, winke ich ihr freundlich hinterher, gleichzeitig drücke ich auf die Wiederholungstaste meines Handys. Nach dem vierten Klingeln meldet sich Zach hörbar gereizt, während ich vor Erleichterung weiche Knie bekomme.

Endlich!

»Was ist los?«, blafft er mich an. »Deine ständigen Anrufe nerven wie Sau!«

»Die Cops waren bei uns zu Hause.«

In der Leitung bleibt es lange still: »Wann?«, fragt er schließlich.

»Heute Morgen, keine halbe Stunde, nachdem du weg warst.«

»Scheiße«, kommt es dumpf zurück.

Mir rutscht das Herz in die Hose. »Was wollen die von dir?«, murmele ich.

»Keine Ahnung.«

Eine glatte Lüge.

»Hat es etwas mit dem Blut auf deinem Hemd zu tun?«

Als ich keine Antwort erhalte, atme ich tief ein, zwinge mich zur Ruhe. »Bitte sag mir, was passiert ist, Zach.«

Wieder ein Schweigen, gefolgt von einem resignierten Seufzer. »Okay, Cheche. Aber nicht am Telefon. Treffen wir uns heute Abend im Audubon Park an unserem Lieblingsplatz, so gegen acht Uhr. Dann erzähle ich dir alles.«

»Warum nicht heute Mittag? Ich kann den Laden für eine Stunde schließen. Mister Dunn wird sicher nichts dagegen haben …«

»Nein!«, wirft Zach hastig ein und fügt dann etwas ruhiger hinzu: »Heute Mittag kann ich nicht.«

»Okay«, sage ich widerwillig. »Dann eben heute Abend.«

Meine Güte! Wie soll ich die Zeit bis dahin überstehen?

»Mach dir keine Sorgen, Schwesterherz, es ist alles nur ein Missverständnis«, versichert er mir noch, dann beendet er das Gespräch.

Erschrocken starre ich aufs Handy. Immer wenn Zach mich Schwesterherz nennt, ist die Kacke am Dampfen. Und zwar so richtig!

Spurlos verschwunden

Cheyenne

Mit jeder Stunde, die verstreicht, steigt meine Unruhe. Sind keine Kunden im Laden, schiebe ich Artikel von links nach rechts, nur um sie Minuten später wieder an ihren ursprünglichen Platz zurückzustellen. Ganz gleich, was ich tue, ob eine Zwischeninventur oder der Blick ins Bestandsbuch: Nichts vermag mich abzulenken. Einmal gebe ich einem Kunden versehentlich auf hundert Dollar heraus, obwohl er mit einem Zehndollarschein bezahlt hat. Zum Glück bemerke ich meinen Fehler rechtzeitig. Am Ende des Tages schließe ich hastig den Laden und radele nach Hause, um mir die Schminke aus dem Gesicht zu waschen und mich umzuziehen. Ich schlüpfe in Jeans und Sweatshirt, steige erneut aufs Rad und fahre zum Audubon Park. Nach einer guten Dreiviertelstunde komme ich am vereinbarten Treffpunkt an. Ich bin verschwitzt und außer Atem, aber pünktlich. Vom Fluss her frischt es auf, und die vertrockneten Palmwedel ringsum rascheln leise vor sich hin.

Nachdem ich das Fahrrad an den Stamm einer massiven Eiche gelehnt habe, gehe ich auf das Monument zu. Der Stein ist grün und fleckig, in die Gesichter haben sich Spuren eingegraben, die wie Tränen aussehen, und doch verzaubert mich der Anblick immer wieder aufs Neue. Zach und ich lieben diese Skulptur. Sie stellt eine kniende Mutter dar, die ihr spielendes Kind stützt. Die Züge der Frau drücken so viel Sanftmut und Güte aus, dass sich mein Herz jedes Mal zusammenkrampft, wenn ich es anschaue. »Hingabe«, so haben Zach und ich die Figuren vor langer Zeit getauft. Es mag albern klingen, aber mir spenden sie Trost. Werde ich von Sorgen geplagt, suche ich sie auf, um eine Stunde oder zwei in ihrem Schatten zu verbringen. Auch heute spüre ich ihre beruhigende Aura, als würden Mutter und Kind mir zuflüstern, dass sich alles zum Guten wenden wird.

In der Ferne ertönt eine Kirchenglocke, und ich werde aus meiner Betrachtung gerissen. Schon halb neun. Die Zeit ist verronnen, ohne dass ich mir dessen bewusst geworden bin.

Von Zach keine Spur.

Meinem Bruder kann man vieles nachsagen, Unpünktlichkeit gehört nicht dazu. Mit einem unguten Gefühl wähle ich seine Nummer, aber bereits nach dem zweiten Klingeln springt die Mailbox an. *Bestimmt wurde er aufgehalten.* Während ich in Gedanken die möglichen Gründe für seine Verspätung durchgehe, tigere ich auf und ab, den Blick abwechselnd auf das Handy und auf den Weg gerichtet, der nur spärlich beleuchtet ist. Erst jetzt fällt mir auf, dass sich der Park vollständig geleert hat. Nicht eine Menschenseele ist zu sehen. Und diese plötzliche Stille. Ist es hier um diese Uhrzeit immer so ruhig? Selbst der Wind hat sich gelegt. Ein kalter Schauer läuft mir über den Rücken. Wieder wähle ich Zachs Nummer. Wieder ergebnislos. Ein Rascheln im Gebüsch hinter mir lässt mich zusammenzucken. Für gewöhnlich bin ich nicht so schreckhaft, wirklich nicht, aber ich muss das Unglück auch nicht heraufbeschwören, indem ich mich hier im Lichtkegel präsentiere wie auf einem silbernen Tablett.

Acht Uhr vierzig. Ich beschließe, noch fünf Minuten zu warten. Mit zusammengekniffenen Augen blicke ich mich um, die Hand in der Hosentasche vergraben, wo sich mein schwerer Schlüsselbund befindet. Im Notfall kann ich ihn als Waffe benutzen. Im schwachen Licht der Laternen erinnern die moosbehängten, knorrigen Eichen um mich herum an zerlumpte Gespenster, die eben aus ihrem Grab gestiegen sind. Aus dem Augenwinkel glaube ich, eine dunkle Gestalt herumkriechen zu sehen, und mein Herzschlag setzt kurz aus. Unwillkürlich fällt mir der Rat meiner Nachbarin ein, mir endlich ein Pfefferspray zu besorgen. Wieder so eine Sache, die man so lang hinausschiebt, bis es vielleicht zu spät ist! Zu allem Überfluss habe ich es versäumt, den *Gris-gris* anzulegen, nachdem ich mich umgezogen habe. Dieser letzte Gedanke reicht aus, damit ich mich aufs Rad schwinge und schleunigst den Park verlasse. So schön er tagsüber auch sein mag, in der Abenddämmerung hat er die Anmutung einer Zombie-Apokalypse. Mister Dunns Kunden wären begeistert! Zurück im Großstadttrubel, halte ich an einer Straßenecke und hinterlasse Zach eine Nachricht auf der Mailbox, dass ich mich auf dem Nachhauseweg befinde.

Das Herz in meiner Brust pocht hoffnungsvoll, als ich eine halbe Stunde später die Wohnungstür aufschließe. Vielleicht hat sich Zach bereits dort eingefunden. Aber meine Hoffnung erfüllt sich nicht. Stattdessen empfängt mich ein ungewohntes Durcheinander. Einer der Küchenstühle ist umgeworfen, einige Schubladen im Wohnzimmer sind aufgerissen, der Inhalt liegt verstreut auf dem Tisch.

»Zach!«, rufe ich beunruhigt. »Zach!«

Ohne groß nachzudenken, renne ich in sein Zimmer. Der Kleiderschrank steht sperrangelweit offen, leere Bügel zeugen davon, dass einige Klamotten fehlen. Auch Zachs Rucksack ist verschwunden. Innerlich sinke ich zusammen. *O, kleiner Bruder, was hast du nur getan?* Ich brauche Gewissheit, also gehe ich zum Nachttisch und reiße die Schublade auf. Beim Anblick des roten Samtkästchens sackt mir das Herz in die Kniekehlen.

O nein!

Meine Finger zittern, als ich den Notruf wähle.

»911. Notrufzentrale. Wie kann ich Ihnen helfen?«

»Mein … mein Bruder … er wurde entführt«, erkläre ich stotternd.

»Was bringt Sie zu der Annahme?«

»Ich …« Ein Schluchzen entringt sich meiner Kehle.

»Bitte beruhigen Sie sich, und erzählen Sie. Aber langsam und der Reihe nach.«

Ich atme tief durch. »Ich glaube, jemand ist bei uns eingebrochen und hat meinen Bruder gegen seinen Willen mitgenommen.« Mein Blick fällt durch die Tür auf den umgekippten Stuhl in der Küche. »Er hat sich gewehrt … alles ist durcheinander.«

»Nennen Sie mir Ihren Namen und Ihre Adresse, wir schicken eine Streife vorbei.«

»Okay«, entgegne ich und komme ihrer Bitte nach.

»Wie, sagten Sie, lautet Ihr Name?«, fragt die Frau.

»Cheyenne Willoz«, wiederhole ich leise.

»Bleiben Sie bitte kurz dran, Miss Willoz.«

»Aber …«

Es klickt kurz in der Leitung und dann: »Miss Willoz«, ertönt eine gedehnte Männerstimme an meinem Ohr. »Wo ist Ihr Bruder?«

Was?

»Hat Ihre Kollegin nicht richtig zugehört?«, ereifere ich mich. »Mein Bruder wurde entführt.«

»Wie kommen Sie darauf?«

»Ich habe doch schon erklärt, dass …«, beginne ich und breche dann abrupt ab. Diese Stimme, die klingt, als könnte sie nichts aus der Ruhe bringen, kenne ich. *Der Bulle von heute Morgen.* »Mit Ihnen will ich nicht sprechen!«, stoße ich hervor. »Verbinden Sie mich mit jemandem, der bei Entführungen zuständig ist.«

»Sie sprechen mit mir und mit niemandem sonst«, kommt es ungerührt zurück. »Ich frage Sie noch einmal: Wo ist Zachary Willoz?«

»Nicht hier!«, erwidere ich mit viel zu schriller Stimme. *Darum geht's doch, du hirnamputierter Arsch!* »Was wollen Sie überhaupt von ihm?«

»Ich dachte schon, Sie fragen nie«, entgegnet der Bulle sarkastisch. »Gestern Abend wurde ein Ladenbesitzer überfallen und niedergeschossen. Er musste notoperiert werden und schwebt noch in Lebensgefahr. Ihr Bruder wird dringend verdächtigt, zur Tatzeit dort gewesen zu sein.«

Mir fährt heißes Eisen durch den Magen, und ich muss mich an der Tischkante festhalten. »Das ist doch gequirlte Scheiße!«, ist das Erste, was ich krächzend hervorbringe. »Zach würde nie jemanden verletzen. Er hat nicht mal einen Waffenschein.«

Ein leises Schnauben ist die Antwort. »Den braucht man nicht, um jemanden über den Haufen zu schießen. Und mäßigen Sie sich im Ton, Miss Willoz.«

Wut keimt in mir auf. Auf Belehrungen reagiere ich äußerst allergisch, musste ich sie doch mein halbes Leben ertragen. »Mäßigen Sie sich selbst im Ton, Detective … äh …«

»Lamare.«

»Wie auch immer!« Ich hole tief Luft. »Sie beschuldigen grundlos meinen Bruder und …«

»Er war am Tatort, so viel wissen wir.«

»Ich glaube Ihnen nicht!«, stoße ich erstickt hervor.

»Glauben Sie, was Sie wollen, aber Ihr Bruder hat dort einen blutigen Fingerabdruck hinterlassen. Wir warten noch auf die Laborergebnisse, aber sollte das Blut vom Opfer stammen, ist Ihr Bruder wegen versuchten Mordes dran!«

O Gott, o Gott!

»Ein blutiger Fingerabdruck beweist gar nichts!«, halte ich tapfer dagegen, obwohl die Welt um mich herum einzustürzen droht. »Nur dass Zach zur falschen Zeit am falschen Ort war.«

»Na klar.« Wieder dieser unerträgliche Sarkasmus! Würde der Typ jetzt vor mir stehen, ich würde ihm an die Gurgel springen. Ein grollender Unterton schleicht sich in seine Stimme, als er weiterspricht. »Wenn Sie seinen Aufenthaltsort kennen und ihn verschweigen, machen Sie sich der Beihilfe zu einem Verbrechen schuldig, Miss Willoz.«

Als würde man mit einem Toaster reden!

»Haben Sie nicht zugehört?«, schreie ich außer mir. »Er wurde entführt!«

»Ich halte es für wahrscheinlicher, dass Ihr Bruder abgehauen ist.«

»Sie … Sie …« Bevor mir etwas entschlüpft, was ich später bereuen könnte, unterbreche ich die Verbindung.

Mit einem gequälten Stöhnen lehne ich mich an die Wand, den Blick ins Leere gerichtet. Was soll ich tun? Es ist nicht das erste Mal, dass Zach oder ich in der Klemme stecken. Meistens fällt mir eine Lösung ein, doch jetzt bin ich ratlos. Zach wurde verschleppt oder sogar noch Schlimmeres, ich spüre es genau, aber die Bullen glauben mir nicht. Natürlich nicht. Das tun sie nie! Wie ich sie hasse! Sie und ihre ganze Sippe! Überhaupt alles, was mit staatlichen Behörden zu tun hat. Seelenlose Arschlöcher in muffigen Amtsstuben, die sich den Hintern breitsitzen und sich für nichts und niemanden interessieren außer für ihre Pension, ihren Vorgarten und ihren beschissenen Hund! Die dich und deinen kleinen Bruder zu deinen Pflegeeltern zurückzerren, obwohl du sie anflehst, es nicht zu tun, weil ihr dort schlecht behandelt werdet. Zornestränen steigen mir in die Augen, die ich mit einer unwirschen Geste wegwische. Im Leben kann man sich auf niemanden verlassen, nur auf sich selbst! Mir ist übel, und ich gieße mir etwas Mineralwasser aus dem Kühlschrank in ein Glas. Gierig trinke ich es leer und will mir gerade nachschenken, als wie aus weiter Ferne ein energisches Klopfen an der Wohnungstür in mein Bewusstsein dringt.

»Miss Willoz! Ich bin's«, höre ich eine dumpfe Stimme. Unverwechselbar arschig. »Detective Lamare.«

Seit meinem Anruf sind keine zehn Minuten vergangen. Hat der Kerl vor dem Haus kampiert, oder was?

»Was wollen Sie?«

»Mir Ihr …« Ein vielsagendes Zögern. »… Durcheinander ansehen.«

»Gehen Sie weg!«

»Ich denke nicht dran.«

Böse fixiere ich die Tür, in der albernen Hoffnung, der Mann dahinter werde sich in Rauch auflösen, was natürlich nicht geschieht.

»Machen Sie endlich die Tür auf!«

Ich gebe mir einen Ruck, schließlich war ich es, die den Notruf gewählt hat. Schon will ich zur Tür gehen, als mir siedeheiß Zachs blutiges Hemd einfällt.

»Einen Moment!«, rufe ich und eile ins Bad, um das verdächtige Kleidungsstück ganz unten in den Wäschekorb zu stopfen.

Als ich die Tür öffne, schlägt mein Herz so laut, dass ich befürchte, Lamare könnte es hören. Prompt habe ich ein Déjà-vu. Derselbe zerknitterte Anzug, das gleiche harte Gesicht unter dem dunklen, zerzausten Haarschopf, der gleiche eindringliche Ausdruck aus bernsteinfarbenen Augen. Nur der

Bartschatten ist ausgeprägter, was ihn noch unerbittlicher erscheinen lässt. Ein Großstadtbulle, wie er im Buche steht.

»Müssten Sie um die Uhrzeit nicht mit Frauchen im Bett liegen?«, begrüße ich ihn unfreundlich.

Sein Blick schweift aufreizend langsam über mich, als betrachtete er mich zum ersten Mal. Unwillkürlich werde ich zu Stein. Ohne meine Vampirverkleidung komme ich mir unsinnigerweise nackt und schutzlos vor.

»Darf ich reinkommen?«, fragt er statt einer Erwiderung, und insgeheim bin ich froh, dass er mein verändertes Aussehen mit keiner Silbe anspricht. Ich schätze, er hat inzwischen herausgefunden, dass ich im Cabinet of Darkness arbeite.

Obwohl ich über einen Meter siebzig groß bin, überragt er mich um Kopfeslänge, und seine Schultern füllen beinahe den Türrahmen aus. Hastig trete ich einen Schritt beiseite, um ihn vorbeizulassen. Dabei steigt mir ein warmer männlicher Duft in die Nase, kriecht meinen Brustkorb hinab bis zum Unterbauch, wo er ein Kribbeln erzeugt. Nur mit Mühe unterdrücke ich ein Keuchen.

Ein Bulle? Echt jetzt?

Sofort verdränge ich das Gefühl. Ich bin seit einer Ewigkeit mit keinem Mann mehr zusammen gewesen, und meine Hormone spielen wahrscheinlich verrückt. Wider Erwarten riecht Lamare nicht nach Zigaretten und Hotdogs, sondern nach Melisse und würzigem Waldboden. Und wenn schon!

Neugierig blickt sich der Duftbaum auf zwei Beinen um. »Haben Sie etwas verändert?«, fragt er mich.

»Nein. Ich … äh … kam nicht dazu … nein«, antworte ich, immer noch verdattert über die Reaktion meines Körpers.

Während er mit Argusaugen durch das Apartment stapft, als würde er sich jedes einzelne Detail einprägen, weiche ich ihm nicht von der Seite. Die Anwesenheit von Fremden in unserer Wohnung bereitet mir allgemein Unbehagen, was für

Bullen ganz besonders gilt. Als er ein gerahmtes Foto von Zach und mir in die Hand nimmt, um es zu betrachten, schießt mein Puls in die Höhe. Am liebsten würde ich es ihm entreißen und ihn mit Tritten aus der Wohnung jagen.

»Wann wurde es gemacht?«, fragt er mich, ohne seine Augen von dem Bild abzuwenden.

Ich muss mich räuspern. »Vor zwei Jahren in Disneyland.«

»Disneyland, hm?«

Das Zucken um seine Lippen ist mir nicht entgangen. »Ja!«, presse ich zwischen den Zähnen hervor. »Disneyland!«

Ich könnte ihm erzählen, dass sich damit für Zach ein Kindheitstraum erfüllt hat, wir jede Albernheit mitgemacht und viel zu viel Geld ausgegeben haben und es der schönste Urlaub war, den wir jemals hatten. Aber ich schweige.

Lamare stellt das Foto zurück und blickt auf. »Wo ist das Zimmer Ihres Bruders?«

Ich weise mit der Hand auf die Tür hinter mir, und er nickt. Gemeinsam betreten wir den winzigen Raum. Das Bett ist ungemacht, auf dem Boden liegen benutzte Ich-ziehe-sie-vielleicht-noch-mal-an-Klamotten, der Schreibtisch ist mit Büchern, Notizblöcken und Kreidezeichnungen übersät: Zachs aktuelles Hobby. Alle naselang entdeckt er für sich eine neue Leidenschaft. Vergangenes Jahr war es die Klarinette, danach Kendo, jetzt ist es das Zeichnen. Der Gedanke entlockt mir ein Lächeln. Zach hat so vieles nachzuholen. Ich hebe den Blick, und mein Herzschlag gerät kurz aus dem Takt. Lamares Augen sind unverwandt auf mich gerichtet, als würde er mich sezieren, ansonsten zeigt sein Gesicht keine Regung. Wie lange beobachtet er mich schon? Abrupt wende ich mich ab, gebe vor, mich umzuschauen.

»Fehlen hier Sachen?«, fragt er mich.

Ich schlucke. »Ja, sein roter Rucksack und ein paar Klamotten.«

»Was dafür spricht, dass er abgehauen ist.«

Ich wirble herum. »Das ist nur ein Trick, um uns glauben zu lassen, er sei geflohen!«

Lamare hebt fragend die Augenbrauen. »Was lässt Sie da so sicher sein?«

»Weil er mein Bruder ist. Sehen Sie her!«, rufe ich und stürze auf den Nachttisch zu. Aus der Schublade hole ich das samtbespannte Kästchen heraus. »Er würde niemals ohne das hier weggehen.«

Wortlos nimmt Lamare das Kästchen entgegen und öffnet es. Mit gerunzelter Stirn angelt er sich das darin befindliche vergoldete Abzeichen, bestehend aus zwei gekreuzten Signalhörnern, um es zu begutachten.

»Zach bekam es am Unabhängigkeitstag von einem Captain der hiesigen Feuerwehr geschenkt«, erzähle ich. »Da war er zehn Jahre alt. Es ist natürlich nur eine Nachbildung, aber ohne diese Plakette würde mein Bruder nirgends hingehen.«

Die Skepsis in Lamares Miene ist unverkennbar. »Ein Stück Blech?«

»Es ist sein Glücksbringer.« Als Kind wollte Zach unbedingt Feuerwehrmann werden, aber auch das behalte ich für mich. Es geht den Bullen nichts an. »Wie erklären Sie sich das Chaos im Wohnzimmer und den umgekippten Stuhl in der Küche?«, versuche ich es erneut.

»Ein überstürzter Aufbruch«, antwortet mein unverbesserliches Gegenüber. »Die Wohnungstür war nicht aufgebrochen, und auch sonst sehe ich keine Spuren eines Einbruchs.«

»Und wenn Zach seinen Entführer kannte?«

»Gut. Aber warum sollte jemand Ihren Bruder verschleppen?«

Ich mache eine ratlose Geste. »Vielleicht hat Zach gesehen, wer auf den Ladenbesitzer geschossen hat.«

Lamares Lippen verziehen sich zu einem blasierten Lächeln. »Es ist das, was Sie gern glauben würden.«

»Und wenn es die Wahrheit ist?«, rufe ich verzweifelt. Ich schiebe das Kinn vor. »Beweisen Sie erst einmal das Gegenteil!«

»Wenn Ihr Bruder in das Verbrechen verwickelt ist, werde ich das.« Ein harter Glanz erscheint in Lamares Augen. »Das versichere ich Ihnen.«

Er bannt meinen Blick, und mit einem Mal bekomme ich keine Luft mehr. Der Kerl jagt mir eine Heidenangst ein.

»War's das?«, bringe ich keuchend hervor.

Er nickt langsam. »Fürs Erste, ja.«

»Gut. Dann bitte ich Sie, jetzt zu gehen.«

»Natürlich.« Als hätte er alle Zeit der Welt, begibt er sich zur Wohnungstür, greift in seine Jackentasche und holt eine Visitenkarte heraus. »Wenn Sie von Ihrem Bruder hören, rufen Sie mich an. Hier, für den Fall, dass Sie die andere verlegt haben.«

Als ich nicht reagiere, legt er die Visitenkarte auf die Kommode neben der Tür.

»Einen schönen Abend noch«, sagt er mit einem dünnen Lächeln, dann verlässt er die Wohnung.

Nachdem ich die Tür hinter ihm geschlossen habe, schnappe ich mir die Visitenkarte, zerreiße sie in kleine Fetzen und werfe sie in den Mülleimer in der Küche. Sie landet direkt neben ihrer zerpflückten Vorgängerin. Der Anblick erzeugt in mir ein warmes Gefühl der Befriedigung.

The Merchant

Cheyenne

Am nächsten Morgen stehe ich früher auf als sonst – entgegen aller Hoffnung ist Zach in der Nacht nicht aufgetaucht –, kippe einen starken Kaffee herunter, um den zähen Sirup in meinem Kopf zu verflüssigen, und mache mich auf den Weg zu Pérez Car Repair, einer Autowerkstatt in Holy Cross. Bis dorthin ist es mit dem Rad nur ein Katzensprung, jedoch unterscheidet sich das weiter östlich gelegene Viertel grundlegend vom French Quarter. Noch heute sind die verheerenden Folgen von Katrina offenkundig: Notdürftig zusammengenagelte Hütten mit morschen Vorbauten und Gerümpel im Garten gehören in Holy Cross genauso zum Straßenbild wie Schießereien. Trotzdem fühle ich mich hier heimisch, vielleicht weil Zach und ich einige Jahre in dem Viertel gelebt haben. Die Menschen von Holy Cross lassen sich jedenfalls nicht so leicht unterkriegen und reden Tacheles.

Was allerdings nicht für den Kerl in Jeans und Muskelhemd gilt, der auf dem Hof am Getriebe eines ramponiert aussehenden

Chevrolet Blazer herumwerkelt. Er wendet mir die Kehrseite zu, seine Hände sind ölverschmiert.

»Hey, *querida,* alles klar?«, ruft mir der kleine, drahtige Mann im Blaumann zu, der rauchend an der Wand lehnt und seinem Neffen bei der Arbeit zusieht.

»Ging schon mal besser, Miguel«, antworte ich dem Besitzer der Autowerkstatt, die allen Widrigkeiten zum Trotz immer noch im Geschäft ist. Wie das der Exilkubaner gedeichselt hat, will ich lieber nicht wissen.

Ich gehe auf Joey zu, der mir über die Schulter einen genervten Blick zuwirft, um sich gleich wieder seiner Arbeit zuzuwenden.

»Was willst du, Cheyenne?«, fragt er unfreundlich, ohne sich umzudrehen.

»Wo ist Zach?«

»Keine Ahnung.« Er stößt ein verächtliches Schnauben aus. »Ist dein Bruder endlich zur Vernunft gekommen und hat das Weite gesucht?«

Obwohl ich Joeys Wieselgesicht nicht sehe, kann ich mir den höhnischen Ausdruck darauf genau vorstellen. Ich atme tief durch, überwinde meinen Ekel und packe ihn fest zwischen den Beinen, um ihn vom Wagen wegzuziehen. Er flucht und brüllt und wünscht mir die Krätze an den Hals, trotzdem denke ich nicht daran, den Griff zu lösen. Ein kurzer Seitenblick verrät mir, dass Miguel keine Anstalten macht, seinem Neffen beizustehen. Paffend und ohne äußerliche Regung beobachtet er das Geschehen.

»In was für eine Scheiße hast du Zach reingezogen?«, zische ich, während sich meine Finger noch fester um Joeys Hoden zusammenziehen. *Igitt!*

»Ich weiß nicht, was du meinst«, keucht Joey und kippt vornüber, sodass ich ihn loslassen muss.

»Zach kam gestern mit einem blutigen Hemd nach Hause«, wettere ich, die Hand unauffällig an meinen Shorts abwischend. »Und jetzt ist er verschwunden.«

»Ja und? Was geht mich das an?«

»Ihr wart vorletzte Nacht zusammen auf Achse!«

»Quatsch! Ich habe Zach seit drei Wochen nicht mehr gesehen.«

Wut macht sich in mir breit. Mein kleiner Bruder befindet sich vielleicht in Lebensgefahr, und sein angeblich bester Freund hat nichts Besseres zu tun, als mir einen Bären aufzubinden.

»Bullshit!«, schreie ich ihn an. »Er hat es mir erzählt!«

Joeys Blick füllt sich mit Hass. »Denk doch, was du willst!«

»Ich weiß von deinem Nebenerwerb«, entgegne ich unbeeindruckt. »Was hältst du davon, wenn ich zu den Bullen gehe und mit ihnen ein wenig plaudere …«

Okay, mit den Cops zu drohen, ist nicht unbedingt die feine Art, aber ich bin ehrlich verzweifelt. Aufgebracht und mit sichtlichen Schmerzen springt Joey auf die Füße, baut sich mit geballten Fäusten vor mir auf, was nicht annähernd so imposant ist, wie er es wohl gern hätte, zumal er gut zehn Zentimeter kleiner ist als ich.

»Das wagst du nicht, du dreckige Schl…«

»Es reicht!«, peitscht eine schneidende Stimme durch die Luft.

Joey und ich erstarren augenblicklich zur Salzsäule. Indessen drückt Miguel seine Zigarette mit der Fußspitze aus und kommt auf uns zu. Obwohl er nicht größer ist als sein Neffe, strahlt er Autorität aus. Nur wer dumm oder lebensmüde ist, legt sich mit Miguel Pérez an. Ihn den Paten von Holy Cross zu nennen, wäre sicherlich übertrieben, aber er genießt im Viertel Respekt, selbst bei den hiesigen Gangs, und sein Einfluss reicht weit.

Mit düsterem Blick, der besagt, dass ich ihn besser nicht anlügen soll, richtet er sich an mich. »Was ist passiert?«

In knappen Worten fasse ich zusammen, was in den letzten vierundzwanzig Stunden vorgefallen ist, und spare nichts aus. Einen Moment lang lässt sich Miguel meine Geschichte durch den Kopf gehen, bevor er sich an Joey wendet.

»Was weißt du darüber?«, fragt er ruhig.

»Nichts«, quiekt dieser. »Ich schwöre.«

»Wo warst du gestern Nacht?«

»Ich … ich …«

Blitzschnell hat sein Onkel ihn am Ohr gepackt. »Wo?«

»Bei Cherry!«, krächzt Joey. »Bis zum Morgen.«

»Cherry Parker?«

Ein ängstliches Nicken und dann – *bam!* – hat sich Joey eine Backpfeife eingehandelt.

»Die ist verheiratet, du Idiot!«, knurrt ihn sein Onkel an. »Hatte ich dir nicht gesagt, du sollst dich von ihr fernhalten?«

»Ja, aber …«

»Nichts aber! Jim Parker ist der Präsident der *Black Devils.* Wenn er dich dabei erwischt, wie du es mit seiner Frau treibst, endest du mit abgeschnittenen Eiern in einem Müllcontainer!« Diesmal verpasst er seinem Neffen einen Schlag auf den Hinterkopf, während Joey die Demütigung mit zusammengebissenen Zähnen über sich ergehen lässt. »*Dios mio,* Junge! Setz mal ausnahmsweise deinen Grips ein!«, fügt Miguel hinzu, dem der Ärger inzwischen deutlich anzusehen ist.

»Ich … äh … gehe dann mal«, murmele ich peinlich berührt und will den Rückzug antreten, doch Miguel ist noch nicht fertig.

»Hast du eine Idee, wo Zach sein könnte, Joey?«, fragt er eindringlich.

Der junge Mann bläst sich eine schwarze Strähne aus dem Gesicht und blinzelt. »Nein, aber …«

»Aber was?«

»Er hat sich in letzter Zeit mit ziemlich miesen Typen abgegeben«, erklärt Joey mit einem kurzen Seitenblick zu mir.

»Das sagst ausgerechnet du?«, herrsche ich ihn an. »Dass ich nicht lache!«

»Ich deale nur ein bisschen rum, Cheyenne. Das macht doch jeder«, entgegnet Joey säuerlich. *Das ist nun wirklich Ansichtssache.* »Aber die Typen sind von einem ganz anderen Kaliber.«

»Was für ein Kaliber?«, hakt sein Onkel nach.

Joey senkt die Augen. »Sie arbeiten für Jean-Louis Marsalis.«

Miguel stößt einen derben Fluch aus, was mich erschauern lässt.

»Wer ist Jean-Louis Marsalis«, frage ich und kann nicht verhindern, dass meine Stimme leicht zittert.

»Ein übler Gangster, der mit allem handelt, solange der Preis stimmt«, erklärt Miguel. »Waffen, Uran, Menschen … Der Typ schreckt auch nicht vor Mord zurück.«

Eine eiserne Faust drückt mein Herz brutal zusammen. »Wie konntest du zulassen, dass Zach in solche Kreise gerät?«, fahre ich Joey an. »Ich dachte, du seist sein Freund.«

»Das bin ich auch!«, versichert Joey rasch. »Anfangs ging es nur um einen Job …«

Ich horche auf. »Was für ein Job?«

»Marsalis hat einen Klub drüben in Harvey. The Merchant. Der Name sagt schon alles. Dort gibt's Drogen und Sex und all so was, selbst Waffen werden im Hinterzimmer vertickt. Der Laden zieht nicht nur Kriminelle an, sondern auch Kids der Upperclass auf der Suche nach dem ultimativen Kick.«

»Was hat mein Bruder da gemacht?« Ich kann mir Zach schlecht als Rausschmeißer vorstellen.

Und dann kommt mir ein Gedanke, der mir Übelkeit verursacht. Er wird sich dort nicht für Sex verkauft haben, oder? Man kann ihm einen gewissen Charme nicht absprechen. Die

Mädchen stehen auf sein jungenhaftes Lächeln, das Grübchen und die locker fallenden schwarzen Haare.

»Er hat Botengänge erledigt«, antwortet Joey zu meiner Erleichterung. »Manchmal hat er hinter der Bar geholfen.«

»Wie lang geht das schon so?«

»Einen Monat.«

Ich knirsche mit den Zähnen. »Du hättest es mir sagen müssen.«

»Seit wann reden wir miteinander?« Joey sieht mich missmutig an. »Wir beide sind nicht unbedingt die besten Kumpels.«

Niedergeschlagen reibe ich meinen verspannten Nacken. Er hat recht. Was immer auch mit Zach passiert ist, Joey und ich hätten es möglicherweise verhindern können.

»Ich sag's wirklich ungern, Cheyenne, und ich möchte unter keinen Umständen zitiert werden«, mischt sich Miguel in meine Gedanken ein. »Aber vielleicht solltest du mit dieser Information zu den Bullen gehen.«

Sofort kommt mir Beau Lamares unbarmherziger Blick in den Sinn, und mein Magen krampft sich schmerzhaft zusammen. Was, wenn Zach doch etwas mit den Schüssen auf den Ladenbesitzer zu tun hat?

»Ich überleg's mir«, sage ich leise und wende mich ab.

»Tut mir echt leid, Cheyenne!«, ruft mir Joey nach, als ich mich aufs Rad schwinge.

Ich glaube, er meint es ehrlich.

Der Laden zieht nicht nur Kriminelle an, sondern auch Kids der Upperclass auf der Suche nach dem ultimativen Kick.

Dieser Satz lässt mich nicht mehr los, und im Laufe des Tages formt sich in meinem Kopf ein Plan. Gegen Mittag, nachdem in Mister Dunns Laden etwas Ruhe eingekehrt ist, rufe ich Joey an und bitte ihn um einen Gefallen. Zu Beginn sträubt er sich, aber am Ende beweist er Anstand und stimmt zu. Er würde es für Zach und nicht für mich tun, betont er, was mir ziemlich egal ist. Hauptsache, er fährt mich nach Harvey und wieder zurück. Als ich abends nach Hause komme, zerschlägt sich meine Hoffnung, Zach könne inzwischen aufgetaucht sein. Das Apartment ist leer und schrecklich still. In der Vergangenheit habe ich mich immer wieder über Zachs mangelnden Ordnungssinn geärgert, aber nun wünschte ich mir, sein schmutziger Teller stünde noch vom Mittagessen auf dem Küchentisch, gleich neben dem offenen Glas Erdnussbutter und der halb leeren Coladose.

Ich unterdrücke die aufsteigenden Tränen und entledige mich meiner Klamotten, dann steige ich unter die Dusche. *Nicht grübeln, handeln!* Abschminken muss ich mich nicht. Nach meiner Rückkehr aus Holy Cross heute Morgen hatte ich keine Zeit mehr, in mein Vampiroutfit zu schlüpfen, und bin direkt zur Arbeit gefahren. Nach der Dusche ziehe ich den nuttigsten Fummel aus meinem Kleiderschrank, den ich besitze. Vor Jahren habe ich in einem Stripklub gekellnert, aber ich war zu dünnhäutig und schmiss nach ein paar Wochen wieder hin. Der Klubbetreiber war ein anständiger Kerl, sofern man das in dieser Branche sagen kann, und zahlte gut, aber die lüsternen Blicke der Gäste und das Grapschen von Fingern, die eben noch die eigenen unteren Körperregionen befummelt hatten, waren zu viel für mich.

Mein Arbeitsoutfit, ein kurzes rotes Glitzerkleid, das nur wenig mehr Haut bedeckt als ein Badeanzug, durfte ich behalten. Im ersten Moment hatte ich es in den Müll werfen wollen, mich dann jedoch anders besonnen. Dinge wegzuwerfen ist mir stets schwergefallen, außer natürlich, es handelt sich um die Visitenkarten eines Bullen. Nun macht sich meine sparsame Seite bezahlt. Zum Glück passt das Kleid noch immer. Dazu ziehe ich High Heels an und klatsche mir Schminke sowie einen roten Lippenstift ins Gesicht. Die Haare kämme ich mit reichlich Gel nach hinten. Dann noch goldene Kreolen an die Ohren, fertig. Erst ganz am Ende wage ich einen Blick in den Spiegel und erschrecke.

Warum lasse ich mir nicht gleich »Vögelfrei« auf die Stirn tätowieren?

Aber genau diesen Eindruck muss ich vermitteln, will ich in den Klub gelangen. Das reiche, verwöhnte Töchterchen würde mir der Türsteher nicht abnehmen, dafür sind Kleid und Schmuck zu zweitklassig, für die notgeile Tussi reicht es aber allemal. Für alle Fälle habe ich mir Pfefferspray besorgt, das ich in mein schwarz lackiertes Handtäschchen stecke, und um mein rechtes Fußgelenk trage ich Mister Dunns *Gris-gris*.

Nichtsdestotrotz schlägt mir das Herz bis zum Hals, als ich eine Stunde später aus der Haustür trete. Joey steht an seinen roten Ford Focus gelehnt und quatscht ins Handy. Er trägt Jeans und ein lila Hemd, dessen Ärmel an den Schultern abgeschnitten sind, vermutlich um seine kräftigen, sonnengebräunten Arme zu betonen. Als er mich entdeckt, fallen ihm die Augen beinahe aus dem Gesicht.

»Ich will nichts hören!«, schnauze ich ihn an, und dann freundlicher: »Danke, dass du das machst.«

»Ja … klar«, antwortet er, den Blick auf mein tiefes Dekolleté geheftet, beendet hastig sein Gespräch und steigt ins Auto.

Bis zu unserer Ankunft wechseln wir kaum ein Wort, wofür ich Joey dankbar bin. Ich bin schrecklich nervös. Ob The Merchant wirklich so schlimm ist, wie Joey und sein Onkel behaupten? Gigantische Parkplätze am Highway 90, dazu flache Lagerhallen und Bürogebäude sowie ein paar verkümmerte Bäume. Das ist Harvey. Der Klub von Jean-Louis Marsalis ist nicht zu übersehen mit seinen in den Himmel ragenden Laserfingern, die zur wummernden Musik die Luft zerschneiden. Ich bitte Joey, so nah wie möglich am Eingang zu parken, was sich als gar nicht so einfach erweist, weil sich bereits viele Besucher dort eingefunden haben. Dafür spricht auch die Menschentraube, die sich vor den Eingang drängt.

»Warte hier, bis ich wieder rauskomme, okay?«, wende ich mich an Joey.

Zwischen dessen Augenbrauen bildet sich eine Falte. »Bist du sicher, dass es eine gute Idee ist?«

Ich zucke mit den Schultern, gebe mich gelassen. »Irgendwo muss ich ja anfangen.«

Als ich aussteigen will, greift Joey nach meinem Arm. »Halte dich von Marsalis' Männern fern, okay? Die Typen sind gefährlich.«

Obwohl sich meine Bauchhöhle anfühlt, als würde dort gerade ein Scharmützel stattfinden, ringe ich mir ein Lächeln ab. »Ich will mich nur etwas umhören, das ist alles.«

Joey nickt. »Ruf an, wenn was ist. Du hast meine Nummer.«

Wieder lächele ich. Vielleicht ist Joey doch kein so übler Kerl.

Wäre ich John Wick, würde ich jetzt in den Klub stürmen, die bösen Buben abknallen und so lange auf Jean-Louis Marsalis eindreschen, bis er mir verraten würde, was mit Zach geschehen ist. So aber stelle ich mich ans Ende der Warteschlange. Es dauert eine geschlagene halbe Stunde, bis ich endlich vor den beiden Gorillas in glänzenden Anzügen stehe, die die Tür zum Allerheiligsten bewachen. Mein Puls schießt in die Höhe, als ihre Augen mich von oben bis unten mustern. Nun kommt es darauf an. In den letzten dreißig Minuten wurden aus mir nicht ersichtlichen Gründen viele Leute abgewiesen. Einmal ist es zu einem kurzen Handgemenge mit einem Betrunkenen gekommen, das einer der Türsteher mit einem brutalen Fausthieb für sich entschieden hat. Zu allem entschlossen drücke ich den Busen heraus, werfe den Kopf lasziv zurück und setze ein schiefes und, wie ich hoffe, sexy Lächeln auf.

»Hey, Jungs«, flöte ich. »Gönnt ihr einem Mädchen vom Lande etwas Spaß?«

Für einen Moment banne ich den Blick des Größeren, der ein Mann ist wie ein Schrank, mit Stoppelhaaren und gemeinen kleinen Augen. Er grinst. Offenbar hat er den Ausdruck in meinem Gesicht als Einladung interpretiert. Mir fällt ein Stein vom Herzen, so groß wie ein Felsbrocken.

»Alles klar, Süße!«, sagt er und winkt mich hindurch. »Viel Vergnügen im Merchant. Vielleicht sehen wir uns ja später noch mal.«

»Das wäre schön«, trällere ich ihm zu, während ich mich beeile, im Inneren zu verschwinden, bevor der Kerl es sich anders überlegt.

Nachdem ich am winzigen Kassenhäuschen den horrenden Eintrittspreis bezahlt habe, betrete ich den Klub durch einen schwarzen Samtvorhang. Beim Anblick des gigantischen Dancefloors bin ich überrascht. Keine Ahnung, was ich erwartet habe, aber das Ganze wirkt auf den ersten Blick unspektakulär. Keine dunklen Nischen, in denen obskure Gestalten herumlungern, keine unheimlichen Augenpaare, die sich auf einen richten, sobald man die Szene betritt, keine halbseidenen Gangster mit Knarren im Hosenbund. Stattdessen bewegen sich Hunderte von Leibern im Takt der dröhnenden Bässe, es wird gegrölt und gelacht und viel Haut gezeigt, wie in anderen Klubs auch. Schnell mache ich die Bar aus, die sich, einer fluoreszierenden gelben Schlange gleich, im hinteren Teil windet. Jede Menge Leute scharen sich davor, und ich muss beide Ellenbogen einsetzen, um mich bis zur Theke durchzukämpfen. Dank meiner hohen Absätze messe ich knapp einen Meter achtzig, und im Gegensatz zu vielen meiner kleineren Geschlechtsgenossinnen entdeckt mich der Barkeeper sofort.

»Einen Tom Collins«, ordere ich.

Als er mir den Drink in einem großen Glas bringt, bestehend aus klein gestoßenem Eis, Gin, Seven Up, kandierten Kirschen und Zitronenscheiben, beuge ich mich vor. »Ich suche Zach«, rufe ich gegen den Krach an. »Arbeitet er heute?«

Argwohn flackert in den Augen des Barkeepers auf. »Bist du eine Freundin?«

»Na ja, Freundin ist zu viel gesagt.« Ich fahre mir verlegen durchs Haar. *Igitt! Ich hatte völlig vergessen, dass es voller Gel ist.* Unauffällig wische ich mir die Hand am Kleid ab. Hoffentlich habe ich jetzt keinen Glitter an den Fingern! »Ich war schon ein paar Mal hier und hab ein bisschen mit ihm gequatscht. Er ist echt süß, und ich hatte gehofft …« Den Rest lasse ich ungesagt.

Der Argwohn verschwindet, weicht Langeweile. Wieder so ein Groupie, scheint seine Miene zu sagen. »Zach arbeitet heute nicht.«

Zum Zeichen der Enttäuschung schiebe ich die Unterlippe vor. »Ach wie schade … Wann kommt er denn wieder?«

Der Barkeeper, der sich Roy schimpft, wie sein Namensschild verrät, zuckt mit den Achseln. Ich beuge mich vor, klimpere mit den Wimpern – *Gott, wie ich dieses Getue hasse!* – und suche seinen Blick.

»Könntest du vielleicht mal nachfragen?«, dränge ich und versuche, nicht zu verzweifelt zu klingen. »Ich bin keine verrückte Stalkerin oder so was. Aber da war was zwischen uns, ich hab's genau gespürt.«

Kurz scheint Roy abzuwägen, dann fasst er einen Entschluss. »Okay.« Er gibt einem Kollegen das Zeichen, kurz zu übernehmen, dann wechselt er über sein Bluetooth-Headset ein paar Worte mit jemandem. »Tut mir leid, Süße«, sagt er zu mir, nachdem er das Gespräch beendet hat. »Ich habe gerade erfahren, dass Zach gekündigt hat. Er kommt nicht wieder.«

Eine Sackgasse. Verdammt!

Meine Gedanken überschlagen sich. Was tun? Mir ist die Enttäuschung offenbar anzusehen, denn Roy wendet sich erneut an mich. »Vielleicht kann dir Dino weiterhelfen«, sagt er.

»Dino?«

»Ja. Er arbeitet hier. Zach und er haben sich ein wenig angefreundet.«

Mein Herzschlag beschleunigt sich. »Wo finde ich diesen Dino?«

Der Barkeeper zeigt mit dem Kopf auf eine Sitzgruppe vor der LED-Wand, auf der sich zwei beschwipste Frauen fläzen. Ihr Begleiter ist ein Blondschopf mit Babyface und offenem Hemd bis zum mageren Brustbein. An seinem Hals baumelt eine viel zu schwere Goldkette, was etwas albern anmutet.

»Das ist Dino?«, frage ich ungläubig. »Der Typ da?«

»Ja.« Der Barkeeper lacht angesichts meiner verblüfften Miene. »Sein Job besteht darin, die weiblichen Gäste bei Laune zu halten.«

Der Milchbubi? Verwundert starre ich den Kerl an, der aussieht, als hätte er gerade die Highschool abgeschlossen, und verkneife mir ein Lachen. Aber hey, über Geschmack lässt sich nicht streiten! Den Frauen scheint seine übertriebene Aufmerksamkeit jedenfalls zu gefallen. Entschlossen will ich mich in Bewegung setzen, als mich Roy mit einer Geste zurückhält.

»Warte, bis er die Mädels abgefertigt hat«, sagt er, was immer damit gemeint ist.

»Alles klar«, antworte ich und schenke ihm ein Lächeln.

Als ich zum Dank einen Zehndollarschein aus der Tasche ziehen will, winkt er ab. »Lass mal stecken!«, sagt er freundlich und wendet sich einem Schönling zu, der lautstark eine Flasche Champagner ordert.

An meinem Tom Collins nippend, drehe ich mich auf meinem Hocker herum und lasse meinen Blick durch den Klub schweifen. Obwohl mein Interesse dem Tisch links von mir gilt, spiele ich die Gelangweilte. In den nächsten zwanzig Minuten werde ich zwei Mal angebaggert. Mit klaren Worten und einem festen Blick gelingt es mir, die eifrigen Bewunderer abzuwehren. Von der Bar aus habe ich eine gute Übersicht über den Klub, und während ich darauf warte, Dino allein zu erwischen, fallen mir Dinge auf. Tütchen, die auf der Tanzfläche den Besitzer wechseln. Frauen mit festgetackertem Lächeln, die unter Tischen krabbeln, an denen ausnahmslos Männer sitzen, um nach wenigen Minuten mit einer abschätzigen Geste fortgeschickt zu werden. Eine mit Kamera versehene Tür hinter einem zweistöckigen Wasserfall, durch die immer wieder Leute verschwinden. Ob Marsalis dort seine Waffengeschäfte abwickelt?

Gerade als ich über die Bestellung eines zweiten Drinks nachdenke, springen die beiden Frauen auf und begeben sich schwankend und lachend zur Tanzfläche. Dino sieht ihnen eine Weile nach, dann steht er ebenfalls auf. Weil er keine Anstalten macht, den Frauen zu folgen, rutsche ich vom Hocker und stakse auf meinen High Heels zu ihm.

»Hi!«, sage ich und stelle mich ihm in den Weg.

Ein routiniertes Lächeln legt sich über sein Gesicht. »Hi, Schätzchen«, erwidert er, während er mich abcheckt. Dabei hält er die Augenlider halb gesenkt, ein unverhohlen bewundernder Ausdruck flackert in seinem Blick auf. Das also ist seine Masche. Einer Frau das Gefühl zu vermitteln, die Schönste im ganzen Land zu sein. Es ist so abgedroschen, dass ich beinahe die Augen verdreht hätte.

»Können wir uns irgendwohin verziehen, wo es ruhiger ist?«, frage ich.

Seine Lippen verziehen sich zu einem schiefen Grinsen. »Na klar. Alles, was du willst.«

Dino geht quer über die Tanzfläche zu einem schummrigen Gang, der zu einer Tür mit der Aufschrift »Staff« führt. Bis auf ein Pärchen an der Wand, das sich gegenseitig die Zunge in den Hals steckt, hält sich niemand hier auf.

»Kann ich etwas Spezielles für dich tun?«, fragt Dino mit vielsagendem Blick auf das Pärchen.

Nein, danke.

»Du bist mit Zach befreundet, habe ich gehört«, wage ich den direkten Vorstoß.

Prompt erlischt das Anmachlächeln in seinem Gesicht. »Wer hat das gesagt?«

»Das sagen alle«, antworte ich ausweichend. »Ich bin auch mit ihm befreundet, und, unter uns, ich mache mir Sorgen.«

Dino runzelt die Stirn. »Wieso?«

»Zach ist seit gestern verschwunden.«

Dinos Züge fallen in sich zusammen. In seinen Augen lese ich Furcht. »Scheiße! Ich habe so etwas befürchtet.«

Mein Herzschlag beschleunigt sich. »Was meinst du damit?«

Sachte ergreift Dino meinen Arm und zieht mich Richtung Tür, weg von dem knutschenden Pärchen. »Zach steckt in Schwierigkeiten«, flüstert er.

Ich weiß.

»Hast du eine Ahnung, wo er sein könnte?«, frage ich mit bebender Stimme.

Dino blickt kurz über meine Schulter zur Tanzfläche und dann wieder zurück. »Ja.«

Hoffnung keimt in mir auf. »Wo?«

»Nicht hier«, raunt er und zeigt auf die Tür. »Komm! Drinnen kann uns niemand belauschen.«

Als wir den Personalraum ansteuern, bemerke ich aus dem Augenwinkel, wie uns das Pärchen nachschaut. Dino schließt die Tür mit einem Schlüssel auf und lässt mich vorgehen. Das Zimmer ist ein typischer Pausenraum mit Spinden, einer Kaffeemaschine, einem Kühlschrank, einem Tisch mit vier Stühlen und einer separaten Toilette.

»Also wo ist Zach?«, frage ich und wende mich Dino zu, der eben die Tür hinter sich geschlossen hat.

»Sag du es mir«, antwortet er.

Überrascht starre ich ihn an. »Keine Ahnung. Ich dachte, du wüsstest es.«

»Nein.« Ein seltsames Lächeln huscht über sein Gesicht. »Ich weiß nur, dass Zach jemanden sehr verärgert hat.«

Jean-Louis Marsalis, fährt es mir durch den Kopf.

»Wen?«, frage ich dennoch.

Dinos Augen füllen sich schlagartig mit Kälte. Im selben Moment begreife ich meinen Fehler, aber es ist zu spät. Dino hat mich bereits mit beiden Händen gepackt. Fester, als sein Aussehen vermuten lässt.

»Mich«, knurrt er.

»Uuuuh, muss mich das jetzt beeindrucken?«, ätze ich verächtlich, obwohl mein Herz vor Angst flattert.

»Das sollte es. Ja.« Ein irrer Ausdruck legt sich auf seine Züge, während er sich mit einer Hand die schwere Goldkette über den Kopf zieht. »Wie sehr, zeige ich dir gleich … Cheyenne.«

Er weiß, wer ich bin!

»Nur über meine Leiche, du Wichser!«, rufe ich, bevor mich die Panik lähmt, und trete ihm, so fest ich kann, mit dem spitzen Absatz auf den Fuß.

Er schreit vor Schmerz auf. Ich nutze die Gelegenheit, um mich loszureißen und zur Tür zu springen. Aber ich komme nicht weit. Nach nur einem halben Meter werde ich grob zurückgerissen und bäuchlings auf den Tisch geworfen. Der Aufprall ist so heftig, dass es mir kurzfristig die Luft aus den Lungen treibt. Dabei fällt mir das Handtäschchen samt Pfefferspray aus der Hand. *O nein!* Bevor ich reagieren kann, liegt Dino auf mir, die schwere Goldkette hat er wie eine Schlinge um meinen Hals gewickelt.

»Kannst du haben, Schätzchen«, flüstert er und zieht die Kette straff.

Verzweifelt strampele ich mit den Beinen, aber ich habe keine Chance, keine Angriffsmöglichkeit. Ich keuche und würge, während die Kälte des Metalls von einem scharfen Schmerz abgelöst wird, der rundum in mein Fleisch schneidet. Meine verkrampften Finger versuchen, sich unter die großen Glieder zu schieben. Vergebens. *Nein, nein, nein! So darf es nicht enden. Wehr dich!* Doch mein Körper ist dazu nicht imstande. Die Welt zersplittert bereits vor meinen Augen, in meinen Ohren dröhnt es. *Nein,* ertönt es noch einmal in meinem Kopf, aber diesmal klingt es viel leiser, wie ein Stimmchen in der Ferne. Schon spüre ich, wie sich der Tisch unter mir zu einem bodenlosen Schlund auftut. Mein Körper erschlafft, die Geräusche verstummen und die Gedanken in meinem Kopf ebenfalls. Um mich herum wird es stockdunkel.

Auf Messers Schneide

Beau

Die beiden Teams stehen sich grimmig gegenüber. An vorderster Front der *New Orleans Saints* haben sich LeRibeus und Armstead aufgebaut, zwei Kolosse, die zusammengenommen gut und gern mehr als sechshundert Pfund auf die Waage bringen. Brees, der Quarterback der *Saints*, wartet angespannt auf das Abspielen des Balls. Dann ist es so weit. Die Muskelberge beider Teams prallen hart aufeinander, das Spielfeld scheint zu beben. Der eiförmige Ball wird geworfen, fliegt zehn, zwanzig Meter durch die Luft. Wide Receiver und Defensive Backs springen hoch und …

Das Telefon klingelt.

Ohne den Blick vom Bildschirm abzuwenden, setze ich die Bierflasche ab und greife nach dem Hörer. Jenkins, der Verteidiger der *New York Giants,* fängt den Ball und landet hart auf dem Feld.

Verdammter Mist!

»Ja?«, melde ich mich.

»Beau, ich sollte doch die Kleine aus der Dauphine Street im Auge behalten und dich kontaktieren, sobald sich etwas Außergewöhnliches tut«, ertönt die Stimme eines Kollegen aus der Nachtschicht an meinem Ohr.

»Solltest du, ja«, antworte ich und schalte den Fernseher stumm.

»So ein Kerl hat sie ins Merchant gefahren.«

Ich richte mich in meinem Sessel auf. »Wann?«

»Vor zehn Minuten. Sie steht noch in der Warteschlange.«

»Was will sie dort?«, frage ich leise, eher mich selbst.

»Keine Ahnung. Sich amüsieren?«, mutmaßt mein Kollege am anderen Ende. »Sie hat sich jedenfalls aufgetakelt wie die Königin der Nacht.«

Nachdenklich runzele ich die Stirn. Als ich gestern Abend Cheyenne Willoz' ungeschminktes Gesicht gesehen habe, war ich verblüfft, wie zart und zerbrechlich sie ohne das zentimeterdicke Make-up, die krallenförmigen Kunstnägel und die Perücke gewirkt hat. Am Auffälligsten in dem schmalen Gesicht sind die großen dunklen Augen gewesen, in denen, aller Aufsässigkeit zum Trotz, ein Hauch von Verwundbarkeit lag. Ihre kinnlangen glatten Haare, die in einem warmen Braunton schimmerten, bildeten einen reizvollen Kontrast zu der Porzellanhaut. Und dann war da noch der Mund. Wohlgeformt, mit üppigen Lippen, die das Blut eines Mannes in Wallung bringen könnten, wäre da nicht der ernste, fast bittere Zug um die Mundwinkel. Und genau das ist es, was mich stutzen lässt. Cheyenne Willoz ist nicht der Typ, der in einem der berüchtigtsten Klubs der Stadt Party macht, während ihr Bruder in vermeintlicher Gefahr schwebt. Ihr haftet nichts Leichtes oder Sorgloses an. Ganz im Gegenteil. Auf ihren schmalen Schultern scheint eine Riesenlast zu liegen, was mich zu der Befürchtung verleitet, dass sie drauf und dran ist, etwas Unbedarftes zu tun.

»Was ist das für ein Kerl, der sie dorthin gebracht hat?«, frage ich.

»Er wirkt wie ein Möchtegern-Halbstarker. Sollte sie in Schwierigkeiten geraten, glaube ich nicht, dass er viel ausrichten kann. Außer er verfügt über irgendwelche geheimen Superkräfte.«

»Alles klar.« Meine Entscheidung ist soeben gefallen. »Ich fahre hin.«

Ich werfe einen letzten Blick auf den Flachbildschirm, dann schalte ich den Fernseher aus. Die *New Orleans Saints* werden den *Giants* ohne meine moralische Unterstützung in den Hintern treten müssen. Anschließend hole ich meine Marke aus einer Schublade im Schlafbereich und nehme den Autoschlüssel vom Haken an der Wand. Die Glock lasse ich liegen, schließlich bin ich streng genommen außer Dienst. Beim Vorbeigehen schaue ich noch einmal kurz in den Spiegel. Ich trage T-Shirt, Hemd und Jeans. Unter normalen Umständen könnte ich in dem Outfit niemals einen Fuß in den Klub The Merchant setzen. Aber ich bin ein Cop. Wenn ich es darauf anlege, komme ich überall rein.

Entschlossen steuere ich die Rutschstange an, die in der Mitte des Raums eingelassen ist. Weil es heute schnell gehen soll (und weil es Spaß macht), lasse ich die Treppe außen vor und rutsche hinunter. Auf diese Weise gelange ich direkt ins Erdgeschoss, wo mein Wagen steht: ein schwarzer 2006er Dodge Ram. Unten angekommen, starte ich den Motor, entriegele mit meiner Fernbedienung das Garagentor und düse los. Bereits vierzig Minuten später schlage ich eine Schneise durch die aufgekratzte Menge, die sich vor dem Merchant drängelt, als gäbe es kein Morgen. Die lauten Proteste ignoriere ich geflissentlich. Als einer der Türsteher bei meinem Erscheinen ein raues »Hau ab, du Pfeife!« ausstößt, erschallt hinter mir schadenfreudiges

Gelächter – das schlagartig verstummt, als ich meine Marke hervorhole. Sekundenlang starrt mein Gegenüber auf das glänzende Metall, ganz so, als würde er die Buchstaben einzeln entziffern müssen, dann richtet er seine Schweinsäuglein auf mich.

»Haben Sie einen Durchsuchungsbefehl?«, blafft er mich an.

»Nein.« Ich lächele milde. »Ich will mich nur amüsieren.«

»Stellen Sie sich an, wie alle anderen!«, mischt sich sein Kumpan ein.

Immer noch lächelnd werfe ich ihm einen eisigen Blick zu. »Keine Lust.« Ich lasse einige Sekunden verstreichen. »Ich kann natürlich auch gern die Kollegen der Nachtschicht anrufen und sie zu einer spontanen Razzia bewegen. Mir ist, als hätte ich vorhin jemanden mit einem Joint hier reingehen sehen …«

Die beiden Hohlbirnen vor mir tauschen einen kurzen Blick aus, dann nickt einer von ihnen langsam. »Gehen Sie rein! Aber machen Sie keine Schwierigkeiten.«

Ich erspare mir eine Antwort und betrete den Klub. Den kostenlosen Eintritt erschleiche ich mir, indem ich meine Marke erneut vorzeige. Ich war schon des Öfteren im Merchant, immer aus beruflichen Gründen, und brauche mich nicht zu orientieren. Ich nehme die Treppe, die nach oben in den VIP-Bereich führt und stelle mich auf eine der oberen Stufen, um den Laden besser überblicken zu können. Ich entdecke Cheyenne Willoz fast auf Anhieb. Sie sitzt an der Bar und nippt an ihrem Drink. Beim Anblick der langen Beine in den High Heels und des äußerst knapp geschnittenen Kleides bekomme ich einen trockenen Hals. Wie wandelbar die Frau ist! Unfassbar! Gestern noch hat sie die rotzige Göre gemimt, und jetzt … Was, verflucht noch mal, hat sie vor? Die widersprüchlichsten Gefühle stürmen auf mich ein. Einerseits würde ich ihr am liebsten den Fummel vom Körper reißen, um die echte, unverfälschte Cheyenne Willoz in aller Gründlichkeit zu erkunden, andererseits juckt es mich in den Fingern, ihr mein Hemd überzuziehen, um sie vor fremden Blicken zu schützen. Fortpflanzungstrieb versus Beschützerinstinkt. Innerlich stöhne ich auf. Wie soll ich da bitte professionell bleiben?

Als sie von ihrem Hocker rutscht, um mit einem schmierigen blonden Kerl einige Worte zu wechseln, der sich offenbar viel zu gern und viel zu oft im Spiegel bewundert, werde ich aus meinen Gedanken gerissen.

Mädchen, tu das nicht.

Mein telepathisches Talent ist mehr als kümmerlich, denn sie folgt ihm quer durch den Klub in einen schummrigen Gang. Wie ein argloses Hündchen. Wüst fluchend stoße ich mich vom Geländer ab, um mich an ihre Fersen zu heften. Am Fuß der Treppe stellt sich mir ein Mittdreißiger mit Toupet und vergrößerten Pupillen in den Weg, den ich mit einem unsanften Rempler auf den Hintern befördere. Sein Plärren geht im Wummern der Bässe unter, ein paar Leute lachen. Hastig schaue ich mich um. Mein Blick bleibt am roten Glitzerkleid hängen, das eben hinter einer Tür verschwindet. Der blonde Kerl ist direkt hinter ihr. Rücksichtslos bahne ich mir meinen Weg durch den überfüllten Klub. Im Gang pralle ich fast gegen ein knutschendes Pärchen, das ich mit einem unmissverständlichen »Verpisst euch!« in die Flucht schlage. Gerade will ich weitergehen, als ich mitten im Schritt stocke. Was, wenn es sich um ein harmloses Stelldichein handelt? Ein Quickie zwischendurch? Ganz hinten in meinem Kopf wispert mir eine Stimme zu, in dem Fall erst recht einzugreifen, aber ich ignoriere sie. Ich werde am Ende des Gangs warten, bis die beiden fertig sind, und derweil darüber sinnieren, wie ich weiter verfahren soll. Vielleicht ist Cheyenne Willoz nur hier, um Stress abzubauen.

Im gleichen Moment ertönt hinter der Tür ein erstickter Laut. Unverhohlene Lust? Kurz darauf ist ein Schmerzensschrei zu vernehmen, gefolgt von Tumult. Definitiv Kampfgeräusche.

Ich überlege nicht zweimal, stürme auf die Tür zu und reiße sie auf. Zum Glück ist sie unverschlossen. Ich erfasse die Szene mit einem Blick. Cheyenne Willoz liegt bäuchlings auf dem Tisch, strampelnd und keuchend, der Mann über ihr würgt sie mit einer Kette. Auch auf die Gefahr hin, dass ich in eine bizarre Sadomaso-Nummer hineinplatze und hinterher angegiftet werde, versetze ich dem Kerl einen harten Nackenhieb. Zumindest ist das der Plan. Aufgeschreckt dreht er im gleichen Moment den Kopf. Statt des Nackens erwische ich seine Nase, die mit einem hässlichen Knacken bricht. Auch gut. Er heult auf, Blut spritzt. Um sicherzugehen, hole ich noch einmal aus und lasse meine Faust auf seine Schläfe niedersausen. Seine Augenlider flattern, er sackt in sich zusammen und rutscht seitlich am Tisch entlang zu Boden.

Ich beachte ihn nicht weiter und entferne die Kette vom Hals der jungen Frau, anschließend helfe ich ihr auf. Ihr Gesicht ist hochrot, und sie ringt verzweifelt nach Luft. Während sie versucht, ihre Fassung wiederzuerlangen, packe ich den Kerl an den Haaren und schleife ihn zur Toilette. Seinen Kopf stecke ich in die Kloschüssel, dann schließe ich die Tür und drehe mich um. Mit der Hüfte gegen den Tisch gelehnt, schaut mir Cheyenne Willoz mit kämpferischer Miene entgegen, dennoch kann ich sehen, dass ihre Unterlippe bebt. Auf ihrem Hals haben sich striemenartige Würgemale gebildet, die sich rasch dunkel verfärben.

»Ich habe Ihre Hilfe nicht gebraucht«, krächzt sie.

»Normale Menschen bedanken sich in einer solchen Situation, Miss Willoz.« Ich taxiere sie nachdenklich. »Warum müssen Sie sich immer gleich aufführen wie ein Tier in der Falle?«

Sie ringt hörbar nach Luft, will etwas erwidern, als draußen im Gang Stimmen erklingen, die immer lauter werden. Die Typen bewegen sich in unsere Richtung.

»Heute ist wieder der Teufel los«, sagt einer mit osteuropäischem Akzent.

»Stimmt«, antwortet der andere im breiten Texas-Slang. »Ein Fest für Cid. Wo ist er eigentlich?«

»Schätze, er lässt sich irgendwo von Audrey einen blasen.«

Der andere lacht dreckig. »Lass das Mister Marsalis nicht hören.«

Ohne lange nachzudenken, hebe ich die undankbare Miss Willoz auf den Tisch. »Schlingen Sie Ihre Beine um mich. Schnell!«, weise ich sie an.

Widerwillig folgt sie meiner Anweisung. Dabei rutscht das ohnehin kurze Kleid über ihre Hüften, und ich gebe mir alle Mühe, nicht auf ihre samtigen Oberschenkel zu starren. In ihren Augen blitzt es auf, als könnte sie meine Gedanken lesen, und sie setzt zum Protest an. Um Schlimmeres zu verhindern, packe ich ihren Nacken und ziehe ihr Gesicht dicht an meines.

Was soll's?, fährt es mir durch den Kopf, dann liegt mein Mund schon auf ihrem.

Cheyenne

Gütiger Himmel! Dieser Kuss ist nicht nur die Berührung zweier Münder, sondern eine Besitzergreifung mit allem Pipapo. Er kostet von meinen Lippen, erforscht sie, zaghaft zunächst, dann hungrig und fordernd. Unbewusst blähe ich die Nasenflügel, atme seinen aufregenden Duft ein. Beau Lamare weiß zu küssen, und wie! Natürlich ist es bloß zur Tarnung, dennoch kann ich nicht verhindern, dass sich in meinem Bauch ein Riesenschwarm Schmetterlinge in Bewegung setzt. Was mich maßlos ärgert. Ich sollte den Kopf wegdrehen, ihn wegstoßen, vermag es aber nicht. Seine Bartstoppeln kratzen über meine Wangen, und als seine Zungenspitze zärtlich über meine

Lippen fährt, stehe ich knapp davor, sie weit zu öffnen, als wäre ich eine Blume, die nach dem ersten Sonnenstrahl lechzt.

Er ist ein Bulle!, schreit es in meinem Kopf. *Ein Bulle!*

Die Tür hinter uns wird geöffnet. Ein verblüfftes Innehalten, gefolgt von einem Brummen.

»Was treibt ihr da, verdammt?«, poltert eine ungehaltene Stimme und rettet mich damit aus einer verflucht misslichen Lage. »Könnt ihr Idioten nicht lesen? Das ist privat.«

Ein kurzer mahnender Blick aus hellbraunen Augen, der Goldton darin hat etwas Hypnotisierendes, dann vollzieht Beau Lamare einen jähen Wandel. Verblüffend, wie schnell er von männlich dominant auf betrunken umschalten kann. Während seine Miene einen trotteligen Ausdruck annimmt, sinkt er unauffällig in sich zusammen. Ich nehme an, um seine Größe zu vertuschen.

»Hey, Leute, alles cool«, lallt er viel zu laut und löst sich schwankend von mir. »Wir woll'n nur'n bisschen Spaß ham.«

»Wie seid ihr hier reingekommen?«, herrscht ihn einer der beiden Typen an, der wie ein Schläger aussieht.

»'s war offen.«

»Verschwinde hier, du Penner, aber pronto! Und nimm die Nutte mit!«, fährt ihn der andere an.

Empört will ich etwas erwidern, doch Beau packt meine Hand und drückt sie schmerzhaft. Eine eindeutige Warnung.

»Okay, okay. Regt euch ab!«, lallt er weiter, zieht mich gleichzeitig vom Tisch herunter. »Wir gehn ja schon.«

Hastig ziehe ich das Kleid über meine Oberschenkel und hebe mein Handtäschchen vom Boden auf.

»Moment mal«, knurrt plötzlich einer der Kerle. Mit finsterer Miene stemmt er eine Hand gegen Beaus Brust, um ihn am Gehen zu hindern. »Bist du nicht der Bulle, der …?«

Weiter kommt er nicht. Schon hat Beau seine Hand gepackt und brutal nach hinten gedrückt, wobei der Kerl einen

Schmerzenslaut ausstößt. Nur einen Atemzug später versetzt der Cop ihm mit dem Ellenbogen einen Schlag ins Gesicht, der sich gewaschen hat. Er wartet erst gar nicht ab, bis der Kerl zusammenbricht, sondern wirbelt herum, um seinem perplexen Kumpel das Knie in den Unterleib zu rammen. Beide Hände auf den Leib gepresst, taumelt dieser zwei Schritte nach hinten und sinkt auf die Knie. Ein abschließender Tritt gegen den Solarplexus setzt ihn außer Gefecht, bevor er überhaupt einen Mucks machen konnte. Das alles geschieht blitzschnell. Ohne den Atem auch nur einen Hauch zu beschleunigen, steigt Beau über die sich am Boden wälzenden Männer und stapft auf den Gang hinaus.

»Kommen Sie!«, sagt er und zieht mich hinter sich her. *Als ob ich eine Wahl hätte.* »Sehen wir zu, dass wir hier verschwinden.«

»Sie machen keine Gefangenen, was?«, entgegne ich mit leicht zittriger Stimme, während ich über die stöhnenden Männer stakse, darauf achtend, sie nicht noch zusätzlich mit meinen spitzen Absätzen zu malträtieren.

»Nicht in diesem Fall.«

Unsanft werde ich über die Tanzfläche zum Ausgang bugsiert, aber ich hüte mich, zu protestieren. Kaum haben wir den Parkplatz erreicht, als mich Beau zu sich herumwirbelt. Inzwischen hat er sich wieder zu seiner vollen Größe aufgerichtet und starrt finster auf mich herab. Mein Herz gerät kurz ins Stolpern. Für Bullen mag ich keine Schwäche haben, für große, breitschultrige Männer, die rohe Kraft ausstrahlen, schon. Beau trägt ein dunkles Shirt, das sich über seiner muskulösen Brust spannt, dazu ein locker sitzendes, offenes kariertes Hemd mit hochgekrempelten Ärmeln, die gebräunte Arme freigeben, sowie ausgebleichte Jeans und Boots. Der Dreitagebart und die bernsteinfarbenen Raubtieraugen runden das gefährliche Bild ab, und ich spüre in meinem Unterbauch ein verräterisches Ziehen.

Oh Mann!

»Das eben hätte nicht sein müssen, verflucht!«, fährt er mich scharf an. »Was haben Sie sich nur dabei gedacht?«

»Ich mir?«, empöre ich mich meinerseits und versuche, nicht auf seine attraktiven Lippen zu starren. »Sie waren es, der über mich hergefallen ist wie ein lüsterner Greis!«

»Ein lüsterner was?« Einen winzigen Moment lang blickt er mich ungläubig an, dann schüttelt er unwirsch den Kopf. »Das meine ich nicht«, sagt er mit einer abschätzigen Handbewegung, und die Scham steigt mir ins Gesicht. »Warum mussten Sie ausgerechnet mit Marsalis' rechter Hand in einem Kabuff verschwinden? Sind Sie lebensmüde oder was?«

»Dino? Marsalis' rechte Hand?«

»Ja. Sein voller Name lautet Corradino Ricci. Ein Psychopath allererster Güte.«

Plötzlich glaube ich, die schwere Goldkette wieder um meinen Hals zu spüren. »Der sah gar nicht italienisch aus«, murmele ich mehr zu mir selbst. Und dann: »Wir müssen zurück.«

Einen Moment lang starrt mich Beau einfach nur an. »Haben Sie eben nicht zugehört?«

»Dino hat es zwar abgestritten, aber ich bin sicher, er weiß, wo Zach ist.«

Beau schüttelt energisch den Kopf.

»Warum nicht?«, hake ich nach. »Sie sind ein Cop! Sie können ihn zu einer Aussage zwingen.«

»Selbst wenn Sie recht hätten, wäre jetzt der falsche Zeitpunkt«, antwortet Beau ungerührt. »Ich habe dem Kerl gerade die Nase zertrümmert. Er wird seine Meute auf uns hetzen.«

Vor meinem geistigen Auge blitzen Bilder von meinem kleinen Bruder auf, wie er in einem dunklen Loch festgehalten und von brutalen Schlägern misshandelt wird. Nur mit Mühe halte ich die Tränen der Hilflosigkeit zurück.

»So seid ihr Bullen!«, stoße ich hervor. »Keine Eier in der Hose, wenn's drauf ankommt!«

Ein gefährliches Glitzern in Beaus Blick lässt mich frösteln. Als er sich zu mir beugt, stockt mein Atem. Gleich reißt er mich in Stücke. *Pah! Soll er doch!* Aber ehe er aktiv werden kann, kommt Joey aus dem Halbdunkel des Parkplatzes auf uns zugeschossen.

»Alles okay, Cheyenne?«, fragt er mit grimmigem Ausdruck und geballten Fäusten, um mich notfalls zu verteidigen, was mich irgendwie rührt.

»Ja, alles gut«, versichere ich rasch, bevor er etwas Unüberlegtes tut.

Mit einem großen Fragezeichen im Gesicht schaut er uns abwechselnd an, bis Beau das Wort ergreift. »Ich fahre Sie heim«, sagt er zu mir.

»Nein! Ich will nicht …«

»Keine Widerrede!«, grollt er zurück. »Sie tun, was ich sage. Für heute haben Sie genug Unsinn angestellt!«

Das ist ja wohl …!

Während ich nach Worten ringe, um diesem selbstgefälligen Bullenarsch die Meinung zu geigen, öffnet Joey den Mund, um zu widersprechen, aber ein frostiger Blick aus Bernsteinaugen reicht aus, um seine Zunge zu lähmen. Armer Joey! Bei seiner Körpergröße sollte er unbedingt Kampfsport machen, um sich von anderen nicht unterbuttern zu lassen. Was auch für mich gilt! Zwar habe ich auf der Straße ein paar Tricks gelernt, um Angriffe abzuwehren und bösen Menschen wehzutun, aber gegen Fieslinge mit todbringendem Schmuck kann ich nicht viel ausrichten. *Und auch nicht gegen Despoten mit Polizeimarke und göttlichen Lippen.* Beim nächsten Mal werde ich besser vorbereitet sein!

Fürs Erste gebe ich nach. »Danke«, sage ich Joey zum Abschied und drücke ihm in einem plötzlichen Impuls einen Kuss auf die Wange.

Als ich mich zum Gehen wende, bemerke ich, dass Beau einige Worte mit einem Mann in kariertem Sakko wechselt. Der Wind trägt einzelne Wortfetzen zu mir herüber. »Übernehme jetzt« und »danke«.

»Ich denke, ich habe deutlich gemacht, was ich von Ihrer Aktion heute Abend halte«, sagt Beau, nachdem er seinen Pick-up aufgeschlossen hat und wir eingestiegen sind. »Trotzdem würde ich gern erfahren, was Sie vorhatten.«

Auch wenn es schwerfällt, schlucke ich meinen Ärger hinunter. Schließlich hat der Kerl meinen Hintern gerettet. »Der Typ da …« Ich zeige auf Joey, der gerade dabei ist, zu seinem Wagen zurückzutrotten. »… ist Zachs bester Freund. Er hat mir erzählt, dass mein Bruder in den letzten Wochen im Merchant gejobbt hat. Ich wollte mich nur umhören.«

»Und? Haben Sie irgendwas Interessantes herausgefunden?«, fragt Beau, setzt den Blinker und fährt vom Parkplatz herunter.

Ich schüttele den Kopf. »Leider nein. Der Barkeeper meinte, Zach hätte gekündigt. Dann hat er mich an Dino verwiesen, weil sich dieser angeblich mit meinem Bruder angefreundet haben soll.« Schon die Vorstellung jagt mir einen Schauer über den Rücken. Mein kleiner Bruder und dieser Kerl? Nie und nimmer!

»Und das haben Sie ihm abgenommen?«

Ich werfe dem Mann neben mir einen kurzen Blick zu. »Warum auch nicht? Zu dem Zeitpunkt wusste ich ja nicht, was für ein Brutalo dieser Dino ist.«

Beaus einziger Kommentar ist das Hochziehen einer Augenbraue.

»Ich fand, es war einen Versuch wert«, murmele ich.

»Es war dumm«, lautet die kurz angebundene Antwort.

»Sie wiederholen sich«, entgegne ich säuerlich.

In diesem Moment geschieht es. Meine Hände beginnen unkontrolliert zu zittern, so heftig, dass ich sie hastig unter meine Oberschenkel schiebe, um sie zu verbergen. Ich spüre, wie sie flattern und beben, wie spastische Zitteraale. Einen solchen Anfall habe ich seit Jahren nicht mehr gehabt. Angestrengt starre ich nach vorn, versuche, das Zucken zu unterdrücken. Vergeblich. Dieser nervöse Tick setzte ein, als ich elf Jahre alt war und zum ersten Mal Bekanntschaft mit dem Rohrstock machte. Es war die Zeit, als Zach zu stehlen anfing, nachdem er die bittere Pille hatte schlucken müssen, dass Ehrlichkeit sich nicht lohnt und das Recht auf der Seite des Stärkeren ist. Danach wurde für uns alles noch schlimmer.

»Alles okay?«, fragt mich Beau, dem meine starre Körperhaltung offenbar nicht verborgen geblieben ist.

»Natürlich. Warum auch nicht?«, blaffe ich ihn an.

Noch verhasster als das unkontrollierbare Flattern unter meinen Oberschenkeln ist mir der Gedanke, wie ich früher einmal gewesen bin. Schwach und hilflos, fremdem Willen ausgesetzt wie ein Blatt im Wind. Niemals wieder will ich mich so fühlen! Ich treffe die Entscheidungen über mein Leben. Niemand sonst. Gequält beiße ich mir auf die Unterlippe. Ich bin kein einfacher Mensch, ich weiß. Ich komme mit Kritik nicht gut klar und mit Lob noch weniger. Und Mitleidsbekundungen sind mir ein Gräuel! Ist eh nur heuchlerisches Gesülze. Unwillkürlich schweifen meine Augen zu Beaus Profil. *Trotzdem ist es kein Grund, sich wie eine undankbare Kuh aufzuführen!* Ich will zu einer Entschuldigung ansetzen, doch der Anblick seiner Lippen löst die Sätze in meinem Kopf in Fransen auf. Mir ist, als würde ich sie wieder auf meinen spüren, so fest und voller Verlangen. Unterhalb seines rechten Mundwinkels entdecke ich eine kleine v-förmige Narbe. Prompt drängt sich mir der Gedanke auf, wie es wohl wäre, mit der Zunge darüber zu streichen.

Meine Wangen werden heiß, und ich drehe hastig den Kopf weg, um aus dem Fenster zu schauen. Eben überqueren wir den Mississippi. Während ich dem silbern glitzernden Band nachblicke, das sich, flankiert von Tausenden und Abertausenden bunten Lichtflecken, durch die Nacht schlängelt, spüre ich, wie das Flattern meiner Hände langsam verebbt. Müde schließe ich die Augen.

»Ich werde versuchen, herauszufinden, ob zwischen Jean-Louis Marsalis und dem Toten eine Verbindung besteht«, erklärt Beau wenig später.

Irritiert reiße ich die Augen auf. »Welchem Toten?«

»Sohrab Atashi, der Ladenbesitzer, der niedergeschossen wurde. Er ist heute Nachmittag seinen Verletzungen erlegen.«

Meine Fingerspitzen graben sich ins Sitzpolster. »Zach hat nichts damit zu tun«, flüstere ich.

»Noch haben wir keinen Haftbefehl erlassen«, erklärt Beau. »Wir haben Ihren Bruder lediglich als Person von besonderem Interesse zur Fahndung ausgeschrieben.«

»Danke«, entgegne ich leise. So leise, dass ich nicht sicher bin, ob er es gehört hat.

Minutenlang fällt zwischen uns kein Wort.

»Sie glauben, dass hinter dem Überfall auf den Laden mehr steckt?«, frage ich, nachdem ich meine Gedanken ein wenig geordnet habe. Meine Hände ruhen inzwischen friedlich, aber auch erschöpft in meinem Schoß.

»Keine Ahnung. Ihr Bruder ist die einzige Spur, und wenn diese Spur zu Jean-Louis Marsalis führt, darf ich das nicht ignorieren.«

Ich nicke und schaue wieder aus dem Fenster, ohne jedoch etwas wahrzunehmen. Als der Wagen urplötzlich anhält, zucke ich erschrocken zusammen. Da erst fällt mir auf, dass wir vor meinem Apartment in der Dauphine Street stehen. Ich hole tief Luft, setze erneut zum Sprechen an. *Danke fürs Herfahren,*

Detective, möchte ich sagen, *danke, dass Sie mich aus den Klauen dieses Psychopathen gerettet haben.* Aber der Cop kommt mir zuvor.

»Hören Sie auf, auf eigene Faust herumzuschnüffeln, Miss Willoz!«, sagt er, und es klingt ziemlich bestimmt. Möglicherweise hätte ich einfach nur brav genickt, doch das, was folgt, kratzt wieder an meinem Nervenkostüm. »Sollte ich Sie noch einmal bei so was erwischen, werde ich richtig ungemütlich.«

Mir fallen in diesem Moment diverse Dinge ein, die ich ihm liebend gern an den Kopf werfen würde, aber ich beiße mir auf die Lippen. Ich beschränke mich darauf, ihm einen verärgerten Blick zuzuwerfen, worauf ich wirklich stolz bin, dann steige ich aus dem Wagen.

»Haben Sie mich verstanden?«, ruft er mir hinterher.

Dieser Tonfall. So herablassend und kalt. Mehr braucht es nicht, damit ich die Beherrschung verliere.

»Du kannst mir nichts befehlen, Bulle!«, bricht es aus mir heraus. »Das hier ist immer noch ein freies Land!«

Ich höre, wie eine Wagentür geöffnet wird, schon hat er zu mir aufgeschlossen. Seine Hand schießt vor und legt sich um meinen Oberarm.

»Was soll das werden?«, fauche ich, verwundert darüber, dass seine Finger keine Brandmale auf meiner Haut hinterlassen.

»Ich meine es ernst, Cheyenne! Halten Sie sich fern von Ricci oder Marsalis!«

Vergeblich versuche ich, mich loszureißen, mit dem Ergebnis, dass er mich näher an sich heranzieht. Unsere Blicke verfangen sich ineinander, ich schnappe heftig nach Luft. Da ist wieder dieses Gefühl. Die Sehnsucht. Der Hunger. Sein Blick flackert kurz, er schnaubt, dann gibt er mich frei. Ohne ein weiteres Wort dreht er sich um und geht zu seinem Wagen zurück. Mein Brustkorb hebt und senkt sich rasch, als ich die Haustür aufschließe. Ich weiß nicht, was ich Beau Lamare mehr übelnehme: dass er mich wie ein dummes Kind behandelt oder dass er mich derart aus der Bahn wirft.

Nachdem die Rücklichter seines Pick-ups außer Sichtweite sind, haste ich nach oben und hole Zachs blutiges Hemd aus dem Wäschekorb. Ich stopfe es in eine braune Papiertüte, schnappe mir mein Fahrrad und befördere das Teil in eine Mülltonne nahe der St.-Louis-Kathedrale, gut eineinhalb Meilen von unserem Apartment entfernt.

In dieser Nacht bekomme ich kein Auge zu.

Ein alter Bekannter

Beau

Am nächsten Morgen stehen Olivia und ich mit einem Durchsuchungsbefehl vor Cheyenne Willoz' Apartment. Begleitet werden wir von einem weiteren Cop in Uniform. Die Laborergebnisse zum Fingerabdruck sind eingetroffen. Das Blut stammt von dem Toten. Damit ist Zachary Willoz unser Mordverdächtiger Nummer eins. Grußlos lässt uns seine Schwester hinein. Während wir die Räumlichkeiten auseinandernehmen, steht sie an den Küchentisch gelehnt und beobachtet das Geschehen, ohne eine Miene zu verziehen. Lediglich ihre krampfhaft verschränkten Arme verraten die innere Anspannung. Sie sieht übernächtigt aus. Unter ihren Augen sind dunkle Schatten, und die Haare scheinen jeglichen Glanz verloren zu haben. Prompt überkommen mich Schuldgefühle. *Fuck!* Im Stillen stoße ich wüste Flüche aus, schließlich mache ich nur meinen Job.

Eine gute halbe Stunde lang hört man nichts als Geklapper und das gelegentliche Gemurmel der Kollegen, bis ich mir die

Küchenschränke vornehme und Cheyenne neben mich tritt. Ich kann ihren zarten Duft riechen.

»Geht euch Bullen eigentlich einer ab, wenn ihr in der Unterwäsche fremder Leute rumwühlt?«, fragt sie mit kalter Stimme.

Ich drehe mich zu ihr um. Ihre schönen Lippen sind fest aufeinandergepresst, doch die Verletztheit in ihren Augen ist unübersehbar. Jäh drängt sich mir die Erinnerung an unseren Kuss auf, beinahe glaube ich, ihre Süße zu schmecken. Verärgert über mich selbst, kehre ich ihr wortlos den Rücken zu.

»Typisch!«, zischt sie leise, bevor sie zurück zum Küchentisch geht.

Weitere Minuten vergehen, ehe ein Ruf alle erstarren lässt. »Ich habe hier was!«, ertönt es triumphierend aus Zachary Willoz' Zimmer.

Olivia und ich wechseln einen raschen Blick, dann setzen wir uns in Bewegung. Aus dem Augenwinkel kann ich sehen, dass Cheyenne uns langsam folgt. Der uniformierte Kollege steht mitten im Raum. In der rechten behandschuhten Hand hält er eine Waffe, in der linken ein Gewürzsäckchen mit der Aufschrift *Sohrab's Spice Market*.

»Wo haben Sie die gefunden?«, frage ich den Officer.

»Im Lüftungsschacht«, antwortet dieser und zeigt hinter sich auf ein Gitter in der Wand, etwa zwei Meter über dem Boden.

»Gut gemacht!«, erklingt Olivias Stimme neben mir.

Ich greife nach der Pistole, um sie mir anzusehen. »Eine FN Browning Halbautomatik, Kaliber 9«, stelle ich fest.

»Wurde das Opfer nicht durch eine Kugel Kaliber 9 getötet?«, fragt meine Partnerin eher der Form halber.

Ich nicke und verspüre nur halb so viel Begeisterung, wie es der Situation angemessen wäre.

Du bist ein Profi. Benimm dich auch so, verflucht!

»Ich schätze, das reicht für einen Haftbefehl«, fügt Olivia zufrieden hinzu.

Cheyenne, die immer noch auf der Türschwelle steht, ist zur Salzsäule erstarrt. Ihr Gesicht ist leichenblass.

»Sollten wir nicht erst einmal den ballistischen Bericht abwarten?«, gebe ich leise zu bedenken.

Olivia zuckt mit den Schultern. »Dann eben ein Haftbefehl für eine vorläufige Festnahme. Ist doch nur Wortklauberei.«

»Was, glaubst du, ist das Motiv?«, frage ich, während ich beobachte, wie der Officer die Beweisstücke in die dafür vorgesehenen Plastiktüten steckt.

»Habgier?«, mutmaßt Olivia.

»Aber deshalb gleich jemanden erschießen?«, murmele ich. »Der Junge ist bisher nie gewalttätig geworden.«

»Es gibt für alles ein erstes Mal«, erwidert meine Partnerin unbeeindruckt.

Obwohl wir uns im Flüsterton unterhalten, kann ich aus den Augenwinkeln sehen, wie Cheyenne bei den letzten Worten heftig blinzelt.

»Vielleicht hat er im Auftrag gehandelt«, mutmaße ich.

»Für Jean-Louis Marsalis?«, fragt Olivia, der ich von den Neuigkeiten erzählt habe, ohne zu sehr ins Detail zu gehen.

»Ja«, antworte ich knapp, dann geselle ich mich zu Cheyenne. »Wir haben möglicherweise die Tatwaffe gefunden, Miss Willoz«, sage ich ruhig.

»Die Sachen gehören meinem Bruder nicht!«, entgegnet sie mit rauer Stimme.

Olivia, die mir gefolgt ist, bricht in Lachen aus. »Mann, wenn ich für den Spruch jedes Mal einen Dollar bekäme, könnte ich mir eine Luxusvilla in Bel Air leisten, gleich neben der von Kim Kardashian.«

Cheyennes angespannter Kiefer veranlasst mich, etwas Unprofessionelles zu tun. »Tut mir leid«, flüstere ich ihr zu.

»Sparen Sie sich das Gesülze, Detective!«, herrscht sie mich sofort an, und beinahe muss ich lächeln.

Ihren Kampfgeist hat sie nicht verloren, was irgendwie tröstlich ist.

»Eine harte Nuss, die Kleine«, sagt Olivia mit einem schiefen Grinsen, als wir kurz darauf gemeinsam das Haus verlassen.

O ja! Das ist sie, und noch vieles mehr, fährt es mir durch den Kopf, aber ich antworte nicht. Meine Partnerin, die einen sechsten Sinn für Stimmungen hat, wechselt sofort das Thema, wofür ich ihr dankbar bin.

»Ganz schön blöd von dem Bruder, abzutauchen und die Beweismittel in seinem Zimmer rumliegen zu lassen, findest du nicht?«

»Allerdings.« Ich blicke zu Olivia. Ihre Miene ist ernst. »Irgendetwas an der Sache stinkt«, sage ich. »Es wird Zeit, Marsalis und seine Leute unter die Lupe zu nehmen.«

Cheyenne

»Mädchen! Hey … hey!« Nur langsam dringt die Stimme zu mir durch.

»Entschuldigen Sie, Mister Dunn«, murmele ich. »Was haben Sie gesagt?«

Der alte Mann steht, auf einen Stock gestützt, auf der anderen Seite der Theke, er trägt seine geliebte braune Cordhose, dazu ein hellblaues Hemd. Seine Füße stecken in offenen Sandalen.

»Ich sagte, dass es Zeit wäre, mir endlich zu verraten, was los ist«, antwortet er sanft. »Du stehst völlig neben dir.«

Kurz zögere ich, aber nur einen Wimpernschlag lang, dann erzähle ich ihm alles. Warum soll ich mit der Sache hinterm Berg halten, wo jetzt die Jagd auf Zach offiziell eröffnet wurde?

Vermutlich wird es bald in allen Medien kursieren. *Skrupelloser Kleinkrimineller erschießt ehrbaren Händler für ein paar Hundert Dollar! Das Opfer hinterlässt eine Frau, zwei Kinder und zwei Enkel.* So oder so ähnlich werden die reißerischen Nachrichten wohl lauten.

Nachdem ich meine Geschichte beendet habe, starre ich angespannt auf Mister Dunn. Weder wirkt er überrascht noch geschockt, höchstens nachdenklich. Ich warte einen Augenblick, dann platzt es aus mir heraus.

»Was soll ich tun?« Voller Hoffnung blicke ich ihn an. Er ist ein weiser alter Mann, bestimmt weiß er Rat.

»Vertraust du diesem Cop?«

»Ich vertraue niemandem!«, versetze ich inbrünstig, woraufhin Mister Dunn in amüsiertes Lachen ausbricht.

»Große Worte, Cheyenne.« Streng blickt er mich an. »Mir vertraust du doch.«

»Äh … ja«, antworte ich, ob der Erkenntnis ein wenig überrascht.

Eiskalt erwischt.

»Gut, dann lass den Cop seine Arbeit machen.«

»Aber …«

»Du glaubst an Zachs Unschuld?«

»Natürlich!« Meine Antwort fällt etwas laut aus. Vielleicht weil ich auf diese Weise den kleinen heimtückischen Funken Zweifel ganz hinten in meinem Kopf übertönen will.

Mister Dunn nickt. »Du wolltest eine Antwort. Das war sie.«

Enttäuscht blicke ich zu Boden. Der Rat fiel anders als erhofft aus. »Aber ich kann doch nicht einfach die Hände in den Schoß legen und nichts tun!«, wende ich ein.

»Musst du auch nicht«, antwortet der alte Mann. »Heute Nachmittag kommt eine Lieferung aus Tobago. Schrumpfköpfe. Gute Arbeit, wenn auch gefaked, wie die jungen Leute sagen würden. Sehen aber echt aus. Sie müssen ausgepackt und eingeräumt werden.«

Ich ringe mir ein gequältes Lächeln ab. »Mache ich, Mister Dunn.«

Er lächelt zurück, tätschelt mir sanft die Hand. »Gräme dich nicht, Mädchen. Etwas sagt mir, dass sich alles zum Guten wenden wird.«

Tatsächlich färbt der Optimismus des alten Mannes ein wenig auf mich ab, zumindest für die nächsten paar Stunden, in denen es mir gelingt, mich auf meine Arbeit zu konzentrieren, ohne dass sich meine Gedanken unablässig im Kreis drehen. Trotzdem komme ich nicht umhin, in hübscher Regelmäßigkeit auf mein Handy zu starren, für den Fall, dass Zach sich meldet. Inzwischen habe ich den Versuch aufgegeben, ihn zu erreichen. Seit gestern springt sofort die Mailbox an, ohne dass es klingelt. Dann, kurz bevor ich den Laden schließen will, geschieht das Wunder. Ein leises Pling hinter dem Tresen, dort, wo mein Handy liegt. Eine SMS. Meine Hand zittert, als ich nach dem Gerät greife und aufs Display schaue. Mir bleibt das Herz stehen. Nach zwei Tagen voller Angst und Ungewissheit ein Lebenszeichen von Zach. Endlich!

Keuchend lasse ich mich auf einen Stuhl fallen. Dann lese ich die Nachricht.

Mir geht's gut, Cheche. Tut mir leid, dass ich dich versetzt habe. Hab dich lieb. PS: Ich war's nicht.

Die Buchstaben verschwimmen, und ich blinzele mehrmals, um wieder klar sehen zu können. Ergebnislos. Meine Augen laufen vor Tränen über, als hätte jemand eine unsichtbare Schleuse geöffnet. Zach lebt, und ihm geht es gut. Behauptet er zumindest. Ich wische mir übers Gesicht.

Mein Daumen bebt, als ich antworte. *Wo bist du?*

Es dauert eine kleine Weile, bis eine Reaktion kommt.

Kann ich nicht sagen, aber mach dir keine Sorgen. Ich melde mich wieder, sobald ich kann. Muss aber das Handy wechseln. Bis dann.

Bis dann! Ich habe dich auch lieb, tippe ich rasch, bekomme danach aber keine Rückmeldung mehr.

Wie betäubt lasse ich das Handy sinken, dann presse ich die Lippen fest zusammen, weil meine Brust zu zerbersten droht. Zwei australische Touristinnen, die soeben den Laden betreten, offensichtlich Mutter und Tochter, retten mich davor, die Kontrolle zu verlieren. Sie sind ganz scharf auf Voodoo und decken sich mit den entsprechenden Utensilien ein. Handgroße Puppen, weiße und schwarze Nadeln, echtes Pergament, Kerzen und Voodoo-Öl. Nachdem die beiden gegangen sind, freudestrahlend und etwas überdreht, trudeln die Gedanken in meinem Kopf erneut wild durcheinander, bis sich eine Erkenntnis immer mehr in den Vordergrund drängt: Beau Lamare hatte recht. Zach wurde nicht entführt, er ist abgetaucht. Aber wieso? Wovor fürchtet er sich? Davor, unschuldig hinter Gittern zu landen? Oder war er vielleicht doch am Überfall beteiligt? Müde massiere ich meine Nasenwurzel. Fragen über Fragen, für die es im Moment keine Antworten gibt. Bis Zach sich erneut meldet, werde ich mich in Geduld üben müssen. Nicht gerade etwas, das ich gut beherrsche.

Unbewegt starre ich vor mich hin, lasse zu, dass sich ein helles, warmes Gefühl in mir ausbreitet. *Er lebt, und es geht ihm gut.* Der Gedanke zaubert mir ein kleines Lächeln aufs Gesicht, und ich werde davon zehren, wie von einer Energiequelle, solange es möglich ist. Zum ersten Mal seit Langem verspüre ich an diesem Abend Appetit und beschließe auf dem Nachhauseweg, einen kurzen Halt bei Mama Juliet einzulegen, die ihren Lebensmittelladen in der Rampart Street hat. Ich hole mir küchenfertige Chorizo, rote Bohnen und ungeschälten Reis, die ich nur noch schnell in die Mikrowelle schieben muss. Mama Juliet, eine rundliche Frau in den Fünfzigern mit funkelnden Augen und einer auffälligen Zahnlücke, macht die beste Chorizo weit und breit.

Hinterher beeile ich mich, nach Hause zu kommen, denn am Horizont braut sich ein Gewitter zusammen, der Himmel hat sich bereits grün verfärbt. Als ich kurz darauf, beladen mit einer braunen Papiertüte, die Treppe zu meinem Apartment hochgehe, treffe ich Brian, den Nachbarsjungen, der auf einem Absatz hockt und auf seinem Handy rumtippt. Die gerunzelte Stirn und der konzentrierte Blick aufs Display verraten mir, dass er gerade *Hey, That's My Fish* spielt, sein Lieblingsgame zurzeit.

»Na, Brian, alles klar?«, sage ich im Vorübergehen und fahre ihm durch die blonden Locken.

»Hallo, Cheyenne«, antwortet er, ohne aufzublicken.

»Was machst du hier draußen?«

»Schlüssel vergessen. Warten, dass Mom nach Hause kommt«, lautet die einsilbige Antwort. Die frechen Pinguine auf dem Display haben ihn fest im Griff, und weder der Donnerschlag, der in diesem Moment das alte Gebäude durchrüttelt, noch die flackernden Deckenlampen können ihn vom Spielen abhalten.

»Du kannst bei mir warten, wenn du willst«, sage ich.

Nun schaut er doch auf. Seine blauen Augen leuchten. »Darf ich?«

»Klar. Wir können uns einen Film ansehen.«

Schon springt er auf die Füße. »›Transformers‹?«

Ich schaue streng. »Bist du dafür nicht etwas zu jung?«

Brian blickt betreten zu Boden. »Kann sein«, antwortet er kleinlaut.

Ich muss mir ein Grinsen verkneifen. »Wie wär's mit ›Kung Fu Panda 3‹?«, frage ich in dem Wissen, dass es Brians derzeitiger Lieblingsfilm ist.

Sein Gesicht hellt sich augenblicklich auf. »Cool!« Dann runzelt er unerwartet die Stirn. »Ich will aber die Party nicht kaputtmachen.«

Ich lache amüsiert auf, während wir den Gang zu meinem Apartment entlanggehen. Inzwischen hat der Regen eingesetzt, trommelt in schweren Tropfen auf das Dach. »Welche Party?«

»Die Überraschungsparty.«

Fragend blicke ich auf ihn herunter.

»Die Männer in deiner Wohnung«, antwortet der kleine Junge bereitwillig. »Die haben eine große Tasche dabeigehabt, und ich habe gedacht, die bereiten eine Party für dich vor. Mom hat das letztes Jahr auch gemacht, als ich neun geworden bin, und …«

Brian plappert fröhlich weiter, aber ich höre ihm nicht mehr zu. Der Schrecken ist mir in die Glieder gefahren, und ich stocke mitten im Schritt. Verwundert blickt Brian zu mir hoch. Es sind nur noch drei Meter bis zur Wohnungstür. Mein Puls beschleunigt sich. Ich zwinge mich, ruhig zu bleiben, um Brian nicht in Angst zu versetzen, und beuge mich langsam zu ihm.

»Wie sehen die Männer denn aus?«, flüstere ich.

Unwillkürlich senkt Brian ebenfalls die Stimme. »Normal. Erwachsene eben«, antwortet er. Das Glitzern in seinen Augen verrät, dass ihm die Geheimnistuerei Spaß macht. »Einer von denen hat eine geschwollene Nase, ganz grün und blau.« Er kichert. »Sieht aus wie eine Aubre … Aubergine.«

Ich unterdrücke ein Keuchen. *Dino.*

»Hör zu, Brian«, flüstere ich weiter. »Ich habe heute keine Lust, diese Männer zu sehen.« Ich zwinkere ihm zu. »Die sind so langweilig. Lass uns verschwinden, okay? Superleise, wie ein Ninja.«

»Wie Donatello?«, flüstert Brian und lächelt.

»Genau.« Ich habe den kleinen Jungen oft genug dabei beobachtet, wie er in »Teenage Mutant Ninja Turtles«-Comics blätterte, um zu wissen, dass er damit eine der mutierten Schildkröten meint.

»Okay.«

Auf Zehenspitzen begeben wir uns zurück zum Treppenabsatz. Wäre die Situation nicht brandgefährlich, würde ich mich über Brians übertriebene Schleichbewegungen amüsieren.

»Tu mir einen Gefallen, ja?«, wispere ich ihm ins Ohr. »Geh hoch zu Roger und Irene und bleib dort, bis deine Mom heimkommt, okay?«

Der kleine Junge schiebt die Unterlippe vor. »Kein ›Kung Fu Panda‹?«

»Heute nicht«, flüstere ich. »Aber wir holen es nach, versprochen.«

Brian nickt, dann huscht doch ein besorgter Ausdruck über sein Gesicht. »Sind die Männer böse, Cheyenne?«

»Aber nein«, antworte ich mit einer etwas übertriebenen Geste. »Ich will sie nur nicht sehen, das ist alles. Ich bin müde, weißt du. Es war ein langer Tag.«

Der kleine Junge nickt ernst. »Das ist bei Mom auch oft so.«

Ich hauche ihm einen Kuss auf die Schläfe. »Vergiss nicht, ihr zu schreiben, wo du bist, Brian. Nicht, dass sie sich Sorgen macht.«

Wieder nickt er.

»Gut. Und jetzt los!«

Kurz schaue ich ihm nach, als er mit schnellen Schritten ins obere Stockwerk läuft, dann steige ich leise die Treppe zum Erdgeschoss hinab. Kurz halte ich inne und lausche. Ich höre, wie Brian an der Tür des Rentnerehepaars klopft und Irene öffnet. Die beiden wechseln ein paar Sätze, danach wird Brian hineingebeten, bevor die Tür sachte geschlossen wird. Es ist nicht das erste Mal, dass der Junge seinen Schlüssel vergessen hat und bei uns Nachbarn die Zeit überbrückt, bis Katie Feierabend macht. Ich stoße vernehmlich die Luft aus und eile zum Ausgang, zwei Stufen auf einmal nehmend. Unten im Eingangsbereich neben den Briefkästen habe ich mein Fahrrad abgestellt. Ich stopfe die Tüte mit Mama Juliets Essen in den Korb, öffne die Tür und schiebe das Rad nach draußen.

Geschafft!

Kurz schaue ich mich um, dann schwinge ich mich in den Sattel. Inzwischen gießt es wie aus Kübeln. *So ein Mist!* Doch mir bleibt keine Wahl. Ich muss hier schleunigst weg. Wie sich im nächsten Moment herausstellt, ist das Wetter das geringste meiner Probleme. Denn kaum habe ich den Lenker umfasst, als hinter mir Scheinwerfer aufblenden und mich in weißes Licht tauchen.

Ein Hupen ertönt, danach eine brüllende Männerstimme. »Die Schlampe versucht abzuhauen!«

Einen stechenden Atemzug lang bleibt die Zeit stehen. Dann wird ein Fenster geöffnet. »Hinterher! Lasst sie nicht entkommen!«, erklingt es laut und deutlich von oben.

Dinos wutverzerrte Stimme löst meine Schockstarre. Mit einem Ausruf der Verzweiflung trete ich in die Pedale. Mir bricht der kalte Schweiß aus. Noch immer trage ich mein Vampirkostüm. Sollte sich das Kleid irgendwie in den Speichen verheddern … Ich bringe den Gedanken nicht zu Ende, richte stattdessen meinen Blick auf die nass glänzende Straße, auf der sich bereits die ersten Pfützen bilden.

Wenn sie mich kriegen, machen sie mich kalt!

Die Vorstellung katapultiert mich fast an den Rand der Panik, also leere ich gewaltsam meinen Kopf, um mich voll und ganz aufs Fahren zu konzentrieren. Den Lenker eisern umklammert, trete ich in die Pedale, rase die Dauphine Street im Höllentempo hinunter, Schlaglöcher und Gullideckel geschickt umfahrend. Zum Glück kenne ich die Straßen im Viertel wie meine Westentasche. Als wäre ich in Watte gepackt, höre ich das Röhren des Wagens hinter mir, der die Verfolgung aufnimmt. Mein Herz macht einen Satz, als einige Meter vor mir rechts in einer Ausfahrt Rücklichter aufleuchten. *Nicht rausfahren, nicht rausfahren!,* wiederhole ich wie ein Mantra und betätige die Fahrradklingel, als wäre ich von Sinnen. Das Glück ist mir hold, gleißend helle Bremslichter leuchten durch den Regen auf. Der Fahrer hat mich gesehen. Ich erlaube mir keinen Triumph und fliege über die nächste Kreuzung, ohne zu bremsen.

Ein hastiger Blick nach hinten verrät mir, dass es mir meine Verfolger gleichtun. Auf der Straße herrscht wenig Verkehr, was mir nur vermeintlich zum Vorteil gereicht. Zwar behindert niemand meine Höllenfahrt, die meiner Verfolger aber auch nicht. Niemand, der den Wagen hinter mir ausbremsen kann, niemand, den ich um Hilfe bitten kann. Viel schlimmer noch: Das Gewitter hat die Menschen in ihre Häuser getrieben, die Gehsteige sind wie ausgestorben. Meine Häscher brauchen keine Angst vor Zeugen zu haben, sollten sie mich über den Haufen fahren. Ich muss schnell runter von der Dauphine Street und auf die parallel verlaufende Bourbon Street wechseln, die weltberühmte Amüsiermeile von New Orleans. Abends sind dort immer Leute unterwegs, egal bei welchem Wetter. Man stellt sich unter das Vordach eines Geschäfts oder einer Kneipe und flaniert, nachdem der Regen aufgehört hat, munter weiter.

An der nächsten Kreuzung flitze ich nach rechts auf die Governor Nicholls Street, eine schmale Straße, deren Laternen und beleuchtete Fenster im Regen ein stumpfes, diffuses Licht ausstrahlen. Der Wagen hinter mir gibt Gas, nähert sich auf drei, vielleicht vier Meter. Hier, wo die Häuser dicht an dicht stehen, habe ich keine Möglichkeit, durch irgendwelche Lücken zu verschwinden. Das wissen meine Verfolger. Keuchend trete ich und trete und trete, der nasse Wind bläst mir entgegen, zerrt an Perücke und Kleidung, die sich mit Wasser vollsaugen. Unwillkürlich schießen mir Tränen in die Augen. Das ist nicht fair! In diesem Moment hat das Schicksal dann doch ein Einsehen. Von irgendwoher flattert ein verwaistes Kleidungsstück heran, umsegelt mich in einem eleganten Bogen, um mit einem Klatschen quer auf der Windschutzscheibe meiner Verfolger zu landen. Die Reifen quietschen hörbar, als der Fahrer eine Vollbremsung hinlegt, was mir einige wertvolle Sekunden verschafft.

Ich rase weiter über zwei Kreuzungen auf die Esplanade Avenue, dann nach links auf die Bourbon Street. Allerdings muss ich noch ein gutes Stück hinter mich bringen, bevor die Kneipen, Antiquitätenläden, T-Shirt-Shops und Stripteaselokale auftauchen, denn noch befinde ich mich im weniger verruchten Teil, der links und rechts von Wohnhäusern und Gärten flankiert ist. Gerade als ich glaube, es geschafft zu haben, drängt ein Lieferwagen aus einer Ausfahrt und blockiert die Straße. Ich reagiere blitzartig, reiße den Lenker nach links und fahre auf die Barracks Street, vorbei an einem umzäunten Park auf der einen und einer hohen Backsteinmauer auf der anderen Seite. Immer wieder wische ich mir den Regen aus dem Gesicht. Dass ich noch nicht auf der Nase gelandet bin, verdanke ich meiner jahrelangen Fahrpraxis. Einen Vorteil muss es ja haben, sich kein Auto leisten zu können!

Wenige Meter vor der nächsten Kreuzung spiele ich mit dem Gedanken, links in die Burgundy Street einzubiegen, was der kürzeste Weg zurück auf die Bourbon Street wäre, aber die Straße ist zu nass. Mein Fahrrad gerät ins Schlingern, sodass mir nichts anderes übrigbleibt, als geradeaus zu fahren. Ohne abzubremsen, rase ich über die vierspurige Rampart Street. Mir entfährt ein lauter Schrei, als ich über die Gleise der Straßenbahn rumpele. Ich fege weiter die Barracks Street entlang. Ein kurzer Blick über die Schulter verrät mir, dass meine Verfolger wieder aufgeschlossen haben. Ich fahre nach rechts über die Marais

Street zur St. Bernard Avenue, lenke blitzartig das Rad nach links auf einen Hinterhof, weil ich weiß, dass mir der Wagen nicht dorthin folgen kann. Allerdings ist es kein Fluchtweg, sondern lediglich eine Abkürzung, denn am anderen Ende lande ich wieder auf der St. Bernard Avenue.

Im Hof ist das Licht sehr diffus. Die schmalen Reifen geraten auf dem Schotter dort ins Trudeln, der Lenker vibriert, und ich drohe zu stürzen. Nur mit letzter Kraft gelingt es mir, das Gleichgewicht zurückzugewinnen und weiterzufahren. Das Blut rauscht in meinen Ohren, ein Adrenalinschub jagt durch meinen Körper und verdrängt für kurze Zeit den brennenden Schmerz in meinen Waden. Am anderen Ende des Hofs reiße ich den Lenker herum und fahre nach rechts, meinen Verfolgern entgegen, die sich bereits mit hoher Geschwindigkeit nähern. Noch zwanzig Meter, noch zehn, noch fünf … Unerwartet vollführe ich einen Schlenker nach links, der Wagen bremst hart ab, wechselt die Richtung und schießt mit heulendem Motor vor, treibt mich unerbittlich vor sich her.

Ein scharfer Stich fährt mir durch den rechten Oberschenkel, ich bekomme kaum noch Luft. Wie lange hetze ich schon durch die Straßen? Ich kann es nicht sagen. Sekunden fühlen sich wie Minuten an, Minuten wie Stunden. Wenn ich mir nicht bald etwas einfallen lasse, werde ich den Kampf verlieren. Meine Energie ist nicht unerschöpflich. Fast bin ich geneigt, einfach die Augen zu schließen und den Dingen ihren Lauf zu lassen. Dann machen sie mich eben alle.

Nein! Du schaffst das!

Aus meiner Kehle löst sich ein Schrei der Verzweiflung, mein Blick irrt hin und her, bis er auf eine enge Gasse fällt, die rechts abgeht. Sie ist nicht mehr als ein schmaler Einschnitt zwischen zwei hohen Mauern und meine Chance. Dorthin werden mir die Bluthunde nicht folgen können! Ein Irrtum, wie sich kurz darauf herausstellt. Die Bluthunde folgen mir sehr wohl, kommen aber nicht weit. Trotz meines rasselnden Atems kann ich hören, wie die Karosserie seitlich an den Mauern entlangschrammt, ein hässliches Quietschen, das plötzlich abbricht. Der aufheulende Motor verrät mir, dass der Fahrer versucht, freizukommen. Vergeblich. Ich werfe einen kurzen Blick über die Schulter: Der Wagen steckt fest.

Vor Erleichterung rinnen mir die Tränen übers Gesicht, vermischen sich mit dem Regen, der langsam nachlässt. Ich radele weiter oder versuche es zumindest, aber ich bin am Ende meiner Kräfte. Nicht einmal der Triumph vermag mich zu pushen. Schlingernd verlasse ich die Gasse und lande auf einer wenig befahrenen Straße. Ein Eisentor erregt meine Aufmerksamkeit. Vorsichtig rüttele ich an der eingelassenen Tür, und als sich der Griff drehen lässt und die Tür einen Spalt weit aufspringt, zwänge ich mich mit meinem Fahrrad hindurch. Meine Erleichterung währt allerdings nicht lang. Ein Lichtkegel huscht langsam vorbei. Die Scheinwerfer eines Wagens auf der Jagd? Die Vorstellung, entdeckt zu werden, lässt meine Zähne vor Angst klappern. Erst als sich das Auto entfernt hat und nichts mehr zu hören ist, außer meinem Herzschlag und vereinzelten Regentropfen, die vom Ende des Gewitters künden, lehne ich mich gegen das Eisentor und schließe die Augen. Ich rieche feuchten Stein und Minze.

»Na, wen haben wir denn da?«, erklingt eine raue Männerstimme.

Erschrocken reiße ich die Augen auf. Aus dem Schatten eines Vordachs lösen sich zwei Gestalten mit schroffen Gesichtern. Erst da werde ich mir meiner Umgebung bewusst. Ich befinde mich in einer schlecht beleuchteten Zufahrt, die zu einem Ziegelhaus mit Flachdach führt. In den regennassen Fenstern hängen geblümte Vorhänge, die so gar nicht zu den beiden Typen passen wollen, im Gegensatz zu den vollen Mülltonnen hinten in der Ecke. Das Herz schlägt hart in meiner Brust. Bin ich vom Regen in die Traufe geraten?

»Ein nasses Hühnchen«, witzelt der Kleinere der beiden.

»Eher eine zerrupfte Fledermaus!«, widerspricht der andere, und beide brechen in Gelächter aus.

Innerlich straffe ich mich. *Bloß keine Angst zeigen, sonst hast du verloren.*

»Wenn ihr einen Funken Anstand hättet, würdet ihr mir einen trockenen Platz anbieten, statt dumme Witze zu reißen!«, sage ich mit kalter Stimme.

Das Gelächter verstummt prompt. »Hey, du musst ja nicht gleich unfreundlich werden!«, sagt der Kleinere. Er klingt tatsächlich beleidigt.

»Und du musst dich nicht gleich wie ein Arschloch aufführen!«, entgegne ich auf die Gefahr hin, dass die Stimmung kippt. Ich bin müde, wütend und habe eine Scheißangst. »Gibt es in dieser Stadt keine rechtschaffenen Männer mehr?«

»Rechtschaffen?«, prustet der Größere.

»Was ist hier los?«, wirft plötzlich eine befehlsgewohnte Stimme ein, die laut von den Wänden widerhallt.

Ein Mann mit einer Kaffeetasse in der Hand tritt aus dem Haus, während die beiden Idioten ihm bereitwillig Platz machen. Er ist stämmig, strohblond, hat helle Augen und trägt Shorts und ein gelbes Hawaiihemd. Bei seinem Anblick stutze ich. Das kann nicht sein. Oder doch? Ich blinzle hektisch. Meine verschmierte Wimperntusche nimmt mir die Sicht.

»Killian?«, stoße ich ungläubig hervor.

Der so Angesprochene runzelt die Stirn. »Kennen wir uns?«

»Ja! Ich bin's. Cheyenne Willoz«, antworte ich und reiße mir die nasse Perücke vom Kopf, in der vagen Hoffnung, es könnte helfen. Obwohl ich mit der aufgeweichten Schminke im Gesicht vermutlich mehr dem Joker ähnle, Batmans Erzfeind.

Vielleicht auch nicht, denn in Killians Miene arbeitet es, bis ihn schließlich die Erkenntnis trifft. Beinahe freudestrahlend kommt er auf mich zu.

»Scheiße, Cheyenne!«, ruft er und reißt mich in seine Arme, was mich schlichtweg umhaut. Als Kind gehörte er nicht unbedingt zu der umgänglichen Sorte. Ganz im Gegenteil. Er nutzte jede Gelegenheit, um Zach und mich zu schikanieren. »Das ist ja eine Ewigkeit her! Fünfzehn Jahre oder so.«

»Sechzehn«, verbessere ich ihn.

Grinsend gibt er mich wieder frei. »Du hast in der Zeit eine interessante Wandlung durchgemacht!«

»Das sind meine Arbeitsklamotten«, beeile ich mich zu sagen. »Ich arbeite in einem Kuriositätenladen.«

»Und du bist in den Regen geraten.«

»Wenn's nur das wäre …«

Mit hochgezogenen Brauen sieht er mich an. Ich weiß nicht genau, was mich dazu veranlasst, ihm von meiner gegenwärtigen Situation zu erzählen. Unsere gemeinsame Vergangenheit, nehme ich an. Auch wenn wir uns nicht grün waren, um es gelinde auszudrücken, schweißen uns doch schreckliche Erlebnisse zusammen. Eine Viertelstunde später kennt Killian die ganze Geschichte, zumindest in groben Zügen. Wir sitzen in der Küche seines Hauses und nippen an einem starken, sehr guten Kaffee, der meine Lebensgeister weckt. Seine beiden Kumpane hocken draußen auf der Veranda und quarzen. Nach so langer Zeit mit Killian hier zu sitzen, mutet so surreal an, dass mir die Verfolgungsjagd durch die nassen Straßen des French Quarter ebenfalls wie ein seltsamer Traum vorkäme – würden meine Beine nicht vor Erschöpfung zittern.

»Du hast dich also mit Marsalis und seinen Leuten angelegt.« Killian verzieht das Gesicht. »Das war nicht sehr schlau.«

»Ich hatte keine Wahl.«

Er seufzt. »Und wieder stellst du dich schützend vor diesen Hosenscheißer. Wie die verfickte Johanna von Orléans.«

Ruhig schaue ich ihn an. »Er ist mein Bruder. Der wichtigste Mensch in meinem Leben.«

Und der einzige. Bei dem Gedanken überkommt mich tiefe Traurigkeit.

»Es war eine furchtbare Zeit damals«, rede ich gedankenverloren weiter. »Ich habe nie verstanden, warum Sharon dich besser behandelt hat als uns andere Kinder.«

Killian zuckt mit den Achseln. »Ich habe ihr den Alkohol besorgt.«

»Ich verstehe nicht.«

Er schnaubt verächtlich. »Sharon hielt es für eine Sünde, sich das Teufelselixier zu kaufen. Sie wollte ihre Seele rein halten. Aber Kinder zu quälen hat sie irgendwie nie gestört«, fügt er wütend hinzu.

Ich schlucke, verstaue die Erinnerung ganz tief in meinem Kopf. »Aber du warst doch erst vierzehn.«

Killian zuckt mit den Achseln. »Ich hatte meine Tricks. Noch Kaffee?«

»Gern.« Ich warte, bis er mir nachgeschenkt hat. »Wie lange bist du bei Sharon geblieben?«

»Ein halbes Jahr, nachdem man euch weggeholt hat, bin ich abgehauen«, antwortet er und stellt die Kanne zurück auf die Herdplatte. »Ich wusste, wo sie ihr Bargeld versteckte und hab's eingesackt. Zweihundertfünfzig Dollar. Würde mich nicht wundern, wenn sie ihre Wut an den anderen Kindern ausgelassen hat …«

Für einige Zeit senkt sich Stille herab.

»Ob sie immer noch Pflegekinder aufnimmt?«, unterbreche ich schließlich das Schweigen.

»Unwahrscheinlich«, antwortet Killian. »Soweit ich weiß, hat sie sich zu Tode gesoffen.«

»Gut«, sage ich nur.

»Ja.«

Wieder verfallen wir in ein kurzes Schweigen, gefangen in unseren Erinnerungen.

»Wie ist es dir seitdem ergangen?«, frage ich irgendwann.

Killian verzieht vielsagend das Gesicht. »Durchwachsen, aber seit zehn Jahren geht es bergauf.«

»Das freut mich für dich. Was genau machst du?«

»Ich besorge immer noch illegal Alkohol, aber im großen Stil«, antwortet er ohne Scheu, als würde er mir erzählen, dass er auf dem Bau arbeitet.

»Oh … Okay.«

»Jeder muss sehen, wo er bleibt, Cheyenne.«

»Hey, ich bin die Letzte, die dir deswegen einen Vorwurf machen würde!«

Wir lächeln uns an. Als ich mir durch das Gesicht fahre, ist meine Hand voller schwarzer Flecken. Außerdem spüre ich, wie das Frösteln zunimmt, obwohl draußen immer noch tropische Temperaturen herrschen. Meine Sachen sind nach wie vor triefnass.

»Ich kann jetzt nicht nach Hause, Killian, das wäre zu riskant. Meinst du, ich könnte hier schnell unter die Dusche schlüpfen? Ich fühle mich furchtbar.«

»Klar.« Mein Gegenüber lässt seinen Blick prüfend über mich wandern. »Ich kann dir etwas Trockenes zum Anziehen geben. Die Klamotten von Maria dürften dir passen.«

»Wer ist Maria?«

»Meine Frau.«

»Du bist verheiratet?«, frage ich verwundert und blicke unwillkürlich auf seine linke Hand, wo der Ehering für jeden sichtbar prangt. Ich habe einfach nicht darauf geachtet, zumal ich Killian niemals für jemanden gehalten hätte, der sich langfristig bindet. Aber sechzehn Jahre sind eine lange Zeit, und wir waren damals noch halbe Kinder.

»Ja, seit acht Jahren«, antwortet er nicht ohne Stolz.

Wow! Mehr fällt mir dazu nicht ein, außer vielleicht, dass ich ein wenig Neid verspüre.

»Glückwunsch, Killian!«, sage ich schließlich und meine es ehrlich.

Unerwartet beugt er sich vor. »Übrigens«, flüstert er mir im vertrauensvollen Tonfall zu. »Niemand nennt mich mehr Killian.«

»Sondern?«

»Big K.«

Unwillkürlich pruste ich los und lasse sofort im Anschluss eine Entschuldigung folgen. »Sorry, Kil… Big K.«

Mit einem gespielt säuerlichen Blick steht Killian auf. »Komm, ich zeig dir die Dusche.«

Er führt mich zum hinteren Teil des Hauses, wo sich das Bad befindet. Nachdem ich eine schnelle heiße Dusche genommen habe, breitet sich in meinen Gliedern eine wohltuende Wärme aus, die einen wahren Gähnanfall zur Folge hat. Endlich fällt die Anspannung der vergangenen Stunde von mir ab. Die Kleidungsstücke von Killians Frau, eine Khakihose und eine weiße Bluse, sitzen überraschend gut, der Slip auch, nur der BH ist etwas zu weit. Maria ist oben herum wohl üppiger gebaut als ich. Das nasse Kleid und die Perücke stopfe ich in eine große Plastiktüte, zusammen mit der Bauchtasche, die den Regen zum Glück gut überstanden hat – Kunstleder sei Dank! Schon vorher habe ich meinen Schlüssel, mein Handy und mein Geld herausgenommen und sie in die Taschen der Hose gesteckt.

Ich finde Killian im Wohnzimmer, wo er sich mit den beiden anderen Typen unterhält, die er mir als die O'Reilly-Cousins vorstellt.

»Leider kann ich dir keinen Platz zum Übernachten anbieten, Cheyenne«, erklärt er, nachdem ich mich bei ihm bedankt habe. »Maria ist schrecklich eifersüchtig. Sie stammt aus Puerto Rico«, fügt er hinzu, als würde das alles erklären.

»Kein Problem«, antworte ich und versuche, mir meine Enttäuschung nicht anmerken zu lassen. »Du hast schon viel für mich getan.«

Meine Augen schweifen unwillkürlich zum Waffenschrank.

»Brauchst du eine Knarre?«, fragt Killian prompt, der meinen Blick aufgefangen hat.

Ich lächle schüchtern. »Nach allem, was heute Abend passiert ist, würde ich mich mit einer Waffe sicherer fühlen. Gleich morgen werde ich …«

»Warte!«, unterbricht mich Killian. Er steht auf und begibt sich zum Schrank. Nachdem er kurz die Auslage sondiert hat, auf die Schnelle zähle ich fünf Handfeuerwaffen und drei Gewehre, schließt er die Tür auf und greift zielsicher nach einer schwarzen Pistole. »Hier«, sagt er zu mir gewandt. »Eine Beretta, Kaliber 9. Eine schöne, handliche Waffe. Hast du Erfahrung damit?«

Ich schüttele den Kopf. »Als ich siebzehn war, hatte ich einen Freund, einen echten Waffennarren. Um ihm zu gefallen, bin ich ein paar Mal mit auf dem Schießstand gewesen, das war's auch schon.«

»Okay. Du solltest unbedingt schießen üben, um ein Gefühl für die Waffe zu kriegen.« Killian betätigt einen Hebel oberhalb des Schlittens. »So entsicherst du sie.« Eine erneute Bewegung. »Und so sicherst du sie wieder.« Unterhalb des Abzugsbügels presst er den Daumen auf einen kleinen Knopf, und das volle Magazin flutscht heraus. Geschickt fängt er es mit der anderen Hand auf und schiebt es wieder hinein. »Und so lädst du sie.« Er schaut mich an. »Verstanden?«

Ich nicke.

»Gut«, sagt er und drückt sie mir in die Hand.

Unangenehm berührt schaue ich ihn an. »Ich habe nicht so viel Geld bei mir, um sie zu bezahlen.«

»Es ist ein Geschenk des Hauses.« Er zwinkert. »Sieh es als kleine Wiedergutmachung dafür, dass ich früher so ein …«

»Idiot warst?«, flüstere ich, damit die O'Reilly-Cousins mich nicht hören können, und stopfe die Beretta zu den nassen Klamotten in die Plastiktüte.

Killian grinst. »Genau.« Dann nimmt sein Gesicht einen nachdenklichen Ausdruck an. »Weißt du, ich habe euch immer beneidet, dich und Zach.«

Ungläubig starre ich ihn an. »Wieso?«

»Im Gegensatz zu mir wart ihr nicht allein. Ihr hattet euch beide. Ihr gegen den beschissenen Rest der Welt.«

Eine Minute lang fällt zwischen uns kein einziges Wort. Indessen diskutieren die O'Reilly-Cousins lautstark über eine Schiedsrichterentscheidung beim gestrigen Footballspiel zwischen den *New Orleans Saints* und den *New York Giants.* Offenbar haben die *Giants* gewonnen, unverdient, wenn es nach den beiden geht.

»Weißt du, wo du heute Nacht schlafen wirst?«, unterbricht Killian schließlich das Schweigen.

Kurz überlege ich. Im Laden zu übernachten wäre nicht schlau. Dort werden mich Marsalis' Leute als Erstes vermuten, außerdem möchte ich Mister Dunn nicht in Schwierigkeiten bringen. Alles in allem sind meine Möglichkeiten ziemlich begrenzt. Mit brutaler Klarheit wird mir bewusst, dass es niemanden gibt, zu dem ich gehen kann.

»Ich werde mir ein billiges Hotelzimmer suchen«, antworte ich leise.

»Du kannst bei mir bleiben!«, ruft in diesem Moment der kleinere der O'Reilly-Cousins, der sich durch schlechte Haut und noch schlechtere Zähne auszeichnet, mit einem breiten Grinsen.

»Äh, das ist nett, aber nein danke.«

Als der Kerl enttäuscht das Gesicht verzieht, lacht ihn sein Cousin aus. »Deine Mom wäre nicht sonderlich begeistert, wenn du ein Mädchen mit nach Hause bringst, Ed!«

Ich lächle den beiden höflich zu, dann wende ich mich an Killian. »Ich sollte mich auf den Weg machen. Danke nochmals für alles, und danke auch deiner Frau.«

»Solltest du noch etwas brauchen, weißt du ja, wo du mich findest.« Kurz umarmt er mich. »Pass auf dich auf, Jeanne d'Arc.«

Ich nicke, dann verlasse ich das Haus, dessen Eingangstür weit offen steht, und gehe zu meinem Fahrrad. Die braune Tüte mit dem völlig durchweichten Essen werfe ich in eine der Mülltonnen und verstaue die Plastiktüte mit dem nassen Kostüm und der Waffe im Korb, dann schiebe ich das Fahrrad aus der Ausfahrt. Zurück auf dem Gehsteig, ziehe ich das Eisentor vorsichtig hinter mir zu. Inzwischen hat es komplett zu regnen aufgehört. Die Luft ist kühl und klar, der Himmel dunkel bis auf einen schmalen rosa Streifen am Horizont. Gerade will ich losdüsen, als ich den großen Mann in Jeans und Lederjacke entdecke, der auf der anderen Straßenseite mit verschränkten Armen an seinem schwarzen Pick-up lehnt. Unsere Blicke kollidieren, und mein Herz macht einen verräterischen Satz. Er hält die Lider halb gesenkt, was dem strengen Ausdruck in seinen Augen noch mehr Intensität verleiht.

»Sie umgeben sich offenbar gern mit zwielichtigen Leuten, Miss Willoz«, sagt er mit seiner tiefen, schleppenden Stimme.

Wohlige Wärme

Cheyenne

»Was tun Sie hier?«, blaffe ich Beau an, um meine Verwirrung zu überspielen.

»Lange Geschichte«, antwortet dieser. Er stößt sich vom Wagen ab und überwindet mit wenigen Schritten den Abstand zwischen uns. »Nur so viel: Eine zerfledderte Vampirin auf einem Fahrrad fällt auf, selbst in diesem Viertel.«

Zerfledderte Vampirin?

»Sind Sie mir gefolgt?«, frage ich barsch.

»Eigentlich nicht, ich …«

»Hätten Sie es mal lieber gemacht!«

Ein verwunderter Ausdruck huscht über sein Gesicht. »Nanu! Sie sind ja noch angepisster als sonst. Und das will bei Ihnen etwas heißen!«

»Angepisst ist untertrieben! Man hat versucht, mich platt zu fahren. Und weit und breit keine Cops! Wo waren Sie, verflucht?«

»Wie bitte? Sie geben zu, dass Sie meine Hilfe gebraucht hätten?« Seine Lippen kräuseln sich zu einem spöttischen

Lächeln. »Können Sie das vielleicht wiederholen? Aber langsam bitte …«

»Haben Sie was geraucht?«, rege ich mich auf. »Dino und seine Leute wollen mich fertigmachen! Sie haben in meinem Apartment auf mich gewartet. Als ich das spitzgekriegt habe, bin ich abgehauen, aber draußen warteten ein paar Typen im Auto und haben mich kreuz und quer durchs French Quarter gehetzt.« Ich schlucke schwer. »Es war ganz schön knapp.«

Beaus Miene verfinstert sich schlagartig. Eine Furcht einflößende Wandlung. Ohne mich aus den Augen zu lassen, greift er nach seinem Handy, wählt eine Nummer und wechselt leise ein paar Worte mit jemandem.

»Was ist mit dem anderen? Check das, und ruf mich zurück!«, ruft er hörbar verärgert und beendet das Gespräch. »Der Kollege, der vor Ihrem Haus zu Ihrer Überwachung abgestellt wurde, behauptet, Sie hätten sich aus dem Staub gemacht, als Sie ihn bemerkt hätten. Er wäre Ihnen gefolgt, aber Sie hätten ihn abgehängt.«

Mein Mund ist plötzlich staubtrocken. »Er lügt«, murmele ich.

Die Erfahrung hat mich gelehrt, dass Bullen mir niemals glauben. Da hilft kein Weinen, kein Jammern, kein Flehen und auch kein Brüllen. Was ein Bulle glauben will, glaubt er auch. Das macht ja alles so viel einfacher! »Du bist eine echte Plage, Cheyenne«, hatte Officer Malone in seiner viel zu engen Uniform gefaucht. Er hatte mich am Kragen gepackt und aus seinem Wagen gezerrt. Speicheltropfen waren von seinen schwulstigen Lippen geflogen, und ich hatte vor Ekel das Gesicht abgewandt. »Eine Diebin und Lügnerin! Über kurz oder lang landest du im Knast, dafür sorge ich schon!«

Aber ich bin nicht im Knast gelandet, du widerliches Schwein!

Törichterweise beschleunigt sich mein Puls. Was ist mit Beau? Wird er mir glauben oder mich der Lüge bezichtigen?

»Okay«, sagt er langsam und gedehnt, wie es seiner Art entspricht. Ich spüre ein Brennen in den Augen und wende hastig den Kopf ab. »Ich dachte, den Scheiß hätten wir endgültig hinter uns.«

Der zornige Unterton in seiner Stimme lässt mich aufhorchen. »Wie meinen Sie das?«, frage ich.

»Unwichtig.« Er macht eine unwirsche Handbewegung. »Warum sind Sie ausgerechnet hier gelandet?«

»Zufall. Ich habe mich hinter dem Tor versteckt.« Ich stoße ein nervöses Lachen aus. »Das Verrückte dabei ist, ich kenne den Hausbewohner von früher. Wir waren in der gleichen Pflegefamilie.«

»Wirklich?« Er ringt sich ein kleines Lächeln ab. »Sie hatten Glück. Killian McKenzie ist zwar ein Krimineller, aber einer mit Moral. Das gilt nicht für jeden in diesem Viertel.«

Ich nicke und denke unwillkürlich an den *Gris-gris* um mein Fußgelenk.

»Jetzt im Ernst. Wie haben Sie erfahren, dass ich hier bin?«, frage ich.

»Ein anonymer Tipp. Die Frau dachte wohl, Sie seien eine Einbrecherin.«

Ich? Eine Einbrecherin? Das fehlte mir noch in meiner Liste.

»Ich gehe übrigens nicht davon aus, dass Corradino Ricci Sie töten wollte«, sagt Beau nachdenklich. »In dem Fall hätten sich seine Leute nicht die Mühe gemacht, Ihnen zu folgen. Sie hätten Ihnen bei der ersten Gelegenheit eine Kugel verpasst und fertig.« *Wow, wie feinfühlig, Detective!* »Nein, ich denke, sie wollten Ihnen eine Lektion erteilen oder aber Sie zwingen, den Aufenthaltsort Ihres Bruders zu verraten.«

»Ich habe Ihnen doch schon gesagt, dass Zach entführt wurde«, sage ich, obwohl ich es inzwischen besser weiß.

»Ich weiß, was Sie gesagt haben. Sie sind schwer zu überhören.« Kurz überlegt er. »Kommen Sie mit!«

»Was?«

»Nach Hause können Sie nicht, also bleiben Sie heute Nacht bei mir.«

Ich ziehe scharf die Luft ein. Was für eine beunruhigende Vorstellung!

»Das wird dem Frauchen aber nicht gefallen!«, fauche ich entsprechend.

»Ich bin nicht verheiratet.«

In die Freude, die in einem belebenden Schub durch meinen Körper strömt, mischt sich große Verwirrung.

»Trotzdem nein!«, wehre ich mich tapfer weiter.

»Keine Widerrede. Das ist die sicherste Lösung, bis wir uns etwas Neues überlegt haben.«

»Ich will aber nicht zu Ihnen!«

»Wollen Sie lieber in Schutzhaft genommen werden?«

»Was? Nein!«, rufe ich empört.

»Na sehen Sie.«

»Ich will aber trotzdem nicht«, entgegne ich wie ein quengelndes Kind, was selbst mir unangenehm auffällt.

Er seufzt gereizt. »Hören Sie auf rumzuzicken, Miss Willoz.«

»Ich zicke nicht rum.«

Doch. Das tust du.

Der Cop blickt mit hochgezogenen Augenbrauen auf mich herunter. »Haben Sie eine vernünftige Alternative?«

»Ich … äh … Hotel?« Meine Antwort fällt zu zögerlich aus.

»Also nein.«

Ehe ich reagieren kann, entreißt er mir das Fahrrad und trägt es zu seinem Pick-up, um es hinten auf die Ladefläche zu verfrachten. Während ich ihm folge, bricht mir der kalte Schweiß aus. Was, wenn die Beretta aus der Plastiktüte rutscht? Aber glücklicherweise geht alles gut. Fürs Erste.

Wir fahren nach Osten, verlassen das French Quarter Richtung Faubourg Lafayette und beschreiben einen südlichen Knick zum Irish Channel, einem malerischen Viertel, das Anfang des neunzehnten Jahrhunderts von irischen Arbeitern gegründet wurde und für seine bunten Cottages und traditionellen Shotgun-Houses bekannt ist: schmale, hohe Häuser ohne Flur, in denen alle Zimmer miteinander verbunden sind. Irgendwann halten wir vor einem rechteckigen Backsteingebäude, das sich über zwei Stockwerke erstreckt. Definitiv kein Shotgun-House! Am auffälligsten sind die dunkelrot lackierte, halbrunde Toreinfahrt und die riesige Fensterfront im Obergeschoss.

»Eine Feuerwache?«, frage ich überrascht. »Was wollen wir hier?«

»Ehemalige Feuerwache«, antwortet Beau. »Ich wohne hier.«

»Wirklich?«, frage ich verblüfft und muss an Zach denken. Ihm würde die Vorstellung gefallen, abgesehen natürlich von der Tatsache, dass die Feuerwache von einem Cop bewohnt wird.

Aus irgendeinem Grund hatte ich ein winziges Apartment im Zentrum erwartet. Klein, dunkel, mit schmutzigem Geschirr im Waschbecken und blinkenden Neonlichtern draußen vor dem Fenster.

»Ich habe die Feuerwache vor zehn Jahren für relativ wenig Geld gekauft und oben ausgebaut«, erklärt Beau und drückt auf eine Fernbedienung, um das Tor zu öffnen.

Wir fahren direkt ins Erdgeschoss, das offenbar als Garage dient. Die Wände sind kalkweiß gestrichen und außer der Rutschstange und Regalen, die mit Werkzeug und Geräten vollgestopft sind, ist der Raum wenig spektakulär. Was allerdings nicht für den Wohnbereich gilt, den wir über eine gewundene Steintreppe erreichen.

»Hübsch haben Sie es hier«, entfährt es mir, während ich mich umsehe.

Das Obergeschoss umfasst einen mindestens zweihundert Quadratmeter großen Raum mit riesigen Glasfenstern, die einen sensationellen Blick auf den Mississippi bieten. Über der Wohnlandschaft, in der sich die Möbel und einzelne Paravents verteilen, spannt sich ein Balkenhimmel, an dem Lampen baumeln. Das Bad samt Toilette ist durch eine separate Tür abgetrennt, erklärt mir Beau, als ich danach frage. Neugierig trete ich auf die Fenster zu, um die grandiose Aussicht auf den Fluss und den beleuchteten Hafen in der Ferne zu bewundern. Ich will gerade etwas hinzufügen, als mein knurrender Magen dazwischengrätscht.

»Sind Sie hungrig?«, fragt der Cop, der mir gefolgt ist und nun dicht hinter mir steht.

Inzwischen hat er seine Lederjacke ausgezogen, darunter trägt er ein schwarzes T-Shirt, das seine athletische Figur betont. Obwohl ich seinen Blick auf mir spüre, schaue ich mich nicht um. Eine seltsame Scheu hat von mir Besitz ergriffen, und das Herz schlägt ganz weit hinten in meiner Kehle. Für einen winzigen Moment, nicht mehr als einen Sekundenbruchteil, will ich einem Ur-Impuls nachgeben und mich nach hinten gegen seine Brust fallen lassen, »halt mich fest« murmeln und alles um mich herum vergessen.

Aber ich nicke nur. Ja, ich bin hungrig.

»Gut. Ich bereite uns schnell etwas zu«, sagt er und wendet sich ab.

Ich atme auf, als wäre eben ein unsichtbares Band durchtrennt worden. Ich bin wieder frei, konstatiere ich erleichtert und enttäuscht zugleich.

»Wegen mir müssen Sie nicht …«

»Ich muss.«

Nun drehe ich mich doch um. »Müssen Sie immer so bestimmend sein?«

Überrascht blickt er mich an. »Sie haben Hunger. Ich habe Hunger. Also mache ich uns etwas zu essen. Was ist daran falsch?«

Nichts. Überhaupt nichts.

Ich ziehe es vor, das Thema zu wechseln. »Kochen Sie gern?«

»Ja, aber ich kann's nicht besonders gut. Nachdem meine Mutter gestorben ist, gab's bei uns zu Hause meistens Fast Food, also …« Er legt eine vielsagende Pause ein. »Für frittierte Scampi mit Salat reicht es zum Glück. Sie werden also nicht verhungern.«

»Tut mir leid wegen Ihrer Mutter«, sage ich etwas unbeholfen.

Er macht eine wegwerfende Geste. »Ist schon lange her.«

Wie alt waren Sie da?, will ich fragen, unterlasse es aber. Ich selbst halte mich, was meine Vergangenheit betrifft, auch vornehm zurück. Ich folge ihm zur offenen Küche, die direkt aus der roten Backsteinmauer herausgehauen zu sein scheint. Schlicht und praktisch, aber mit allem ausgestattet, was eine moderne Küche ausmacht: einer hohen Theke, einer Arbeitsplatte aus schwarzem Granit, einem Waschbecken, einem riesigen Edelstahlkühlschrank, einer Mikrowelle, einer Espressomaschine, blitzenden Töpfen und Pfannen, einem Elektroherd mit Backofen und Abzugshaube sowie ins Mauerwerk eingefügten Ober- und Unterschränken.

»Kann ich irgendwie helfen?«, frage ich und geselle mich zu ihm an die Arbeitsplatte.

»Würden Sie den Salat putzen?«

Hilfsarbeit, aber genau das Richtige, um meine Nerven zu beruhigen.

»Gern.«

»Schön.«

Mit einem kleinen Lächeln reicht er mir einen grünen Kopfsalat, Tomaten, ein Messer und ein Sieb. Während ich mich ans Putzen mache, würzt er die Scampi – allein von dem Anblick läuft mir das Wasser im Mund zusammen –, anschließend bereitet er ein Dressing aus Honig, Senf, Balsamico und Bourbon-Whiskey zu. Ihm helfen zu wollen, gehört wohl nicht unbedingt zu meinen besten Einfällen, denn die Situation beruhigt meine Nerven keinesfalls. Ganz im Gegenteil. Immer wieder fliegt mein Blick zu seinen Händen. Es sind schöne, kräftige Hände, die genau wissen, was zu tun ist. Die Art, wie sie fest zugreifen, beim Schneiden Druck ausüben und über das Etikett der Flasche streichen, beflügelt meine Fantasie. Mein Puls rast. Bilder von willigem nacktem Fleisch formen sich in meinem Kopf, *meinem willigen nackten Fleisch.* Auf dem Präsentierteller und zur Verköstigung bereit.

Während der Schweiß in meinem Nacken prickelt, fluche ich innerlich wie ein Bierkutscher, wünsche Beau die Pest an den Hals. Es war ein Fehler, mit hierher zu kommen. Ich hätte mich klarer widersetzen müssen, dann wäre ihm keine andere Wahl geblieben, als mich gehen zu lassen. Heftiger als beabsichtigt knalle ich das Messer auf die Arbeitsplatte zurück.

»Wo sind Teller und Besteck?«, frage ich rasch, seinen verwunderten Blick ignorierend. Inzwischen hat er die Herdplatte angemacht und fängt an, die Scampi in Chiliöl zu schwenken. »Ich würde gern den Tisch decken.«

Zehn Minuten später sitzen wir am Esstisch und genießen das Ergebnis unserer Arbeit. Beau kredenzt dazu einen leckeren Weißwein, der sich wie Balsam auf meine überreizten Nerven legt. Während ich mich von Minute zu Minute immer mehr entspanne, nehme ich die Szenerie mit allen Sinnen wahr. Zwar steht keine Kerze auf dem Tisch, dennoch ist alles in magischen Glanz getaucht. Durch die Fenster glitzern die Lichter der Stadt am gegenüberliegenden Ufer des Mississippi wie Sterne, der Mond blitzt hell zwischen den Wolken hervor. Der Mann vor mir, unerschütterlich und in sich ruhend, strahlt wohlige Wärme ab, wie ein Kaminfeuer, und mit einem Mal überkommt mich ein überwältigendes Gefühl, als wäre ich in eine weiche Decke gehüllt. Kein sexuelles Verlangen, sondern vollkommene Zufriedenheit. Etwas, das ich schon lange nicht mehr gespürt habe.

Vielleicht noch nie.

Bei dem Gedanken gerät mein Herz gehörig aus dem Takt. Doch nur einen Augenblick später durchzuckt mich die Scham wie ein scharfes Messer, zerschneidet die weiche Decke in tausend Fetzen. Mir entfährt ein Keuchen. Wie kann ich hier sitzen und so etwas wie Glück empfinden, wenn Zach in der Klemme steckt? Sich da draußen irgendwo versteckt. Allein und verzweifelt.

»Alles okay?«, fragt mich Beau sofort.

Der verfluchte Alkohol ist schuld.

Ich blicke auf. »Ich mache mir Sorgen um Zach.«

Beau legt das Messer beiseite und streckt die Hand aus, stockt dann aber mitten in der Bewegung. »Wir finden ihn«, sagt er mit dunkler Stimme. »Sollte er unschuldig sein, werden wir es beweisen.«

Jetzt wäre der richtige Moment, ihm zu erzählen, dass Zach nicht entführt wurde. Aber wie kann ich das, ohne Verrat an meinem Bruder zu begehen? Also lasse ich den Augenblick verstreichen und wechsele erneut das Thema. Bevor ich zu sprechen beginne, muss ich mich räuspern, weil meine Stimme wegzubrechen droht.

»Danke übrigens, dass Sie mir vorhin geglaubt haben«, sage ich.

Seine Bernsteinaugen richten sich auf mein Gesicht, und wieder fällt mir das Atmen schwer. »Warum auch nicht?«

»Ich dachte immer, ihr Bull…, ich meine Cops, haltet zusammen wie Pech und Schwefel. Egal, was kommt.«

Nachdenklich schiebt Beau mit der Gabel ein Stück Scampi auf seinem Teller hin und her. Beim Anblick seiner leicht gesenkten Lider bildet sich ein Kloß in meinem Hals. Seine Wimpern sind lang und wunderschön gebogen.

»Letztes Jahr wurde bei der Polizei eine Korruptionsaffäre aufgedeckt«, erklärt er schließlich. »Vielleicht haben Sie davon gehört, es ging durch alle Medien.«

Ich überlege laut. »Wurde nicht eine reiche alte Lady eingebuchtet, die sich aufgeführt hat wie die Königin von England? Und fünf Cops vom 11. Revier oder so?«

Er nickt ernst. »Genau die Affäre meine ich. Ich war der Hauptbelastungszeuge. Das 11. Revier ist mein Revier.«

»Oh!« Ich versuche es mit einem Witz. »Ich schätze, damit fallen in Zukunft die Einladungen zum Wochenend-Barbecue bei den Kollegen weg, was?«

Sein freudloses, etwas trauriges Lächeln bohrt sich wie ein Pfeil in mein Herz, und diesmal nehme ich es ohne Gegenwehr hin.

»New Orleans ist eine großartige Stadt, die großartigste von allen. Ich würde nirgendwo anders leben wollen«, sagt Beau mit dumpfer Stimme. »Aber sie ist auch voller Gefahren. Wer soll die Bürger davor bewahren, wenn nicht wir?«

Verdutzt starre ich ihn an. Ein idealistischer Bulle. Der sarkastische Spruch, den ich mir beim Thema »Die Polizei, dein Freund und Helfer« zurechtgelegt hatte, zerplatzt auf meinen Lippen.

»Die allergrößte Gefahr sind korrupte Cops«, erklärt er weiter, in seinen Augen erscheint ein harter Glanz. »Denn wer soll die Bürger vor denen beschützen?«

»Leute wie Sie.«

Er lächelt kaum wahrnehmbar. »So ist es.«

»Einfach ist es sicher nicht.«

»Doch, Miss Willoz«, kommt es fest zurück. »Es ist ganz einfach.« Er sucht meinen Blick. »Es tut mir leid, dass Sie bisher mit Cops schlechte Erfahrungen gemacht haben. Oder liege ich da falsch?«, fragt er nach, als ich nicht gleich antworte.

»Tun Sie nicht. Aber … es gibt halt solche und solche. Wie überall«, murmele ich. Noch vor vier Tagen wäre es mir nicht im Traum eingefallen, so etwas zu sagen.

Wir lächeln uns an, dann richten wir unsere Aufmerksamkeit wieder auf die Scampi, die übrigens hervorragend schmecken. Den Rest des Essens verbringen wir in einträchtigem Schweigen. Als Dessert gibt es Zitronensorbet. Hinterher räumen wir gemeinsam den Tisch ab, stellen das benutzte Geschirr in die Spülmaschine und beseitigen die Unordnung in der Küche.

»Möchten Sie noch etwas trinken?«, fragt mich Beau, als der vollkommene Gastgeber, der er ist.

Kurz überlege ich, entscheide mich aber dagegen. Wenn ich ehrlich bin, traue ich mir nicht mehr ganz über den Weg. »Ich würde gern schlafen gehen«, sage ich und blicke mich fragend um. »Ich bin ziemlich müde.«

Beaus warmes Lächeln erzeugt prompt ein Kribbeln in meinem Bauch. »Klar, das verstehe ich.« Er zeigt auf eine große, L-förmige Couch, die vor einem der Fenster steht, flankiert von einer Yuccapalme und einem brusthohen Bücherregal. »Ich bringe Ihnen frische Bettwäsche.«

»Danke«, antworte ich ein wenig befangen.

Er verschwindet hinter einem der Paravents, ich höre, wie ein Schrank geöffnet und wieder geschlossen wird, dann kehrt er mit Laken, Federbett und Kissen zurück.

»Ich hoffe, Ihnen macht die Helligkeit nichts aus«, sagt er und weist auf das Panoramafenster. »Da gegenüber niemand wohnt, habe ich keine Gardinen oder Rollläden angebracht …«

»Nein, nein, es ist perfekt«, beeile ich mich zu sagen und meine es auch so. »Der Ausblick ist wunderschön und irgendwie auch tröstlich.«

Seine Augen glitzern. »Das finde ich auch.« Kurz scheint er zu zögern, und dann: »Sie wissen ja, wo das Bad ist. Also dann … gute Nacht.«

»Gute Nacht.«

Ich warte, bis er erneut hinter dem Paravent verschwunden ist, den Geräuschen entnehme ich, dass er sich auszieht – *Kopfkino aus, aber sofort!* –, dann eile ich ins Bad, um das Nötigste zu erledigen. Die Zähne putze ich mir mit einem Finger und kehre rasch zu meinem Schlafplatz zurück. Leise ziehe ich Schuhe und Hose aus, den Rest behalte ich an. Kaum liege ich unter der wohlduftenden Decke, als die Lampen ausgehen. Beau verfügt offenbar über eine Fernbedienung, mit der sich die Beleuchtung regulieren lässt. Schon überzieht silbriges Mondlicht den Raum wie eine Zauberdecke. Ich kuschele mich in das Kissen, und wider Erwarten überwältigt mich die Müdigkeit innerhalb weniger Minuten. Selbst die Tatsache, dass nur wenige Meter von mir entfernt ein halb nackter, unglaublich heißer Mann liegt, vermag es nicht, mich wachzuhalten. Die Erlebnisse des heutigen Tages fordern ihren Tribut. Mit einem Lächeln auf den Lippen drifte ich langsam weg. Mein Körper wird schwerer, die Geräusche werden leiser …

Dann schlägt ein Blitz in meinen Verstand ein, und ich bin wieder hellwach.

Joey!

Großer Gott, wie konnte ich Joey vergessen! Was, wenn sie ihn auf dem Parkplatz gesehen haben und ihn sich vorknöpfen? Ihn und seine Familie? Hat Joey nicht eine kleine Schwester? Natürlich ist da noch Miguel, sein hartgesottener Onkel, aber trotzdem. Es gibt immer Mittel und Wege, Menschen zu verletzen. Mein Puls rast, und ich zwinge mich zur Ruhe, dann lausche ich. Nichts ist zu hören außer dem fernen Summen des Kühlschranks und Beaus tiefen Atemgeräuschen. Leise gleite ich von der Couch herunter, fische mein Handy aus der Khakihose und schleiche auf Zehenspitzen ins angrenzende Bad. Dabei gebe ich mir alle Mühe, den Mann auszublenden, der hinter dem Paravent vor sich hin schlummert. *Was er nachts wohl trägt? Ich tippe auf Boxershorts.* Innerlich verpasse ich mir eine kräftige Ohrfeige. Denk an Joey, verflucht! Halte deine Hormone in Schach!

Im Bad setze ich mich auf den Klodeckel und wähle Joeys Nummer. Es klingelt. Einmal, zweimal, dreimal … Nichts. Nicht einmal die Mailbox springt an. Mist! Ich versuche es noch zweimal, dann streiche ich fürs Erste die Segel. Es ist halb zwölf vorbei. Vielleicht ist Joey mit ein paar Freunden unterwegs und hört sein Handy nicht. Im Idealfall. Ich beschließe, die Nummer der Autowerkstatt zu wählen, aber auch da meldet sich niemand. Hätte mich um die Uhrzeit auch gewundert. Andererseits kommt es schon mal vor, dass Miguel oder einer seiner Mechaniker noch bis tief in die Nacht herumtüfteln. Nachdenklich kaue ich auf einem Daumennagel herum. Dass bei Joey keiner rangeht, muss nichts heißen, trotzdem nagt das schlechte Gewissen an mir. Sollte er ins Visier von Marsalis' Leuten geraten sein, wäre es meine Schuld. Ich habe ihn schließlich in die Sache hineingezogen.

Irgendwie muss ich ihn warnen, oder seinen Onkel. Dieser wird wissen, was zu tun ist. Die Familie Pérez wohnt über der Werkstatt, also rufe ich die Auskunft an und nenne im Flüsterton Name und Adresse. Fehlanzeige. Die müde klingende Mitarbeiterin hat lediglich die Telefonnummer der Werkstatt parat. Unter der Adresse sei sonst keine andere Nummer angegeben, sagt sie.

Verdammter Mist!

Bevor ich das Bad verlasse, schreibe ich Joey noch eine Nachricht mit der Bitte, mich dringend anzurufen. Es sei sehr wichtig. Im Wohnbereich herrscht nach wie vor Stille. Während ich überlege, stehe ich etwas unschlüssig herum. Ich kann mich nicht einfach wieder schlafen legen, als wäre nichts, sondern muss etwas unternehmen. Mir bleibt nichts anderes übrig, als nach Holy Cross zu fahren. Kurz überschlage ich die Entfernung. Mit dem Rad brauche ich eine Dreiviertelstunde, und das mitten in der Nacht. Ich unterdrücke ein gequältes Stöhnen. Für heute habe ich genug davon, in die Pedale zu treten. Mein Blick fliegt zu dem Haken an der Wand, wo der Schlüssel vom Pick-up hängt. Bei dem Gedanken, was ich gleich tun werde, überkommt mich ein mulmiges Gefühl. Aber was habe ich schon für eine Wahl? Beau kann ich nicht um Hilfe bitten. Ich kann die Folgen nicht absehen, würde ich ihn zur Familie Pérez führen, schließlich ist Joey, wie auch sein Onkel, in illegale Geschäfte verstrickt.

Die Folgen, die das Ausborgen von Beaus Pick-up nach sich ziehen wird, *ich vermeide bewusst den Begriff Diebstahl*, sind hingegen nicht schwer zu erraten. Aber es geht um eine gute Sache, versuche ich mir einzureden.

So leise wie möglich schleiche ich zur Couch zurück, ziehe mir die Hose an und greife nach meinen Schuhen. Dann husche ich barfuß Richtung Treppe. Meine Schritte sind auf dem Steinboden praktisch nicht zu hören. Bevor ich die erste Stufe nach unten nehme, schnappe ich mir den Autoschlüssel vom Haken. Dabei halte ich die Luft an. Es ist mit Abstand die heikelste Aufgabe von allen. Am Ende gelingt es mir fast lautlos. Aber nur fast. Ein melodiöses, leises Klirren ertönt, als der Schlüssel an meinen Ring stößt. Metall gegen Metall. Nicht lauter als der Furz einer Maus, aber für mich klingt es wie ein Paukenschlag. Mir bricht der kalte Schweiß aus. Ich werfe einen schnellen Blick auf den Paravent. Schemenhaft zeichnet sich dahinter Beaus liegender Körper ab.

Alles ist ruhig.

Vor Erleichterung schließe ich kurz die Augen, dann taste ich mich vorsichtig nach unten. Zwar herrscht in der Garage keine völlige Dunkelheit, weil durch die Fenster über dem Tor etwas Licht scheint, trotzdem möchte ich nicht riskieren, mir auf den letzten Metern den Hals zu brechen. Unten angekommen, kneife ich die Augen zusammen. Der Pick-up steht da, ruhig und wuchtig, und scheint nur auf mich zu warten. Wie war das noch mal? Schlüssel rein, umdrehen, dann auf Start drücken, Bremse aktivieren und von P auf R schalten, oder war das andersherum? Ich versuche, zuversichtlich zu sein. Sobald ich drinsitze, werde ich schon wissen, was zu tun ist, und mit etwas Glück bin ich zurück, bevor Beau wieder aufwacht. Die Tatsache, dass sich das öffnende Tor und der röhrende Motor des Pick-ups für ihn vermutlich anhören werden wie eine Granate, die direkt neben seinem Ohr hochgeht, verbanne ich gewaltsam aus meinem Bewusstsein. Die Gabe der Verdrängung ist schon etwas Wunderbares!

Kurz rufe ich mir ins Gedächtnis, dass die Fernbedienung für das Tor in der vorderen Ablage des Wagens liegt und zücke den Schlüssel. Ich presse den oberen Knopf, und die Türen werden entriegelt, gleichzeitig erfüllt gleißendes Licht den Raum. Irritiert blinzle ich. Nanu? Ist die Entriegelung etwa mit der Beleuchtung gekoppelt?

Binnen eines Herzschlags erkenne ich meinen Irrtum. Auf der Treppe steht eine Gestalt. Groß, dunkel, mit unheilvoll glänzenden Augen. Der Schreck fährt mir durch die Glieder, was mein Gehirn nicht daran hindert, eigene Wege zu beschreiten. *Beau trägt im Bett keine Boxershorts,* fährt es mir durch den Kopf, *sondern eine gefährlich tief sitzende Pyjamahose. Sonst nichts.*

Verfluchter Mistkerl

Beau

»Was soll das hier werden?«, frage ich, während ich gemächlich die Stufen hinuntergehe.

Ich blicke ihr direkt in die Augen, die sie so gern abgewendet hätte, und sehe mit perverser Genugtuung, wie sie hektisch blinzelt. Sie ist nervös. Verflucht nervös sogar, was mich tierisch anmacht, obwohl ich sauer bin. Ich mag es nicht, beklaut zu werden.

»Ich muss zu einem Bekannten«, antwortet sie. Ihre Stimme klingt heiser und ein wenig atemlos.

Sehr sexy.

»Und dafür wollten Sie meinen Wagen stehlen?«

Sie schluckt. »Es schien mir sicherer als mit dem Fahrrad.«

Inzwischen stehe ich gut drei Meter von ihr entfernt und verschränke die Arme vor der Brust. Ihre Augen verfolgen angespannt die Bewegung, wie eine Antilope an der Wasserstelle, die spürt, dass Gefahr droht.

Gut.

»Sie hätten mich fragen können«, sage ich.

»Ging nicht.«

Ich hebe eine Augenbraue. »Und warum nicht?«

Sie schweigt. Interessiert mustere ich sie, lasse meinen Blick aufreizend langsam über ihre Gestalt wandern. Ihre Bluse ist zerknittert, die Haare etwas wirr, und sie ist barfuß. In der linken Hand hält sie ihre Schuhe, vermutlich, weil sie kein Geräusch in der Wohnung verursachen wollte. Trotzdem habe ich sie gehört, oder vielmehr gewittert. Als sie im Raum hin und her getigert ist, hat mich ihr Duft aus einem sehr leichten Schlaf gekitzelt. Nur mit Mühe kann ich mir ein Grinsen verkneifen. Obwohl ich, wie gesagt, ziemlich sauer bin.

»Ich … äh …«

»Ja?«

Keine Antwort.

»Was ist das für ein Bekannter?«, versuche ich es erneut, während ich mich unmerklich nähere. *Mich heranpirsche.*

»Sie verstehen nicht«, sagt sie mit Nachdruck, als hätte sie meine Frage nicht gehört. »Mein Bekannter … Er geht nicht ans Telefon. Ich mache mir Sorgen. Er ist mit Zach befreundet.«

»Sagen Sie, um wen es sich handelt, und ich schicke eine Streife.«

Sie schüttelt vehement den Kopf.

Ich trete einen weiteren Schritt vor. »Dann eben nicht. Aber hinauslassen werde ich Sie auf keinen Fall.«

In ihren Augen flackert es, ein verräterisches Zeichen, und so bin ich nicht wirklich überrascht, als sie sich in Bewegung setzt und um den Pick-up herum sprintet. Was als Nächstes kommt, verblüfft mich dann aber doch. Sie greift hinten über die Ladefläche zu der Plastiktüte in ihrem Fahrradkorb und zieht eine Waffe heraus. Eine Beretta, die sie mit zitternder Hand auf mich richtet. Während sie wieder Richtung Fahrertür geht, weicht ihr Blick nicht von meinem Gesicht.

»Wirklich, Miss Willoz?«, frage ich betont gelangweilt.

»Kommen Sie nicht näher, sonst … schieße ich«, sagt sie mit vorgeschobenem Kinn, und erneut muss ich mir ein Schmunzeln verkneifen. Die Waffe ist nicht einmal entsichert.

Gemächlich gehe ich auf sie zu, zwinge sie, zurückzuweichen, bis die Wagentür in ihrem Rücken sie am Weitergehen hindert.

»Bitte«, sagt sie und klingt beinahe flehend. »Ich muss zu ihm und ihn vor Marsalis' Leuten warnen.«

»Zu wem wollen Sie?«, frage ich, meine Trumpfkarte ausspielend. »Etwa zu Joey Pérez?«

Perplex starrt sie mich an. Ich nutze das Überraschungsmoment, um den Abstand zwischen uns mit einem Sprung zu überwinden und ihr die Waffe aus der Hand zu schlagen, die im hohen Bogen durch die Luft fliegt und irgendwo hinten polternd auf dem Boden landet. In ihrer Panik versucht mir Cheyenne den Schlüsselbund an den Kopf zu werfen, der mich aber haarscharf verfehlt. *So ein kleines Biest!* Sie hätte mich damit ernsthaft verletzen können. Mit einem leisen Fluch packe ich sie und werfe sie mir kurzerhand über die Schulter. Sie strampelt und zetert, schlägt mir immer wieder mit ihren Schuhen auf den Rücken. Obwohl sie sich wie eine wild gewordene Furie verhält, ist das Einzige, woran ich denken kann, dass sich ihr warmer zappelnder Körper verflucht aufregend anfühlt.

»Lassen Sie mich runter, Sie Monster!«, schreit sie.

»Joey Pérez geht's gut«, sage ich ruhig.

»Was?« Für einen kurzen Moment vergisst sie, sich zu wehren.

»Ich sagte, es geht ihm gut.«

»Woher wollen Sie das wissen?«

Inzwischen bin ich oben in der Wohnung angekommen und hole etwas aus einer Schublade. Vergeblich versucht meine reizvolle Beute herauszufinden, worum es sich handelt. Sie wird es schon noch früh genug merken.

»Gestern Abend hat sich ein Kollege von mir sein Kennzeichen aufgeschrieben«, erkläre ich. »Seitdem steht Pérez unter Beobachtung, für den Fall, dass Ihr Bruder dort auftaucht. Sie sagten, er sei ein guter Freund von ihm.«

Ich spüre, wie sie sich versteift. »Was, wenn der Bulle, der ihn beobachten soll, sich ebenfalls schmieren lässt?«

»Habe ich schon gecheckt. Bei Ihrem Freund und dessen Onkel ist so weit alles in Ordnung.« Ich stoße ein leises Lachen aus. »Miguel Pérez, *el barón* von Holy Cross … interessante Freunde haben Sie da, Miss Willoz.«

Ein Zittern geht durch ihren Körper. »Sie sind nicht meine Freunde! Ich habe keine …« Sie bricht abrupt ab.

Ein kurzes Schweigen entsteht.

»Jeder hat Freunde«, entgegne ich. »Selbst Sie. Da bin ich mir sicher. Auch wenn es schwer vorstellbar ist … Autsch!«, entfährt es mir, als sie mir mit ihren Schuhen eine verpasst.

In nur drei Schritten bin ich um den Paravent herumgelaufen und werfe sie unsanft auf mein Bett. Wie zu erwarten rappelt sie sich sofort auf und robbt auf allen vieren von mir weg, doch sie kommt nicht weit. Wie stählerne Klammern legen sich meine Hände um ihre Fußgelenke und ziehen sie zurück. Im Nullkommanichts habe ich ihr die Schuhe entrissen und in die Ecke gepfeffert. Dann macht es Klick, und ihr rechtes Handgelenk ist mit den Handschellen, die ich aus der Schublade gezogen habe, an der Metallstrebe am Kopfende festgemacht.

Viel besser.

Ihre Augen weiten sich, als es ihr dämmert. »Sind Sie verrückt?«

»Nein, nur vorsichtig.«

Wütend tritt sie nach mir, erwischt mich aber nicht.

»Das ist Freiheitsberaubung!«

»Das haben Sie sich selbst zuzuschreiben«, sage ich gelassen. »Illegaler Waffenbesitz ist strafbar.«

Grinsend betätige ich auf der Fernbedienung den Ausschaltknopf für die Beleuchtung, und silbernes Dämmerlicht senkt sich auf uns herab. Als ich mich neben Cheyenne lege, schnappt sie hörbar nach Luft. Das Bett ist groß, zwei mal zwei Meter, und zwischen uns besteht genügend Abstand, sodass wir nebeneinander liegen können, ohne uns zu berühren. Was ich ein wenig bedaure, wenn ich ehrlich bin. Ihr Widerstand, gepaart mit den hektischen roten Flecken auf ihrem Hals und den blitzenden Augen, ist bei mir nicht ohne Folgen geblieben. Aber ich bin stark und standhaft. Es braucht mehr als ein wildes Kätzchen, um mich aus der Reserve zu locken. Außerdem wäre es unklug, die Schwester eines Mordverdächtigen aufs Kreuz zu legen. Ich könnte eine Abmahnung kassieren, schlimmstenfalls eine mehrwöchige Suspendierung, was meine Feinde im 11. Revier zweifellos zu einem Freudentanz animieren würde.

»Keine Angst«, sage ich und drehe ihr den Rücken zu. »Ich falle schon nicht über Sie her.«

Ich schließe die Augen, versuche das Bild aus meinem Kopf zu vertreiben, wie sie hinter mir liegt, an mein Bett gefesselt. *Fuck!* Es wäre besser gewesen, sie ans Heizungsrohr im Bad zu ketten. Aber ich bin kein Unmensch. Ich habe den Gedanken noch nicht ganz zu Ende gebracht, als mich ein Tritt in meinen unteren Rücken dazu veranlasst, die Augen wieder zu öffnen. Zunächst ignoriere ich den Tritt, auch den zweiten und den dritten.

»Lassen Sie das«, knurre ich schließlich, ohne mich umzudrehen. »Es war ein langer Tag, und ich muss früh raus.«

»Ach ja?«

Wieder trifft mich ihr Fuß, diesmal deutlich härter. Mit einer schnellen Bewegung rolle ich mich herum, nagle ihre freie

Hand auf dem Laken fest und zwänge ihre tretenden Beine zwischen meinen Schenkeln ein.

»Geh von mir runter, Bulle!«, schnauft sie.

Der Anblick ihrer Brüste, die sich unter der dünnen Bluse hektisch heben und senken, hat eine verheerende Wirkung. Mir schießt das Blut zwischen die Beine, und ich werde hart. *Verflucht noch mal!* Ob sie es spürt, weiß ich nicht, aber ihre Pupillen vergrößern sich.

»Sie wissen schon, dass Ihr lächerliches Verhalten nichts anderes ist als ein Balzritual, oder?«, grolle ich.

»Wie bitte?«, quiekt sie.

»Wenn Sie gevögelt werden wollen, sagen Sie es einfach«, erwidere ich mit einem diabolischen Lächeln, einfach nur, um ihre Reaktion zu testen.

»Gevögelt werden? Von Ihnen? Pah!« Sie fletscht die Zähne, ihr Körper unter meinem bebt, was mich noch härter werden lässt. »Eher wälze ich mich splitternackt in Brennnesseln!«

Ich lache kurz auf. »Sie kehren also nur die Widerspenstige heraus.« *Umso besser.* Ich lege einen stählernen Glanz in meinen Blick; ein Kniff, den ich bei Verhören gern benutze. »Wenn das so ist, warne ich Sie, Miss Willoz. Benehmen Sie sich, sonst nehme ich Sie wirklich in Schutzhaft. Ich lasse Sie ein paar Stunden in einer Polizeizelle schmoren, damit Sie sich ein wenig abkühlen.«

Ihre Augen werden schlagartig dunkel, fast schwarz. »Das würde Ihnen gefallen, was? Ich hinter Gittern.« Ihre Mundwinkel zucken spöttisch. »Was schwebt Ihnen vor, Detective? Soll ich vor Ihnen auf die Knie fallen und um Gnade betteln? Wie folgsame Mädchen es tun?« Schmutzige Bilder blitzen in meinem Kopf auf, und ich beiße die Zähne fest zusammen. Das kleine Biest fährt sich mit der Zungenspitze über die Unterlippe. »Ist es das, was Sie sich insgeheim erhoffen?«, fügt sie mit einem schnurrenden Unterton hinzu.

Begleitet vom höhnischen Gelächter meiner inneren Stimme, bricht mein Panzer der Rechtschaffenheit krachend in sich zusammen. Scheiß auf ein mögliches Disziplinarverfahren! Ich will Cheyenne Willoz, seit ich sie in diesem roten Fummel im Merchant gesehen habe. Das wird mir soeben sonnenklar.

»Also doch ein Balzritual«, sage ich mit leiser, gefährlicher Stimme und senke den Kopf, bis sich unsere Nasen fast berühren.

»Sie wollen sich über eine hilflose Frau hermachen?«, keucht sie. Ihr abgehackter Atem streift über meine Haut, während sich ihr Becken unmerklich wölbt.

»Sie sind vieles, Miss Willoz«, antworte ich ruhig, auch wenn ich nicht verhindern kann, dass ich ein wenig heiser klinge. »Aber hilflos gewiss nicht.«

Bevor sie etwas erwidern kann, verschließe ich ihren kleinen, vorlauten Mund mit meinen Lippen. Sie schnappt nach Luft, und ich nutze meine Chance, zwänge mich durch den Spalt ihrer geöffneten Lippen. Ich halte mich nicht zurück – Strafe muss sein – und wühle mich tief in ihren Mund, labe mich an ihrem Geschmack. Ihren Kopf halte ich dabei fest gepackt. Sie gibt einen entzückenden Laut von sich, und die Vorstellung, sie ins Nirwana zu vögeln, bringt mein Blut noch mehr in Wallung. Ihre freie Hand stemmt sie gegen meine Brust, aber eher halbherzig, denn während ich sie ausdauernd küsse, spüre ich, wie ihre Fingerspitzen zaghaft meine nackte Haut erkunden. Ich knabbere an ihrer Unterlippe, presse meine Erektion gegen ihren warmen Körper, um keine Missverständnisse aufkommen zu lassen.

Als sie sich versteift, hebe ich kurz den Kopf. Ihre langen Wimpern flattern wie Libellenflügel, dann öffnet sie ihre dunklen, lustverhangenen Augen.

»Alles klar?«, murmele ich.

Sie nickt kaum merklich.

Ihre Lippen, rosig, feucht und geschwollen, stellen meine Selbstbeherrschung auf eine harte Probe. *Jetzt schon.* Trotzdem juckt es mich in den Fingern, ihren Körper mit allem, was ich habe, gründlich zu erforschen. Fürs Erste setze ich meinen Mund ein, hinterlasse eine Spur heißer Küsse auf ihrem Nacken, ihren rasenden Puls heize ich mit meiner Zungenspitze an. Ganz sachte. Gleichzeitig begibt sich meine rechte Hand auf Wanderschaft, nestelt spielerisch am Saum ihrer Bluse, während ich diese behutsam nach oben schiebe. Als ich mit den Fingerkuppen die empfindliche Stelle unter ihren Brüsten berühre, so weich und samtig, zuckt sie unwillkürlich zusammen. Ehrgeiz überkommt mich. Ich werde dafür sorgen, dass sie vollends die Kontrolle verliert, ihre Lust hemmungslos herausschreit. Ich will die Geilheit in ihren Augen sehen, will sehen, wie Wut und Traurigkeit einige kostbare Momente lang aus ihrem Blick verbannt werden.

Der Gedanke zerplatzt wie eine Seifenblase, als sie ihre freie Hand in meinen Haaren vergräbt, ihre Zunge meine umschlingt. Gierig presst sie ihren Körper an meinen, lässt ihr Becken kreisen. Die Wirkung gleicht einem Stromstoß, was mir ein lustvolles Stöhnen entlockt. Ihr Mund unter meinem verzieht sich zu einem lasziven Lächeln, wie ich durch die halb geschlossenen Lider erkennen kann.

Na warte.

Cheyenne

Sein Körper, sein Duft und sein Geschmack fluten meine Sinne, und ich fühle mich wie betrunken. Schon der Anblick seines halb nackten Körpers auf der Treppe hat meine kühnsten Fantasien übertroffen. Die harten Muskeln unter der straffen Haut, dazu die breiten Schultern und der feste Bauch …

Allmächtiger! Obwohl ich mich dagegen gesträubt habe, stand ich kurz davor, mich in ein geiles, sabberndes Weibchen zu verwandeln. Meine freie Hand verirrt sich in seine kräftige und ungebändigte Mähne. *Kein Grizzly. Ein Löwe.* Die Hitze seines Körpers versengt meine Haut, selbst durch den Stoff meiner Bluse hindurch. Seine Küsse sind tief und leidenschaftlich, seine Hände besitzergreifend. Ein Schauer legt sich auf meine Haut, als er mit seinen langen Fingern meine Bluse aufknöpft. Meine Brustwarzen ziehen sich in freudiger Erwartung zu harten Knötchen zusammen.

Kurz hält er inne, hebt eine Augenbraue. »Blümchenunterwäsche? Ich hatte irgendwie Totenschädel und schwarzes Latex erwartet.«

»Sehr witzig«, keuche ich. »Das Zeug ist nur geliehen.«

»Daher.«

Sein Tonfall verrät mir, dass er sich über mich lustig macht, also verpasse ich ihm einen Schlag gegen die Schulter. Zumindest ist das der Plan. Es ist aber mehr ein gieriges Fummeln. Ich spüre die angespannten Sehnen und Muskeln seines Rückens unter meinen Fingern und stelle mir ihr sinnliches Spiel vor, wenn er mich gleich vögelt. Hart und tief. Mir schwindelt bei dem Gedanken. Sanft streicht er über meine Rippen und greift nach hinten, löst den Verschluss meines BHs und zieht aufreizend langsam den zarten Stoff von meinen Brüsten. *Verflucht routiniert*, kommt es mir unwillkürlich in den Sinn.

Seine Augen schweifen über meine nackten Brüste. Sie sind nicht sehr groß, aber auch nicht zu klein, sondern genau richtig, finde ich. Beau scheinen sie auch zu gefallen, denn in seinem Blick lese ich die pure Gier.

»Wie knackige Äpfel«, murmelt er mit einem kleinen Lächeln. »Reif für die Ernte.«

Als seine Zungenspitze über einen harten Nippel huscht, sauge ich die Luft scharf ein. Als er auch noch seine Zähne einsetzt, gesellt sich ein prickelnder Schmerz dazu, der mich erschauern lässt. Von meinem leisen Wimmern angespornt, widmet er sich dem anderen Nippel, stülpt seinen Mund über die harte Knospe, saugt erst sanft, dann immer fester. Gierig bäume ich mich ihm entgegen, während das Blut in meinen Ohren rauscht.

»Du schmeckst gut«, flüstert er. »Wenn auch etwas brav für meinen Geschmack.« Er versenkt seine Raubtieraugen in meine. »Wo ist dein Widerstand geblieben, Kätzchen?«

»Du … du kannst mich mal, dreckiger Bulle!« Die Wortwahl ist derb, der Tonfall eher fiepsig, *sehr* fiepsig.

Beau lacht selbstgefällig. Ein dunkles, kehliges Geräusch, das sich dramatisch auf meinen Schoß auswirkt. Trotzig presse ich die Oberschenkel fest zusammen, spüre die glitschige Nässe, die meine Haut benetzt. Widerstand? Welcher Widerstand? Ich bin Wachs in den Händen des Teufels. Ohne den Blick von meinem heißen Gesicht abzuwenden, schält er mich aus der Khakihose. Die Wölbung unter seinem Pyjama-Unterteil ist beachtlich, und ich kann nicht widerstehen. Meine Finger tasten über seinen Körper, schieben sich langsam in seine Hose, spüren die Hitze und die samtweiche Härte. Wie groß er sich anfühlt! Neugierig taste ich ihn ab, werde aber mit einem Knurren abgeblockt. Beau greift in meine Haare, biegt meinen Kopf zurück, sodass mein Mund offenliegt. Seine andere Hand drängt an meinem triefnassen Höschen vorbei in meinen Schoß. Direkt und ohne zu zögern.

»Ich habe hier das Sagen, Süße«, sagt er leise.

Bei seinen Worten ziehen sich meine Muskeln ruckartig um seine Finger zusammen, und mir entfährt ein Seufzer, den er mit seinem Mund aufgreift. Ohne seine Lippen von meinen zu lösen, bewegt er seine Finger vor und zurück, stimuliert mich zusätzlich mit dem Daumen. Meine Hüften geraten unwillkürlich in Bewegung, worauf sein Lächeln breiter wird. Er ist so verflucht siegessicher. Als er meinen Kitzler zwischen zwei Finger nimmt und ihn fest zwickt, lässt mich der bittersüße Schmerz aufkeuchen. Eine Welle der Lust rollt auf mich zu, während seine Finger mich erneut ficken, sein Daumen mich in immer schneller werdenden Kreisen massiert. Schweiß rinnt an mir herab. Ich drücke den Rücken durch, die Finger meiner gefesselten Hand krallen sich um die Metallstrebe. Da löst ein gezielter Druck seines Daumens den letzten Funken Verstand in meinem Kopf auf. Meine Zehen krümmen sich, ich spanne mich an, dann schlägt die Welle mit voller Wucht über mir zusammen. Die Welt zerfällt in tausend Scherben, ich zucke und winde mich, stöhne hemmungslos meine Lust hinaus. Ich stürze im freien Fall in die Tiefe, bis ich ermattet in einem Meer aus Watte lande.

»So ist es gut«, murmelt Beau, seine Nase pflügt zärtlich durch mein Haar. Eine Liebkosung, die einen dicken Kloß in meinem Hals erzeugt.

Zum Glück wird diese Gefühlsduselei von der Tatsache verdrängt, dass Beau dazu übergeht, seine Pyjamahose abzustreifen. Nun widme ich meine ganze Aufmerksamkeit seinem Schwanz, da unterscheide ich mich kein bisschen von anderen Frauen. Groß und schwer ragt er auf, mit einer dunkelroten Eichel. Obwohl ich es kaum erwarten kann, dieses Prachtexemplar in mir zu spüren, fühlt sich meine Kehle plötzlich wie Schmirgelpapier an. Mit einem lüsternen Funkeln in den Augen schiebt sich Beau auf mich und umfasst mein Gesicht mit beiden Händen. Sein Schwanz drückt gegen meinen Bauch, fest und samtig, dann legen sich seine Lippen auf meine, und unsere Zungen finden sich zu einem sinnlichen Tanz. Hitze brodelt durch meine Adern, und in meinem Unterleib erwacht erneut das gierige Pochen.

»Lass es uns endlich tun!«, fordere ich rau, beinahe aggressiv.

»Sachte«, kommt es tadelnd zurück.

»Sachte?«, ereifere ich mich mit vielsagendem Blick auf seine Erektion.

Er stößt ein leises Lachen aus, ehe er sich wieder von mir löst. Der uneingeschränkte Blick auf seinen nackten, wohlgeformten Hintern, als er sich streckt, um an die Schublade des niedrigen Nachttischs zu gelangen, lässt meinen Puls in die Höhe schießen. Und auch alles andere. So heiß ich die Handschellen inzwischen finde, in diesem Moment verwünsche ich sie zutiefst, hindern sie mich doch daran, mich wie ein hungriger Barrakuda auf dieses leckere Filetstück zu stürzen. Der kleine Teil von mir, der noch zum Denken fähig ist, wundert sich. So erregt bin ich sonst nie, ganz gleich, was ein Typ auch anstellt. Der Anblick einer blanken Kehrseite löst bei mir normalerweise nicht solche Euphorie aus. Besitzen Scampi vielleicht eine aphrodisierende Wirkung?

Beau zaubert ein Folienbriefchen hervor, zieht es auf und rollt ohne viel Brimborium das Kondom über.

»Ich habe keine ansteckende Krankheit!«, kommt es mir vorschnell über die Lippen.

Meine Reaktion ist völlig überzogen. Warum es mich stört, kann ich nicht sagen, aber irgendwie fühlt es sich falsch an. Obwohl es das einzig Richtige ist. Beaus heimtückische Berührungen, – *ja, heimtückisch!* –, scheinen einige Synapsen in meinem Gehirn schwer beschädigt zu haben.

»Davon gehe ich auch nicht aus«, antwortet er. »Aber ich bin kein Kind von Traurigkeit.«

Hätte ich doch nur den Mund gehalten!

»Dann lass uns endlich ficken!«, stoße ich grob hervor.

Ein schmutziges Grinsen ist die Antwort. »Dein Wunsch ist mir Befehl.«

Seine großen Hände spreizen meine Schenkel. Ich spüre, wie er die Spitze seines Schwanzes über meine Nässe reibt, langsam und aufreizend, während mir das Herz fast aus der

Brust springt. Dann hält er kurz inne, nagelt meinen Blick fest und bohrt sich mit einem einzigen Stoß bis zum Anschlag in mich hinein. Ein Geräusch, irgendwas zwischen Keuchen und Wimmern, entweicht meiner Kehle. Er fühlt sich so gewaltig an, so unglaublich, dass meine Nerven surren und ein heftiger Schauer sich auf meinen Körper legt.

»Alles okay?«, wispert er in mein Ohr.

»Ja. Warum auch nicht?«

»Ich … Ich habe nicht erwartet, dass du so eng bist.«

Obwohl mein Unterleib unter heftigem Feuerbeschuss steht, erfüllt mich unbändige Wut. Ich stemme meine Hände gegen seinen Brustkorb, um ihm ins Gesicht zu sehen.

»Wofür hältst du mich eigentlich?«, fauche ich, während ich vergeblich versuche, mich aus seiner Umarmung zu befreien. »Für eine ausgeleierte Schlampe? Nur, weil ich in Pflegefamilien aufgewachsen bin und keinen vernünftigen Schulabschluss habe?« Bei mir brennt eine Sicherung durch. »Du selbstgefälliges Arschloch!«

Mit der freien Hand beginne ich, auf ihn einzuschlagen, aber er fängt meine Faust mühelos auf. »Hey, hey!«, beeilt er sich zu sagen. »So war das nicht gemeint, Cheyenne.« Sein Blick flackert. Aus Mitleid? Schlechtem Gewissen? Was immer es ist: Mir gefällt nicht, was ich in seinen Augen sehe. »Du fühlst dich unglaublich gut an, wie ein maßgeschneiderter Handschuh, und das macht mich geil. Das ist alles. Deshalb habe ich es gesagt.«

Ich wende das Gesicht ab, aber er packt mein Kinn, zwingt mich, ihn anzusehen. Der Mistkerl hat zwei Hände zur Verfügung, ich nur eine.

»Ich halte dich nicht für eine Schlampe«, sagt er mit Nachdruck. »Alles klar?«

Erstaunlich, wie ruhig sein Blick ist, wenn man berücksichtigt, dass sein Schwanz in mir immer noch steinhart ist. Meine Sinne sind aufgepeitscht. Ich will ihm glauben, so sehr, dennoch bleiben quälende Zweifel zurück, die er mit einem leidenschaftlichen Kuss zu beseitigen sucht. Zunächst reagiere ich nicht auf seinen Kuss, aber Beau weiß, was er tut. Lange widerstehe ich der Charmeoffensive nicht. Schon werden meine Lippen weich, und ich erwidere seine Zärtlichkeiten. Gleichzeitig beginnt er, sich rhythmisch in mir zu bewegen. Mit langen, gemächlichen Stößen, die ein kleines Feuerwerk hinter meinen geschlossenen Augenlidern auslösen.

Verfluchter Mistkerl!

Aber der Gedanke klingt mehr nach Liebkosung denn nach Verwünschung. Ich lasse meine Hüften kreisen, und als hätte er nur darauf gewartet, beschleunigt er das Tempo. Seine Stöße werden härter, und ich grabe meine Zähne in die Unterlippe, um nicht hemmungslos zu stöhnen. Ich schlinge meine Beine um seine Mitte, ziehe ihn tiefer in mich hinein. Während er seinen Schwanz in mich rammt, ist sein Stöhnen rau und animalisch. Ein Geräusch, das mich tiefer in den Feuersturm zieht, das und die Reibung, die er an meinem geschwollenen Kitzler erzeugt. Seine schneller werdenden Stöße entlocken mir kleine gepresste Laute. Was ihm offenbar nicht genügt.

»Schrei für mich, Kätzchen!«, fordert er kurz darauf mit heiserer Stimme. Auf seiner Stirn hat sich Schweiß gebildet, seine Muskeln zittern vor Anspannung.

Er schiebt seine rechte Hand, die eben noch auf meiner Wange gelegen hat, zwischen unsere verschwitzten Körper, um meinen Kitzler zu umkreisen, der prompt heftig zu pulsieren beginnt. Beaus Fingerkuppe massiert mich gekonnt, streichelt und drückt. Den Mund fest zusammengepresst, versuche ich, die köstliche Folter mit Würde zu ertragen. Aber ich habe nicht den Hauch einer Chance. In meinem Becken sammelt sich bereits der Orgasmus. Die Woge der Ekstase, die auf mich zurast, ist so überwältigend, dass ich glaube, zu vergehen. Mein Atem stockt, mein Blick trübt sich. Als es explosionsartig aus mir herausbricht, bahnt sich ein Schrei seinen Weg. Und dann falle ich nur noch, falle und falle … Aber Beau gewährt mir keine Atempause. Seine Finger erhöhen den Druck, während sein Schwanz jegliche Zurückhaltung ablegt. Er stößt zu wie ein Wilder, dabei trommelt das Herz hart in seiner Brust. Kaum ist die erste Welle über mich hinweggerollt, bricht die nächste herein. Während mein Leib in einem rasenden Höhepunkt pulsiert, kralle ich mich an seinem stählernen Körper fest, als würde mein Leben davon abhängen.

»Beau«, wimmere ich. »Beau.«

Ein Knurren löst sich aus seiner Kehle, und ich weiß, dass ihm die Kontrolle entgleitet. Ich spüre den Schauer, der durch seine harten Muskeln läuft, als der erste Schwall seiner Lust meinen Körper tränkt. Den Kopf in den Nacken gelegt, ragt er über mir auf, ein Raubtier, das über seine Beute triumphiert. Sein Orgasmus ist lang und heftig, und ich kann mich am wilden Ausdruck seines Gesichts nicht sattsehen. Als er sich hinterher schwer atmend auf mich fallen lässt und seinen Kopf neben meinem ablegt, streichelt sein feuchtes Haar meine Wange. Er stößt ein leises, heiseres Lachen aus, und hinter meinen Augen brennt es verdächtig, ohne dass ich den Grund dafür nennen könnte.

Wieder diese verfluchte Gefühlsduselei!

»Machst du mich los?«, frage ich betont heiter.

Mit einem wohligen Seufzer zieht er sich aus mir heraus und rollt sich auf den Rücken. Seine Augen blitzen schelmisch. »Wenn du versprichst, dass du nicht wieder versuchst, meinen Wagen zu klauen.«

»Ich verspreche es.« Ich lege die freie Hand auf mein Herz. »Indianerehrenwort.«

»In Ordnung«, antwortet er leise und haucht mir einen Kuss genau über mein wild pochendes Herz.

Wahrscheinlich wäre jetzt der falsche Moment, ihm zu gestehen, dass ich gar keinen Führerschein besitze.

Eine Powerfrau

Cheyenne

Am nächsten Morgen wache ich aus einem tiefen, traumlosen Schlaf auf. Beaus Arme halten mich umschlungen, und ich spüre seine breite Brust an meinem Rücken. Kurz zögere ich, dann drehe ich mich vorsichtig um. Er murmelt etwas, wacht aber nicht auf. Durch das Fenster hinter ihm kann ich sehen, dass dichter Nebel über dem Mississippi liegt. Sachte lege ich meinen Kopf auf seinem rechten Arm ab und mustere sein Gesicht, während sein regelmäßiger Atem warm an meine Wange bläst. Wie stark er selbst jetzt wirkt, trotz der sanft geschlossenen Augenlider mit den langen Wimpern! Das Gefühl der Geborgenheit schnürt mir den Brustkorb zu wie ein stählerner Ring, was mir eine Heidenangst einjagt. Gleichzeitig wünsche ich mir, dieser Moment möge ewig dauern. Seine Lippen sind einen winzigen Spalt geöffnet, und gerade dieser unschuldige Anblick ist es, der mich in die Knie zwingt. Diesmal lasse ich die Emotionen zu. Lasse zu, dass der Kloß in meinem Hals zerbirst und Tränen meine Schläfen hinunterrinnen. Beaus ruhige Atemzüge und die Nebelhörner der Ölbarkassen draußen auf dem Fluss bilden den Soundtrack zum Chaos in meinem Herzen und in meinem Kopf.

Bin ich im Begriff, mich zu verlieben?

In den Mann vielleicht, in das Gefühl, das er in mir weckt, ganz sicher. Vor Jahren habe ich in einer Zeitschrift etwas darüber gelesen. Die Überschrift lautete »In die Liebe verliebt sein«. So beängstigend die Überlegung auch ist, hier in der nebelumhüllten Feuerwache stelle ich mich ihr. Heißt es nicht immer, Verliebtsein sei wie eine Krankheit oder eine Sucht? Was mich angeht, trifft es hundertprozentig zu. Ich bin süchtig nach diesem Gefühl, möchte es jeden Tag erleben, jede Minute, jede Sekunde. Das Gefühl, nicht mehr wie Treibgut auf dem Meer zu driften; nicht mehr befürchten zu müssen, von der Welt verschluckt zu werden und in Vergessenheit zu versinken. Ich möchte das Gefühl nie wieder missen, einen Anker für mein Herz gefunden zu haben. Während ich Beau beim Schlafen zusehe, halte ich an diesem albernen Mädchentraum fest – in dem Wissen, dass alles vorüber ist, sobald der Wecker schrillt.

Eine Stunde später sitzen wir am Esstisch und trinken schweigend Kaffee. Als Beau beim ersten Klingeln aufgewacht ist, hat er mich angelächelt und dann sanft geküsst.

»Bist du schon lange wach?«, hat er wissen wollen.

Ich habe gelogen. »Nein.«

Er hat mich mit diesem besonderen Blick angeschaut. »Wollen wir im Bett frühstücken?«

Bilder von neckischen Spielen, in denen mit Sirup bestrichene Pancakes und frische Erdbeeren eine Rolle spielen, sind vor meinem inneren Auge aufgepoppt. Lachen, Küsse, erste Sonnenstrahlen, die sich durch den Nebel kämpfen, hingebungsvoller Sex … Der perfekte Sonntagmorgen. Mich hat die Angst gepackt. Angst vor dem Verlust, der zwangsläufig folgen würde.

»Ich hab's nicht so mit Frühstück«, war meine kurze Antwort, dann flüchtete ich ins Bad, bevor Beau seine schweren Verführungsgeschütze auffahren konnte.

Er hat keine Fragen gestellt. Stattdessen ist er aufgestanden und hat Kaffee gekocht. Ich habe mir beim Duschen viel Zeit gelassen, um die Mauern wieder hochzuziehen, die er letzte Nacht niedergerissen hat.

»Der Kaffee ist gut«, breche ich später das Schweigen und meine es auch so.

»Eine mexikanische Spezialmischung«, antwortet er mit einem milden Lächeln.

Noch immer trägt er seine dunkelblaue Pyjamahose, er hat sich ein weißes Hemd übergeworfen, es aber nicht zugeknöpft. Seine Haare sind zerzauster als sonst, der Bartschatten noch dunkler, und der weiße Stoff bildet einen auffälligen Kontrast zu seiner gebräunten Haut. Der Mann strahlt puren Sex aus.

»Alles okay zwischen uns?«, fragt er mit einer so tiefen Stimme, dass sich sämtliche Härchen auf meinem Körper aufstellen.

»Ja, klar«, antworte ich leichthin, meide aber seinen Blick.

Reiß dich zusammen!, rufe ich mich zur Ordnung. *Sei cool!*

»Musst du heute arbeiten?«, will er weiter wissen.

Ich schüttle den Kopf. »Heute ist mein freier Tag. Mister Dunn, der Besitzer des Ladens, hat dafür eine Aushilfe eingestellt. Sie heißt Bonnie und studiert Jura an der Tulane University«, plappere ich.

Beau nickt. »Gut. Während du geduscht hast, habe ich eine Freundin angerufen. Sie kommt hierher. Du wirst die nächsten paar Tage bei ihr unterkommen.«

Ich versuche, mir meinen Schrecken nicht anmerken zu lassen, angesichts der Tatsache, dass Beau es verflucht eilig hat, mich loszuwerden.

Du blöde Pute!, ermahne ich mich innerlich. *Eben konntest du es kaum erwarten, aus seinem Dunstkreis zu verschwinden, und jetzt winselst du rum, weil er es dir leicht macht.*

»Du hast recht«, sage ich mit einem Lächeln, das ich mir mühsam abringe. »Ich kann nicht hierbleiben. Schließlich bin ich die Schwester des Mannes, den du jagst.«

»Darum geht es nicht, Cheyenne«, erklärt Beau leise. »Also nicht nur. Ich muss nachher weg und will nicht, dass du allein bleibst. Ich habe ein paar wichtige Dinge zu erledigen.«

»Aber es ist Sonntag.«

Er lächelt. »Das Verbrechen schert sich nicht darum, welcher Tag ist.«

»Und was genau hast du zu erledigen?«

»Das kann ich dir nicht sagen. Es geht um den Fall.«

»Oh … ich verstehe.«

Stille senkt sich über den Tisch, aber im Unterschied zu gestern Abend ist diese Stille unbehaglich, zerrt an den Nerven, wobei mir schmerzhaft bewusst ist, dass ich dafür die Verantwortung trage.

»Was ist mit meinem Fahrrad?«, murmele ich. *Und der Beretta?*

»Ich kümmere mich darum.« Er bedenkt mich mit seinem strengen Bullenblick. »Und die Waffe bleibt hier.«

Ein Klingeln an der Tür erspart mir eine Antwort.

»Das ist sie!«, ruft Beau hörbar erleichtert, was mein Herz schwer werden lässt, dann steht er auf, um den Öffner zu betätigen.

Kurz darauf erscheint eine Frau auf dem Treppenabsatz. Sie ist schlank und sehnig, ein wenig kleiner als ich und strotzt vor Energie. Zu einer engen blauen Jeans trägt sie schwere Stiefel und eine schwarze Motorradjacke. Ihr Gesicht ist mit Sommersprossen gesprenkelt. Ein Kumpeltyp wäre wohl der passende Begriff, ließe man die lange rote Lockenmähne und die grünen Katzenaugen außer Acht. Ich schätze sie auf Anfang dreißig.

»Cheyenne«, sagt Beau an mich gewandt. »Darf ich vorstellen? Das ist Jet.«

»Jet?«, frage ich verwundert.

Mit einem breiten Lächeln streckt mir die hübsche Rothaarige ihre Hand entgegen. »Eigentlich Janet, aber als ich klein war, konnte ich den Namen nicht richtig aussprechen.« Sie hat eine dunkle, etwas heisere Stimme. »Ich habe stattdessen Jet gesagt. Seitdem nennen mich alle so.«

»Jet, die Kanone«, witzelt Beau. »So haben wir sie früher immer genannt.«

Woraufhin ihm seine Freundin einen festen Boxhieb verpasst, was ihm ein Lachen entlockt. Ihre Vertrautheit versetzt mir einen Stich. Keine Eifersucht, rede ich mir ein, sondern Neid auf ihre Freundschaft.

»Cheyenne?«, fragt Beau.

»Ja?«

»Wenn du mir deinen Hausschlüssel gibst, werde ich jemanden zu deinem Apartment schicken, der ein paar Sachen für dich zusammenpackt und zu Jet bringt.«

Ich nicke. »Das wäre super, danke«, murmele ich und fische den Schlüssel aus meiner Hose, um ihn Beau zu geben.

Indessen schaut sich Jet neugierig um. Als ihr Blick auf den Paravent fällt, kann sie von ihrer Warte aus einen Teil des Betts mit den beiden zerknüllten Kissen deutlich sehen. Mir steigt die Röte ins Gesicht. Glücklicherweise verkneift sie sich einen Kommentar.

»Krieg ich noch einen Kaffee, bevor wir fahren?«, fragt sie Beau.

»Nimm dir einen, wenn du willst«, antwortet er. »Du weißt ja, wo alles steht. Aber ich kann euch keine Gesellschaft leisten. Ich muss mich fertig machen. Ich bin etwas spät dran.«

Jet hebt lachend die Hände. »Alles klar! Du willst uns loswerden.« Sie richtet ihre Augen auf mich. »Komm, gehen wir!« Und dann: »Ich darf dich doch duzen?«

Ich lächle. »Logisch.«

»Cool!«

Ich sammle meine Sachen zusammen, viel ist es nicht, ziehe meine Schuhe an, dann machen wir uns auf den Weg nach draußen.

»Bis dann!«, ruft uns Beau hinterher.

Kein Kuss, keine Umarmung, nicht einmal ein Klaps auf die Schulter. Die Lippen fest zusammengepresst, gehe ich die Treppe hinunter, wobei ich vergeblich versuche, die jähe Leere in meinem Inneren zu ignorieren. Das Gefühl weicht kurzfristig der Überraschung, als Jet vor der Feuerwache ein Motorrad ansteuert. Es ist rot-weiß mit blitzendem Chrom.

»Wow!«, hauche ich voller Bewunderung. »Ist das dein Bike?«

»Ja.« Stolz funkelt aus Jets grünen Augen. »Eine echte Schönheit. Kennst du dich mit Motorrädern aus?«

Ich schüttle bedauernd den Kopf. »Leider nein.«

»Es ist eine Honda CBX 400F von 1983. Ein echter Klassiker. Ich habe sie restauriert und auf den neuesten Stand der Technik gebracht«, erklärt Jet stolz.

»Toll.« Ehrfürchtig blicke ich auf die schwere Maschine.

»Hast du schon mal auf einem Motorrad gesessen?«

»Ehrlich gesagt, nein.«

Sie reicht mir den Helm, der über dem Lenker hängt. »Halt dich einfach gut an mir fest und leg dich in die Kurven, wenn ich es tue. Das war's. Ich werde nicht so schnell fahren.«

»Danke«, entgegne ich. »Was ist mit dir?«, frage ich weiter, als mir klar wird, dass sie mir ihren Helm gegeben hat.

Sie zwinkert fröhlich, bevor sie sich auf die Maschine schwingt. »Wie gesagt, ich werde langsam machen.«

»Okay.«

Mit weit gespreizten Schenkeln setze ich mich aufs Motorrad, rutsche ein wenig hin und her, bis ich eine bequeme Position gefunden habe, und schlinge meine Arme um Jets Mitte. Mit einem Gummi bindet sie sich die Haare zu einem Pferdeschwanz, dann fischt sie aus ihrer Lederjacke eine Sonnenbrille, die sie aufsetzt. Anschließend wendet sie mir ihr Profil zu.

»Du magst ihn«, sagt sie und weist lächelnd zur Feuerwache.

Energisch schüttele ich den Kopf. »Ich hasse Cops!«

Ihr Lächeln wird breiter, wissender. »Beau ist anders.«

Bevor ich etwas erwidern kann, startet sie den Motor. Ich werfe einen letzten Blick auf das hohe Gebäude, mein Herz krampft sich zusammen, dann gibt Jet Gas. Ab diesem Moment bin ich nur noch damit beschäftigt, mich auf das Vibrieren unter meinem Hintern zu konzentrieren. Inzwischen hat sich der Nebel gelichtet, und die Sonne brennt gelb vom Himmel herunter. Ich bin froh, dass der Helm eine Blende hat. Jet fährt ruhig und sicher, und mit jeder Meile, die wir zurücklegen, entspanne ich mich ein wenig mehr. Unser Weg führt uns nach Norden, immer auf der Louisiana Avenue entlang, worüber ich insgeheim froh bin. Je weniger Kurven, desto besser. Wir durchqueren mehrere Wohngegenden mit kleinen Parks, Kirchen aus rotem Backstein und Tankstellen. Vielen Tankstellen. Danach fahren wir übergangslos auf die Washington Avenue, eine wirklich schöne Strecke, nicht zwingend malerisch, aber so herrlich gerade. Nach schätzungsweise zehn Minuten biegt Jet nach links ab, und ich lege mich in die Kurve, wie sie es mir erklärt hat.

Nach etwa einer Meile auf gerader Straße sind wir am Ziel angelangt: einem grauen, mehrstöckigen Haus am Fontainebleau Drive mit dunkelgrünen Fensterläden, einem roten Spitzdach und dem obligatorischen Säulenvorbau. Mit leicht wackeligen Knien steige ich vom Motorrad und blicke mich neugierig um.

Die Häuser hier sind nicht unbedingt prunkvoller als in anderen Teilen der Stadt, aber dafür sind die Straßen und Grundstücke großzügig angelegt. Zu weit vom Zentrum entfernt für meinen Geschmack, dafür aber ruhig. Jet schiebt ihr Motorrad in einen Schuppen, den sie abschließt, dann betreten wir das Gebäude durch einen Seiteneingang. Über eine weiße Treppe gelangen wir ins Dachgeschoss, wo Jet wohnt. Ihr Apartment ist etwa doppelt so groß wie meins, bietet aber kaum mehr Platz, weil jeder freie Zentimeter mit Bildern zugestellt ist. Sie sind überall. Auf dem Boden, auf den Stühlen, dem Tisch, dem Sofa, den Regalen. In der Mitte des Raums steht eine Staffelei mit einem abgedeckten Gemälde, auf dem hohen Tisch daneben warten eine Palette, ein Topf mit Pinseln und eine beeindruckende Ansammlung von Farben darauf, verwendet zu werden. Durch die großen Dachfenster flutet helles Licht, und es riecht nach Farbe und Holz.

Ein Atelier.

»Ich hatte keine Zeit, aufzuräumen«, sagt Jet mit einem entschuldigenden Lächeln.

»Du malst?«, frage ich fasziniert, während ich von einem Bild zum anderen gehe. Der Lake Pontchartrain und abstrakte Porträts scheinen Jets bevorzugte Motive zu sein.

Sie nickt.

Was für eine tolle Frau!

Gewaltsam unterdrücke ich das Gefühl von Minderwertigkeit, das wie eine zischelnde Schlange in einer Ecke meines Gehirns lauert.

»Möchtest du einen Tee?«, fragt mich Jet.

Zwar bevorzuge ich Kaffee, dennoch nicke ich. Schließlich bin ich hier Gast.

»Schwarzer Tee oder Pfefferminztee?«

»Schwarzer Tee, bitte«, antworte ich.

Sie verschwindet durch eine Tür, hinter der ich die Küche vermute, und kurz darauf höre ich, wie sie einen Wasserkessel oder -kocher auffüllt und Tassen aus einem Schrank holt.

»Milch dazu?«, ruft sie.

»Nein, danke«, gebe ich zurück und betrachte neugierig das Porträt eines älteren Mannes mit verwittertem Gesicht, der einen Strohhut trägt und an einem Zigarettenstummel zieht. Man kann den Dreck unter seinen Fingernägeln sehen, seine hellen Augen blicken versonnen.

»Es heißt ›The Cajun‹«, erklärt Jet hinter mir.

Ertappt wirble ich herum. Ich habe sie nicht kommen hören. In der Hand hält sie eine dampfende Tasse, die sie mir reicht.

»Danke«, sage ich und dann: »Es gefällt mir sehr. Wer ist der Mann?«

»Ein Krabbenfischer namens Ben vom Bayou Teche.«

»Ich finde, du hast ...« Ich ringe nach Worten, um etwas zu beschreiben, wovon ich eigentlich wenig Ahnung habe. »... die Stimmung sehr gut getroffen. Der Mann wirkt weise, als wäre er mit sich und der Welt im Reinen. Wunderschön.«

Jets Augen leuchten auf. »Danke dir. Genau das wollte ich vermitteln.« Sie schaut mich aufmerksam an. »Es berührt dich.«

»Ja«, antworte ich und betrachte wieder das Bild. »Es ist irgendwie tröstlich.«

»Wenn das so ist, schenke ich es dir«, sagt Jet.

»O nein! Nein!«, wehre ich heftig gestikulierend ab. »Das musst du nicht tun, echt nicht.«

»Aber ich möchte es.«

»Nein, wirklich, Jet«, sage ich eindringlich. »An mir ist es verschwendet. Ich habe keine Ahnung von Kunst.«

Jet runzelt die Stirn. »Was hat das denn damit zu tun? Meine Bilder sollen Emotionen wecken, ob jemand ›Ahnung‹ hat ...« Sie malt Gänsefüßchen in die Luft. »... oder nicht.«

Ich ändere meine Taktik. »Verkauf es lieber. Du musst Geld verdienen.«

Jet bricht in lautes Lachen aus. »Du glaubst doch nicht etwa, dass ich davon leben kann?« Ein trauriger Zug legt sich auf ihr Gesicht, aber als sei sie es gewohnt, solche Anwandlungen im Keim zu ersticken, verfliegt er rasch wieder. »Ich habe einen Job in einer Motorradwerkstatt.« Sie grinst. »Gibt Schlimmeres.«

»Aber … das verstehe ich nicht!«, rufe ich perplex. »Deine Bilder sind der Hammer!«

»Sag das mal den Galeristen.«

»Oh! Das tut mir leid«, murmele ich.

Jet zuckt mit den Schultern. »Irgendwann klappt es bestimmt. Zum Glück habe ich eine Arbeit, die mir Spaß macht. An Bikes rumzuschrauben ist meine andere große Leidenschaft.« Sie lächelt. »Also was ist? Nimmst du mein Geschenk endlich an, oder willst du noch länger rumzicken?«

Ich muss lachen. »Nein … ich meine ja. Ich nehme es sehr gern an«, sage ich in feierlichem Ton. »Es ist das schönste Geschenk, das ich jemals bekommen habe.«

»Wirklich?«

Ich nicke, bringe plötzlich keinen Ton mehr heraus, weil mein Hals wie zugeschnürt ist. In einer für mich untypischen Geste drücke ich Jet einen Kuss auf die Wange.

»Danke«, flüstere ich.

»Ich packe es dir ein«, sagt sie sanft, dann wendet sie sich ab, vermutlich, um mir Zeit zu geben, mich zu fassen.

Später sitzen wir auf dem Sofa, das wir freigeräumt haben, und nippen an unserem Tee. Dazu gibt es Kekse aus der Dose.

»Woher kennt ihr beide euch eigentlich, Beau und du?«, frage ich Jet.

Du bist bestimmt kein herrenloses Kätzchen, das er mit nach Hause genommen, gefüttert und anschließend flachgelegt hat.

Der Gedanke ist da, bevor ich ihn verhindern kann, und ich ohrfeige mich innerlich dafür. Ich muss endlich aufhören, mich dauernd zu bemitleiden!

»Wir kennen uns von Kindesbeinen an«, antwortet Jet.

»Wirklich?«, frage ich, begierig darauf, mehr zu erfahren.

»Ja. Wir sind in der Gegend von Lafayette aufgewachsen.«

»Kinder vom Lande«, necke ich sie.

Jets Lächeln wird breiter. »Beau, Kane und ich sind sogar waschechte Landeier. Wir stammen aus dem Bayou.«

»Kane?«, frage ich.

Statt einer Antwort dreht sich Jet um und greift nach einem gerahmten Foto aus dem Regal über unseren Köpfen. Zu sehen sind fünf Kinder. Ich schätze sie auf zwölf oder dreizehn. Das Bild wurde im Wald fotografiert, eines der Kinder, ein schlaksiger Junge mit hellbrauner Haut und auffallend grünen Augen, zeigt mit ausgestrecktem Arm und einem stolzen Lächeln auf das Baumhaus hinter ihnen. Jet ist leicht zu erkennen mit ihren schulterlangen roten Locken, der blauen Latzhose und dem verschmitzten Grinsen. Neben ihr steht ein hübscher blonder Junge in Jeans und T-Shirt. Er hat einen Arm um ihre Schulter gelegt und blickt mit ernster Miene zu ihr hinab. Am linken Rand sind zwei weitere Jungen zu erkennen. Beide dunkelhaarig, aber hier endet die Ähnlichkeit auch schon. Der eine, seine Haare sind pechschwarz, schaut grimmig, als hätte er niemals zu lächeln gelernt, seine Hände stecken tief in den Hosentaschen. Der andere, der ihn um einige Zentimeter überragt, trägt ein selbstbewusstes Grinsen auf den Lippen und hält die Arme vor der Brust verschränkt. Ein typisches Angeber-Getue. Seine hellbraunen Augen funkeln, die dunkelbraune Mähne steht in alle Richtungen ab, und ich muss unwillkürlich grinsen.

»Das ist Kane«, erklärt Jet und zeigt auf den grimmig dreinblickenden Jungen. »Beau hast du sicher erkannt. Das hier ist Leroy …« Sie zeigt auf den Jungen mit den hellgrünen Augen, dann wandert ihr Finger zu dem blonden Jungen, der neben ihr steht. »Und das hier ist Eric.« Bei diesem Namen scheint ihre Stimme leicht zu schwanken, aber vermutlich bilde ich es mir nur ein, denn sie lacht gleich wieder fröhlich. »Wir fünf waren unzertrennlich. Der Fünfköpfige Drache …«

»Der Fünfköpfige Drache?«, frage ich neugierig nach.

»Ja. Eric …«, wieder dieser seltsame Unterton, »… hatte so ein Sammelkartenspiel, bei dem man als Krieger die Welt vor dem Untergang retten sollte. Eine der mächtigsten Angriffskarten war der unzerstörbare Fünfköpfige Drache. So kam der Name zustande. Im Baumhaus da haben wir uns ewige Freundschaft geschworen.«

»Seid ihr immer noch befreundet?«, frage ich.

Jet nickt. »Zwar verlieren wir uns immer wieder aus den Augen, aber wenn einer von uns Hilfe braucht, sind die anderen zur Stelle, wenn möglich.«

»Wow …« Überwältigt verschränke ich die Hände ineinander. »Ihr fünf seid wirklich zu beneiden.«

»Das sind wir«, antwortet Jet, dennoch kann sie nicht verhindern, dass ein Schatten über ihr Gesicht huscht.

»Alles okay?«, frage ich sofort nach.

»Klar!«, beeilt sie sich zu sagen, und ich dränge sie nicht. Behutsam stellt sie das Foto zurück. »Möchtest du noch einen Tee?«

Ich schüttle den Kopf. »Nein, danke.« Mein Puls beschleunigt sich etwas. »Wie war Beau so als Kind?«

Jet denkt lange über die Frage nach. »Wütend«, sagt sie schließlich.

»Warum?«

Wieder kämpft die hübsche rothaarige Frau mit sich, als würde sie abwägen, wie viel sie mir erzählen kann. »Beau verlor seine Mom sehr früh. Sie starb an Krebs. Sein Vater … ja also …« Sie seufzt hörbar, und mich überkommt ein ungutes

Gefühl. »Er hat den Tod seiner Frau nie richtig verwunden. Irgendwas ist mit ihm passiert … mit seinem Kopf, meine ich. Danach ist er wegen jeder Kleinigkeit ausgetickt. Beau kam regelmäßig mit blauen Flecken in die Schule, bis er alt genug war, sich zu wehren. Trotzdem war er lange Zeit wütend auf alle und jeden, ein echt wilder Junge. Im Gegensatz zu Kane, der seine Wut in sich hineinfraß, suchte Beau immer die Konfrontation. Schon beim geringsten Anlass prügelte er sich mit anderen.« Jet fährt sich durch die Locken. »Es klingt jetzt vielleicht verrückt, aber im Nachhinein denke ich, dass der Fünfköpfige Drache seine Rettung war. Wenn man Beau jetzt erlebt, so ruhig wie ein Fels, kann man sich gar nicht vorstellen, wie nah er als Kind am Abgrund gestanden hat.« Sie senkt die Stimme. »Manchmal, wenn Beau bei Unterrichtsbeginn noch nicht da war, was recht häufig geschah, hatte ich Angst, ein Cop könnte vor die Klasse treten, um uns zu erklären, dass Beau nie wieder zur Schule kommen werde, weil er seinen Vater …«

Sie beendet den Satz nicht, dennoch weiß ich, was sie sagen will. Vor Mitleid für den unglücklichen Jungen, der Beau einst gewesen ist, zieht sich in mir alles zusammen. Sollte die Kindheit nicht etwas Schönes und Unbeschwertes sein? Warum ist das Leben nur so beschissen? Nein, verbessere ich mich, die Menschen sind es, die beschissen sind.

»Hat er noch Kontakt zu seinem Vater?«, frage ich.

Jet schüttelt den Kopf. »Sein Vater ist vor zehn Jahren gestorben. Er ist beim Angeln über Bord gefallen und ertrunken.«

»Oh.«

Eine Weile schweigen wir, bis Jet unvermittelt aufsteht. »Komm, ich zeig dir, wo du schlafen wirst.«

Erleichtert über den Themenwechsel springe ich auf und folge ihr in ein kleines Zimmer, das mit Kartons und Kleidersäcken vollgestopft ist, in dem aber ein Schlafsofa steht. »Hier bewahre ich einen Teil meiner Klamotten auf. Sozusagen mein begehbarer Kleiderschrank.« Jet zwinkert. »In meinem Schlafzimmer reicht der Platz nicht, und draußen will ich sie nicht bunkern wegen des Farbgeruchs und dem ganzen Terpentin.«

»So stark riecht es aber gar nicht«, sage ich.

»Wirklich?« Jet lächelt. »Gut. Ich bemerke den Geruch gar nicht mehr. Trotzdem lüfte ich, sooft ich kann.«

In diesem Moment klingelt es an der Tür. Jet öffnet, und ein umwerfend aussehender Mann in grauem Anzug und weißem Hemd betritt das Apartment. Mir stockt kurzfristig der Atem. Du meine Güte! Ein leibhaftiger Prinz, der direkt aus einem orientalischen Märchen entstiegen ist. Seine Haut hat die Farbe von Milchkaffee, seine Augen leuchten wie Smaragde, und ich erkenne den schlaksigen Jungen vom Foto wieder. Wie hieß er noch gleich? Leroy.

»Hallo, Jet«, sagt er mit wohltönender Stimme und drückt ihr einen Kuss auf die Wange, dann richtet er seine unglaublichen Augen auf mich. »Sie müssen Cheyenne sein. Ich habe hier etwas für Sie.« Mit einem Lächeln, das nur als sagenhaft bezeichnet werden kann, reicht er mir einen Rucksack. »Ich habe ein paar Sachen aus Ihrer Wohnung für Sie zusammengestellt. Klamotten, Zahnbürste, Deo, Parfum, Haarbürste, Ihren Laptop. Solche Dinge eben. Ich hoffe, das ist okay. Und hier ist Ihr Wohnungsschlüssel.«

»Äh … danke«, stottere ich und erröte, was mich maßlos ärgert und Jet ein helles Lachen entlockt.

»Mach dir nichts draus, Cheyenne«, sagt sie. »Auf Frauen hat Leroy immer diese Wirkung.«

»Außer auf dich«, entgegnet ihr Freund grinsend.

»Natürlich«, erwidert sie frech. »Ich kenne dich ja lang genug.«

»Und ich bin nicht Eric.«

Jets Lächeln erlischt schlagartig. Zwischen ihren Augenbrauen bilden sich Zornesfalten. »Lasst mich endlich in Ruhe mit dem Scheiß!«, faucht sie. »Keine Ahnung, was ihr euch da immer zusammenspinnt.«

Zwar habe ich keinen blassen Schimmer, worum es geht, aber die Spannung im Raum ist mit Händen zu greifen. Eine Sache habe ich jedenfalls begriffen: Den Namen Eric sollte ich in Jets Gegenwart tunlichst vermeiden.

Leroy gibt sich zerknirscht. »Tut mir leid, Jet. War eine blöde Bemerkung! Sei nicht mehr böse, okay?«, murmelt er und umarmt sie fest.

Jets Gesicht entspannt sich bereits wieder. »Schon gut«, sagt sie und seufzt. »Trinkst du einen Tee mit uns?«

Er schüttelt bedauernd den Kopf. »Ich kann nicht. Ich bin verabredet.«

»Schade. Das nächste Mal vielleicht.«

»Gern.« Der Mann mit dem umwerfenden Gesicht und dem, soweit ich es beurteilen kann, perfekten Körper nickt mir freundlich zu. »Hat mich gefreut, Cheyenne. Ach, und übrigens: Ihr Fahrrad und Ihre anderen Sachen habe ich in Ihr Apartment gebracht.«

»Das ist nett, danke sehr«, antworte ich mit einem breiten Lächeln.

Während Jet ihren Freund zur Tür begleitet, klingelt mein Handy auf dem Sofatisch. Ich werfe einen Blick auf die Kennung des Anrufers, unbekannte Nummer. Kurz zögere ich, dann nehme ich das Gespräch an. Vielleicht ist es Zach.

»Hallo?«, flüstere ich.

Die Stimme am anderen Ende lässt das Blut in meinen Adern gefrieren. »Niemand beklaut Mister Marsalis ungestraft«, raunt sie. »Dein Wichser von Bruder soll uns zurückgeben, was uns gehört. Bis heute Nachmittag drei Uhr. Sonst holen wir es uns von dir.«

Dann macht es klick, und die Leitung ist tot.

Entsetzt starre ich auf mein Handy, während meine Finger ein Eigenleben entwickeln. Hastig suche ich Zachs Nummer heraus und schreibe ihm eine Nachricht, in der Hoffnung, sie erreicht ihn irgendwie.

Ein höllischer Schlag

Beau

Die Sonne steht hoch am Himmel, kleine graugrüne Wellen brechen sich an der Kaimauer, und während ich meinen Blick über den Lake Pontchartrain schweifen lasse, atme ich die salzgetränkte Luft ein. Weit draußen zwischen zwei Landzungen verschwimmt die Grenze zwischen Himmel und Erde in gleißendem Licht, durchbrochen nur von einem einzelnen Schiff, das sich über den nicht vorhandenen Horizont schiebt. Als würde ein Riss genau durch die Mitte einer Sanduhr gehen. Ein lautes Platschen reißt mich aus meiner Betrachtung. Keine zehn Meter von mir entfernt hat sich ein Pelikan explosionsartig ins Wasser gestürzt, um gleich darauf mit einem zappelnden silbernen Fisch wieder aufzusteigen.

»Detective Lamare?«, erklingt eine Stimme in meinem Rücken.

Ich drehe mich um und mustere den Neuankömmling. Er ist in meinem Alter, trägt ein gelbes Poloshirt und eine dunkelblaue Hose. Seine Haare sind schwarz, seine Augen dunkel, ein schmaler Schnurrbart bedeckt seine Oberlippe. Um seine Mundwinkel ist ein sorgenvoller Zug.

»Mister Atashi«, sage ich und reiche ihm die Hand, die er mit einem kleinen verlegenen Lächeln drückt.

»Bitte nennen Sie mich Ramin. Mister Atashi ist …«, kaum merkliches Zögern, »… war mein Vater.«

»Natürlich. Also, was kann ich für Sie tun, Ramin?«

Als Olivia und ich vor zwei Tagen der Familie Atashi die Nachricht vom Tod ihres Angehörigen überbrachten, reagierte sie höflich, aber reserviert. Der Schock war jedem Einzelnen anzusehen, dennoch konnte ich mich des Eindrucks nicht erwehren, dass man uns etwas verschwieg. Unsere Fragen nach möglichen Feinden oder Konkurrenten liefen ins Leere. Man bot uns Tee an, wirkte jedoch erleichtert, als wir uns kurz darauf verabschiedeten. Eine seltsame Stimmung hatte geherrscht. Eine Spannung, die sich jeden Moment zu entladen drohte. Umso mehr überraschte mich der gestrige Anruf von Sohrab Atashis Sohn Ramin. Er wolle mich persönlich treffen, sagte er, und es sei wichtig.

»Wussten Sie, dass der Leuchtturm nach seiner Errichtung im Jahr 1838 von fünf Frauen gewartet wurde, die außergewöhnliches Heldentum bewiesen haben?«, fragt er und zeigt auf das mehrstöckige, weiß getünchte Gebäude hinter uns.

»Nein«, antworte ich wahrheitsgemäß.

»Eine von ihnen rettete einem Navypiloten das Leben, nachdem er mit seinem Doppeldecker in den See gestürzt war, eine andere half dabei, mehr als zweihundert Passagiere einer Fähre zu evakuieren, die in der Nähe des Leuchtturms Feuer gefangen hatte …« Ramin blickt zu Boden. »Frauen sind stärker, als wir Männer denken, wissen Sie.«

Der Mann ist sichtlich nervös, also lasse ich ihn reden.

»Mein Vater war in letzter Zeit ziemlich besorgt.« Er schluckt hörbar, und ich begreife, dass wir endlich zum Thema kommen. »Es ging um einen gierigen Fisch aus der Branche, der seit diesem Jahr die Konkurrenz verschlingt, indem er einen Laden nach dem anderen aufkauft.«

»Wer ist der Mann?«, frage ich vorsichtig, als könnte ich Ramin mit meiner Äußerung in die Flucht schlagen.

»Ich weiß es nicht. Mein Vater ist diesbezüglich vage geblieben.« Ramin sucht meinen Blick. Ich lese darin Verzweiflung. »Wenige Tage vor seinem Tod erhielt er eine telefonische Drohung.«

»Tatsächlich?«

Mein Gegenüber nickt. »Wir saßen mit der Familie beim Abendessen, als das Telefon läutete. Mein Vater ging ran. Der Anruf dauerte nicht länger als eine halbe Minute. Vater sprach kein einziges Wort, aber hinterher bekam er keinen Bissen mehr hinunter. Ich habe ihn nach dem Anruf gefragt, aber er ist mir ausgewichen. Später bin ich noch einmal zu ihm hin, habe das Gespräch unter vier Augen gesucht. Ich habe nicht lockergelassen, bis er mir erzählt hat, dass ihm ein Konkurrent mit Konsequenzen gedroht hätte, würde er das Geschäft nicht an ihn verkaufen. Als ich ihn fragte, ob er den Mann kennen würde, verneinte mein Vater. Dann hat er mir auf die Schulter geklopft, gelacht und das Ganze als alberne Schaumschlägerei abgetan.«

»Sie haben ihm nicht geglaubt?«

Ramin schüttelt den Kopf. »Es war offensichtlich, dass er die Sache herunterspielte, um mich nicht noch mehr zu beunruhigen. Ich sollte ihm versprechen, keinem aus der Familie etwas davon zu erzählen.«

»Und nun glauben Sie, dass sein Tod damit zusammenhängt?«

»Natürlich!«, ereifert sich mein Gegenüber. »Selbst wenn er überfallen worden wäre, warum hätte man ihn gleich erschießen sollen?«

»Vielleicht hat er sich gewehrt. Am Tatort wurde ein Gewehr gefunden …«

»… das mein Vater nie benutzt hat«, führt Ramin meinen Satz zu Ende. »Er hat es unter der Theke aufbewahrt, weil meine Schwester darauf bestanden hat. Er hasste Waffen. Ich wette, dieser Konkurrent hat jemanden dafür bezahlt, ihn zu töten. Solche Typen machen sich doch nicht selbst die Hände schmutzig«, fügt er leise hinzu.

Nachdenklich blicke ich aufs Wasser. Selbst wenn ein Konkurrent mit Ambitionen Sohrab Atashi beiseiteschaffen wollte, warum sollte er Zachary Willoz anheuern? Einen absoluten Frischling. Das wäre riskant gewesen, andererseits ungleich günstiger, als einen Profi damit zu betrauen. Ich rufe mir Willoz' Akte ins Gedächtnis, verdränge zugleich Cheyennes Beteuerungen, ihr Bruder sei unschuldig. Ich muss die Sache objektiv beurteilen, und ihr Gesicht vor meinem geistigen Auge ist da kontraproduktiv. Bevor meine Gefühle meine Gedanken in eine unpassende Richtung lenken, krame ich ein Foto von Zachary Willoz aus meiner Jackentasche.

»Schauen Sie sich das Bild an, Ramin«, sage ich. »Haben Sie diesen Mann schon einmal gesehen?«

Mit einem nervösen Blinzeln ergreift mein Gegenüber das Foto und betrachtet es ausgiebig.

»Ich weiß es nicht«, flüstert er nach einer Weile. »Möglicherweise, aber ich bin mir nicht sicher.« Er blickt auf. »Tut mir leid.«

»Kein Problem«, antworte ich und versuche, mir meine Enttäuschung nicht anmerken zu lassen.

»Hat er …?«, beginnt Ramin, aber ich grätsche sofort dazwischen.

»Wir wissen es nicht.«

Obwohl ein Haftbefehl gegen Zachary Willoz ausgestellt wurde, haben wir es noch nicht an die große Glocke gehängt.

Dadurch wollen wir verhindern, dass vielleicht ein Unschuldiger Opfer von übereifrigen Mitbürgern wird. Olivia und ich sind skeptisch, was Zachs Schuld betrifft. Kein Mörder wäre so dumm, unterzutauchen, ohne die Tatwaffe vorher zu entsorgen. Und dann noch der Gewürzbeutel. Eine viel zu perfekte Inszenierung, an der definitiv etwas faul ist.

»Eine Sache noch, Ramin. Können Sie mir Tag und Uhrzeit des Drohanrufs nennen? Wenn Sie einverstanden sind, werden wir die Anrufliste Ihres Anschlusses checken. Mit etwas Glück finden wir etwas über den unbekannten Anrufer heraus.«

Wie zu erwarten, bekomme ich die gewünschte Information, bedanke mich und kehre zu meinem Wagen zurück. Mein Angebot, ihn in die Stadt mitzunehmen, lehnt Ramin dankend ab. Ich beschließe, ins Büro zu fahren, um etwas über New Orleans' Gewürzbranche in Erfahrung zu bringen. Zusätzlich werde ich mir Atashis Geschäftsunterlagen vornehmen, die sich auf meinem und Olivias Schreibtisch stapeln. Vielleicht finde ich einen Hinweis auf diesen ominösen Konkurrenten. Heute ist zwar Sonntag, ein freier Tag, aber mich kümmert es nicht. Olivia hält mich für ein Arbeitstier, für einen hoffnungslosen Fall. Was soll ich sagen? Die Arbeit hindert mich daran, in Grübeleien zu versinken. Als Kind habe ich mit der Axt auf Baumstämme eingedroschen oder in unserem Baumhaus Sudoku gespielt, um zu verdrängen, dass mein Pa zu Hause mit dem Ledergürtel auf mich wartete. Heute will ich meine Nase tief in die Akten stecken, um die Erinnerung an Cheyennes schwitzenden nackten Körper aus meinem Kopf zu bannen, an ihr Stöhnen, den Moschusduft zwischen ihren Beinen …

Vor allem will ich vergessen, was es mit mir angestellt hat. Gestern Nacht war … keine Ahnung … irgendwie besonders. Eine andere Bezeichnung fällt mir dazu nicht ein. Seit der ersten Sekunde unserer Begegnung hat sie sich hinter ihrer Schnoddrigkeit versteckt. Gestern Nacht aber, als ihr abweisendes Gesicht unter meinen Berührungen zu Wachs geworden ist, habe ich einen Blick hinter die Fassade erhaschen können. Die Frau in meinem Bett verkörperte Leidenschaft und Sanftmut zugleich, in ihren Augen erkannte ich eine Reinheit, die in mir eine Saite zum Klingen gebracht hat. Ganz gleich, was ihr Bruder angestellt hat: Ich könnte ihn dafür kreuzigen, dass er sie solchen Gefahren aussetzt.

Bleib objektiv, Beau!

Ich schüttle die Emotionen ab wie ein lästiges Insekt und konzentriere mich aufs Fahren, als mein Handy klingelt.

Es ist Jet.

»Alles in Ordnung bei euch?«, frage ich, während ich einen beigefarbenen Volvo beobachte, der ohne zu blinken die Spur wechselt.

Idiot.

»Cheyenne ist weg.«

»Was?« Vor Schreck vergesse ich das Bremsen und wäre dem Scheißvolvo beinahe hinten reingefahren.

»Sie hat sich ein Taxi gerufen und ist weggefahren.«

»Wann?«

»Vor zehn Minuten.«

»Verdammt noch mal, Jet!«, knurre ich. »Wie konntest du sie gehen lassen?«

»Hey, mach mal halb lang!«, kommt es postwendend zurück. »Sie war schließlich keine Gefangene.«

»Es sind gefährliche Leute hinter ihr her! Deshalb sollte sie sich bei dir verstecken.«

Jet flucht laut und ausgiebig. »Scheiße, Beau! Das nächste Mal gibst du mir vielleicht mehr Infos. ›Hey, Jet! Eine Freundin braucht für ein paar Tage einen Platz zum Schlafen. Kann sie bei dir unterkommen?‹, ist ein bisschen dürftig. Findest du nicht?« Trotz des höhnischen Untertons höre ich die Sorge aus ihrer Stimme heraus.

Sie hat natürlich nicht ganz unrecht, trotzdem ignoriere ich den Einwand. Die Zeit drängt. »Was ist genau passiert?«, frage ich.

»Als ich Leroy zur Tür gebracht habe, hat jemand sie auf dem Handy angerufen. Das Telefonat dauerte nur wenige Sekunden, aber sie wurde aschfahl im Gesicht«, erzählt Jet. »Danach hat sie ein paar SMS geschrieben, ist aufgestanden und meinte, sie müsse dringend weg. Ihrem Bruder gehe es nicht gut. Was hätte ich denn da bitte machen sollen?«

»Ihr Bruder ist der Verdächtige in einem Mordfall, den ich zurzeit untersuche.«

»Noch so eine Info, die nützlich gewesen wäre«, stößt Jet hervor, und dann: »Du vögelst die Schwester eines Mordverdächtigen?« Ein spöttisches Lachen. »Ist das nicht gegen die Vorschrift?«

»Wie kommst du darauf, dass …«, beginne ich und breche abrupt ab.

»Ich bin nicht blind, Beau«, erklärt Jet amüsiert.

Ich seufze. »Hat sie ihren Rucksack mitgenommen?«

»Ja.«

»Gut.« Erleichterung macht sich in mir breit, und ich setze den rechten Blinker, um eine Parkbucht fünfzig Meter vor mir anzusteuern.

»Wieso?«, fragt Jet.

»Geht dich nichts an«, entgegne ich. »Trotzdem danke.«

»Also hör m…«

Jets Schimpftirade höre ich nicht mehr. Ich habe bereits auf den Ausknopf gedrückt. Kurz darauf bleibe ich im Schatten eines Palmenhains stehen und aktiviere eine App auf meinem Handy. Eine Straßenkarte von New Orleans poppt auf, zusammen mit einem roten Punkt, der sich langsam nach Westen bewegt, Richtung St. Charles Parish. Mit einem zufriedenen

Lächeln zoome ich den Punkt heran. Mein Herzschlag beschleunigt sich ein wenig.

Hast du wirklich gedacht, du kannst mir entwischen, kleines Kätzchen?

Der Peilsender, den Leroy an Cheyennes Rucksack befestigt hat, funktioniert einwandfrei und wirbelt weniger Staub auf, als wenn ich offiziell die Ortung ihres Handys beantragt hätte. Ich starte den Motor, setze den Blinker und fädle mich in den Verkehr ein. Nach einer halben Meile nehme ich die Ausfahrt Richtung Westen.

Cheyenne

»Das macht achtundfünfzig Dollar«, sagt der Taxifahrer, und ich reiche ihm sechzig. Mein letztes Bargeld. »Und Sie sind sicher, dass ich nicht warten soll?«

Ich schüttle den Kopf, ungeachtet der Tatsache, dass, sollte ich hier festsitzen, ich ernsthaft in der Tinte stecken würde. *Das wird nicht passieren!*, rede ich mir ein. Zach ist hier. Ganz bestimmt. Sofern ich der SMS glauben darf, die er mir gesendet hat, nachdem ich ihn über Dinos Ultimatum informiert habe. Ich habe die Stimme am Telefon natürlich erkannt. Obwohl ich weiß, dass Zach ein neues Handy benutzt, vermutlich ein Prepaidhandy, das nicht zurückverfolgt werden kann, habe ich ihm eine SMS an die alte Nummer geschickt. In der Hoffnung, er werde über eine entsprechende App eine Weiterleitung seiner Nachrichten veranlassen. Die Rechnung ist zum Glück aufgegangen.

Dennoch kann ich mich eines unbehaglichen Gefühls nicht erwehren, als das Taxi in der flimmernden Hitze davonbraust, eine Staubwolke hinter sich her ziehend. Ich atme tief durch und schaue mich um. Ich befinde mich im Nirgendwo zwischen Mangrovensümpfen und brachliegenden Feldern, in einer Gegend, die trister nicht sein könnte. Die Luft ist heiß und stickig, überall wuchert Unkraut. *Das ideale Versteck.* Nach kurzem Zögern setze ich einen Fuß vor den anderen, meinen Rucksack habe ich geschultert, und trete durch das rostige Tor, das halb aus den Angeln hängt. Hinter hohem Maschendraht erstreckt sich ein Schrottplatz, der schon lange nicht mehr in Betrieb ist. Haushoch türmt sich die Festung aus zerbeulten Autowracks, Haushaltsgeräten, verbogenem Metall, alten Abwasserrohren und anderem Müll, der sich über Jahrzehnte angesammelt hat.

Dazwischen verlaufen Gassen, und während ich auf gut Glück die mittlere entlanggehe, kribbelt es unangenehm in meinem Nacken. Was, wenn die Nachricht gar nicht von Zach stammte? Ihn Dinos Leute erwischt und gezwungen haben, mich hierher zu locken? Aber warum? Rache für die erlittene Schmach im Merchant ist der einzige triftige Grund, der mir einfällt.

Langsam laufe ich weiter. Über dem Areal herrscht Totenstille, trotzdem habe ich das Gefühl, beobachtet zu werden. Die Gasse teilt sich am Ende, wie eine T-Kreuzung. Noch mehr Gänge. Noch mehr Schrott. Noch mehr Schatten und Höhlen, in denen Gott weiß wer auf der Lauer liegen kann. Schlagartig überkommt mich das Gefühl, einen Riesenfehler begangen zu haben. Ich spüre das Zittern, bevor es einsetzt, wie eine Art elektrisierendes Kribbeln in den Fingerspitzen.

Mein Gris-gris *beschützt mich.*

Der kindliche Wunsch entlockt mir beinahe ein hysterisches Lachen. Eigentlich glaube ich nicht an solchen Hokuspokus, und wenn überhaupt, dann nur ein klitzekleines bisschen. Gerade hier und jetzt will ich an der Vorstellung festhalten, etwas oder jemand würde über mich wachen. Ich biege nach rechts ab und entdecke dünne Rauchschwaden, die aus einem improvisierten Rost, vielleicht einem Kühlergrill, emporsteigen. Daneben liegt eine leere Dose Ravioli. Ich bleibe wie angewurzelt stehen. Mein Puls rast.

»Cheche«, raunt der Wind in meinem Ohr.

Ich bin nicht stolz darauf, wirklich nicht, aber vor Schreck vollführe ich einen Riesensatz, der einem Zirkusakrobaten alle Ehre machen würde. Schallendes Gelächter bringt mich zurück auf den Boden der Tatsachen. Taumelnd drehe ich mich um. Zach steht vor mir. In den gleichen Klamotten wie das letzte Mal, als ich ihn gesehen habe, an einer Hand baumelt sein roter Rucksack. Seine Haare hängen fettig herunter, er ist unrasiert und hat dunkle Ringe unter den Augen. Aber er strahlt von einem Ohr zum anderen. Schluchzend falle ich ihm um den Hals, gleichzeitig versetze ich ihm einen Schlag gegen die Schulter.

»Du hast mich zu Tode erschreckt«, murmele ich, das Gesicht in seinem T-Shirt vergraben. »Und du stinkst.«

Wieder lacht er. Er drückt mich so fest an sich, dass es wehtut. Kurz stehen wir einfach so da, bevor ich mich sanft von ihm löse. Seine Augen schimmern feucht, als er mich betrachtet.

»Ich stecke in der Scheiße, Cheche«, sagt er leise.

»Ist mir auch aufgefallen.« Ich streichle ihm über die Wange. »Komm, erzähl es mir.«

Er schüttelt den Kopf. »Vorher muss ich wissen, wie es dir geht!«

Wir setzen uns in den Schatten einer alten Kühltruhe, und ich fasse in wenigen Sätzen zusammen, was mir in den letzten Tagen widerfahren ist. Wie ich Joey ausgequetscht und im Merchant für Wirbel gesorgt habe, wie die Mordwaffe in unserem Apartment gefunden wurde, wie Marsalis' Leute mich verfolgt haben, ich bei Killian gelandet bin – *ein ungläubiges Kopfschütteln von Zach* – und wie mir schließlich Beau und Jet Zuflucht gewährt haben.

»Tut mir so leid, dass ich dich da mit reingezogen habe«, flüstert Zach, nachdem ich meine Erzählung beendet habe.

Statt einer Antwort tätschele ich ihm die Hand.

»Dieser Bulle … Lamare … kreuzt dauernd auf«, sagt er weiter. Zwischen seinen Augen hat sich eine tiefe Sorgenfalte gebildet. »Er könnte zum Problem werden.«

Ich mache eine wegwerfende Handbewegung. »Mach dir keinen Kopf, Zach. Ich habe ihn unter Kontrolle.«

Unwillkürlich blitzt ein Bild in meinem Kopf auf: ich ans Bett gefesselt, während Beau jedes Molekül in mir zum Vibrieren bringt, wie ein Virtuose sein Instrument. *Fragt sich nur, wer hier wen unter Kontrolle hat.* Prompt steigt mir die Hitze ins Gesicht. Eine verhängnisvolle Reaktion meines Körpers, die Zach nicht verborgen bleibt.

Seine entsetzte Miene fügt mir einen schmerzhaften Stich zu. »Mein Gott, Cheche … Du hast doch nicht etwa …? Nicht, um mich zu beschützen?«

»Da war nichts dabei!«, beeile ich mich zu sagen. Ich stoße ein lautes, hässliches Lachen aus. »Einfach Augen zu und durch! Zum Glück war's schnell vorbei.« *Es reicht, Cheyenne!* »Du weißt doch, wie manche Kerle sind, Zach.« *Hör auf damit!* »Sie feuern schneller ab als Billy the Kid.«

»Ist das so? Ja?«, erklingt eine kalte Stimme im Gang hinter uns.

Das Blut sackt mir vom Kopf in die Füße, und für einen Moment wankt der Boden unter mir. Hektisch blinzle ich, um meinen Blick scharf zu stellen. Gerade rechtzeitig, um zu sehen, wie Beau um die Ecke biegt. Seine Miene lässt mich schaudern.

»Beau!«, keuche ich. »Bitte, ich … So habe ich das nicht gemeint.«

»Oh, ich glaube schon, dass du das so gemeint hast.« Zwei Meter vor mir bleibt er stehen, bedenkt mich mit einem angewiderten Blick. »Du bist nur eine Nutte, die für ein Abendessen und ein warmes Bett die Beine breitgemacht hat. Aber hast du wirklich gedacht, du könntest mich durch einen Fick manipulieren?« Er stößt ein gehässiges Schnauben aus. »Du überschätzt dein Können, Schätzchen.«

Beaus Verachtung trifft mich mit der Wucht eines Güterzuges, boxt mir den Sauerstoff aus der Lunge. Verzweifelt suche ich nach einer passenden Antwort, doch meine Zunge klebt am Gaumen fest, und ich bekomme schlichtweg keine Luft. Wortlos starre ich ihn an, aber er hat bereits das Interesse an mir verloren. Seinen kalten Blick hat er auf Zach gerichtet, der ihn aus seinem bleichen Gesicht anstarrt, ohne sich vom Fleck zu rühren, als wäre er am Boden festgefroren.

»Zachary Willoz, ich nehme Sie fest wegen des Verdachts, Sohrab Atashi getötet zu haben«, sagt Beau leidenschaftslos, während er Handschellen aus seiner Gesäßtasche zieht. »Sie haben das Recht zu schweigen. Alles, was …«

In diesem Moment erhasche ich hinter Beau eine Bewegung, die er offensichtlich auch spürt, denn sein Kopf schnellt zur Seite. Zu spät. Die Metallstange trifft ihn mit einem hässlichen Geräusch gegen die Schläfe. Kurz schwankt er, unsere Blicke treffen sich, dann sackt er leblos zusammen. Panik flutet meinen Verstand. Keuchend erwache ich aus meiner Starre und renne zu ihm. Bei dem Versuch, alle Details zu erfassen, huscht mein Blick hektisch hin und her. Sein Gesicht ist aschfahl, die Augen hält er geschlossen. Aus einer klaffenden Wunde rechts am Haaransatz sickert Blut. Mein Herz krampft sich zu einem Eisklumpen zusammen. Er liegt da wie tot! Ich lege zwei Finger an seinen Hals, doch weil meine Hand wie Espenlaub zittert, bin ich außerstande, seinen Puls zu spüren. Die Angst um Beau hat alles, was eben noch von Bedeutung war, wie ein Fels unter sich begraben. Ich lege den Kopf auf seine Brust, atme tief ein und aus, um mich zu beruhigen. Konzentriert lausche ich.

Da! Ein Pochen an meiner Wange. Stark und regelmäßig. Vor Erleichterung entweicht meiner Kehle ein hörbares Schluchzen.

Beau, du verflucht harter Hund!

Zornig hebe ich den Kopf und starre auf das schmächtige junge Mädchen, das aus dem Nichts aufgetaucht ist und in dieser Sekunde die Metallstange fallen lässt. Sie ist auffallend hübsch, hat pechschwarze Haare und mandelförmige blaue Augen. Sie trägt Jeans und darüber ein buntes Sweatshirt. Ihre zarten Gesichtszüge sind angstverzerrt, und ihre zitternden Hände stehen meinen in nichts nach.

»Wer bist du?«, herrsche ich sie an, obwohl sie meinen Bruder soeben vor der Verhaftung bewahrt hat.

Sie antwortet nicht, dafür aber Zach. »Das ist Leila«, sagt er leise. »Meine Freundin.«

Mein Blick fliegt verständnislos zwischen den beiden hin und her, bevor ich mich wieder Beau zuwende.

»Hilf mir, ihn aus der Sonne zu ziehen!«, sage ich energisch, ohne aufzublicken.

»Aber …«, protestiert Zach.

»Sofort!«

Angesichts meiner finsteren Miene greift mein Bruder nach Beaus Armen, während ich dessen Knöchel packe. Wir legen Beau in den Schatten, während uns das Mädchen beobachtet, ohne ein Wort zu sagen.

Ob sie stumm ist?

Im Staub kniend, nehme ich den Rucksack von meiner Schulter, fische ein Sweatshirt heraus, das ich zusammenknülle und unter Beaus Kopf schiebe. Als Nächstes ist ein Baumwollunterhemd an der Reihe, das ich gegen die blutende Kopfwunde presse. Soweit ich das beurteilen kann, ist sie nicht sehr groß und auch nicht tief. Eher eine Platzwunde. Beau hat immenses Glück gehabt, dass das Mädchen mit seinen dünnen Ärmchen ihn nicht richtig erwischt hat. Versonnen streiche ich ihm eine Strähne aus dem Gesicht. »Es tut mir alles so leid«, forme ich lautlos mit den Lippen.

»Alles klar«, bemerkt Zach mit einem bedeutungsschweren Unterton.

»Was ist klar?«, entgegne ich forsch. »Ich will nur nicht, dass zu der ersten Mordanklage noch eine zweite hinzukommt. Einen Bullen totzuschlagen ist nicht besonders clever.«

»Tut mir leid«, flüstert das Mädchen namens Leila unerwartet. Also ist sie doch nicht stumm. »Ich wusste nicht, dass er ein Polizist ist. Ich dachte, er wollte uns ausrauben.«

Verwundert runzele ich die Stirn. »Ausrauben? Euch?«

Mit einem verlegenen Gesichtsausdruck wendet sich Zach an Leila. »Zeig es ihr.«

»Sicher?«

Er nickt, woraufhin das Mädchen etwas aus seiner Hosentasche kramt und mir in der offenen Handfläche entgegenstreckt. Entgeistert starre ich auf den ovalen blutroten Stein in der Größe eines Daumennagels.

»Was ist das?«, stoße ich atemlos hervor.

»Ein geschliffener Rubin«, antwortet Zach leise. »Ein echter! Ich habe ihn von einem Pfandleiher schätzen lassen.«

»Hast du ihn Jean-Louis Marsalis gestohlen?«, frage ich erschrocken.

So dumm wird Zach nicht sein! Oder doch?

»Nein!«, beeilt er sich zu sagen. »Das Blut auf meinem Hemd, weißt du noch?« *Wie könnte ich das vergessen?* »Es stammt von Mister Atashi. Ich war dort, als er niedergeschossen wurde, aber ich habe nichts damit zu tun. Den Rubin habe ich vor der Kasse auf dem Boden gefunden.«

»Aber …« Mühsam versuche ich zu begreifen. »Was hattest du dort zu suchen?«

»Ich glaube, der Stein gehört dem Mörder«, erklärt Zach aufgeregt, als hätte er meine Frage nicht vernommen. »So wie es aussieht, ist er aus einer Fassung gefallen, von einem Ring vielleicht.«

»Du meine Güte, Zach!«, rufe ich. »Warum hast du ihn nicht den Cops gegeben? Das ist ein Beweisstück!«

»Ich weiß, aber … Erstens werde ich des Mordes verdächtigt, und zweitens können Leila und ich das Geld gut gebrauchen. Das wäre sicher auch in Mister Atashis Sinn gewesen.«

»Was erzählst du da bloß?«, ereifere ich mich. »Es wäre in Mister Atashis Sinn gewesen, dass sein Mörder gefasst wird.«

Mein Bruder sieht mich alarmiert an. »Du wirst doch dem Bullen nichts sagen, oder?«

»Ich … ich …« In meinem Kopf herrscht Chaos. »Sicher, dass der Stein dem Mörder gehört und nicht vorher schon dagelegen hat?«

Zach stößt ein freudloses Lachen aus. »Ganz sicher. Der wäre mir aufgefallen, glaub mir.«

Verzweifelt ringe ich die Hände, zwinge mich, tief durchzuatmen. »Du machst mich fertig, Zach!«, murmele ich.

»Du behältst es doch für dich, Cheche?«

»Ich weiß etwas Besseres«, entgegne ich energisch. »Du schickst den Stein mit einem Tipp anonym an die Polizei.«

»Ich will ihn nicht hergeben. Er ist mehr als achthundert Dollar wert, meinte der Pfandleiher.«

Wut steigt in mir auf. »Was hat Jean-Louis Marsalis mit alldem zu tun? Er sagt, du hast ihm etwas gestohlen. Meint er damit vielleicht doch den Stein? Ist er der Mörder von Mister Atashi? Oder einer seiner Leute?«

»Leila …«

»Leila!«, zische ich ihn an. Dass sie Beau niedergeschlagen hat, nehme ich ihr wirklich übel. »Setz endlich deinen Verstand ein!«

Zach presst grimmig die Lippen zusammen. In seinen Augen kann ich lesen, dass er etwas entgegnen will, aber ich lasse es nicht zu. »Komm mir jetzt bloß nicht mit der Nummer, ich sei eifersüchtig!«, fauche ich. »Das hat nichts damit zu tun. Du solltest ...« Ein Geräusch lässt mich schlagartig verstummen.

Mein erschrockener Blick richtet sich auf Beau, der soeben aus seiner Bewusstlosigkeit erwacht.

»Bitte, Cheche«, fleht Zach kaum hörbar.

Ich schaue von ihm zu Beau und zurück, während mein Hirn verzweifelt nach einem Ausweg sucht, den es nicht gibt.

Beau

Mit dem Schmerz kommt die Erinnerung zurück. Mit der Erinnerung die Wut. Eine heiße, lodernde Wut, die ich in dieser Intensität schon lange nicht mehr gespürt habe. *Verfluchtes Miststück!* Ich will Reinheit in ihren Augen gesehen haben? Ich Narr! Sie hat mich von Anfang an verarscht und manipuliert. Ein Teil von mir hatte doch tatsächlich gehofft, dass, sobald alles vorüber ist, wir vielleicht ... Bevor ich den unsäglichen Gedanken zu Ende bringen kann, zermalme ich ihn mit meinem Zorn zu Staub. Ich liege auf dem Boden ausgestreckt, meine Hände stecken in Handschellen, *meinen Handschellen,* mein Schädel ist wie eine pochende Bleikugel, und ich brauche einen Moment, um zu erkennen, dass er auf etwas Weichem liegt. Etwas, das nach Frau und Blumenwiese duftet. Seltsamerweise ist es nicht die Hilflosigkeit, die meine Wut noch mehr schürt. Es ist dieser Duft.

Ich öffne die Augen. Cheyenne sitzt keine zwei Meter von mir entfernt auf einer Traktorfelge und starrt mich an wie ein angeschossenes Reh. Der Drang, ihr wehzutun, sie buchstäblich in der Luft zu zerfetzen, ist so stark, dass mein Blut kocht, was meinen Kopfschmerzen nicht besonders zuträglich ist. Als würde man Öl ins Feuer gießen.

»Danke, dass du mich zu deinem Bruder geführt hast, Cheyenne«, sage ich und registriere mit Genugtuung, dass sie beim Klang meiner Stimme zusammenzuckt.

»Wie hast du mich gefunden?«, wispert sie.

Ich zucke leicht mit den Achseln. »Routine. Ich habe beim Taxiunternehmen nachgefragt.«

»Natürlich«, entgegnet sie und schaut besiegt zu Boden.

»Wo ist der Mistkerl?«

Sie beißt sich auf die Unterlippe, sagt aber nichts.

»Der Mistkerl ist hier!«, ertönt eine Stimme hinter mir.

Beim Versuch, den Kopf zu wenden, fährt mir ein scharfer Schmerz durchs Hirn, als würde jemand ein Messer hineinstoßen. *Fuck!* Ein Beinpaar schiebt sich in mein Gesichtsfeld, dann noch eines, schlanker diesmal, das einer Frau. Mühsam rappele ich mich in eine sitzende Position, rutsche zu einer Waschmaschine, die einen halben Meter entfernt steht, und lehne mich dagegen. Da mir schummerig ist, schließe ich kurz die Augen. Ich höre ein leises Keuchen. *Cheyenne.* Ich öffne die Augen wieder, warte, bis ich klar sehen kann, dann mustere ich das junge Mädchen, das neben Zachary Willoz steht und meinem Blick ausweicht. Sie ist eine Schönheit, anders kann man es nicht sagen. Unter dem langen, schwarz glänzenden Pony, der leicht über die Brauen reicht, sieht man ein gebräuntes Gesicht mit einer schmalen Nase und großen himmelblauen Augen. Sie sieht nicht älter aus als fünfzehn. In wenigen Jahren wird sie die Männerwelt mächtig aufmischen, so viel ist sicher.

Ich wurde von einem halben Kind ausgeknockt! Unfassbar!

»Und du bist?«, knurre ich.

»Leila«, antwortet Zachary Willoz leise. »Mister Atashis Enkelin.«

Cheyennes verdutzte Miene verrät mir, dass sie genauso überrascht ist wie ich.

»Bitte was?«, frage ich.

»Tut mir leid wegen Ihres Kopfs«, spricht das Engelsgesicht mit lieblicher Stimme. Im Unterschied zu Ramin Atashi, der ihr Vater oder ihr Onkel sein muss, hat die Kleine einen leichten Akzent. »Ich dachte, Sie wären jemand anders.«

Ich verkneife mir eine Bemerkung. Einer Unbekannten zu vergeben, ist das Letzte, was mir im Moment vorschwebt. Am liebsten würde ich die ganze Bande festnehmen, einbuchten und den Schlüssel wegwerfen. Ich bin stinkwütend!

»Macht mich los!«, fordere ich stattdessen und hebe meine Hände.

Die Idioten haben sie vor meinem Körper gefesselt. Als ob mich das im Ernstfall aufhalten würde! Die Kopfwunde allerdings tut verflucht weh, und zu dem Schmerz hat sich eine leichte Übelkeit gesellt. Cheyenne und ihr Bruder wechseln einen kurzen Blick, rühren jedoch keinen Finger, um mich zu befreien.

Ich knirsche mit den Zähnen. »Macht mich, verdammt noch mal, los!«

»Ich war's nicht«, flüstert Zachary Willoz, als hätte er mich nicht gehört. »Ich habe Mister Atashi nicht umgebracht.«

»Wir haben in Ihrem Zimmer eine Pistole gefunden«, erkläre ich säuerlich. »Der ballistische Bericht kommt zwar erst morgen, aber ich fresse einen Besen, sollte es sich um etwas anderes handeln als um die Tatwaffe.«

Die Augen des jungen Mannes blitzen verzweifelt auf. »Sie wurde mir untergeschoben!«

Ich stoße einen gereizten Seufzer aus. »Aber Sie waren da, als es passiert ist?«

Er nickt.

»Warum?«

Wortlos lässt er den Kopf sinken.

»Erzähl ihm die Wahrheit, Zach«, flüstert ihm Cheyenne zu. Ihre Stimme klingt brüchig, aber es berührt mich nicht.

»Ja, Zach«, wiederhole ich sauertöpfisch. »Erzählen Sie mir die Wahrheit.«

Als der junge Mann den Blick hebt, fällt mir zum ersten Mal die Ähnlichkeit mit seiner Schwester auf. »Leila ist meine Freundin und …«, beginnt er.

Ich sauge hörbar die Luft ein. »Das soll wohl ein Witz sein!«

»Oh!« Er reibt sich hektisch die Schläfe. »Ich weiß, was Sie denken, aber Leila ist schon neunzehn.«

Misstrauisch starre ich das Mädchen an. »Wirklich?«

Sie nickt.

»Hast du einen Ausweis bei dir?«, frage ich.

»Nein«, antwortet sie leise, und für einen Moment glaube ich, in ihren Augen einen Schatten zu sehen.

Natürlich nicht.

Ich seufze. Fürs Erste bleibt mir nichts anderes übrig, als ihre Behauptung hinzunehmen. Später werde ich ihre Angabe überprüfen.

»Okay, weiter«, sage ich zu Zach.

»Niemand aus Leilas Familie weiß, dass sie und ich zusammen sind. Niemand außer Sohrab, ihrem Großvater.« Der junge Mann lächelt flüchtig. »Schon komisch, oder? Man könnte meinen, die ältere Generation wäre weniger tolerant, aber in dem Fall war es genau umgekehrt. Er war ein netter alter Herr. Ich mochte ihn …« Er schluckt hörbar. »Jedenfalls habe ich hinten im Lager ausgeholfen an dem Abend, als er niedergeschossen wurde. Er war körperlich nicht mehr so fit, wissen Sie. Ich habe die Türklingel gehört und mir nichts dabei gedacht. Der Laden war zwar offiziell geschlossen, aber solange Mister Atashi vorn zu tun hatte, hat er aufgelassen für den Fall, dass ein Kunde vorbeischaut. Es gab einen kurzen Wortwechsel. Ich war damit beschäftigt, einen widerspenstigen Karton zu öffnen, deshalb habe ich nicht darauf geachtet. Erst als Mister Atashi einen erschrockenen Ruf ausstieß, wurde ich hellhörig.

Und dann fielen auch schon die beiden Schüsse …« Er legt eine Pause ein. »Ich geriet in Panik und machte mich zwischen den Kisten klein«, setzt er anschließend seine Erzählung fort. Seine Stimme ist leise und gedämpft, ihm ist die Trauer anzusehen. »Als der Kerl das Büro nebenan betrat, starb ich tausend Tode. Ich konnte hören, wie er am Schreibtisch rumhantierte.«

»Wie lang hat er sich dort aufgehalten?«

»Nicht lang. Vielleicht eine Minute oder zwei.«

Zeit genug, um eine Videoaufzeichnung zu löschen.

»Haben Sie einen Blick auf ihn werfen können?«, frage ich.

»Nein.«

»War er allein, oder war noch jemand bei ihm?«

»Ich glaube, ich habe nur einen Mann gehört, bin mir aber nicht sicher.«

»Würden Sie den Täter an der Stimme wiedererkennen?«

»Ich weiß es nicht. Vielleicht.«

Meine Kopfschmerzen und der Groll sind vorübergehend vergessen. »War etwas Besonderes an seiner Stimme?«, hake ich eifrig nach. »Hatte er einen Akzent? Oder hat er gestammelt oder gelispelt?«

Nachdenklich schüttelt Zach den Kopf. »Ich glaube nicht.«

»Denken Sie gut nach.«

Seine Augen blitzen kurz auf. »Das brauche ich nicht. Ich denke an nichts anderes mehr.«

Ich stoße einen resignierten Seufzer aus. »Okay. Was ist dann passiert?«

»Ich habe gewartet, bis die Ladentür zugefallen ist, dann bin ich rausgerannt, um nach Sohrab zu sehen. Er röchelte, versuchte, etwas zu sagen, aber er bekam kein Wort raus. Ich habe den Notruf gewählt und bin anschließend abgehauen. Ich habe mich auf dem Klo der Tankstelle versteckt, und als die Bullen aufgetaucht sind, habe ich das Durcheinander genutzt, um zu verschwinden.«

»Warum?«

Zach schaut mich überrascht an. »Warum was?«

»Warum sind Sie abgehauen?«

»Was glauben Sie denn?«, fährt er mich an. »Ich bin aktenkundig. Außerdem wäre das mit Leila rausgekommen, und ich wollte nicht, dass sie mit ihrer Familie Stress bekommt.«

Während ich mir das eben Gehörte durch den Kopf gehen lasse, kneife ich die Augen leicht zusammen, als wäre in dem riesigen Schrotthaufen vor mir die Lösung des Falls verborgen. Steht der Schädel kurz vor der Detonation, fällt es einem verdammt schwer, einen klaren Gedanken zu fassen.

»Glauben Sie mir?«, drängt sich Zachs leise Stimme in meine Überlegungen.

Für den Moment habe ich keinen Grund, ihm nicht zu glauben, also nicke ich. Daraufhin tritt er mit verunsicherter Miene vor, um meine Handschellen aufzuschließen. Dann stolpert er hastig nach hinten, aus Angst, ich könnte ihm an die Gurgel springen. So gern ich ihm eine Lektion in gutem Benehmen erteilen würde, muss ich leider passen. Mir würde schon vom Schnürsenkelzubinden kotzübel werden.

»Hat jemand zufällig ein Aspirin dabei?«, frage ich und betaste vorsichtig meine Stirn. Ich fühle getrocknetes Blut.

Gemeinschaftliches Kopfschütteln.

»War ja klar«, murmele ich verärgert.

»Hör zu, Beau …«, ertönt Cheyennes sanfte Stimme.

»Halt die Klappe!«, fahre ich ihr grob in die Parade.

Da war nichts dabei. Einfach Augen zu und durch! Zum Glück war's schnell vorbei.

»Zach«, wende ich mich an ihren Bruder. »Gegen Sie wurde ein Haftbefehl ausgestellt, deshalb ist es meine Pflicht, Sie zu verhaften. Ich bringe Sie ins Revier, wo ich Ihre Aussage aufnehmen werde, danach dürfen Sie einen Anwalt anrufen, okay?« Der junge Mann nickt, wenn auch wenig begeistert. »Gut. Ich werde Ihnen keine Predigt darüber halten, wie dämlich es ist, für einen Gangster wie Jean-Louis Marsalis zu arbeiten. Was mich aber interessiert, ist die Frage, warum er sauer auf Sie ist und seine Leute auf Sie und Ihre Schwester angesetzt hat.«

Zach tritt von einem Fuß auf den anderen, sagt aber kein Wort.

»Ich warte.«

Er seufzt. »Ich habe eine seiner Luxuskarren geklaut.«

»Sag die Wahrheit!«, bricht es aus Cheyenne heraus, bevor ich etwas entgegnen kann.

»Es ist die Wahrheit!«, erwidert Zach. »Sie steht eine halbe Meile von hier entfernt in einer verlassenen Scheune.«

Die beiden Geschwister starren sich an, fechten ein stummes Duell. »Der ganze Terz wegen eines beschissenen Autos?«, herrscht ihn Cheyenne schließlich an.

Ihr Bruder wendet den Blick ab. »Es ist ein Jaguar F Type«, sagt er kleinlaut.

Vorsichtig stehe ich auf, kurz gerät die Erde ins Wanken, dann beruhigt sie sich zum Glück wieder.

»Holen Sie den Wagen!«, fordere ich Zach auf. »Wir treffen uns unten an der Straße, wo ich meinen Pick-up abgestellt habe. Er ist schwarz. Sie können ihn nicht verfehlen. Du bleibst hier!«, sage ich an Cheyenne gewandt, die im Begriff ist, ihrem Bruder zu folgen. Mein Blick nagelt sie fest. »Du bist meine Rückversicherung.«

Ohne sie weiter zu beachten, packe ich Leila am Arm, dann setzen wir uns in Bewegung. Cheyenne schließt sich uns wortlos an. Ihre Nähe scheuert meine angespannten Nerven auf, und schon fühle ich die Wut wieder in meinen Schläfen pochen. Am liebsten würde ich sie packen und schütteln und ihr meinen Zorn ins Gesicht brüllen. So aber halte ich die Augen nach vorn gerichtet und versuche, sie zu ignorieren. Zehn Minuten später haben wir die Straße erreicht, und ich verfrachte Leila auf die

Rückbank meines Pick-ups. Cheyenne und ich bleiben draußen stehen und beobachten, wie sich ein dunkelrotes Cabrio schnell nähert. Jean-Louis Marsalis' hundertfünfzigtausend Dollar teurer Jaguar.

»Beau …«, setzt Cheyenne erneut zum Sprechen an.

»Ich will nicht darüber reden!«, entgegne ich barsch, ohne den Blick vom ankommenden Wagen abzuwenden.

Mit einem leisen Fluch baut sich Cheyenne vor mir auf, zwingt mich, sie anzusehen. »Hör auf, dich wie ein selbstgerechtes Arschloch zu benehmen!« Ihre dunklen Augen schießen Blitze, und ihre Nasenflügel beben. In ihrer Entrüstung ist sie so heiß, dass mein Schwanz unwillkürlich zuckt. *Verfluchte Scheiße!* »Es tut mir leid, okay?«, fährt sie mich weiter an. »Es war nicht so gemeint!«

Ich verschränke die Arme vor der Brust. »Okay. Dann verrate mir doch, warum du es gesagt hast.«

»Ich …«

Mit zusammengekniffenen Augen mustere ich sie, während sie vergeblich um Worte ringt.

»Es war dir peinlich, deinem Bruder gegenüber zuzugeben, dass es dir gefallen hat, dich von einem Bullen ficken zu lassen. Habe ich recht?«, knurre ich wütend.

Schweigend starrt sie mich an, *sie verneint es nicht,* und mein Magen fühlt sich plötzlich an, als hätte ich einen Ziegelstein verschluckt. Bevor einer von uns etwas sagen kann, bleibt der Jaguar auf unserer Höhe stehen.

»Steigen Sie aus!«, weise ich Zach an. »Ihre Schwester wird den Wagen fahren. Sie kommen mit mir.«

»Äh«, stammelt Cheyenne.

»Was ist?«, stoße ich gereizt hervor.

»Ich habe keinen Führerschein.«

»Wie bitte?«, rufe ich ungläubig hervor. »Du wolltest meinen Pick-up fahren, obwohl du keine Fahrerlaubnis besitzt?«

»Fahren kann ich«, entgegnet Cheyenne hastig. »Also einigermaßen.«

»Warum hast du dann, verflucht noch eins, keinen Führerschein?«, herrsche ich sie an.

Sie zuckt mit den Schultern. »Hat sich irgendwie nicht ergeben.«

Ich wende mich an ihren Bruder. Die beiden treiben mich langsam, aber sicher in den Wahnsinn. »Okay«, sage ich zu ihm, um Geduld bemüht, obwohl mich mein Kopf fast umbringt. »Der Jaguar ist geklaut. So weit, so gut. Aber einen Führerschein haben Sie doch, oder?«

Er nickt eifrig. Also besitzt er einen, während Cheyenne selbst bei Wind und Wetter mit dem Rad fahren muss. Warum wundert es mich nicht? Für Zach stellt sie ihr eigenes Wohl immer hinten an. Für ihn würde sie alles tun.

Selbst mit einem Bullen schlafen.

Unwillkürlich knirsche ich mit den Zähnen. »Wir lassen den Jaguar hier«, sage ich. »Ich werde den Abschleppdienst anrufen und Jean-Louis Marsalis informieren, dass sein Wagen wieder da ist. Wir fahren alle zusammen in meinem Auto.«

»Muss ich mit aufs Revier?«, erklingt Leilas ängstliche Stimme hinter mir, nachdem wir alle eingestiegen sind.

Vorsichtig betaste ich meine schmerzende Wunde, dann seufze ich. »Nein. Ich werde von einer Festnahme absehen.«

»Was ist mit meiner Schwester?«, fragt Zach.

»Ich lasse die beiden unterwegs an einer Bushaltestelle raus.« Ich werfe Cheyenne über die Schulter einen abschätzigen Blick zu. »Du kannst zurück zu eurem Apartment oder zu Jet. Ist mir egal.«

Jetzt krieg dich wieder ein!, zischt mir meine Stimme der Vernunft zu. Aber ich kann es nicht und will es auch nicht! Eine Verwünschung ausstoßend, die alle Weiber einschließt und Cheyenne einen ganz besonderen Platz zuweist, starte ich den Motor und drücke aufs Gaspedal. Nachdem ich die Frauen an einer Bushaltestelle im Norden abgesetzt habe, fahre ich mit Zach zum 11. Revier. Ich versuche, das Bild von Cheyenne zu verdrängen. Wie klein und verloren sie im Rückspiegel ausgesehen hat, mit ihrem leeren Gesicht und dem viel zu großen Rucksack! Ich balle innerlich die Fäuste. Jetzt fühle ich mich auch noch schlecht deswegen. Wieder und wieder lasse ich ihre Worte Revue passieren. *Da war nichts dabei. Einfach Augen zu und durch! Zum Glück war's schnell vorbei.* Doch je häufiger ich sie in Gedanken aufsage, desto mehr büßen sie von ihrem Schrecken ein. Schließlich sagt jeder von uns mal dumme Sachen.

Schnaubend starre ich auf die Straße. So weise und vernünftig die Einsicht auch ist, im Moment beschwichtigt sie mich kein bisschen. Am besten vergesse ich die Frau schnell wieder! Ich habe auch so genug um die Ohren. Zuerst werde ich die Aussage ihres Bruders aufnehmen und dann die Ermittlungen mit Hochdruck fortsetzen. Ich werde Atashis Konkurrenten ausfindig machen und befragen. Mal sehen, was dabei herauskommt. Je schneller wir den Fall lösen, desto schneller bin ich alles, was mit dem Namen Willoz zu tun hat, wieder los! Auf dem Revier angekommen, behandele ich die Platzwunde, so gut es geht, und werfe mir zwei Schmerztabletten ein. Gut möglich, dass ich eine leichte Gehirnerschütterung habe. Wäre nicht das erste Mal. Meine erste Gehirnerschütterung bekam ich mit zwölf, als mein Pa die Bierflasche nach mir warf.

Nachdem ich mich verarztet habe, nehme ich Zachs Aussage auf, dann lasse ich ihn einen Anwalt anrufen und bringe ihn in die Arrestzelle.

»Keine Panik«, sage ich sarkastisch, als seine Schritte immer zögerlicher werden. »Am Wochenende sind meistens nur irgendwelche Besoffenen in Gewahrsam. Sie sind harmlos.«

»Darum geht es nicht.«

»Sondern?«

»Ich mache mir Sorgen um Cheyenne.«

Na immerhin.

»Das müssen Sie nicht«, entgegne ich. »Der Jaguar ist auf dem Weg zur Verwahrstelle. Sobald er angekommen ist, rufe ich Marsalis an. Er wird keinen Grund mehr haben, Sie oder Ihre Schwester zu drangsalieren.«

»Er ist rachsüchtig, wissen Sie. Außerdem …«

»Was?«, frage ich, als er unvermittelt stehen bleibt.

»Das Ultimatum.«

Ich stutze. »Was für ein Ultimatum?«

Er erzählt es mir.

Dein Wichser von Bruder soll uns zurückgeben, was uns gehört. Sonst holen wir es uns von dir.

»Und das sagen Sie erst jetzt?«, brülle ich ihn an. Mein Geduldsfaden ist soeben gerissen. Endgültig.

Beschämt starrt Zach zu Boden. »In der ganzen Aufregung habe ich nicht mehr dran gedacht.«

Ich atme mehrmals tief durch, schlucke die bösen Worte herunter, die mir auf der Zunge liegen. »Wann endet dieses Ultimatum?«

»Um drei Uhr.«

Ich schaue auf die Uhr. Mir sackt das Herz in die Hose. Es ist zehn vor vier.

Im French Quarter

Cheyenne

»Seit wann kennst du meinen Bruder?«, frage ich Leila, während wir auf den Bus warten, der uns Richtung Zentrum fahren soll.

Wir sitzen nebeneinander auf einer Plastikbank, umgeben von klotzigen Betonbauten, zwischen die sich einige schlanke Hochhäuser verirrt haben. Über unseren Köpfen braust der Verkehr auf zwei sich querenden Schnellstraßen.

»Seit fünf Wochen«, antwortet Leila.

Kein Wunder, dass Zach seinen Freund Joey in letzter Zeit vernachlässigt hat. Das Mädchen ist von der Natur nicht nur mit Schönheit gesegnet worden, sondern auch mit einer Anmut, die jeder Mann als Herausforderung auffassen muss. Mein Bruder ist bis über beide Ohren verliebt. Der Ausdruck in seinen Augen, als er sie angeschaut hat, war eindeutig. Ich hoffe nur, dass ihr Inneres ähnlich beschaffen ist und sie ihm nicht das Herz brechen wird. Wahrscheinlich hat Zach nur deshalb den Job bei Jean-Louis Marsalis angenommen, um vor seiner neuen Freundin zu protzen. *Ein Job bei Burger King wäre wohl nicht glamourös genug gewesen,* denke ich grimmig.

»Wo habt ihr euch kennengelernt?«, frage ich weiter, froh darüber, mich für kurze Zeit von Beau ablenken zu können.

Leila zögert, als müsste sie überlegen. »Im Supermarkt«, sagt sie schließlich. »Ich bin ihm mit meinem Einkaufswagen hinten reingefahren.« Ihr Lächeln ist schüchtern. »Er hat mich zum Kaffee eingeladen, wir haben geredet und uns für den nächsten Abend verabredet … So fing alles an.«

Bis der Bus eintrifft, plaudern wir über dies und das. Einmal brechen wir in Lachen aus, als es um Zachs Eigenart geht, selbst bei vierzig Grad im Schatten die Socken anzulassen, und ich spüre, wie sich meine Eingeweide entknoten. Für einen Moment fühlt sich das Leben fast normal an. Der Bus ist kaum besetzt, und wir nehmen auf einer der hinteren Bänke Platz. Im Flüsterton rede ich auf Leila ein und versuche sie davon zu überzeugen, den Rubin der Polizei zu übergeben. Sie nickt nachdenklich. Hoffentlich befolgt sie meinen Rat! Während der restlichen Fahrt hängen wir schweigend unseren Gedanken nach, als wäre zwischen uns alles gesagt.

Bevor wir uns trennen, umarmen wir uns kurz. Als sich der Bus langsam wieder in Bewegung setzt, winkt mir Leila von draußen ein letztes Mal zu. Ich fahre weiter bis zur Endstation am Jackson Square, wo es von Menschen wimmelt. Heute ist Sonntag, und abgesehen von den üblichen Touristenmassen haben Ausflügler und Straßenkünstler die Hot Spots eingenommen: die St. Louis Cathedral, den dazugehörigen Park und natürlich das Café du Monde, vor dem die Touristen Schlange stehen, um von den berühmten *Beignets* zu kosten.

Unschlüssig schaue ich mich um, nach Hause gehen möchte ich noch nicht, deshalb beschließe ich, dem Cabinet of Darkness einen Besuch abzustatten. An meinem freien Tag! Ich muss verrückt sein, aber irgendwie ist Mister Dunn der Einzige, mit dem ich jetzt sprechen möchte. Ich nehme eine Abkürzung über die Bourbon Street, und obwohl es Nachmittag ist, tauche ich mitten hinein in einen dissonanten Mix aus Jazz- und Rockmusik. Ich schiebe mich an schlendernden Familien vorbei, mit riesigen Eisbechern und viel Zeit ausgestattet; an Geschäftsleuten, die nach einem mehrtägigen Kongress den Sonntag dranhängen, um ein wenig zu entspannen; und an Teenagern mit roten Gesichtern und Bierfahne. Zwischendurch ertönt das Klackern der Straßentänzer, die mit Stahlkappen an den Schuhen ihr Können zum Besten geben. Normalerweise sauge ich diese Atmosphäre mit allen Sinnen auf, aber heute habe ich für die pittoreske Umgebung keinen Blick übrig. Ich will einfach nur rasch ans Ziel kommen. Entsprechend rabiat eile ich den Bürgersteig entlang, was mir einige Flüche einbringt.

Bonnie, eine kurzhaarige Blondine mit Dackelblick und einer Vorliebe für knalligen Lidschatten, schenkt mir ein gestresstes Lächeln, als ich den Laden betrete. Kein Wunder, wird sie doch in diesem Moment von einer Gruppe italienischer Touristen belagert, die alle gleichzeitig auf sie einreden. Kurz überlege ich, ihr zur Seite zu stehen, aber Mister Dunns Stimme aus der Tiefe des Ladens hält mich davon ab.

»Sie kommt klar!«, ruft er mit einem amüsierten Unterton und tritt zwischen den Regalen hervor. »Willst du zu mir, Mädchen?«

Ich nicke. Heute trägt Mister Dunn ausnahmsweise nicht seine braune Lieblingshose, sondern einen schwarzen Nadelstreifenanzug mit weitem Schlag, der vermutlich noch aus den Siebzigern stammt, ein farbiges Hemd und eine rote Nelke im Knopfloch. Seine schwarz-weißen Lederschuhe sind auf Hochglanz poliert.

»Sie sehen aber schick aus, Mister Dunn!«, sage ich bewundernd.

»Ich war heute Morgen mit Sheyla beim Gottesdienst, danach haben wir uns auf dem French Market ein paar Austern genehmigt«, sagt er mit einem Augenzwinkern. Dann mustert er mich, ebenso gründlich wie ich ihn eben. »Du hast etwas auf dem Herzen.« Keine Frage, sondern eine Feststellung. »Komm, gehen wir nach hinten ins Büro, da ist es ruhiger.«

»Gern«, antworte ich, zumal vorn im Laden eine hitzige Diskussion wegen einer hochpreisigen Voodoo-Puppe ausgebrochen ist.

Arme Bonnie!

»Das ist eine gute Übung für sie«, sagt der alte Mann, als hätte er meine Gedanken gelesen. »Als zukünftige Anwältin muss sie lernen, die richtigen Argumente parat zu haben.«

Ich nicke höflich, bezweifle aber, dass es Bonnie genauso sieht. Wir betreten das Büro: einen winzigen Raum unter der Treppe, mit einem Schreibtisch, zwei Stühlen und einer Kaffeemaschine. An der schrägen Wand hängen Jazzplakate aus längst vergangenen Zeiten.

»Setz dich!«, fordert mich Mister Dunn auf, und ich gehorche. Meinen Rucksack lasse ich zu Boden gleiten. »Möchtest du einen Kaffee?«

Schon bin ich wieder auf den Beinen. »Ich mache das«, biete ich an und gieße uns zwei Tassen ein, die ich auf den Tisch zwischen uns stelle.

»Und nun erzähl mal!«, sagt der alte Mann, nachdem ich wieder Platz genommen habe.

Ich atme tief durch, dann berichte ich ihm, was heute vorgefallen ist.

»Schön zu wissen, dass dein Bruder unschuldig ist und der Polizist ihm glaubt«, bemerkt er lächelnd und nippt an seinem Kaffee.

»Ja.«

»Aber deswegen bist du nicht hier, richtig? Du willst meinen Rat wegen der anderen Sache.«

Ich nicke.

»Du hast dich bei dem Mann entschuldigt, mehr kannst du nicht tun. Was also bedrückt dich?«

»Er hatte recht. Beau, meine ich. Die Situation war mir peinlich. Aber dabei ging es mir nicht um den …« Ich zögere kurz. »… um das Körperliche. Ich konnte Zach gegenüber nicht zugeben, dass ich Beau mag. Ich hatte Angst, Zachs Achtung zu verlieren.« Ich beiße mir auf die Unterlippe, als litte ich unter Schmerzen. »Das macht es irgendwie noch schlimmer.«

Mister Dunns Lächeln ist sanft. »Geh nicht so hart mit dir ins Gericht, Cheyenne. In dem Moment bist du zwischen zwei Welten geraten. Dein Bruder und du, ihr wart lange Zeit eine Einheit. Mit eigenen Regeln und Gesetzen. So habt ihr überlebt. Schwarz und weiß. Richtig und falsch. Dieser neue Mann stellt alles, was du bisher erlebt und zu wissen geglaubt hast, auf den Kopf.« Sein Lächeln wächst in die Breite. »So etwas kann schon verwirrend sein. Du warst überfordert. Das ist alles. Das macht dich nicht gleich zu einem schlechten Menschen.«

Ich starre auf meine Hände, während ich mir Mister Dunns Worte durch den Kopf gehen lasse. Inzwischen ist im Laden Ruhe eingekehrt. Die Touristen scheinen wieder gegangen zu sein, hoffentlich mit vollen Einkaufstüten.

»Klingt schlüssig, wie Sie das so sagen«, murmele ich schließlich.

»Das ist es auch, Mädchen. Wenn dir dieser Polizist etwas bed…«

Ein erstickter Schrei und ein Klirren vorne im Laden bringen ihn zum Verstummen. Wir wechseln einen besorgten Blick.

»Ich gehe nachsehen«, biete ich an, als er Anstalten macht, aufzustehen.

»Nein. Du …«

»Ich mach das!«, beharre ich.

Das Erste, was ich sehe, als ich das Büro verlasse, ist Bonnie, die wie eingefroren hinter der Ladentheke steht. Das Zweite ist der Mann im schwarzen Hoodie vor ihr, der mit seiner Pistole auf ihr Gesicht zielt. Meine Gedanken wirbeln wild durcheinander. Ein Überfall! Ich muss die Cops anrufen! Leise mache ich einen Schritt rückwärts, als eine Männerstimme ertönt.

»Da ist sie ja.«

Mir fährt der Schreck durch die Glieder. Der Mann mit der Waffe ist nicht allein gekommen. Er hat einen Freund mitgebracht, der mich mit seinen blassblauen Augen ins Visier nimmt. Ich hatte ihn nicht bemerkt, weil er hinter einem Schmuckständer verborgen war. Dino Ricci, wie er leibt und lebt. In Sommerhose und rot-weiß gestreiftem Hemd. Als ich die schwere Goldkette um seinen Hals sehe, krampft sich mein Magen zusammen.

»Was wollen Sie hier?«, frage ich scharf.

»Ich hatte dir doch gesagt, dass wir uns von dir holen, was uns dein Bruder gestohlen hat.«

»Aber Sie haben doch Ihre Scheißkarre wieder!«

Was daraufhin folgt, treibt mir den Schweiß aus den Poren. Dino bricht in Gelächter aus. »Du bist genauso hohl wie dein Bruder. Das gefällt mir!«

Der Rubin! Darum geht es hier. Der Wagen ist ihnen scheißegal. Also sind Marsalis und seine Leute für den Tod des Händlers verantwortlich. Aber wieso? Wieso haben sie den alten Mann getötet?

Wie zufällig nestelt Dino an der Kette um seinen Hals. »Mit Dumpfbacken fickt es sich leichter. Vielleicht teste ich dich aus, bevor ich dich beim Boss abliefere.«

Ehe ich etwas erwidern kann, kommt mir Mister Dunn zuvor. »Verschwindet aus meinem Laden!«, sagt er mit einem bedrohlichen Unterton, den ich bei ihm noch niemals zuvor vernommen habe. Soweit es sein krummer Rücken erlaubt, hat er sich zu seiner vollen Größe aufgerichtet, und seine schwarzen Augen funkeln unheilvoll. »Sonst sorge ich dafür, dass eure Eier verfaulen und sich eure Schwänze in Regenwürmer verwandeln.«

Über Dinos Mund zieht sich ein spöttisches Grinsen. »Uuuh, da habe ich aber Angst!«, ruft er und dann an seinen Kumpan gewandt: »Kümmere dich um den Alten!«

Im Blick des anderen flackert es. »Ich weiß nicht, Dino«, stammelt er. »Ich würde seine Drohung nicht auf die leichte Schulter nehmen.«

»Echt jetzt?« Dino lacht gackernd auf. »Du glaubst doch nicht etwa an diesen abergläubischen Schwachsinn?«

Der Typ mit dem Hoodie tritt unsicher von einem Fuß auf den anderen. »Bei euch in Chicago sieht man das vielleicht anders, aber hier geht man mit Flüchen nicht leichtfertig um. Ich fasse den alten Mann nicht an, und das solltest du auch nicht.«

Zorn zeichnet sich auf Dinos Antlitz ab, so unverhofft wie beängstigend. »Muss ich auch nicht«, knurrt er.

In einer einzigen blitzschnellen Bewegung hat er die schwere Kette über seinen Kopf gezogen und sie Mister Dunn mitten ins Gesicht geschleudert. Ein Schluchzen gelangt an mein Ohr, und ich brauche einen Moment, um zu begreifen, dass es aus meinem eigenen Mund kommt. Obwohl der alte Mann unter dem brutalen Schlag taumelt und das Blut zwischen seinen Lippen hervorquillt, lacht er. Ein Geräusch, das mich schaudern lässt, ähnlich wie Fingernägel auf einer Tafel.

»Ist das alles, Junge? Mehr hast du nicht drauf?«, sagt er und spuckt Dino einen Schwall Blut vor die Füße. »Ich wette, deine Mom hat dich sehr geliebt. Ihren kleinen blonden Engel … Immer wenn dein Vater aus dem Haus ging, hat sie dich in ein rosa Kleidchen gesteckt und mit ihrem Lieblingsschmuck ausstaffiert, habe ich recht?« Wieder dieses unheimliche Lachen.

Dinos Miene vollzieht eine schreckliche Wandlung, und die Angst gefriert wie Eis in meinen Adern. »Hältst du mich etwa für schwul, du alter Sack?«, brüllt er außer sich.

Mühsam kämpfe ich gegen die Tränen an. Warum provoziert Mister Dunn ihn? Will er sich umbringen lassen? Ohne weiter über mein Handeln nachzudenken, werfe ich mich zwischen die beiden, um Dino daran zu hindern, noch einmal zuzuschlagen. Seine blutunterlaufenen Augen graben sich in mein Gesicht, von seinem Mundwinkel tropft Speichel. Mir wird übel. Erneut glaube ich, die schwere Kette um meinen Hals zu spüren, die sich unbarmherzig zuzieht.

»Wir sollten abhauen, Dino!«, drängt der Mann in dem schwarzen Hoodie plötzlich. »Du hast, was du wolltest. Auf der Straße ist einiges los. Es ist nur eine Frage der Zeit, bis jemand reinkommt.«

Zwei Atemzüge lang starrt mich der Angesprochene mit seinem irren Blick an, dann schnaubt er. »Du hast recht«, sagt er und packt mich brutal am Arm. »Du verhältst dich ruhig, bis wir in den Wagen gestiegen sind«, zischt er mir ins Ohr, während er mich zum Ausgang zerrt. »Ein Mucks oder ein falscher Blick, und mein Kumpel verpasst deiner blonden Freundin eine Kugel. Hast du mich verstanden?«

Außerstande, auch nur einen einzigen Laut herauszubringen, nicke ich.

»Gut. Und jetzt beweg deinen Arsch hier raus!«

Wir haben eben die belebten Gassen des French Quarter verlassen, als der Fahrer und dritte Mann im Bunde, den Wagen entdeckt.

»Wir werden verfolgt«, sagt er nervös.

Ich sehe, wie sich Dino auf dem Beifahrersitz versteift. »Bist du sicher?«

»Ja. Ein schwarzer Pick-up. Zwei Wagen hinter uns.«

Mein Herzschlag setzt kurz aus.

Beau!, lautet mein erster Gedanke. *Er hat mich schon wieder aufgespürt,* mein zweiter Gedanke.

Der Typ mit dem Hoodie, der die ganze Zeit über seine Waffe auf meinen Kopf gerichtet hat, löst seinen Blick von meinem Profil, um nach hinten durch die Heckscheibe zu spähen.

»Kannst du was erkennen?«, fragt Dino ihn.

»Ja«, antwortet dieser mit zusammengekniffenen Augen. »Irgend so ein Kerl. Er guckt ziemlich angepisst …«

O ja, das kann er besonders gut.

Keine Ahnung, was mich reitet, aber ich habe den Gedanken noch nicht zu Ende gebracht, als ich mich mit voller Kraft gegen die Hand mit der Waffe werfe und sie zur Seite drücke. Ein Schuss löst sich, und es gibt einen ohrenbetäubenden Knall. Der Gestank von Schießpulver brennt sich wie Säure in meine Nasenlöcher ein, und als hätte jemand den Schleudergang eingestellt, rotiert mein Magen wie verrückt. In meinen Ohren pfeift es. Benommen schüttele ich den Kopf, als mein Blick zufällig auf meine Bluse fällt. Sie ist voller Blut.

Beau

Mit quietschenden Reifen rase ich zu der Adresse, zu der mich der Peilsender in Cheyennes Rucksack geleitet hat. Ich parke direkt vor einem Hydranten, was mir in diesem Moment schnurzegal ist, und stürme durch die Ladentür. Mit einem Blick erfasse ich die Situation. Das zerbrochene Bonbonglas auf dem Boden, die kreideweiße blonde Frau, die einen alten Mann mit blutendem Gesicht verarztet, der zusammengesunken auf einem Stuhl hockt.

»Was ist passiert?«, rufe ich.

»Wir sind überfallen worden«, erklärt die Frau atemlos. »Wir haben vor fünf Minuten den Notruf angerufen. Die Polizei müsste gleich hier sein.«

»Wo ist Cheyenne?«

Verblüfftes Schweigen.

Ich zeige ihnen meine Marke. »Wo ist sie?«, wiederhole ich mit Nachdruck.

»Sie haben sie mitgenommen«, antwortet die Frau mit fadendünner Stimme.

»Wer waren die Typen? Können Sie sie beschreiben?«, frage ich weiter, obwohl es in meinem Schädel erneut zu pochen begonnen hat.

Als mir die blonde Frau, die sich als Bonnie Michaels vorstellt, die beiden Männer beschreibt, knirsche ich mit den Zähnen. Cheyenne ist wieder in den Händen dieses Psychopathen Corradino Ricci!

»Ich habe den Wagen gesehen, in den sie gestiegen sind, und mir einen Teil des Kennzeichens gemerkt«, erklärt Miss Michaels weiter. »Ich habe es Ihren Kollegen am Telefon bereits gesagt.«

Ich nicke anerkennend. »Gut gemacht.« Dann richte ich mich an den verletzten alten Mann, den ich für den Ladenbesitzer halte. »Wie geht es Ihnen, Sir?«

»Machen Sie sich meinetwegen keine Sorgen«, antwortet er. »Das wird schon.«

Als in der Ferne das Heulen von Polizeisirenen ertönt, will ich mich zum Gehen wenden, um die Verfolgung aufzunehmen, aber der alte Mann hält mich zurück. Sein Griff ist überraschend fest, sein Blick eindringlich.

»Sie sind der Polizist«, sagt er, als würde es alles erklären. »Bitte, achten Sie gut auf sie!«

Perplex schaue ich ihn an.

»Cheyenne Willoz ist ein Segen«, fügt er fast feierlich hinzu.

»Wohl eher eine Katastrophe«, brumme ich.

Der alte Mann hebt gleichmütig die Schultern. »Das sind zwei Seiten der gleichen Medaille.«

»Wissen Sie, was ich noch mehr hasse als nervtötende Frauen?«, gebe ich grimmig zurück. »Klugscheißerische alte Männer!«

Als mein Gegenüber in gackerndes Lachen ausbricht, zucken meine Mundwinkel unwillkürlich. »Jetzt weiß ich, warum Cheyenne Sie mag, Detective Lamare«, sagt er.

Während ich zurück zu meinem Wagen laufe, hallen die Worte des alten Mannes in meinem Kopf nach. Cheyenne mag mich? Nun, wenn es wahr ist, hat sie eine eigentümliche Art, es zu zeigen! Dennoch kann ich nicht verhehlen, dass mir die Vorstellung gefällt. In diesem Moment tauchen zwei Streifenwagen und eine Ambulanz auf, die mich erst passieren lassen, nachdem ich mich als Cop ausgewiesen habe. Weil der Rucksack mit dem Peilsender offenbar im Laden geblieben ist, kontaktiere ich die Zentrale, kaum dass ich hinterm Steuer sitze. Ich erfahre, dass der schwarze SUV – *geht doch nichts über Klischees!* – mit der Geisel und dem Kennzeichen »DIN★98«, soeben auf der St. Claude Avenue Richtung Osten gesichtet worden ist.

»Ich hänge mich dran!«, erkläre ich und gebe Gas.

»Verstanden«, antwortet der weibliche Cop am anderen Ende. »Ein Streifenwagen ist unterwegs, um ihn weiter vorn abzufangen. Die Nummer ist 349.«

»Alles klar«, sage ich, dann beende ich den Funkkontakt und lenke den schwarzen Pick-up durch den fließenden Verkehr.

Wenn ich an der übernächsten Kreuzung links abbiege und ein Stück gegen die Einbahnstraße fahre, kann ich sie auf Höhe der Baumschule einholen. Vorausgesetzt natürlich, mir stellt sich niemand in den Weg, also schalte ich Blaulicht und Sirene ein. Bei meinem Näherkommen weichen die meisten Fahrzeuge zur Seite, um mir Platz zu machen, und ich komme zügig voran. Als ich in die Einbahnstraße einbiege, trommeln meine Finger rhythmisch auf dem Lenkrad herum. Ich bin nicht nervös, nur hoch konzentriert. Ich darf nicht zulassen, dass uns der SUV durch die Lappen geht. Prompt kommt mir ein weißer Chevy entgegen, und ich reiße das Lenkrad hart herum, um nicht frontal mit ihm zusammenzustoßen. Als ich den Pick-up auf den Bürgersteig lenke, streife ich um Haaresbreite einen Tattoo-Shop. Ohne die Geschwindigkeit zu drosseln, kurve ich um den Chevy herum und fahre zurück auf die Straße. Gut hundert Meter vor mir sehe ich die Kreuzung und drücke noch einmal auf die Tube.

Meine Augen wandern dabei hastig von einer Straßenseite zur anderen. Die meisten Fußgänger haben mich bemerkt, sind stehen geblieben und stieren neugierig auf meinen heranrasenden Wagen. Allerdings registriere ich auf dem linken Bürgersteig eine junge Mutter mit Kinderwagen und Handy am Ohr. Auf der anderen Seite entdecke ich einen Jogger mit Kopfhörern, und direkt hinter ihm schlendert ein turtelndes Pärchen, das alles um sich herum ausgeblendet zu haben scheint. Ich gehe kein Risiko ein und haue zusätzlich mit der Faust auf die Hupe, veranstalte einen Mordsradau. Mein lädierter Kopf dankt es mir mit scharfen Stichen. An der Kreuzung angelangt, schalte ich Blaulicht und Sirene aus und fädele mich nach rechts auf die St. Claude Avenue ein, die durch eine mit Bäumen und Strommasten bestückte Grasfläche geteilt ist.

Auf der breiten Straße herrscht nicht viel Verkehr, und nach wenigen Sekunden erspähe ich den schwarzen SUV. Mein Herzschlag beschleunigt sich, als ich die Verfolgung aufnehme. Wenn alles nach Plan läuft, werde ich gemeinsam mit dem Streifenwagen, der uns entgegenkommt, den SUV in die Zange nehmen. Immer näher schiebe ich mich an ihn heran, bis er nur noch zwei Wagen vor mir ist. Ich steuere den Pick-up kurz nach links, um einen Blick in den SUV zu werfen und fluche. Die Scheiben sind verdunkelt, sodass ich nicht sehen kann, mit wie vielen Gegnern wir es zu tun haben. Zwei mindestens, vielleicht auch drei oder vier. So viel ist klar.

»Hier Detective Lamare!«, funke ich den Streifenwagen an. »Ich verfolge den schwarzen SUV auf der St. Claude Avenue auf Höhe vom Mike's Food Store. Wie weit sind Sie entfernt?«

Die Antwort folgt auf dem Fuß. »Rund vierhundert Meter vor Ihnen, Detective, beim Bestattungsinstitut.«

Sehr gut. Gleich kann's losgehen!

Gerade als ich einen roten Honda überholen will, um mich an den Kotflügel des SUV zu schieben, schert der Geländewagen unerwartet aus. Schlittert auf die breite Grasfläche in der Mitte, begleitet vom kreischenden Bremsen anderer Autos und heftigem Hupkonzert. *Fuck!* Was ist da los? Haben sie mich bemerkt und wollen abhauen? In dem Fall wäre die Fahrweise aber zu unkontrolliert, denn statt die Gegenfahrbahn anzusteuern, bewegt sich der SUV plötzlich in Schlangenlinien. Eine eiserne Faust legt sich um mein Herz. Cheyenne wird doch nicht versucht haben, die Heldin zu spielen? Scheiße, die werden sie umlegen! Mir bricht der kalte Schweiß aus, und ich drücke aufs Gaspedal.

In einem halsbrecherischen Manöver verlasse ich ebenfalls die Straße und rumpele über die Grasfläche, weiche erfolgreich zwei Bäumen und einem Strommast aus. Während meine Kamikaze-Nummer glimpflich ausgeht, hat der SUV nicht so viel Glück. Als würde die Zeit mit einem Mal langsamer verstreichen, verfolge ich mit den Augen, wie der schwere Wagen über die Gegenfahrbahn schießt und frontal gegen einen Baum kracht.

Cheyenne!

Ich will dem SUV nachsetzen, doch mir kommt ein anderes Fahrzeug in die Quere, und ich muss eine Vollbremsung hinlegen. Ich gerate ins Rutschen, wodurch ich einige wertvolle Sekunden verliere. Hilflos muss ich mit ansehen, wie Corradino Ricci, dieser elende Schwanzlutscher, aussteigt und humpelnd um den Wagen herumgeht. Der Pick-up ist noch nicht ganz zum Stehen gekommen, als ich die Wagentür aufreiße und im Laufschritt die Straße überquere. Die Pistole halte ich im Anschlag. Beim Anblick, der sich mir bietet, pralle ich jäh zurück, als wäre ich gegen eine Betonwand geknallt. Ricci hat Cheyenne aus dem Wagen gezerrt und hält sie wie ein Schutzschild vor sich. Wie unter einem Vergrößerungsglas sind es zwei Dinge, die mir ins Auge springen: die Waffe an ihrer Schläfe und das viele Blut auf ihrer Bluse.

In diesem Moment fällt mein Puls auf ein Normalmaß zurück. Selbst meine Kopfschmerzen sind mit einem Schlag verschwunden. Ich spüre, wie mein Blut mit kräftigen, aber ruhigen Stößen durch meinen Körper gepumpt wird. Die Pistole liegt völlig still in meiner Hand. Beinahe muss ich lächeln.

»Polizei!«, sage ich, weil es die Vorschrift verlangt, und fixiere Corradino Riccis hässliche Fresse. »Nehmen Sie die Waffe runter, oder ich schieße!«

Das Arschloch lacht mir ins Gesicht. »Fick dich, B…«

Die Kugel aus meiner Glock trifft ihn genau in die Stirn. Ein sauberer Schuss, der ein kleines Einschussloch erzeugt, dafür aber beim Austritt eine Riesensauerei veranstaltet. Ungerührt sehe ich zu, wie der Unglaube in seinen Augen für die Ewigkeit erstarrt und seine Arme von Cheyenne abrutschen, als hätte man die Fäden einer Marionette durchgeschnitten. Er bricht tot zusammen. Wie bei einem Fisch, der heftig nach Luft schnappt, öffnet und schließt sich Cheyennes Mund, und sie bekommt keinen Ton heraus. Nur einen Atemzug später bin ich bei ihr und lege meinen Arm um sie, um sie zu stützen. Mit der anderen Hand betaste ich ihre Bluse.

»Bist du verletzt?«, frage ich.

Ihre Augenlider flattern.

»Cheyenne? Bist du verletzt?«, wiederhole ich.

Zu meiner grenzenlosen Erleichterung schüttelt sie den Kopf. »D… das Blut ist nicht von mir. Der Fahrer. Die Kugel traf ihn mitten in den Hinterkopf.«

Ich spüre, wie sie erschauert.

»War das dein Werk?«, frage ich fast zärtlich.

Sie schluckt und nickt.

»Das war sehr mutig«, murmele ich.

Und dumm und riskant und verflucht unüberlegt! Aber ich behalte den Gedanken für mich.

Hinter uns hält ein Streifenwagen mit quietschenden Bremsen und heulenden Sirenen. Aus dem Wagen springen zwei Uniformierte.

»Detective Lamare?«, ruft mir der kleinere von beiden zu, während der andere zu dem demolierten SUV rennt, und »Kommen Sie langsam heraus, und zeigen Sie mir Ihre Hände!«, brüllt.

Ich nicke, woraufhin der Cop sich zu seinem Kollegen gesellt, der mit gezogener Waffe auf die hintere, sich öffnende Tür zielt. Aus den Tiefen des SUV kriecht ein blutüberströmter Kerl im schwarzen Hoodie ins Freie.

»Nicht schießen«, stöhnt er. »Ich bin unbewaffnet.«

Keine Sekunde später stürzen sich die Cops auf ihn wie hungrige Piranhas, drücken ihn unsanft zu Boden und verpassen ihm Handschellen.

»Wir müssen einen Krankenwagen anfordern«, murmelt der Kleinere.

»Und den Leichenbeschauer«, fügt sein Kollege hinzu, ein schlaksiger Kerl mit feuerroten Haaren und schlechter Haut.

»Der Tote dort drüben ist Corradino Ricci. Ich habe ihn in Notwehr erschossen«, erkläre ich bereitwillig, wenn auch kurz angebunden. »Ich fahre jetzt mit Miss Willoz zum 11.

Revier, um ihre Aussage aufzunehmen. Sie kommen hier allein zurecht?«

»Natürlich, Detective«, antwortet der Cop mit dem roten Schopf, auf dessen Uniform »Officer Wilson« aufgenäht ist. »Wir haben bereits Verstärkung angefordert.«

»Gut. Bitte lassen Sie mir Ihren Bericht zukommen.«

»Alles klar.«

Ich verabschiede mich mit einem Nicken von den beiden Cops, dann bugsiere ich Cheyenne zu meinem Wagen.

Die Hütte am Wasser

Cheyenne

Mit geschlossenen Augen sitze ich auf dem Beifahrersitz, den Kopf gegen die Stütze gelehnt, während ich versuche, die Bilder und vor allem den Geruch von Rauch, Blut, verbranntem Gummi und Tod aus meinem Gedächtnis zu verbannen. Die Reifen rumpeln über eine unebene Straße, wie es in New Orleans viele gibt, zum Glück herrscht im Wagen dank der Klimaanlage eine angenehme Temperatur. Als wäre ich in Watte gepackt, bekomme ich dumpf und undeutlich mit, wie Beau ein Handygespräch in einem Kauderwelsch aus Englisch und Cajun-Dialekt führt. Ich erfasse den Sinn nicht, und selbst wenn, würde es mich nicht interessieren. Eine Lethargie hat von mir Besitz ergriffen, in die ich mich dankbar flüchte. Erst als Beau einen zweiten Anruf tätigt und der Name meines Bruders fällt, werde ich hellhörig. Offenbar spricht er mit jemandem auf dem Polizeirevier und erteilt die Order, Zach auf keinen Fall aus der Haft zu entlassen. Sollte es seinem Anwalt gelingen, ihn auf Kaution freizubekommen, müsse er sofort im Anschluss in Schutzhaft genommen werden. Zu seiner eigenen Sicherheit.

»Muss ich auch in den Knast?«, murmele ich, die Augen immer noch geschlossen.

»Nein. Mit dir habe ich etwas anderes vor«, antwortet Beau mit einem Unterton, der mich dazu veranlasst, jäh die Augen aufzureißen.

Mein Blick fällt auf den Mississippi, der sich breit und gelb unter uns erstreckt. Irritiert runzele ich die Stirn. Wir sind gerade dabei, die Huey P. Long Bridge zu überqueren.

»Das ist nicht der Weg zum 11. Revier«, sage ich und muss mich räuspern, weil sich mein Hals plötzlich furchtbar rau anfühlt.

»Nein.«

Von der Seite fixiere ich Beaus scharfes Profil, das sich gegen den Himmel dunkel abhebt, auf eine Erklärung wartend, die nicht kommt.

»Was will Marsalis wirklich?«, fragt er stattdessen, ohne seinen Blick von der Straße zu nehmen.

»Keine Ahnung«, antworte ich leise, was Beau nicht zu erfreuen scheint, denn in seinem Kiefer zuckt ein Muskel.

»Irgendetwas verschweigst du mir doch!«, entgegnet er verärgert.

Jetzt wäre der Moment, ihm die Sache mit dem Rubin zu beichten, aber ich schüttele nur den Kopf. Ihn umgibt eine finstere Wolke, hinter der ich die Wut spüren kann. Erzähle ich ihm jetzt von dem gestohlenen Beweisstück, weiß der Himmel, wie er reagiert. Sein kalter, ausdrucksloser Blick, kurz bevor er Dino erschossen hat, hat sich für alle Zeiten in meinem Gehirn eingebrannt.

»Nein«, beteuere ich erneut.

Beau stößt ein unwilliges Brummen aus. »Ich werde mir deinen Bruder noch einmal vorknöpfen«, sagt er dann auch prompt.

Ein eisiger Schauer läuft mir den Rücken herunter. »Was meinst du damit?«, frage ich mit zittriger Stimme.

»Herrgott, Cheyenne!«, ruft er gereizt und fährt sich durch die Haare. »Ich werde deinen Goldjungen schon nicht auffressen.«

Verwirrt blicke ich aus dem Fenster, inzwischen brausen wir durch das Marschland, an Buchten, Kanälen und dichtem Röhricht vorbei, das in der Sonne in einem intensiven Grün leuchtet.

»Wie geht es deinem Kopf?«, frage ich nach einer Weile mit Blick auf das fette Pflaster unterhalb des Haaransatzes.

»Was glaubst du?«

»Es tut mir leid.«

»Hast du schon gesagt.«

Erneutes Schweigen.

»Willst du mir nicht sagen, wohin wir fahren?«

»Du wirst es wissen, sobald wir da sind.«

Ich atme tief ein. *Zeit, Frieden zu schließen.* »Danke, dass du mich gerettet hast, Beau.«

»Das ist mein Job«, kommt es knurrig zurück.

Dann eben kein Frieden!

»Du bist ganz schön nachtragend, weißt du das?«

Er wirft mir einen bösen Blick zu. »Nachtragend? Es ist erst vor ein paar Stunden passiert.«

Obwohl er natürlich recht hat, scheint seitdem eine Ewigkeit vergangen zu sein. Ganz zu schweigen von der Nacht in seinen Armen, als wäre sie nur ein Traum gewesen. Ein wunderschöner, wunderschöner Traum. Ich beschließe, den Rest der Fahrt nach Wohin-auch-immer nichts mehr zu sagen. Wenn ich will, kann ich ebenfalls ziemlich bockig sein. Mit vor der Brust verschränkten Armen richte ich den Blick aus dem Fenster. Eben passieren wir einen grauen, ungestrichenen Tante-Emma-Laden im Nirgendwo, dahinter erblicke ich die metallenen Konturen einer Zuckerraffinerie. An einer Straßenkreuzung, an der eine große, moosüberwucherte Eiche steht, biegen wir nach rechts in ein undurchdringlich scheinendes Waldgebiet ab, das unter Wasser steht.

Yeah!

Willkommen im Bayou! Wo schon das Scheißhaus aufzusuchen zur Mutprobe wird! Überall Viecher, die dir ans Leder wollen. Alligatoren, Monstermücken und Brassen, so gewaltig, dass sie Killerhaie in die Flucht schlagen könnten. Innerlich stöhne ich gequält auf. Ich kann den Bayou nicht ausstehen! Ich bevorzuge die Stadt, den Lärm der Straße, die Lichter, selbst den Geruch, auch wenn er nicht immer die Nase umschmeichelt.

»Ich hasse dich«, knurre ich an Beau gewandt, als wir über eine Holzbrücke rumpeln und ich durchgeschüttelt werde wie ein Daiquiri.

Links und rechts ragen abgestorbene Zypressen und Schilfgras aus dem Wasser. Ich wette, dort unten lauern die Krokodile und wetzen schon Messer und Gabel.

»Schau mal!«, sagt Beau und zeigt auf ein paar Sumpfhühner, die im Schilf herumstaksen.

Widerwillig brumme ich etwas von »putzig« und kann sehen, wie er grinst. Der Mistkerl macht sich doch tatsächlich über mich lustig. *Schön für ihn, dass er sich wieder eingekriegt hat!* Wir fahren weiter auf einer Straße, die eher ein Feldweg ist, wechseln dann unzählige Male die Richtung, bis ich völlig die Orientierung verloren habe. Schließlich erreichen wir ein offenes Feld, das wir auf einem Trampelpfad durchqueren. Nach etwa fünf Minuten gelangen wir in ein Wäldchen am Kanal. Genau dort, am Steilufer unter den Weidenbäumen, erhebt sich eine Blockhütte mit Flachdach, vor der Beau hält. Sie besteht aus naturbelassenem Zypressenholz, die Veranda, die über das Wasser ragt, wird von Stelzen gestützt. Als ich aussteige, muss ich die Augen zusammenkneifen, so stechend scheint die Sonne auf die Wasseroberfläche. Die Luft ist warm und schwül.

»Es ist hübsch hier«, sage ich wahrheitsgemäß, während ich mich umschaue. Der schwere Duft von Magnolien steigt mir in die Nase, und ich muss niesen.

»Komm!«, sagt Beau und berührt sachte meinen Ellenbogen. »Ich zeig dir das Haus.«

»Was wird das hier eigentlich?«, frage ich kampflustig. »Besuchen wir deine Schwester, die gleichzeitig deine Tante ist?«

Beau lacht tief und rau, ein Geräusch, das sich direkt in meinem Unterleib festsetzt. »Nein. Du wirst so lange hierbleiben, bis ich weiß, was gespielt wird.«

Ich bleibe abrupt stehen. »Was?«

»Das ist mein Ernst, Cheyenne. Hier spürt dich Marsalis niemals auf.«

»Würde mich auch wundern«, versuche ich es mit Ironie. »Trotzdem werden mich keine zehn Pferde dazu bringen, an diesem gottverlassenen Ort zu bleiben.«

»Zehn Pferde nicht«, entgegnet Beau mit dunkler Stimme und bohrt seinen Blick in meinen. »Nur ich.«

Mein Puls schießt in die Höhe. *Was ist auf einmal mit ihm los? Eben war er noch stinksauer und nun … Liegt vermutlich an der Landluft.* Die Vorstellung, mit ihm hier allein zu sein, fern jeder Zivilisation, reißt mich weit aus meiner Komfortzone, versetzt mich aber gleichzeitig in einen Zustand, den man getrost als sexuelle Erregung bezeichnen kann. Und ich trage eine Khakihose, die mir nicht gehört, dazu eine mit Blutflecken übersäte Bluse. Eine Femme fatale par excellence!

»Wenn du das sagst!«, blaffe ich ihn an, um meine Verwirrung zu überspielen. »Schlagen wir hier Wurzeln, oder gehen wir endlich rein?«

»Mi casa es tu casa«, entgegnet er mit einer einladenden Geste.

In meinem Nacken kribbelt es heftig, als ich voraneile und er mir dicht auf den Fersen folgt. Neugierig blicke ich mich um. Die Hütte ist einfach und pragmatisch eingerichtet. Außer einem schmucklosen Raum mit Küche, Esstisch und vier Stühlen, einem Sessel und einer Bücherwand gibt es nur ein Schlafzimmer mit einem einzelnen Bett und einem dunklen Kleiderschrank.

»Wo soll ich schlafen?«, frage ich, stolz darauf, wie eine Erwachsene und nicht wie eine in Not geratene Jungfrau zu klingen.

»Im Bett. Ich schlafe auf der Veranda. Eine Liege, ein Moskitonetz. Mehr brauche ich nicht.«

»Gut«, entgegne ich energisch, wenn auch ein klitzekleines bisschen enttäuscht. »Bist du oft hier?«

»Am Wochenende komme ich manchmal zum Angeln hierher.« Er schenkt mir ein flüchtiges Lächeln. »Hier bekomme ich den Kopf frei von den Bildern, die sich die Woche über angesammelt haben.«

Ich nicke und unterdrücke ein Schaudern. Bilder wie das von vorhin, als Dinos Schädel nur eine Handbreit von mir entfernt zerborsten ist.

»Wenn du duschen willst, drüben ist das Bad«, sagt Beau weiter und zeigt auf eine einfache Holztür, die vom Schlafzimmer abgeht. »Und in der Kühltruhe liegen Pizzen, falls du Hunger hast.«

»Hunger habe ich keinen, aber ich würde sehr gern duschen«, antworte ich. »Leider habe ich nichts zum Wechseln dabei.«

»Warte.« Er kramt aus dem Kleiderschrank ein sauberes kariertes Männerhemd hervor und wirft es mir zu. »Hier, das kannst du anziehen, bis der Rucksack mit deinen Sachen eintrifft.«

»Mein Rucksack?«, frage ich verblüfft nach.

»Ja. Ich habe einen Freund gebeten, ihn zu holen und hierher zu bringen.«

»Der Rucksack ist noch im Laden«, murmele ich mehr zu mir selbst.

»Ich weiß«, sagt Beau mit unwiderstehlichen Lachfältchen in den Augenwinkeln, als würde ihn etwas amüsieren.

Der Anblick lässt mich schwindelig werden, und ich wende hastig den Blick ab. »Wer ist dieser Freund?«, frage ich. »Leroy?«

Vielleicht klingt mein Tonfall eine Spur zu schwärmerisch, denn prompt verfinstert sich Beaus Gesicht.

»Nein«, sagt er.

»Schade«, seufze ich übertrieben, nur um ihn zu ärgern.

Ich will mich an ihm vorbeischieben, um das »Bad« in Augenschein zu nehmen, in der Hoffnung, es handelt sich nicht bloß um einen Verschlag mit Plumpsklo, Gießkanne und Seil, als Beau meinen Hinterkopf packt und mein Gesicht dicht an seines zieht. Seine Augen blitzen gefährlich.

»Keine Spielchen, Cheyenne«, murmelt er mit täuschend sanfter Stimme, dann umschließen seine Lippen meinen Mund.

Sein Kuss hat nichts Zärtliches an sich, vielmehr spiegelt er seinen Hunger wider. Seine Finger krallen sich in meine Haare, während seine Zunge meine Lippen teilt, sich gnadenlos hindurchzwängt und mir die Möglichkeit zum Atmen nimmt. Bebend klammere ich mich an seinen Schultern fest und spüre, wie meine Haut sich erhitzt. Als ob es nicht schon heiß genug wäre!

»Ich … ich dachte, du wärst sauer auf mich«, stammele ich.

»Das bin ich auch«, murmelt er, was ihn nicht davon abhält, mit seiner Zunge eine feurige Spur über meinen Hals zu zeichnen.

Seine Hand rutscht an meinem Körper hinab, streichelt über meinen Po und drückt mich gegen seine Erektion. So hart. So männlich. *So gewaltig.* In einem entfernten Winkel meines

Kopfes poppt der Gedanke an die getrockneten Blutflecken auf meiner Bluse auf, entschwindet aber gleich wieder, als sich seine Finger an den winzigen Knöpfen zu schaffen machen. Meine Nippel ziehen sich zusammen, gierig nach mehr …

Da klingelt das Handy in der Gesäßtasche seiner Jeans. Mit einem leisen Fluch hebt Beau den Kopf. Seine Augen sind dunkel vor Lust.

»Das ist mein Kumpel«, erklärt er ein wenig atemlos. »In zwei Minuten ist er hier.«

»Schon?«, krächze ich.

Mit einem Nicken löst sich Beau von mir. »Im Unterschied zu mir ist er keine Umwege gefahren, um eventuelle Verfolger abzuschütteln.«

Peinlich berührt schaue ich an mir herunter. »Ich gehe dann mal duschen, was?«

Sein Lächeln drückt Bedauern aus. »Tu das. Es gibt übrigens nur kaltes Wasser!«, ruft er mir hinterher, als ich mit dem sauberen Hemd in der Hand zur Tür gehe oder genauer gesagt schwanke.

»Umso besser!«, antworte ich, ohne mich umzudrehen.

Beaus selbstzufriedenes Lachen begleitet mich, als ich das Bad betrete, das zu meiner Erleichterung diesen Namen auch verdient. Es gibt eine Toilette, eine Dusche und ein Waschbecken, allerdings ohne Spiegel, was mir ein Lächeln entlockt. Typisch Mann! Dafür gibt es saubere Handtücher und Duschgel. *Axe Collision*. Mein Lächeln wird breiter. Wie passend!

Hastig entledige ich mich meiner Kleider und schlüpfe unter die Dusche. Wie Beau angedroht hat, ist das Wasser eiskalt. Der Schock ist entsprechend, wie auch mein entsetztes Keuchen, bevor ich das erquickende Nass willkommen heiße. Während ich das Duschgel, das nach Leder und dunkler Schokolade duftet, großzügig verteile, seufze ich. Was für eine Wohltat! Einen kostbaren Moment lang gelingt es mir, die Bilder von Blut und

Tod zu verdrängen, auch von Jean-Louis Marsalis, der wie ein Damoklesschwert über unseren Köpfen schwebt, und nicht zu vergessen von dem entwendeten Beweisstück, das meinen Bruder und seiner Freundin den Kopf kosten könnte. In meinem Herzen glimmt ein Funke Zuversicht. Ich muss nur den richtigen Augenblick abpassen und Beau von dem Rubin erzählen, dann wird sich alles zum Guten wenden. Ganz bestimmt. Mehrmals gehe ich in Gedanken den Wortlaut durch, bis Männerstimmen draußen vor dem kleinen Fenster mich daran erinnern, dass es langsam Zeit wird, aus der Dusche zu steigen.

Nachdem ich mich abgetrocknet und angezogen habe – wie erwartet reicht mir das viel zu weite Hemd bis zu den Kniekehlen und *ich liebe es!* –, fahre ich mir ein paar Mal durch die feuchten Haare, dann verlasse ich das Bad. Mein Blick fällt auf einen breitschultrigen Fremden im Holzfällerhemd, das an den Oberarmen zu platzen droht. Zu den verschlissenen Jeans trägt er schwere Boots. Die Leute in dieser Gegend besitzen wenig Einfallsreichtum, wenn es um die Klamottenwahl geht! Unter den kurzen pechschwarzen Haaren schaut mich ein scharf geschnittenes Gesicht mit einer dünnen Narbe über dem Nasenrücken argwöhnisch an. Die hellen, durchdringend blickenden Augen verraten die Cajun-Herkunft. Ich schlucke. Dem möchte ich nachts auch nicht allein auf der Straße begegnen!

Als ich meinen Rucksack auf dem Tisch erblicke, eile ich darauf zu.

»Danke«, sage ich im Vorbeigehen.

Er nickt nur. Eine echte Stimmungskanone!

Bevor es zu einer peinlichen Situation kommen kann, öffnet sich die Tür und Beau tritt über die Schwelle. »Ihr habt euch schon kennengelernt, wie ich sehe«, sagt er lächelnd.

»Kennenlernen ist vielleicht ein wenig übertrieben«, entgegne ich, während ich dem finsteren Kerl einen unauffälligen

Blick zuwerfe. »Bin gleich wieder da!«, füge ich hinzu und flüchte mit dem Rucksack in der Hand zurück ins Bad.

Ich kann es kaum erwarten, frische Unterwäsche und eine andere Hose anzuziehen. Das Hemd behalte ich an.

»Danke, Kumpel!«, höre ich Beau durch die Tür sagen.

»Kein Problem.«

»Wie geht's Eli?«

»Sehr gut. Zumal sie seit letzter Woche wieder Steuersünder jagen darf. Immer dienstags und donnerstags.«

Die beiden Männer brechen in Lachen aus.

Nanu? Für einen Hinterwäldler spricht der Fremde aber ziemlich hochgestochen.

»Und was macht eure Kleine?«

»Rosalie ist aufgeweckt und schrecklich neugierig«, antwortet der Mann mehr als bereitwillig. Ich kann den Stolz in seiner Stimme hören. »Sie steckt alles, was sie kriegen kann, in den Mund. Du musst höllisch aufpassen und ständig hinterher sein. Mir graut es schon davor, wenn sie zu krabbeln anfängt. Das wird ein Spaß!«

»Wer kümmert sich um sie, wenn Eli zweimal die Woche arbeitet?«

»Ich natürlich«, kommt es postwendend und auch ein wenig beleidigt zurück. »Ich würde sie niemals einem anderen anvertrauen.«

»Wirklich?«

»Ja.« Der Fremde hüstelt. »Na gut, manchmal kommt Grandmère Louisette vorbei und wirft ein Auge auf mich, damit ich alles richtig mache.«

»Auch Windeln wechseln?«

»War ja klar, dass das jetzt kommt!«, echauffiert sich der andere. »Ja, auch Windeln wechseln. Wusstest du, dass der Umfang eines Babybauchs an einem Tag um zehn Zentimeter schwanken kann? Deshalb sind elastische Bündchen ja so wichtig.«

»Nein, wusste ich nicht.«

»Jetzt weißt du es.«

Mit der Hand vor dem Mund, um nicht loszuprusten, stehe ich hinter der Tür und verfolge das Gespräch. Ich bin davon ausgegangen, dass sie über Angelruten, Fliegenrollen und den richtigen Köder reden würden. Vielleicht auch noch über Football. Aber über Windeln? Mit einem möglichst nichtssagenden Gesichtsausdruck öffne ich die Tür und betrete den Wohnraum. Prompt verstummt die Unterhaltung. Der Fremde kratzt sich am Kinn.

»Also dann, ich muss los!«, sagt er und anschließend an mich gewandt: »Viel Glück!«

Während Beau ihn zu seinem Wagen bringt, gehe ich zum Kühlschrank und hole mir eine Flasche Wasser. Ich durchstöbere die Schränke, bis ich ein Glas gefunden habe, und gieße mir etwas ein.

»Möchtest du auch was?«, frage ich Beau, nachdem er zurückgekommen ist.

»Nein, danke.«

Ich nehme einen Schluck. »Wer war das?«, frage ich und zeige auf die Tür.

»Kane Deveraux. Früher einer der reichsten Männer von Louisiana«, antwortet Beau. »Er hat fast sein gesamtes Vermögen weggegeben, um einen Neuanfang zu starten.«

Perplex schaue ich Beau an. »Meinst du Deveraux wie Deveraux?«

Eine dieser sagenumwobenen Familien, die New Orleans mit gegründet haben. Ähnlich wichtig für die Stadt wie die Vanderbilts für New York.

Beau grinst. »Kaum zu glauben, was?«

»In der Tat«, murmele ich und nippe weiter an meinem Glas.

In dem Moment geht mir ein Licht auf. *Kane*. Der grimmig dreinblickende Junge auf dem Gruppenfoto und ein weiteres Mitglied des Fünfköpfigen Drachen. Tief in Gedanken versunken, bemerke ich erst, dass Beau auf dem Sprung ist, als er schon fast zur Tür hinaus ist.

»Wo willst du hin?«, frage ich hastig.

»Ich muss deinen Bruder befragen. In spätestens drei Stunden bin ich wieder zurück.« Er macht eine allumfassende Geste. »Fühl dich wie zu Hause! Hinten findest du was zu lesen. Ich hoffe, du magst Science-Fiction und Fantasy. Und wenn du Hunger hast, im Kühlschrank sind Wurst und Käse. Außerdem gibt es da noch die tiefgekühlten Pizzen.«

»Äh, okay«, antworte ich ein wenig überrumpelt. Wurst und Käse waren nicht unbedingt das, was ich mir vom restlichen Nachmittag erhofft hatte.

Als könnte er meine Gedanken lesen, überwindet Beau in Nullkommanichts den Abstand zwischen uns und küsst mich zärtlich auf die Lippen.

»Nicht weglaufen, Kätzchen«, sagt er leise. »Du würdest dich hoffnungslos verirren. Und hier gibt's jede Menge Alligatoren.«

Ich will ihn einen Idioten nennen, aber ich bekomme nichts Besseres hin, als ihm die Zunge herauszustrecken. Lachend wirft er mir einen Handkuss zu, dann ist er weg. Kurz darauf höre ich den Motor seines Wagens aufheulen. Sobald er zurückkommt, werde ich ihm die Sache mit dem Rubin beichten. Und wer weiß, mit etwas Glück muss ich es vielleicht gar nicht, weil Zach den Anstand besitzt, es ihm während des Verhörs zu gestehen. Lächelnd blicke ich durch das Fenster auf den Bayou, der sich im grüngoldenen Licht des späten Nachmittags friedlich vor mir erstreckt. Ich kann die Zikaden im hohen Gras hören, und plötzlich erscheint mir nichts reizvoller, als es mir mit einem Buch auf der Veranda gemütlich zu machen.

Beau

»Sagen Sie mir endlich die Wahrheit, Zach!«, fordere ich den jungen Mann auf, der mir mit blassem Gesicht gegenübersitzt.

Wir befinden uns in einem fensterlosen Raum, in dem nur ein Metalltisch und zwei Stühle stehen. Kein nettes Geplauder mehr. Kein Kaffeekränzchen. Ich hab's mit ihm im Guten versucht, jetzt wird es Zeit, andere Kaliber aufzufahren.

»Wie meinen Sie das?«, fragt er mich und bringt mich damit zur Weißglut.

Ich habe den Ausdruck in Cheyennes Augen gesehen, der eine *sehr* aufregende Nacht verheißt, und will nicht noch mehr Zeit mit Spielchen verplempern.

»Stellen Sie sich nicht blöder an, als Sie sind!«, fahre ich ihn an. »Corradino Ricci hat erneut versucht, Ihre Schwester zu entführen. Warum?«

»O mein Gott! Wie geht es ihr?«

»Was glauben Sie wohl, wie es ihr geht?« Ich funkele ihn böse an. »Sie ist vorläufig in Sicherheit.«

»O Mann«, murmelt Zach sichtlich geschockt und mit hängenden Schultern, aber es fällt mir verflucht schwer, Mitgefühl zu empfinden.

»Ich höre«, sage ich übellaunig. »Aber ich warne Sie: Belügen Sie mich noch einmal, sorge ich dafür, dass Sie für Jahre weggesperrt werden!«

Der junge Mann hebt den Kopf. »Okay«, sagt er und atmet tief durch. »Es ist nicht der Jaguar, den Marsalis unbedingt zurückhaben wollte. Es ist Leila.«

»Leila?«, frage ich verblüfft nach.

Zach nickt. »Sie gehört Marsalis.« Nervös knibbelt er am Nagelbett seines rechten Daumens herum. »Leila ist nicht Sohrab Atashis Enkelin. Die beiden sind nicht miteinander verwandt. Bis vor zwei Jahren lebte Leila in der Nähe von Teheran. Nachdem ihre Eltern bei einem Feuer umgekommen waren, erfuhr Mister Atashi davon und beschloss, Leila in die Vereinigten Staaten zu holen. Sie bekam kein Visum, erst recht keine Aufenthaltsgenehmigung, also …« Wieder ein Zögern. Zach wendet den Blick ab. »… hat Mister Atashi dubiosen Leuten ein Vermögen bezahlt, damit sie Leila ins Land schmuggeln.«

Mit verengten Augen starre ich ihn an. »Was für eine Scheiße wollen Sie mir diesmal verklickern?«

Zach streckt bittend die Hände aus. »Es ist die Wahrheit!«

»Ach ja?«, schnaube ich. »Warum sollte Mister Atashi für eine unbekannte junge Frau nicht nur Unsummen ausgeben, sondern auch noch solche Risiken eingehen?«

»Seine Familie war zu Zeiten des Schahs sehr vermögend«, antwortet Zach, ohne zu zögern. »Sie hatte sogar eine ganze Armee von Dienstboten, für die sich mit der Revolution alles veränderte. Für die einen zum Guten, für die anderen zum Schlechten. Leilas Großeltern hatten der Familie Atashi viele Jahre gedient, und mit einem Mal standen sie vor dem Nichts. Sie zogen aufs Land, wo sie nicht weiter auffielen, führten dort ein bescheidenes Leben und bekamen einen Sohn. Dieser heiratete später, bekam eine Tochter: Leila. Die Großeltern starben, als Leila noch sehr klein war. Als ihre Eltern vor zwei Jahren in einem Feuer umkamen, stand Leila plötzlich allein da. Als siebzehnjähriges Mädchen ohne Mitgift sah ihre Zukunft düster aus.« Zach starrt auf den Tisch. »Obwohl Mister Atashi viel Geld für Leilas Einreise hinblätterte, bekamen diese Schweine …«, er spuckt das letzte Wort förmlich heraus, »… den Hals nicht voll! Sie dachten sich, warum nicht doppelt kassieren?« Mich überkommt ein mulmiges Gefühl. Ich ahne, wie die Geschichte weitergeht. »Sie haben Leila an Jean-Louis Marsalis verschachert.« Zachs Stimme bricht. »Sie musste in den letzten eineinhalb Jahren für ihn anschaffen.« Der junge Mann kämpft sichtlich mit der Fassung. »Sie haben Leila ja gesehen. Sie wirkt kindlich, wie ein Engel. Rein und unschuldig. Marsalis hat ihre Jungfräulichkeit meistbietend verkauft und anschließend ein Vermögen mit ihr gemacht. Deshalb ist sie so wertvoll für ihn.«

»Wie kam es, dass Sie sich zu ihrem strahlenden Helden aufgeschwungen haben?«, frage ich immer noch misstrauisch.

»Vor sechs Wochen war ich mit meinem Kumpel Joey zum ersten Mal im Merchant. Wir wollten etwas Aufregendes erleben … Leila ist mir gleich aufgefallen.« Sein knappes Lachen ist bar jeder Freude. »Und nicht nur mir! Alle Kerle haben sie angestarrt. Was sie im Klub trieb, wurde ziemlich schnell klar. Unter der Aufsicht eines Typen mit der Statur eines Kleiderschranks verschwand sie zweimal pro Stunde mit irgendwelchen Typen in einem der Hinterzimmer. Wenn sie anschließend rauskam …« Er schluckt nervös. »Ich weiß auch nicht. Sie wirkte so durchscheinend. Wie ein Geist. Obwohl sie nach außen hin ungerührt schien, waren ihre Augen wie tot. Ich habe meinen Mut zusammengenommen und sie angesprochen, als der Gorilla gerade nicht hingeschaut hat. Sie hat mich zum Teufel gejagt, aber ich habe nicht lockergelassen. Abend für Abend bin ich in den Klub gegangen, habe mein ganzes Geld verprasst. Allein der Eintritt kostet ein Vermögen! Meine Hartnäckigkeit schien sie letztlich zu beeindrucken, und irgendwann redeten wir miteinander. Flüchtige Sätze an der Bar oder auf der Tanzfläche, um nicht die Aufmerksamkeit ihres Aufpassers auf mich zu lenken. So fing alles an. Schon sehr bald war mein Geld aufgebraucht, und ich wusste mir keinen anderen Rat, als mich bei Dino einzuschleimen. Ich bekam einen Job, der mich regelmäßig in den Klub führte und damit zu Leila ...« Kurz blickt Zach ins Leere, als würde er nach Worten ringen. »Es vergingen Wochen, bis sie mir ihren vollen Namen anvertraute und den von Mister Atashi.«

»Und weiter?«, fordere ich ihn auf.

»Ich habe Mister Atashi ein paar Mal in seinem Laden besucht. Wir haben einen Plan ausgeheckt, wie wir Leila befreien und aus der Stadt schaffen können. Aber bevor wir unseren Plan in die Tat umsetzen konnten, wurde der alte Mann erschossen.« Wieder schluckt er hörbar. »Jetzt war ich allein für Leilas Schicksal verantwortlich. In einer Übersprunghandlung habe ich den Jaguar geklaut, bin zu dem Haus gefahren, in dem die Mädchen von Marsalis tagsüber untergebracht sind, und habe Leila überredet, alles stehen und liegen zu lassen, und mit mir zu fliehen! Als ich ihr erzählt habe, dass ihr Wohltäter getötet worden war, hat sie keine Sekunde gezögert.«

Skeptisch mustere ich Zach. »Und Sie konnten so mir nichts, dir nichts reinspazieren und sie mitnehmen?«

»Ich habe unter anderem Botengänge für Marsalis erledigt, das öffnete mir Tür und Tor«, antwortet Zach. »Reinzukommen war nicht schwierig, aber raus war das Problem. Wir sind durch das Badezimmerfenster geklettert und abgehauen.«

»Glauben Sie, dass Marsalis für Mister Atashis Tod verantwortlich ist?«

Zach zuckt mit den Schultern. »Ich weiß es nicht. Aber irgendjemand hat mir die Mordwaffe untergejubelt. Das kann nur eine Person sein, die mir eins auswischen will. Es würde passen.«

»Und Sie haben den Täter wirklich nicht erkannt?«

»Nein. Wenn, würde ich es Ihnen sagen. Ich mochte Sohrab«, entgegnet Zach mit feurigem Blick. Er klingt aufrichtig.

»Wo ist Leila jetzt?«, frage ich.

»Ich weiß es nicht.«

»Zach!«

»Ich weiß es echt nicht.«

»Durch Ihre Lügenmärchen haben Sie Ihre Schwester in Gefahr gebracht«, sage ich mit einer Ruhe, die ich nicht empfinde.

»Ich wollte Leila beschützen! Es sollte nicht bekannt werden, dass sie illegal hier ist …« Die Härte in meinen Augen lässt ihn zurückweichen. »Ich liebe Leila«, schiebt er als Erklärung hinterher.

»Und Cheyenne liebt Sie.«

Er beißt sich auf die Unterlippe, erwidert jedoch nichts. Als ich ruckartig aufstehe, schaben die Stuhlbeine über den Boden.

»Kommen Sie!«, presse ich zwischen den Zähnen hervor, »ich bringe Sie zurück.«

Den Kopf in einer beschämten Haltung gesenkt, lässt er sich widerstandslos in seine Zelle bugsieren. Gerade will ich die Tür schließen, als seine leise Stimme mich zurückhält.

»Sagen Sie Cheche, dass es mir leidtut.«

Ich nicke, dann sehe ich zu, dass ich das Revier verlasse. Morgen, sobald ich wieder einen kühlen Kopf habe, werde ich meinen Bericht verfassen. Denn alles, was ich im Moment empfinde, ist Wut. Eine Wut, die sich in mir ausbreitet wie Blut in einem Glas Wasser.

Als ich zur Blockhütte zurückkehre, die mir Grandpa nach seinem Tod hinterlassen hat, weil ich dort mit ihm die wenigen glücklichen Stunden meiner Kindheit verbracht habe, brennt das Licht. Ein einladendes Leuchtfeuer aus jedem Fenster. Mein Herz zieht sich heftig zusammen. Es ist das erste Mal seit sehr langer Zeit, dass ich von jemandem erwartet werde. *Von einer Frau, die mein Hemd trägt.* Cheyenne sitzt auf der Veranda, ein Buch in der Hand, und schaut auf, als ich mich nähere. Das Lächeln auf ihrem Gesicht kappt mir kurzfristig die Luftzufuhr, und ich wünschte, ich könnte diesen Moment für die Ewigkeit festhalten. Einfach, weil er so vollkommen ist. Langsam legt sie das Buch beiseite und steht auf.

»Alles in Ordnung?«, begrüßt sie mich.

»Dein Bruder hat mir endlich die Wahrheit erzählt«, antworte ich, während ich die seitlichen Stufen hinaufsteige.

Ihre Augen werden groß und füllen sich mit Angst. »Und? Schlimm?«

»Ich bin stinkwütend auf ihn.« Ich schenke ihr ein beruhigendes Lächeln. »Aber es ist nichts, was sich nicht wieder hinbiegen lässt.« Heute Abend beschließe ich, das Thema nicht weiter zu vertiefen. »Hast du schon was gegessen?«

»Nein«, antwortet sie und wirkt erleichtert. »Ich war in mein Buch vertieft.«

»Gut, dann werde ich dich ausführen.«

Ihr Gesicht leuchtet auf. »Wohin?«

»Lass dich überraschen, aber erwarte nichts Glamouröses.«

Sie lacht ihr seltenes glockenhelles Lachen. »Würde mir nicht im Traum einfallen.« Der Ausdruck in ihren Augen ist kokett. »Trotzdem würde ich mich gern umziehen.«

»Klar«, antworte ich, obwohl ich eine Spur Bedauern darüber empfinde, dass sie sich meines Hemdes entledigen will.

Ein Gefühl, das allerdings nur bis zu dem Augenblick anhält, als sie in einem bezaubernden hellblauen Sommerkleid vor mir erscheint. *Gute Wahl, Leroy!,* fährt es mir durch den Kopf, schließlich hat mein Kumpel den Rucksack gepackt. Ich würde Cheyenne gern ein Kompliment machen, aber mein Hals ist plötzlich trocken wie die Wüste. Für einen kurzen Moment fühle ich mich wie ein Teenager, der ein Mädchen zum Tanzen ausführt. Wieder etwas, das mir schon sehr lange nicht mehr passiert ist.

Ida's Cafe

Beau

In einer Gegend, die hauptsächlich aus Sumpf und toten Bäumen besteht, locken die Neonbuchstaben von Ida's Cafe bereits von Weitem, ähnlich den singenden Sirenen aus der Mythologie. Entsprechend dicht drängen sich die staubigen Pick-ups auf dem Parkplatz. Die Kneipe, deren Fenster so schmutzig sind, dass man nicht hineinsehen kann, ist außen mit Blechschildern übersät, die Werbung für *Coca-Cola* und *Cocodrie Beer* machen. Als wir durch die Tür treten, dröhnt uns ohrenbetäubende Musik entgegen, begleitet vom Johlen der Gäste und dem gelegentlichen Klacken der Kugeln, die über den Billardtisch sausen. Hinter einer kleinen Tanzfläche sorgt eine Zydeco-Band mit Akkordeon, Waschbrett und elektrischem Bass im orangefarbenen Scheinwerferlicht für Stimmung. Die Ventilatoren kommen nicht gegen die menschlichen Ausdünstungen und den Zigarettenrauch an, und die Luft ist schwadenschwer. Kurz schwanke ich, ob meine Wahl hierherzukommen die richtige war. Ich werfe Cheyenne einen heimlichen Blick zu. Mit strahlenden Augen blickt sie sich um, saugt offenbar die Atmosphäre in sich auf.

Das ist mein Mädchen, kommt es mir unvermittelt in den Sinn.

»Hier gibt's den besten *boudin* weit und breit«, sage ich, um meine jähe Befangenheit zu überspielen. »Ida, die Besitzerin, macht ihn selbst aus Schweinefleisch, Reis, Zwiebeln, Paprika und Sellerie. Alle Zutaten gedeihen in der Region.« Ich feixe. »Bis auf den Reis natürlich.«

Cheyennes Lächeln wird breiter. »Ich liebe *boudin.*«

Nachdem wir an einem der wenigen freien Tische Platz genommen haben, dauert es nicht lang, bis eine große Frau mittleren Alters zu uns tritt. Ihre Haut hat die Farbe von Kakao, sie trägt die geglätteten Haare schulterlang und eine bunte Tunika über der zu engen Jeans.

»Was darf's sein, Schätzchen?«, begrüßt sie mich mit einem schiefen Grinsen.

»*Bonsoir*, Ida!«, antworte ich. »Volles Haus heute.«

»Die meisten glauben, sie könnten den Montag mit brummendem Schädel besser überstehen. Gut für mich.« Ihr Blick richtet sich auf Cheyenne. »Und wer bist du? Ich habe dich hier noch nie gesehen.«

»Ich bin Cheyenne«, erwidert diese höflich. »Einen schönen Laden haben Sie da.«

Als die Frau in lautes Gelächter ausbricht, hat es die Wirkung eines Minierdbebens. »Du bist ja süß.« Sie zwinkert mir kurz zu. »Ein Stadtkind, was?«

Ich grinse zur Antwort.

»Also, was kann ich euch bringen?«

Wir bestellen *boudin,* grünen Salat mit *sauce piquante* und zwei Flaschen *Cocodrie*, ein Bier aus dem Bayou Teche.

»Sie ist nett«, meint Cheyenne, nachdem die Frau wieder gegangen ist.

»Ida hat früher ein Bordell in Gheens betrieben, ist dann aber irgendwann umgestiegen und hat sich die Kneipe hier gekauft.« Ich lächele. »Sie sagte einmal zu mir, das sei schon immer ihr Traum gewesen.«

Während wir auf das Essen warten, betrachten wir das bunte Treiben. Als die Band »Wake Up Ol' Man« anstimmt, ein schnelles, mitreißendes Stück, das selbst Tote zum Leben erwecken würde, stampfen die Leute übermütig mit. Schon bald überträgt sich die fröhliche Stimmung auf uns, und ich merke, wie Cheyenne mit dem Fuß den Takt schlägt.

»Willst du tanzen?«, frage ich sie.

Sie erstarrt, und ihre Augen weiten sich vor Schreck. »Bloß nicht! Die Musik ist irre schnell. Ich würde nur rumhopsen und mich zum Affen machen.«

»Ach was!«, entgegne ich mit einem Augenzwinkern. »Lass es uns versuchen! Ich verspreche auch, dir nicht auf die Füße zu treten.«

Sie kämpft nicht lange mit sich, muss wohl an meinem unwiderstehlichen Lächeln liegen, dann nickt sie. »Also gut.«

Ich stehe auf, ergreife ihre Hand, dann bahnen wir uns einen Weg durch die lärmenden Menschen und begeben uns auf die kleine Tanzfläche. Gerade haben wir unseren Fuß darauf gesetzt, als das Stück endet und die ersten Töne eines langsamen Songs erklingen.

»Siehst du«, sage ich und danke insgeheim dem Schicksal, während ich sie eng an mich ziehe. »Jetzt brauchst du nicht rumzuhopsen und kannst dich einfach fallen lassen.«

Gemächlich wiegen wir uns im Rhythmus der Musik von »Jolie Blonde«.

»Wovon handelt der Song?«, murmelt Cheyenne und schmiegt sich an mich, was sich verflucht gut anfühlt. »Er klingt traurig.«

»Von dem Schmerz einer verlorenen Liebe«, antworte ich.

»Oh.«

»Hast du so etwas schon mal erlebt?«, frage ich zu meiner eigenen Überraschung.

Sie schüttelt den Kopf.

»Du warst also diejenige, die mit den Kerlen Schluss gemacht hat?«, hake ich weiter nach.

»So ähnlich.«

Sanft hebe ich ihr Kinn, zwinge ihr meinen Blick auf. »Was soll das heißen?«

Sie stößt ein nervöses Lachen aus. »Du bist ganz schön neugierig.«

»Das ist mein Job«, antworte ich halb im Scherz und ignoriere die Missbilligung in ihren Augen. »Komm, erzähl.«

»Ich war die ganzen Jahre so sehr damit beschäftigt, mit dem Leben klarzukommen, dass ich mich nie richtig verliebt habe.« Sie schaut nachdenklich ins Leere. »Ich war mit ein paar Typen zusammen, aber nachdem es vorbei war, hat es mir nicht das Herz gebrochen oder so. Es war eher wie eine Befreiung. Ich dachte schon, mit mir stimmt etwas nicht.«

Kurz streifen meine Lippen über ihre Schläfe. »Mit dir stimmt alles, Kätzchen«, murmele ich. »Du hast nur nicht den Richtigen getroffen, das ist alles.«

Ihr Blick sucht meinen, ein schwer zu deutender Ausdruck liegt darin. »Und du?«, fragt sie leise. »Hat dir schon mal eine Frau das Herz gebrochen?«

Unangenehm berührt zucke ich mit den Schultern. Warum habe ich bloß das Thema angeschnitten? »Ich war schon mal verheiratet«, bekenne ich.

»Wirklich?«

»Ja. Es hat mit Ach und Krach zwei Jahre gehalten.«

»Habt ihr Kinder?«

»Zum Glück nein.«

Sie schaut mich neugierig an. »Was ist passiert?«

»Sie hat mich betrogen.«

»Dich?«, fragt sie ungläubig. Ihre Augenbrauen schießen in die Höhe. »Aber wieso?«

»Sie meinte, ich wäre nie für sie da gewesen«, antworte ich. »Der Job frisst einen auf, weißt du. Deshalb werden so viele Ehen von Cops geschieden.«

»Aber das ist doch kein Grund!«, ereifert sich Cheyenne, und Hitze steigt ihr in die Wangen. Ida hat recht. Sie *ist* süß. »Klar ist es traurig, wenn man sich zu selten sieht. Umso wertvoller ist die gemeinsame Zeit! Man muss jede Sekunde zu einem Fest machen. Deine Ex hätte sich ein Hobby zulegen sollen und keinen Liebhaber!«

Natürlich ist diese Sichtweise der Dinge ein wenig naiv, und das weiß Cheyenne vermutlich auch, dennoch schnüren mir ihre leidenschaftlich hervorgebrachten Worte den Hals zu. Isabella hat es immer nach Aufmerksamkeit gedürstet, und als ich ihr die nicht geben konnte, hat sie sie sich woanders geholt. Wortlos presse ich Cheyenne fester an mich, während sie ihren Kopf an meiner Schulter birgt. Eine Frau wie sie hätte um unsere Ehe gekämpft, da bin ich sicher. Kurz schließe ich die Augen, atme den Duft ihres Haars ein … Als ich sie wieder öffne, bemerke ich, dass Ida unser Essen auf den Tisch gestellt hat.

»Es ist angerichtet, *Mademoiselle*«, flüstere ich Cheyenne ins Ohr, was ihr ein Kichern entlockt.

Sanft lösen wir uns voneinander, und als wäre es das Natürlichste der Welt, kehren wir Händchen haltend an unseren Tisch zurück. Wie erwartet schmeckt das Essen vorzüglich, und hinterher genehmigen wir uns noch eine hausgemachte Mousse au Chocolat. Am Ende lehnt sich Cheyenne seufzend in ihrem Stuhl zurück. Die sonst in ihrem Gesicht vorhandene Melancholie ist Zufriedenheit gewichen. Mein Blick verliert sich kurz im warmen Braun ihrer Augen und wandert dann zu ihrem Mundwinkel, in den sich etwas Schokolade verirrt hat. Wortlos beuge ich mich zu ihr hinüber, streichele mit dem Daumen über ihre Wange und lecke mit der Zungenspitze zärtlich über die Köstlichkeit. Ich kann spüren, wie sie die Luft scharf einsaugt. Das süße Geräusch, das sie dabei erzeugt, schickt einen Stromstoß in meinen Schwanz. Ihre Lippen öffnen sich, doch bevor sie reagieren kann, entziehe ich mich ihr. Wie ein Kind, dem man ein Bonbon direkt vor der Nase weggeschnappt hat, funkelt sie mich an, während ich sie wölfisch angrinse. Heute Nacht werde ich ganz sicher nicht auf der Veranda übernachten. Und wenn ich ehrlich bin, stand es nie ernsthaft zur Debatte.

Cheyenne

Auf dem Weg zurück zur Hütte sind meine Nerven zum Zerreißen gespannt. Seit Beaus angedeutetem Kuss haben wir nur wenige Worte gewechselt. Er hat die Rechnung beglichen, dann sind wir gegangen. Mit sicherer Hand und ohne jede äußerliche Regung lenkt er den Wagen durch eine Landschaft, die sich im Scheinwerferlicht in flüchtige Schemen verwandelt. In meinem Kopf herrscht Chaos. Wird er den ersten Schritt machen? Was, wenn nicht? Soll ich vielleicht die Initiative ergreifen? Unsicherheit erfasst mich. Und wenn ich mich ihm an den Hals werfe und er mich zurückweist? Die Vorstellung treibt mir den kalten Schweiß aus den Poren. Ich bin so in meine verworrenen Gedanken verstrickt, dass ich kaum bemerke, wie wir vor der Hütte anhalten.

Mir wird es erst bewusst, als Beau den Motor abschaltet, den Gurt löst und sich mir zuwendet. Abgesehen von einer einzelnen Deckenlampe auf der Veranda liegt die Umgebung in samtige Dunkelheit gehüllt, dennoch reicht ihr schwacher

Schein aus, um den Ausdruck in Beaus Augen zu erhellen. Er ist feurig und fordernd.

»Du weißt, was jetzt kommt«, sagt er leise.

Unfähig, ein einziges Wort herauszubringen, nicke ich. Seine Fingerspitzen berühren meinen Hals, verharren kurz auf meinem Puls, der soeben Geschwindigkeitsrekorde bricht.

»Dir ging es beim ersten Mal also zu schnell?«, sagt er mit einer tiefen Stimme, die die Luft um uns herum vibrieren lässt.

Es war perfekt!, will ich rufen. Alles war perfekt. Aber mein Hals ist wie zugeschnürt.

»Ich werde mir diesmal viel Zeit mit dir nehmen«, fährt Beau fort. »Sehr viel Zeit.«

Japsend starre ich ihn an. O Gott, vermutlich werde ich hier mitten in der Pampa einen Schlaganfall erleiden, und das mit gerade mal siebenundzwanzig Jahren! Bevor ich etwas sagen oder tun kann, löst er meinen Gurt und ergreift meinen Kopf mit beiden Händen. Schon liegen seine Lippen auf meinen. Meine Augenlider flattern und senken sich, als sich unsere Zungen finden. Ich spüre seine warme, leicht kratzige Haut auf meinem Gesicht, sauge seinen herrlich männlichen Geruch ein. Mein Herz quillt über vor Sehnsucht, und wie beim letzten Mal packt mich im selben Moment die Angst, stößt ihre Krallen in meinen Verstand.

»Beau, warte!«, flüstere ich, meine Hände gegen seine Brust stemmend.

Er hebt das Gesicht. Seine Augen sind dunkel, blicken mich forschend an. »Was ist los, Kätzchen? Bekommst du kalte Füße?«, fragt er in einem neckenden Tonfall.

»Tun wir auch das Richtige?«

»Ich verstehe nicht.« Seine Miene zeigt keinerlei Unmut, nur Neugier.

Verzweifelt suche ich nach einer plausiblen Erklärung. »Du … du ermittelst in einem Fall, in den mein Bruder involviert ist«, antworte ich schließlich.

Beaus heiseres Lachen bewirkt, dass sich die Muskeln in meinem Unterleib zitternd zusammenziehen. »Ich denke, dieser Zug ist längst abgefahren.«

»Was ist mit deiner Platzwunde?«, frage ich, nach einem letzten Strohhalm greifend, und deute auf das schmale Pflaster auf seiner Stirn, das nicht annähernd so martialisch aussieht wie sein Vorgänger.

Beau zuckt mit den Achseln. »Pillepalle.«

»Aber …«

Weiter komme ich nicht. Er packt meine Kehle, fest, aber nicht brutal. Eine besitzergreifende Geste, die meinen Widerstand augenblicklich zum Schmelzen bringt. Ich öffne den Mund, sein Blick fliegt zu meinen bebenden Lippen, hält für einen Moment inne, bevor er seinen Kopf senkt und sie mit einem harten Kuss verschließt. Als er seine Hände in den Ausschnitt meines Kleides schiebt und eine meiner Brüste umfasst, fährt ein Stich durch meinen Schoß. Von meinem leisen Stöhnen angespornt, vertieft er seinen Kuss, schlürft an meiner Unterlippe wie an einem guten Wein und lässt seine Zunge in meinen Mund gleiten. Alles um mich herum beginnt sich zu drehen, als er seine Lippen von meinen löst und die Spaghettiträger meines Kleides samt BH über meine Schultern schiebt. Genüsslich wiegt er meine linke Brust in der Hand, dann beißt er in den Nippel, so fest, dass ich aufkeuche.

»Das nächste Mal will ich, dass du den BH weglässt«, sagt er mit rauer Stimme. »Ich will, dass sich deine Nippel beim geringsten Lufthauch durch den dünnen Stoff drücken. Hast du mich verstanden?«

Er wartet meine Antwort gar nicht ab, sondern widmet sich der anderen Brust. Ohne seinen saugenden Mund von der zarten Knospe zu lösen, macht er sich am Saum meines Kleides zu schaffen. Forsch zieht er den Stoff nach oben, lässt seine Finger zwischen meine Oberschenkel gleiten. Er schiebt meinen Slip zur Seite, und mein Kopf füllt sich immer mehr mit zähem Sirup.

»Wie herrlich feucht du bist«, wispert er, ohne von mir abzulassen.

Ich werfe den Kopf in den Nacken, als die Fingerspitzen seiner Hand meine Schamlippen spreizen und sein Daumen über meinen geschwollenen Kitzler fährt. Quälend langsam reibt er mein Fleisch, während ich die Oberschenkel zusammenpresse, um seine Hand an Ort und Stelle festzuhalten. Ein Stöhnen stiehlt sich über meine Lippen, als er mich hart zwickt.

»Mistkerl«, murmele ich schwach.

Ein Lächeln legt sich über sein Gesicht, und ich halte unwillkürlich die Luft an. Langsam tastet er sich vor, zunächst mit einem Finger, dann mit zweien. Sanft bewegt er sie vor und zurück, schickt einen Blitz nach dem anderen durch meinen Körper. Hilflos zappele ich unter seinen teuflischen Berührungen. Als sein Daumen wie zufällig über meinen geschwollenen Kitzler reibt, droht mich die Lust zu überrollen. Mein Schoß krampft sich gierig um seine Finger, verlangt nach Erlösung.

»Fuck!« Völlig unerwartet zieht er seine Finger zurück. »Ich muss dich spüren.«

W… was?

Nach diesen Worten rückt er von mir ab und steigt aus dem Wagen, während mein Schoß, ach was sage ich, mein ganzer Körper pochenden Protest einlegt. Blinzelnd beobachte ich ihn durch die Windschutzscheibe, ohne zu begreifen, was vor sich geht. Mein Kopf scheint völlig blutleer zu sein. Da reißt er schon die Beifahrertür auf und zerrt mich aus dem Wagen. Ich gerate ins Stolpern, doch er fängt mich auf und stößt mich gegen die Karosserie. Ehe ich etwas sagen kann, presst er sich mit einem leisen Stöhnen gegen mich, klemmt mich zwischen dem Pick-up und seinem harten Körper ein. Ein lustvolles Beben geht durch seinen Leib, und als ich seine Erektion spüre, schnürt mir das Ausmaß seiner Erregung die Luft ab.

»Wolltest du es nicht langsam angehen?«, necke ich ihn, allerdings klingt es nicht sehr spöttisch, eher asthmakrank.

Er vergräbt seine Hände in meinen Haaren. »Das werde ich, Süße, keine Sorge.«

Ohne Umschweife stürzt er sich auf meinen Mund. Ich komme ihm entgegen, indem ich meine fahrigen Hände um seinen Nacken lege und mich an der Beule in seiner Jeans reibe, die immer weiter anschwillt. Dabei jagen heiß-kalte Schauer über meine Haut. Ein wundervolles Geräusch ertönt aus seinem Mund, als er eine Hand von meinen Haaren nimmt, um sich erneut meinen nackten Brüsten zu widmen. Was für einen Anblick ich bieten muss! Zum Glück verirrt sich niemand hierher, um uns zu beobachten, abgesehen vielleicht von einigen traumatisierten Sumpfhühnern. Als Beaus Mund eine Feuerspur über einen meiner Nippel zieht, spüre ich, wie ich noch feuchter werde. Meine Beine wackeln wie Pudding, und ich bin froh, den Pick-up im Rücken zu haben. Zumal Beaus andere Hand dabei ist, den Weg erneut in mein Höschen zu finden. Gekonnt verstärkt er den Druck seines Daumens auf meinem Kitzler. Meine Bauchmuskeln ziehen sich ruckartig zusammen, die Welt steht kurz davor, auseinanderzubrechen, als ein Summen an mein Ohr dringt. Ich stutze. Habe ich etwa Ohrensausen?

Ein kurzes Lachen holt mich in die Wirklichkeit zurück. »Wir sollten hineingehen, Kätzchen«, sagt Beau ein wenig atemlos. »Sonst fressen dich die Moskitos auf, bevor ich es tue.«

»Das machst du doch mit Absicht«, wimmere ich.

Er grinst nur, hebt mich mit einem Ruck auf seine Hüften und setzt sich mit langen Schritten Richtung Hütte in Bewegung, als würde ich nicht mehr wiegen als eine Feder. Kurz drückt er mich gegen die Wand, während er nach seinem Schlüssel kramt und die Tür aufschließt. Mit einem Fußtritt stößt er sie auf, trägt mich hinein, und knallt sie mit einem Hacken wieder zu. Ohne mich abzusetzen, steuert er den Esstisch an. Japsend verfolge ich, wie er mit einer ausladenden Armbewegung die Bücher und Angelzeitschriften hinunterfegt, bevor er mich rücklings auf die Platte legt. Unfähig, mich zu bewegen, starre ich ihn an, während er mir das Kleid bis zur Hüfte hinunterschält. Mein BH landet auf dem Boden direkt neben einer Ausgabe des *Times-Picayune* mit der Titelstory »Ein Höhepunkt jagt den nächsten« (ein Artikel über das hiesige Footballteam) und dem Roman »Einfach göttlich« von Terry Pratchett. Ich muss mir auf die Lippen beißen, um nicht in Lachen auszubrechen.

»Beine auseinander!«, befiehlt Beau rau. »Ich will wissen, wie du schmeckst.«

Vergessen sind die Druckwerke auf dem Fußboden. Das Blut rauscht in meinen Ohren, als ich seinen Befehl befolge, aber offenbar nicht korrekt genug, denn er spreizt meine Beine noch weiter, indem er meine Füße packt und auf den Tisch stellt, sodass meine Knie angewinkelt sind. Mein Gesicht brennt. Ich liege weit offen vor ihm, was ihm zu gefallen scheint, denn wie zufällig verirren sich seine Fingerknöchel auf den feuchten Streifen meines Slips.

»Viel besser«, sagt er. »Und jetzt schließ die Augen.«

Wieder gehorche ich, während das Herz in meiner Brust wummert. Voller Erwartung liege ich da und lausche. Ich höre, wie er sich entfernt und in einer Küchenschublade kramt, dann erklingt das Geräusch eines Messers, das etwas durchschneidet. Mir stockt der Atem.

»Beau?«, wimmere ich leise, erhalte aber keine Antwort.

Ich könnte natürlich die Augen öffnen, um mich zu vergewissern, dass Beau nur ein Cop mit zweifelhaften Vorlieben ist und kein psychopathischer Frauenmörder. Wider jede Vernunft halte ich die Lider geschlossen, obwohl meine Nerven flattern. Als er zurückkommt, klingen seine Schritte schwer auf dem Holzboden. Mein Puls rast.

»Mund auf, kleines Kätzchen«, sagt er in schmeichelndem Tonfall.

Ich zögere.

»Na los.« Ich spüre seinen Atem an meinem Ohr. »Vertrau mir.«

Das genügt. Langsam öffne ich die Lippen.

»Weiter.«

Ich tue, was er verlangt, bis ich mit weit offenem Mund daliege. *Was kommt jetzt?* Die Vorstellung, dass er mir seinen Schwanz zwischen die Lippen stößt, während ich hilflos und offen vor ihm liege, treibt mir noch mehr Nässe zwischen die Beine. Ich halte die Luft an und erschaudere, als ein Tropfen meine Unterlippe berührt, dann noch einer und noch einer. Versuchsweise lecke ich über meine Lippen, dann begreife ich.

»Ich wette, du hast etwas anderes erwartet, du kleines Luder«, raunt Beau und lässt weitere Tropfen einer aufgeschnittenen Orange in meinen Mund tropfen.

Meine Wangen werden heiß, was ihm ein zufriedenes Schnaufen entlockt.

»Schön die Augen geschlossen lassen«, mahnt er, als ich blinzele.

Etwas Flüssiges flutet meinen Nabel, quillt über und rinnt meinen Bauch seitlich hinunter. Weitere Tropfen sprenkeln die Mulde zwischen meinen Brüsten. Schließlich berührt etwas Kaltes meinen rechten Nippel, und ich zucke zusammen. Das empfindliche Knötchen wird hart wie ein Kirschkern. Das Gleiche lässt Beau dem anderen Nippel angedeihen.

»Was ist das?«, krächze ich.

»Ein echter Klassiker«, antwortet Beau so verflucht gelassen, dass ich ihn schütteln könnte, und hält mir vorsichtig einen Eiswürfel an die Lippen.

Dann spüre ich seinen Mund, der aus meinem Nabel schlürft. Seine Zunge streicht über meinen Bauch, wandert nach oben zu meinen Brüsten, leckt ganz langsam über meine erhitzte Haut, bevor er einen meiner Nippel in den Mund nimmt und daran saugt. Wollüstig hebe ich das Becken an, mein Slip trieft vor Nässe. Er packt meine Brüste mit beiden Händen, drückt sie zusammen und vergräbt sein Gesicht in der Mulde dazwischen. Seine Finger zupfen spielerisch an meinen Nippeln.

»Du hast wunderschöne Titten, weißt du das?«, murmelt er, und neue Wellen der Erregung schießen durch mich hindurch.

Sanft löst er sich von mir und postiert sich vor dem Tisch, um mich gründlich zu mustern, nehme ich an. Die Vorstellung, wie sich sein glühender Blick in meinen halb nackten Körper bohrt, in mein Gesicht und meine Scham, lässt mich erzittern. Über meine Haut rinnt ein Schauer, meine Nippel schmerzen, so hart sind sie.

»Eine Stelle muss ich noch sauber lecken«, vermeldet er mit perverser Freude in der Stimme.

Von seinen Worten aufgepeitscht, zuckt mein Unterleib, ich stehe kurz vor dem Höhepunkt … Ich höre, wie er nähertritt. Warme Finger schieben das schmale Stück Stoff meines Slips beiseite. Der Hauch seines Atems lässt mich noch feuchter werden, falls das überhaupt möglich ist. Als seine Zungenspitze meinen Kitzler berührt, bäume ich mich unwillkürlich auf. Unbeeindruckt nuckelt und saugt er, leckt hingebungsvoll. Zunächst sanft, dann mit stärker werdendem Druck. Ein kleiner, spitzer Schrei entringt sich meiner Kehle, als er mit dem Eiswürfel, den ich ganz vergessen hatte, über meine Schamlippen reibt und gleichzeitig seine heiße Zunge in meine klaffende Nässe stößt. *Du lieber Gott!* Wimmernd winde ich mich unter seinen Liebkosungen, meine Muskeln spannen sich an, dann ist es um mich geschehen. Mein Verlangen entlädt sich in einem lauten Schrei, mein gesamter Körper wird durch den Orgasmus geschüttelt. Ich bin froh, dass Beau, während er mich weiter mit der Zunge verwöhnt, meine Fußknöchel festhält, denn meine Beine zittern wie Espenlaub. Hinterher sinke ich kraftlos zusammen, meine Zuckungen versiegen nur langsam. Inzwischen habe ich die Augen wieder geöffnet, aber die Welt um mich herum ist noch sehr verschwommen.

»O, Süße«, sagt Beau mit heiserer Stimme, nachdem ich eine mühsame Landung auf der Erde hingelegt habe. »Du hast keine Ahnung, wie viel Überwindung es mich gekostet hat, meinen Schwanz nicht in deinen nach Luft schnappenden Mund zu stecken.«

Ich drücke mein heißes Gesicht gegen seine Schulter, teils aus Scham, weil seine Worte in mir erneut die Glut entfachen, teils, weil ich mich nach seiner Berührung sehne. Als er meinen Kopf zurückzieht und seine Zunge in meinen Mund steckt, schmecke ich meine Lust und gebe ein seliges »Hmmm ... lecker« von mir. Mit einem lauten Keuchen umfasst Beau meinen Nacken und küsst mich fieberhaft.

»Und jetzt?«, frage ich schnurrend, nachdem er sich an meinem Mund abreagiert hat.

»Jetzt will ich die Belohnung für den ganzen Firlefanz hier«, knurrt er mit einem Unterton, der meine Kehle vollends trocken werden lässt.

Ohne den Blickkontakt auch nur eine Sekunde zu unterbrechen, zieht er sein Shirt aus. Die harten Muskeln spannen sich unter der gebräunten Haut, und ich muss schlucken. Dann endlich das erlösende Geräusch des Reißverschlusses, als er seine Jeans öffnet, gefolgt von raschelndem Stoff. Gierig recke ich mich seinem steil aufragenden Schwanz entgegen.

Beau lächelt.

»Nimmst du die Pille?«, fragt er unvermittelt und fährt zur Abmilderung seiner Frage mit der Spitze seines Schwanzes über meine feuchten Schamlippen, quält mich bis aufs Blut.

»Ja«, krächze ich.

»Gut. Ich will dich spüren, voll und ganz. Ohne Einschränkung.« Seine Augen blitzen auf. »Aber du musst um meinen Schwanz betteln«, fordert er.

Männer und ihr bestes Stück, also ehrlich!

Seine Stimme ist so rau, dass er kaum zu verstehen ist. Seine Lider sind schwer vor Verlangen. Schon ein kleiner Schubser würde reichen, dann wäre es um ihn geschehen. Die Süße meiner Macht über ihn lässt mich innerlich erbeben.

»Das ist deine Belohnung«, entgegne ich mit einer Gelassenheit, die ich nicht empfinde. »Nicht meine.«

Er lacht. Es klingt ein wenig brüchig. »Ich sorge schon dafür, dass du auch was davon hast.«

»Ach weißt du …« Ich zucke mit den Achseln. »Ein Orgasmus pro Abend reicht mir v…«

Weiter komme ich nicht. Mit einem wüsten Fluch, der mir die Röte in die Wangen treiben würde, hätte mein Gesicht nicht schon den Liebreiz einer Tomate angenommen, zieht er mich zu sich heran, sodass ich mit dem Hintern halb über der Tischkante hänge, dann stößt er hart zu. Vorbei am Slip. Sein Unterleib klatscht gegen meinen, er fährt aus mir heraus und wieder hinein. Immer härter. Immer schneller. Der straff gezogene Stoff, der mir ins Fleisch schneidet, gibt mir einen zusätzlichen Kick. Sein abgehackter Atem vermischt sich mit meinem, während er mit jedem Stoß mich und die Tischplatte zum Wackeln bringt. Wollüstig schlinge ich meine Beine um seine Hüften.

»Mehr!«, keuche ich. »Mehr!«

Die Botschaft kommt an. Ich kann den Schweiß auf seiner Stirn sehen, spüre die Stärke seiner Muskeln und wie sich meine Erregung immer weiter nach oben schraubt. Schon brandet die nächste Woge der Lust durch meinen Leib. Meine Zehen krümmen sich, ich halte die Luft an, als vor meinen geschlossenen Augenlidern die Welt in tausend Farben explodiert. Als der Orgasmus mich mitreißt, beugt sich Beau zu mir und erstickt meinen Schrei mit langen, tiefen Küssen, um kurz darauf seinen Höhepunkt in meinen Mund zu stöhnen. Sein Unterleib zieht sich zusammen, sein Schwanz zuckt, dann spüre ich, wie er Fontänen heißer Lust in mir verströmt. Mit eisernem Griff hält er meinen Oberkörper gegen sich gepresst, bis seine Zuckungen verebbt sind. Unsere Körper sind schweißbedeckt, unser Atem geht flach und schnell. Seufzend drücke ich mich an ihn und streichele über seinen verschwitzten Nacken.

»Ab heute werde ich diesen Tisch mit ganz anderen Augen sehen«, keucht er in meinen Haaren und bringt mich damit zum Lachen.

»Hör auf damit, verflucht!«, stöhnt er. Noch immer ist er in mir, und ich kann spüren, wie das Leben langsam in ihn zurückkehrt.

»Sag mal«, sage ich mit Blick auf seine heruntergezogene Jeans.

»Was?«

»Kann es sein, dass du keine Unterhose trägst?«

Er schaut mich an. Auf seinem Gesicht zeigt sich ein schiefes Grinsen. »Die Dinger werden überbewertet.«

Von einer Sekunde auf die andere verwandele ich mich zurück in ein geiferndes Bündel. Der anzügliche Ausdruck in Beaus Augen gibt mir zu verstehen, dass er genau weiß, was in mir vorgeht, und dass er alles andere als abgeneigt ist.

Na dann, auf zur zweiten Runde!

Dicker als Wasser

Beau

Sie liegt in meinem Bett, warm und weich und auf der Seite zusammengerollt. Eine Hand hat sie, wie ein Kind, unter das Kissen geschoben. Sie schläft. Ihr leiser Atem klingt für mich in diesem Moment schöner als jede Musik. Als wir uns heute Nacht in den kühlen Laken noch einmal geliebt haben, nackte Haut an nackter Haut, die Augen fest ineinander verschlungen, hat es in meinem Herzen eine feurige Spur hinterlassen. Hinterher hat sie sich an mich geschmiegt, die Lider geschlossen, und ist sofort eingeschlafen. Eine Zeit lang habe ich über ihre Träume gewacht, bis der Schlaf auch mich übermannt hat.

Sanft streichele ich ihr übers zerzauste Haar, murmele ihren Namen, bis sie seufzend aufwacht. Ein laszives Lächeln zupft an ihren Mundwinkeln, und ich muss mich beherrschen, um nicht wie ein Dürstender über sie herzufallen.

»Guten Morgen«, flüstert sie, ohne die Augen zu öffnen. »Wie spät ist es?«

»Halb sieben.«

Sie kräuselt ihre süße, kleine Nase. »So früh?«

»Ja. Ich fahre jetzt zum Revier.«

Sie öffnet die Augen, blinzelt ein paar Mal, bevor sie meine Anzughose argwöhnisch mustert. »Aber zum regulären Dienst ziehst du schon Unterwäsche an, oder?«

Ich muss lachen. »Klar. Aber nicht, wenn ich vorhabe, eine heiße Brünette zu verführen.«

»Wüstling«, haucht sie, und es klingt verflucht zärtlich.

Lächelnd rekelt sie sich, was zur Folge hat, dass das rutschende Laken ihre nackten Brüste freilegt und mein Schwanz wie ein Klappmesser aufgeht.

Wüstling trifft den Nagel auf den Kopf.

»Ich würde liebend gern noch etwas bleiben«, sage ich mit vielsagendem Blick auf die dargebotene Pracht. »Aber ich muss leider los.«

»Schade«, entgegnet sie mit halb geschlossenen Augenlidern. Dabei hat sie die Unterlippe schmollend nach vorn geschoben.

Ich werfe einen hastigen Blick auf meine Armbanduhr und räuspere mich. »Äh … also fünfzehn Minuten könnte ich eventuell erübrigen, aber …«

Weiter komme ich nicht. Schon schält sie sich aus den Laken und kommt auf allen vieren und mit wiegenden Hüften auf mich zu.

Ich habe nicht den Hauch einer Chance.

Eineinhalb Stunden später stelle ich meinen Wagen auf meinem Stammparkplatz vor dem Revier ab, dreißig Minuten später als geplant. Ich treffe am Eingang auf Olivia, die sich mit Jacke, Aktentasche und unseren beiden Kaffeebechern an der Glastür abmüht.

»Warte!«, rufe ich und eile ihr zu Hilfe.

Überrascht sieht sie mich an. »Nanu? Sonst bist du immer eine Stunde vor mir da.«

Ich zucke mit den Schultern, nehme ihr die Aktentasche und den Kaffeebecher ab, der für mich bestimmt ist. »Mir ist etwas dazwischengekommen.«

Während wir das Büro ansteuern, mustert sie mich eingehend. »Hm …«

»Was?«

»Du hast da was im Gesicht!«, sagt sie und zeigt mit ausgestrecktem Finger auf meine Lippen. »Nennt sich dümmliches Lächeln.«

»Sehr witzig«, schnaube ich.

»Kenne ich sie?«

»Nein!«, antworte ich knapp.

»Also gut, wenn du es mir nicht sagen willst.« Sie wirkt tatsächlich etwas beleidigt.

»Ich kann nicht, okay? Noch nicht. Aber dafür hat sich seit vergangenem Freitag einiges in unserem Fall getan.«

Schon ist ihr Ärger verflogen, und sie schaut mich neugierig an. »Ich höre.«

Nachdem wir es uns an unserem Doppelschreibtisch gemütlich gemacht haben, bringe ich sie auf den neuesten Stand. In Bezug auf Cheyenne flunkere ich und erzähle, dass ich sie bei einem Freund im Bayou untergebracht habe, wo niemand sie finden kann.

»Es gibt zwei Spuren, die wir verfolgen sollten«, sage ich. »Marsalis sowie den unbekannten Anrufer, der Mister Atashi am vorletzten Donnerstag gegen acht Uhr abends bedroht haben soll.« Ich tippe etwas in meinen Computer ein. »Ich fordere die Anrufliste des Festnetzanschlusses der Familie Atashi an«, erkläre ich Olivia, während ich darauf warte, dass das entsprechende Programm aufpoppt. »Ah, ich habe hier etwas … Der Anschluss, von dem der Anruf einging, ist auf den Namen Henry Mandal registriert, wohnhaft in Algiers. Er hat von seinem Büro aus angerufen.« Ich schaue auf die Uhr. »Vermutlich ist er jetzt dort. Ich finde, wir sollten ihm einen Besuch abstatten. Marsalis nehmen wir uns hinterher vor. Der läuft uns ja nicht weg. Was meinst du?«

Olivia nickt. »Klingt nach einem guten Plan. Wo befindet sich das Büro von diesem Henry Mandal?«

»Auf der Elysian Fields Avenue, nur einen Steinwurf vom Elysian Fields Inn entfernt, du weißt schon, das historische Hotel.«

»Wollen wir ihn vorher anrufen?«, fragt Olivia mit einem spöttischen Unterton.

»Und damit die Überraschung verderben?«, antworte ich und grinse sie an. »Nie im Leben.«

Als wir ins Auto steigen, fällt mir etwas ein. »Olivia«, sage ich. »Erinnerst du dich an die Zeugenaussage des Mitarbeiters der Tankstelle?«

Meine Partnerin nickt langsam. »Er erzählte was von einem blauen Wagen, vielleicht einem Toyota, in dem drei Männer saßen. Latinos. Meinst du das?«

»Ja, und er sagte außerdem, dass die einen Geschäftsmann fast über den Haufen gefahren hätten, der zu seinem Wagen wollte.«

Olivia sieht mich alarmiert an. »Glaubst du, es könnte sich um diesen Henry Mandal handeln?«

»Möglich wär's. Wir sollten eine Gegenüberstellung in Betracht ziehen.«

Gut zwanzig Minuten später, es herrscht reger Montagmorgenverkehr, halten wir vor einem zweistöckigen modernen Bau mit einem Tonnendach, schmalen Säulen und Natursteinelementen. Eine behindertengerechte Rampe führt ins Innere, das mehr einer Behörde als einem Bürokomplex ähnelt. Die Lobby ist hell und verglast, in der Mitte windet sich eine frei stehende Treppe nach oben, daneben gibt es einen Liftturm. An der polierten Holztheke sitzt eine blonde Frau mittleren Alters mit Headset, die uns freundlich anlächelt, als wir uns nähern. An der Wand hinter ihr hängt eine Tafel mit der Auflistung der ansässigen Firmen. Sechs insgesamt.

»Guten Morgen, kann ich Ihnen helfen?«, begrüßt uns die Frau.

»Ja«, antworte ich. »Wir möchten zu Henry Mandal.«

»Haben Sie einen Termin?«

Wortlos hält Olivia der Frau ihre Marke entgegen.

»Oh«, formen die Lippen der Empfangsdame, die sich aber schnell wieder fasst. »Einen Moment, bitte.«

Sie drückt eine Taste an einem für uns nicht sichtbaren Gerät vor ihr auf dem Tisch. »Mister Mandal?«, fragt sie in ihr Headset. »Hier ist Ruth vom Empfang. Zwei Polizisten wollen mit Ihnen sprechen … Nein, das haben sie nicht gesagt … Ja, natürlich. Ich sage ihnen Bescheid.«

Nachdem sie das Gespräch beendet hat, sieht uns die Frau an. »Mister Mandal wird in wenigen Minuten hier sein. Sie können dort Platz nehmen, wenn Sie möchten«, sagt sie und zeigt auf eine Sitzgruppe am Fenster, dann widmet sie sich wieder ihrer Arbeit.

Wir haben unsere Hintern noch gar nicht richtig auf dem Polster platziert, als ein Mann mit indischem Einschlag die Treppe herunterkommt. Er ist nicht sehr groß, leicht übergewichtig und steckt in einem grauen Anzug mit weißem Hemd. Die schwarzen Haare trägt er kurz mit Seitenscheitel, auf seiner Nase sitzt eine randlose Brille. Ich schätze ihn auf Anfang, Mitte vierzig.

»Officers, was kann ich für Sie tun?«, sagt er schon von Weitem und mit ausgestreckter Hand.

»Sie sind Henry Mandal?«, frage ich, nachdem wir seinen Händedruck erwidert haben, der weder zu fest noch zu weich ist.

Unser Gegenüber nickt, blickt abwechselnd von mir zu Olivia.

»Wir sind Detectives von der Abteilung Kapitalverbrechen«, entgegne ich im gewichtigen Tonfall, um seinen Gleichmut ein wenig zu erschüttern. »Mein Name ist Lamare, und das ist meine Kollegin Baquet.«

Olivia nickt langsam und mit bitterernster Miene, der Wirkung wegen, was Mister Mandal aber nicht im Mindesten zu beeindrucken scheint.

»Bitte, folgen Sie mir, Detectives«, antwortet er gelassen und zeigt auf die Treppe. »In meinem Büro können wir in Ruhe reden.«

Sein Büro in der ersten Etage entpuppt sich als ein Sammelsurium orientalischer und chinesischer Kunst. Die Wände sind mit bunten Drucken gepflastert, in mehreren Vitrinen stehen einfache bis reich verzierte Tongefäße säuberlich aufgereiht. Ein exotischer Duft liegt in der Luft.

»Wonach riecht es hier?«, fragt Olivia auch prompt. »Ich kenne das irgendwoher.«

»Es ist Yogi-Tee«, erklärt Henry Mandal bereitwillig und deutet auf das filigrane Teeservice auf seinem Schreibtisch. »Ich bereite ihn mit Kardamom, Zimt, Ingwer und Anis zu. Möchten Sie eine Tasse?«

Während Olivia das Angebot annimmt, winke ich dankend ab. Neugierig nehme ich die Gegenstände im Raum genauer ins Visier, und nach und nach fällt mir auf, dass alle ausgestellten Stücke etwas mit Gewürzen zu tun haben. Kleine Plaketten an den Rändern liefern die Erklärungen. Auf dem Druck eines Gemäldes, das auf das 12. Jahrhundert datiert ist, sieht man mehrere Händler in einer Karawanserei in Taklamakan, die Safran und Muskat offerieren. Ein anderer Druck zeigt eine mittelalterliche Szene, in der ein Medikus einem Kranken Zimt gegen sein Gichtleiden verabreicht. Eine Landkarte gibt den Weg der alten Seidenstraße zwischen China und Venedig wieder. Die Tongefäße zur Aufbewahrung oder Verarbeitung von Gewürzen sind Nachbildungen aus Ägypten, Indien, Persien und China.

»Gewürze scheinen Ihre große Leidenschaft zu sein«, wende ich mich im Plauderton an Mister Mandal, der mir gefolgt ist, nachdem er Olivia Tee eingeschenkt hat.

»In der Tat!«, bekräftigt der Mann. »Der Handel mit Gewürzen ist fast so alt wie die Menschheit selbst. Gewürze reinigen den Leib und erfrischen den Geist. Wie viel ärmer wäre unsere Welt ohne sie. Wussten Sie, dass China den Mythos der alten Seidenstraße wiederbeleben will? Das Land will Handelsbeziehungen mit anderen Nationen wie Russland, Indien und den Vereinigten Staaten knüpfen, was von vielen hier mit Misstrauen beäugt wird. Alles nur wegen angeblicher unfairer Wettbewerbsbedingungen.« Seine Augen blitzen verärgert auf. Die erste echte Emotion in seinem Gesicht, seit wir hier sind. »Wir verpassen eine Jahrhundertchance! Statt sich dem neuen Markt zu öffnen, machen die hiesigen Händler dicht. Und warum? Weil es China ist! Die Leute sind verbohrt, haben keinerlei Visionen …«

»Wie Mister Atashi?«, unterbricht ihn Olivia, die mit anerkennender Miene an ihrer Tasse nippt.

Verwundert blickt Henry Mandal sie an, erspart sich aber eine Antwort.

»Haben Sie ihm deshalb mit ›Konsequenzen‹ gedroht, sollte er nicht an Sie verkaufen?«, trete ich nach, ohne Mandal aus den Augen zu lassen.

Die Verwunderung verschwindet aus seinem Gesicht, und an ihre Stelle tritt Ärger. »Mister Atashi wurde ermordet, und Sie verdächtigen mich?«

»Sie wissen von seinem Tod?«, frage ich.

»Natürlich! So etwas spricht sich schnell rum.« Er schnaubt. »Und ich habe Mister Atashi nicht gedroht, sondern mit ihm verhandelt.«

»Seine Familie behauptet etwas anderes.«

Henry Mandal zuckt mit den Schultern. »Dann hat seine Familie etwas missverstanden.«

»Dass Sie sich Mister Atashis Laden unter den Nagel reißen wollten, bestreiten Sie aber nicht, oder?«, übernimmt Olivia das Ruder. »Der Tee ist übrigens hervorragend.«

»Unter den Nagel reißen?«, wiederholt Mandal pikiert, ohne auf ihr Kompliment einzugehen. »Ich wollte ihn ihm zu einem fairen Preis abkaufen.«

»Aber Mister Atashi wollte nicht verkaufen.«

Henry Mandal schnaubt verächtlich. »Sie haben offensichtlich keine Ahnung, wie es in der Welt des Handelns zugeht. Natürlich hat sich Mister Atashi geziert, das gehört zum Spiel. Über kurz oder lang hätten wir uns geeinigt, da bin ich sicher.«

»Wenn Sie das sagen«, mische ich mich wieder ein. »Was uns im Moment aber viel mehr interessiert: Wo waren Sie am Mittwochabend zwischen acht und acht Uhr dreißig?«

Henry Mandal weicht meinem forschenden Blick nicht aus. »Hier selbstverständlich.«

»Kann das jemand bezeugen?«

»Ruth vom Empfang«, kommt es wie aus der Pistole geschossen. »Sie war um die Zeit auch hier.«

»Das wissen Sie genau?«

»Ja. Mittwoch ist unser gemeinsamer Fitnesstag. Um neun haben wir einen Spinning-Kurs im *Health Angels Club* unten an der Kreuzung.«

Wie überaus praktisch.

»Wir werden das überprüfen«, sagt Olivia geschäftsmäßig.

»Tun Sie, was Sie nicht lassen können«, entgegnet Henry Mandal mit einem leicht angewiderten Zug um den Mund. »War das dann alles, Detectives? Ich habe noch zu arbeiten.«

»Für den Moment, ja«, antworte ich freundlich. »Wir müssen Sie bitten, die Stadt vorerst nicht zu verlassen. Für den Fall, dass wir noch ein paar Fragen haben.«

Henry Mandal nickt, wenn auch mit wenig Begeisterung.

»Danke für den Tee«, sagt Olivia, was ihr ein schmallippiges Lächeln einbringt.

Als wir uns verabschieden, geschieht es ohne Händedruck. Dem Geschäftsmann scheint die Lust daran vergangen zu sein. Beim Verlassen seines Büros sehe ich noch, wie er nach dem Telefon greift, dann fällt die Tür hinter uns zu. Unten am Empfang bestätigt uns Ruth Mandals Alibi, ohne auch nur einen Moment zu zögern.

»Und? Wie ist dein Eindruck?«, frage ich Olivia draußen auf der Straße.

»Mandal hat für jemanden, der des Mordes bezichtigt wurde, normal reagiert, finde ich. Und er hat ein Alibi.«

»Was bedeutungslos wäre, hätte er jemanden mit dem Mord beauftragt. Er wirkt nicht wie ein Mensch, der Leute erschießt.« Ich fahre mir nachdenklich übers Kinn. »Andererseits scheint er von dieser ›Jahrhundertchance‹ besessen zu sein.«

»Das ist kein Verbrechen«, entgegnet Olivia lächelnd.

»Nein«, entgegne ich. »Aber ein mögliches Motiv.«

Als Olivia auf der Beifahrerseite in den Wagen steigen will, halte ich sie zurück. »Fahr du!«, sage ich.

Sie stößt ein spöttisches Lachen aus. »Der Obermacho lässt ausnahmsweise mal Mami ans Steuer. Wie überaus großzügig!«

Nachdem wir Platz genommen haben und sie den Motor gestartet hat, grinse ich sie breit an. »Tob dich ruhig aus, *Mom!* Mein Magen ist leer. Ich habe heute noch nicht gefrühstückt.«

»Gut zu wissen!«, antwortet sie und tritt voll aufs Gas.

Während Olivias Kamikazefahrt zu Marsalis' Prunkvilla am Lake Pontchartrain schreibe ich Cheyenne eine SMS, was sich angesichts der schlingernden Bewegungen des Wagens als gar nicht so einfach erweist. Ein Glück, dass es die Autokorrektur gibt.

Alles klar bei dir?, tippe ich ein.

Es dauert nur wenige Sekunden, bis die Antwort kommt, was mir einen erleichterten Seufzer entlockt.

Ja. Ich habe die Angelausrüstung im Schuppen hinter der Hütte gefunden. Zwinkernder Smiley.

Kennst du dich mit Angeln aus?

Nein, aber das kann ja nicht so schwer sein.

Ich stoße ein leises Lachen aus, was mir einen neugierigen Blick der Verrückten am Steuer einbringt. Angeln ist eine Wissenschaft für sich, jährlich erscheinen Tausende von Büchern zu dem Thema, von den Fachzeitschriften gar nicht zu sprechen. Aber natürlich verliere ich darüber kein Wort.

Viel Spaß!, antworte ich stattdessen. *Aber verletz dich nicht!*, schicke ich mit einem Grinsen hinterher.

Haha. Und dann. *Einen schönen Tag!*

Dir auch. Bis heute Abend!

Bis dann! Lächelnder Smiley.

Versonnen starre ich auf die beiden Worte.

»Da ist es wieder«, erklingt Olivias amüsierte Stimme. »Das dümmliche Lächeln.«

»Schau lieber nach vorn!«, maule ich zurück, worauf sie in Lachen ausbricht.

Was machen eigentlich deine Sprösslinge?, sollte ich fragen und mich auf diese Weise rächen. Aber als Olivia mit aufheulendem Motor über die Kreuzung fliegt, nur einen Sekundenbruchteil, bevor die Ampel auf Rot schaltet, wirkt sie so glücklich, dass ich es einfach nicht übers Herz bringe. Bis zu Marsalis' Haus benötigen wir mehr als eine Stunde.

Der Clubbesitzer – Slash – Zuhälter – Slash – Drogenhändler bewohnt eine dieser frei stehenden Villen auf Stelzen im Nordosten des Lake Pontchartrain, nur dass im Gegensatz zu seinen Nachbarn das Grundstück rundum von einer hohen Mauer umgeben ist. Ich schaue auf die Uhr. Es ist kurz nach zehn. Vermutlich liegt Jean-Louis Marsalis, der dafür bekannt ist, nie vor Mittag aufzustehen, noch in tiefem Schlummer. Heute wird er eine Ausnahme machen müssen.

Als wir auf die Kieseinfahrt einbiegen, ziehen sich einige schiefergraue Wolken über dem See zusammen, und der Wellengang nimmt zu. Es sieht nach Regen aus. Weil die eiserne Toreinfahrt halb offen steht, halten wir uns nicht lange mit Klingeln auf, sondern fahren hindurch, direkt auf die weiße, stuckverzierte Villa zu. Links und rechts zeichnen sich scharf die Konturen von Eichen und Zypressen ab. Als wir den Wagen abstellen und aussteigen, dringt uns der Duft von Oleander und Myrrhe in die Nase, die in dichten Gruppen neben dem Treppenaufgang stehen. Damit wir nicht versehentlich für gegnerische Bandenmitglieder gehalten und über den Haufen geschossen werden, bringen wir unsere Polizeimarken sichtbar an, dann steigen wir die Stufen hinauf und klingeln.

Nichts geschieht. Im Haus rührt sich niemand. Auch nicht nach mehrmaligen Versuchen, also gehen wir die Stufen wieder hinab und überqueren die große blaugrüne Rasenfläche, um hinter das Haus zu gelangen.

»Hallo?«, rufe ich. »Jemand da?«

Das leise Knistern der sich wiegenden Königspalmen am Swimmingpool ist die einzige Antwort, die ich erhalte. Olivia und ich entdecken Jean-Louis Marsalis praktisch zeitgleich. Der untersetzte, muskulöse Mann treibt in langen Hosen und Golfhemd leblos in seinem Pool. Er scheint von mehreren Kugeln durchsiebt worden zu sein, denn schlierige

Blutschwaden umtanzen ihn. Sein Mörder hat sich nicht einmal die Mühe gemacht, ihm seine protzigen Ringe abzunehmen.

»Scheiße!«, stößt Olivia hervor.

Ich stimme ihr aus vollem Herzen zu.

Cheyenne

Einen alten Song von den Stones summend, stehe ich am Herd und wende den Fisch in der Pfanne. Vor zwanzig Minuten erhielt ich von Beau die Nachricht, dass er in einer guten halben Stunde nach Hause kommt.

Nach Hause.

In meinem Bauch geraten die Schmetterlinge ins Flattern. Soweit ich mich erinnern kann, ist es das erste Mal, dass ich für einen Mann koche, abgesehen natürlich von Zach. Ich werfe einen Blick in die Pfanne. Der Fisch brät langsam im eigenen Saft, die Kartoffeln habe ich eben ins kochende Wasser gekippt. Zeit, den Tisch zu decken. Draußen am Wasser habe ich orangegelbe Blumen gesehen und beschließe, einige abzuschneiden und in eine Karaffe zu stellen, um den Esstisch damit zu schmücken. Als Beau auftaucht, ist das Essen fertig und der Tisch gedeckt. Ich habe mich frisch gemacht, zu meinen Shorts ein sauberes T-Shirt angezogen. Das Motorgeräusch seines Wagens lässt mein Herz prompt höherschlagen. Ich eile auf die Veranda hinaus, um ihn zu begrüßen. Mit großen Schritten kommt er auf mich zu, seine Jacke hat er lässig über die Schulter geworfen. Es ist fast halb acht, und die Sonne ist gerade dabei, hinter dem Horizont zu verschwinden. Im violetten Licht wirkt er wie ein mystisches Wesen. Die langen Schatten lassen Beaus Gesicht noch markanter wirken, und als er mich entdeckt, leuchten seine Augen auf.

Langsam steige ich die Stufen hinab, aber ich komme nicht weit. Schon ist er bei mir und zieht mich in seine Arme. Unsere Lippen finden sich zu einem innigen Kuss.

»Ich habe dich vermisst«, entfährt es mir, bevor ich es verhindern kann.

Auweia! Ich klinge wie die brave Hausfrau, die nichts Besseres zu tun hat, als den lieben langen Tag der Rückkehr ihres Mannes entgegenzufiebern. Doch Beau scheint es nicht zu stören. Im Gegenteil. Ich spüre, wie er lächelt.

»Ich habe dich auch vermisst«, sagt er leise.

Wir lösen uns voneinander und sehen uns an.

Nein, Cheyenne! Du wirst ihn nicht fragen, wie sein Tag war.

»Wie war dein Tag?«, fragt er mich prompt, und ich verkneife mir nur mit Mühe ein Lachen.

»Gut«, antworte ich, während wir Arm in Arm ins Haus gehen. »Ich habe mit Mister Dunn telefoniert. Ihm geht es den Umständen entsprechend gut, trotzdem hat er beschlossen, den Laden bis nächsten Donnerstag geschlossen zu lassen. Damit wir uns alle von dem Schreck erholen können. Seine Worte, nicht meine.«

»Eine kluge Entscheid…« Weiter kommt er nicht. Witternd hält er die Nase in die Luft. »*Fuck!* Was riecht hier so verflucht gut?«

»Ich habe uns etwas gekocht«, antworte ich grinsend.

»Super! Ich habe einen Mordshunger!« Er zwinkert mir zu. »Dann führe ich dich halt nicht wieder zum Essen aus.«

»Schade«, murmele ich.

»Wieso? Schmeckt dein Essen nicht?«

»Doch, doch.« Ich lache verlegen. »Zumindest hoffe ich es. Es ist nur wegen der fehlenden Unterhose.«

Er gibt mir einen Nasenstupser. »Das geht dir nicht mehr aus dem Kopf, oder?«

»Nicht wirklich.«

»Lass uns erst mal essen. Hinterher sehen wir zu, wie wir das Unterhosenproblem lösen können.«

Die Hitze, die sein dahingesagter Satz erzeugt, kriecht mir unter die Haut, dennoch lasse ich mir nichts anmerken. Statt ihm das Hemd vollzusabbern, bugsiere ich ihn sanft, aber bestimmt zu dem gedeckten Tisch.

»Hübsch«, sagt er anerkennend, nachdem er seine Jacke über die Stuhllehne gehängt und sich gesetzt hat.

»Deine Schränke sind ziemlich leer, deshalb musste ich ein wenig improvisieren«, erkläre ich, als ich die vollen Teller auf den Tisch stelle. »Ich habe den Fisch in Olivenöl gebraten und mit weißem, grünem und rotem Pfeffer gewürzt, außerdem noch mit Thymian und Oregano. Dazu gibt es Salzkartoffeln. Ich hoffe, es schmeckt dir.«

»Wie, zum Teufel, hast du den gefangen?«, fragt er ungläubig.

Ich setze mich auf den freien Stuhl neben ihm. »Ich habe die gelb-weiße Angelrute genommen und einen von den bunten Ködern ins Wasser geworfen.«

»Warum die gelb-weiße Angelrute?«

»Weil sie hübsch ausgesehen hat.«

Beau bricht in schallendes Gelächter aus.

»Was?«, frage ich.

»Nichts«, gluckst er.

»Was?«, wiederhole ich ein wenig gereizt.

»Du hast die Hechtrute benutzt.«

»Und?« Ich zeige auf den Fisch. »Ist das ein Hecht?«

Er schüttelt amüsiert den Kopf. »Das ist ein Barsch. Du hast wirklich gar keine Ahnung von Angeln, oder?«

Ich zucke mit den Achseln. »Wir haben doch etwas zu essen auf dem Tisch, oder etwa nicht?«

Grinsend beugt er sich zu mir und küsst mich auf die Lippen. »Haben wir.«

Mit einem verlegenen Lächeln schneide ich ein Stück vom Fisch ab und schiebe mir den Bissen in den Mund. Mir fällt ein Stein vom Herzen. Ich halte mich nicht für eine begnadete Köchin, aber es schmeckt. Und zwar richtig gut.

»Hmmm … lecker!«, schwärmt auch Beau. »Ich liebe Pfeffer.«

Ich grinse breit. »Glück gehabt!«

Während es draußen langsam dunkel wird und die Zikaden ihr Konzert anstimmen, genießen wir, einander anlächelnd, unser Mahl. Dazu gibt es einen trockenen Rotwein, den Beau aus einem der unteren Schränke hervorgezaubert hat.

»Ich habe gute Nachrichten«, eröffnet er das Gespräch, nachdem wir fertig gegessen haben. »Zumindest aus deiner Sicht.«

Neugierig schaue ich ihn an. Mein Herz setzt einen kurzen Moment aus. Ich versinke in seinem Blick. »Ja?«

»Marsalis ist tot«, erklärt er. »Er wurde in seinem Haus erschossen, zusammen mit zwei seiner Leibwächter. Er trieb im Pool, die beiden anderen lagen tot im Haus. Der gekaufte Cop, den wir in Gewahrsam genommen haben, hat zugegeben, Marsalis von Zachs blutigem Fingerabdruck erzählt zu haben. Als ich ihn gefragt habe, ob einer von Marsalis' Leuten deinem Bruder die Tatwaffe untergeschoben hat, hat er zunächst mit den Achseln gezuckt. Ich habe Druck gemacht, und am Ende hat er es bejaht.« Beau schüttelt verständnislos den Kopf. »Der Idiot ist gerade mal Anfang zwanzig, hatte seine Karriere noch vor sich, und für ein paar schnelle Dollars hat er sein Leben weggeworfen.«

»Tut mir leid«, murmele ich.

Er macht eine wegwerfende Handbewegung. »Mir nicht. Er bekommt, was er verdient. Ich habe übrigens angeordnet, dass Zach aus der Schutzhaft entlassen wird, da jetzt keine Gefahr mehr für ihn besteht.«

Mein Herz macht einen Freudenhüpfer. »Wirklich?«

»Ja«, antwortet Beau. Ein leises Lächeln umspielt seine Lippen.

»Seit wann ist Zach draußen?«

»Seit heute Nachmittag, vier Uhr.«

Die Tatsache, dass Zach es nicht für nötig erachtet hat, mich zu benachrichtigen, versetzt meiner Begeisterung einen gewaltigen Dämpfer.

»Hey«, sagt Beau sanft und drückt meine Hand. »Wahrscheinlich macht er sich Sorgen um seine Freundin Leila und ist zu ihr gefahren.«

Ich nicke betrübt.

»Für dich besteht ebenfalls keine Gefahr mehr, Cheyenne«, fügt Beau hinzu. »Wenn du willst, fahre ich dich nach Hause.«

Ich liebe mein Apartment, aber die Vorstellung, dort allein den Abend zu verbringen, erscheint mir alles andere als verlockend. »Ich würde lieber über Nacht hierbleiben«, antworte ich. »Bei dir.«

Beau wirft mir einen schelmischen Blick zu. »Ich habe gehofft, dass du das sagst.«

»Ich werde Zach trotzdem eine Nachricht schicken«, sage ich leise. »Damit er sich keine Sorgen macht.«

»Tu das.« Beau steht auf und beginnt, den Tisch abzuräumen. »In der Zwischenzeit wasche ich das Geschirr ab.«

Lächelnd hole ich mein Handy aus dem Rucksack und setze mich zurück an den Tisch, während Beau pfeifend in der Küche hantiert. Das Geräusch ist von solcher heimeligen Normalität, dass das Herz in meiner Brust anschwillt.

Hey, Zach, alles klar?, tippe ich ins Handy.

Die wortreiche Antwort folgt prompt.

Cheyenne! Ich wollte dich gerade anrufen. Stell dir vor, ich bin wieder draußen. Jemand hat dieses Arschloch Marsalis weggepustet. Ist das nicht toll?

Doch. Mehr fällt mir in dem Moment nicht ein.

Dir geht es gut?

Ja.

Wo bist du?

Bei einem Freund.

Cool! Kann Leila heute Nacht bei uns übernachten?

Seine Frage entlockt mir ein Lächeln, schließlich ist Zach kein Kind mehr. *Natürlich. Grüß sie schön von mir!*

Danke, mache ich. Bin echt happy! Endlich ist der ganze Scheiß vorbei!

Ja, bin auch happy. Habdichlieb. Ich warte einen Moment, und als nichts kommt, füge ich hinzu: *Bis dann!*

Bis dann!

Gedankenverloren starre ich auf das Handy in meiner Hand. Ich sollte mich langsam daran gewöhnen, dass mein kleiner Bruder erwachsen ist und mich nicht mehr braucht. Unwillkürlich treten mir die Tränen in die Augen. Schon legen sich zwei Arme um mich.

»Alles klar?«, flüstert Beau zärtlich.

Ich schüttele wortlos den Kopf.

»Was ist los, Süße?«

»Mein kleiner Bruder wird flügge, und ich kann offensichtlich nicht damit umgehen«, antworte ich schniefend.

Sachte hievt er mich vom Stuhl und drückt mich an sich. Mit den Fingerspitzen fährt er meinen Nacken entlang, wo er einen lustvollen Schauer auf meiner Haut hinterlässt, dann beugt er sich vor, um mit der Zungenspitze zärtlich an meiner Ohrmuschel zu lecken. Meine Augenlider flattern, mir entfährt ein Seufzen.

»Vergiss deinen Bruder«, raunt er mir ins Ohr. »Hier ist etwas, das deiner Fürsorge im Moment mehr bedarf.«

Er greift nach meiner Hand und presst sie an seinen Schritt. Eine unverhohlene Geste, die die Glut in mir entfacht. Mit der anderen Hand hält er mein Kinn fest und küsst mich leidenschaftlich. Ohne von meinen Lippen abzulassen, setzt er sich, wobei er mich zu sich hinunterzieht. Inzwischen liegen seine Hände auf meinen Hüften, platzieren mich zwischen seine Beine. Da erst lassen seine Lippen von mir ab. Mit einem Glitzern in den Augen öffnet er den Reißverschluss meiner Shorts und schiebt sie mir über den Hintern. Meinen Slip ereilt das gleiche Schicksal. Ich lasse es nicht nur geschehen, ich kicke ungeduldig den störenden Stoff von meinen Füßen. Seine Finger gleiten zwischen meine Beine, streichen über meine feuchte Scham.

Kurz beobachte ich, wie er seinen Schwanz aus seinem Gefängnis befreit, dann lasse ich mich schon auf ihm nieder. Mir entfährt ein Stöhnen, als er mich mit einem kraftvollen Stoß penetriert. Ich liebe das Gefühl, von ihm vollständig ausgefüllt zu werden. Meine Hüften umklammernd, stößt er mich langsam von unten, sieht mir dabei unverwandt in die Augen. Sein Schwanz zuckt und schwillt noch weiter an, und als sein Daumen meine empfindliche Knospe berührt, brandet eine Welle der Lust von meinen Fußspitzen aus nach oben, die mich zu verschlingen droht. Es dauert nicht lang, bis ich über die Klippe stürze. Unser Liebesakt ist kurz und intensiv, und als er kommt, drücke ich ihn fest an mich, nehme sein Zittern mit jeder Pore auf. Hinterher wische ich ihm die verschwitzten Strähnen aus dem Gesicht, presse meinen Mund auf seine bebenden Lippen. Ich bleibe auf ihm sitzen, genieße seine Feuchtigkeit zwischen uns, während er mich eng umschlungen hält.

Ich glaube, ich liebe dich, Großstadtbulle.

Der Gedanke wühlt mich dermaßen auf, dass ein heftiger Schauer über meinen Körper läuft.

»Frierst du?«, fragt Beau prompt. Die Besorgnis in seiner Stimme ist wie eine zärtliche Berührung.

Ich schüttele den Kopf. »Nein, nein. Alles gut.«

Seine Umarmung wird fester, und ich berge meinen Kopf an seiner Schulter.

»Leila ist gar nicht Sohrab Atashis Enkelin, wusstest du das?«, murmelt er irgendwann.

Ich hebe den Kopf, schaue ihn mit großen Augen an. »Nein. Das wusste ich nicht.«

Die Geschichte, die mir Beau daraufhin erzählt, lässt das Blut in meinen Adern gefrieren. Wie furchtbar! Die arme Leila! Und mein kleiner Bruder hat sie gerettet. Stolz flammt in mir auf. Zach mag viel Unsinn anstellen, aber wenn es darauf ankommt, hat er das Herz am rechten Fleck.

»Und wie geht es jetzt weiter mit dem Fall?«, frage ich. »Ist er mit Marsalis' Tod abgeschlossen?«

»Schwer zu sagen. Gegen ihn haben wir lediglich Indizien, keine Beweise. Was, wenn wir falsch liegen? Außerdem ist ein neuer Verdächtiger aufgetaucht, natürlich mit einem Alibi.« Beaus Gesicht verdüstert sich. »Wir müssen tiefer graben, falls er überhaupt unser Mann ist!« Er fährt sich durch die Haare. »Momentan stochern wir im Dunkeln. Der Mörder hat nicht den geringsten Hinweis am Tatort hinterlassen …«

Mein Herzschlag setzt aus, und ich schnappe heftig nach Luft. *O Gott, nein!* Ich spüre, wie Übelkeit meinen Hals hochsteigt.

»Zach hat es dir nicht erzählt«, flüstere ich.

Alarmiert schaut mich Beau an. »Was hat er mir nicht erzählt?«

Ich beiße mir auf die Unterlippe.

»Was hat er mir nicht erzählt?«, wiederholt er scharf.

»Er hat einen geschliffenen Rubin am Tatort gefunden, der vermutlich vom Mörder stammt. Wahrscheinlich ist er aus der Fassung eines Rings gefallen oder so. Zach hat ihn behalten, um ihn zu veräußern«, antworte ich leise, den Blick starr auf Beaus Brust gerichtet.

Bleiernes Schweigen breitet sich zwischen uns aus, das den Sauerstoff aus der Luft zu ziehen scheint.

»Seit wann weißt du es?«

Wie kalt seine Stimme plötzlich klingt.

»Seit gestern. Zach hat es mir auf dem Schrottplatz erzählt.«

»Und du hast es mir nicht gesagt, weil …?«

»Weil er mein Bruder ist und ich nicht wollte, dass er in Schwierigkeiten gerät. Außerdem habe ich gedacht, er hätte es dir gestern beim Verhör gebeichtet«, füge ich hastig hinzu und begreife im gleichen Moment, dass ich mir etwas vorgemacht habe.

Ich *wollte* es denken. Mit jeder Faser meines Herzens. Ich hätte nachhaken können, habe es aber aus Furcht vor der Antwort nicht getan. Ich kenne Zach nur zu gut.

»Wo ist der Rubin jetzt?«, reißt mich Beau aus meinen düsteren Gedanken.

»Leila hat ihn.«

»Und wo ist sie?«

»In unserem Apartment, schätze ich. Sie wollten dort übernachten.«

Als Beau unvermittelt vom Stuhl aufspringt, kann ich mit Mühe verhindern, dass ich mit dem nackten Hintern auf den Boden plumpse. »Dein Bruder ist das Letzte, Cheyenne«, sagt er, während er seine Hose schließt. Wo Zärtlichkeit war, ist nur noch unterdrückte Wut, und etwas anderes, das sich wie ein eiserner Ring um mein Herz legt. »Er stiehlt, lügt und bringt dich in Lebensgefahr, ohne auch nur mit der Wimper zu zucken. Wenn er vor mir stünde, würde ich ihm die Fresse polieren.«

»Er kann nichts dafür«, widerspreche ich leise. »Als Kind …«

»Mich interessiert es einen Dreck, was er als Kind durchgemacht hat!«, bricht es aus Beau heraus, als hätte er nur auf das richtige Stichwort gewartet. »Wir alle haben unsere Päckchen zu tragen. Aber du, du bist noch schlimmer als er! Weil, egal, was er anstellt, du ihm alles durchgehen lässt. Und das Traurige dabei ist: Du bist bereit, dich für ihn komplett aufzugeben. Du besitzt nicht ein Quäntchen Selbstwertgefühl!«

Die Verachtung in seinen Worten ist vernichtend. Ein scharfes Messer, das mein Herz in kleine Stücke hackt. Unfähig, ihm ins Gesicht zu sehen, aus Furcht vor dem, was ich darin lesen könnte, wende ich mich ab. Wie in Zeitlupe hebe ich Slip und Shorts auf und ziehe mich wieder an. Ich höre, wie er seine Marke, seine Pistole und die Handschellen einsteckt.

»Pack deine Sachen zusammen! Wir fahren zu deinem Apartment«, sagt er mit emotionsloser Stimme.

Ich erspare mir eine Antwort. Selbst wenn ich wollte, brächte ich nichts heraus. So groß ist der Kloß in meinem Hals.

Die Stunde, die wir benötigen, um in die Stadt zurückzufahren, ist die längste meines Lebens. Wir wechseln kein einziges Wort miteinander. Die wenigen Blicke, die ich Beau verstohlen zuwerfe, treffen auf ein Gesicht, das dem einer Wachsfigur gleicht. Zu Hause angekommen, schließe ich die Tür auf und trete ein, doch Zach ist nicht da. Während Beau fluchend die Räume durchsucht, stehe ich regungslos da, bis mir der Rucksack aus den Händen rutscht und polternd zu Boden fällt. Mit diesem Geräusch bricht in mir etwas. Ein Schluchzen steigt in meine Kehle, bahnt sich seinen Weg nach draußen und schüttelt meinen Körper. Heiße Tränen laufen über meine Wangen, ich ringe verzweifelt nach Luft. Bevor Beau mich in diesem Zustand sehen kann, renne ich ins Bad, wo ich mich einschließe. Meine Hoffnung, er werde mir folgen, bleibt unerfüllt.

Werd endlich erwachsen!, ruft mir ein Teil meines Verstandes zu, dennoch braucht es lange, bis ich mich wieder einigermaßen gefasst habe.

Nachdem ich mir die Tränen aus dem Gesicht gewischt habe, verlasse ich das Bad. Beau, der sich diverse Fotos auf einem Regal ansieht, dreht sich bei meinem Eintreten um. Seine Miene ist schwer zu deuten, sein Blick ebenso.

»Du hast recht«, sage ich mit gebrochener Stimme und muss mich räuspern, bevor ich weiterrede. »Mit allem. Und es tut mir leid. Ich hätte es dir sagen sollen, aber …« Mir fallen tausend Gründe ein, die ich als Entschuldigung vorbringen könnte. Zach ist mein kleiner Bruder, und Blut ist bekanntlich dicker als Wasser. Ich wurde gestern entführt, erlebte, wie zwei Männer vor meinen Augen erschossen wurden, da kann man schon mal aus der Bahn geraten. Und dann waren noch die wunderschönen Stunden in Beaus Haus, der Abend bei Ida. Momente, die ich nicht zerstören wollte. Aber ich sage von alldem nichts. »Ich glaube, mir ging es weniger darum, meinen Bruder zu schützen …«, sage ich stattdessen. »… sondern um das hier.« Ich mache eine matte Handbewegung, die uns beide einschließt.

Beaus Kiefer mahlt. »Das ist dir nicht sonderlich gut gelungen.«

Bevor ich mich erneut entschuldige, beiße ich mir auf die Lippen. Er weiß, dass es mir leidtut, und so quälend der Schmerz auch ist, ich werde nicht vor ihm auf die Knie fallen. Etwas sagt mir, dass ich dadurch alles schlimmer machen würde.

»Würdest du mich kennen, wüsstest du, dass ich in erster Linie ein Cop bin und erst dann ein Mann«, fügt er hinzu. »Ich werde dir das hier schwer verzeihen können.«

Das war deutlich.

Nach dem ersten Schock über seine unversöhnlichen Worte spüre ich aufkeimende Wut in meinem Bauch. Was für ein selbstgerechter Mistkerl! Ich drücke den Rücken durch, starre ihm direkt in die kalten Augen und will ihm eine passende Antwort entgegenschleudern, als Schritte draußen auf dem

Gang erklingen, die vor der Wohnungstür innehalten. Schon wird ein Schlüssel ins Schloss gesteckt. Die Tür schwingt auf, und Zach tritt über die Schwelle. Er hat den Mund noch nicht richtig aufgemacht, als Beau auf ihn zustürmt und ihm mit einem Faustschlag das Lächeln aus dem Gesicht wischt. Wie angewurzelt stehe ich da, starre auf das Blut, das Zach aus der Nase rinnt. Der Gang hinter ihm ist leer. Keine Spur von Leila.

»Wo ist der Rubin?«, fragt Beau mit frostiger Stimme.

Prompt schnellen Zachs Augen zu mir. »Du hast es ihm gesagt?«, sagt er hörbar vorwurfsvoll.

Bevor ich antworten kann, krallt sich Beaus Faust in seinen Hemdkragen. »Du lässt deine Schwester aus dem Spiel! Das hier ist eine Sache zwischen dir und mir.« Beau zerrt Zach ins Zimmer, schlägt gleichzeitig mit dem Fuß die Wohnungstür zu. »Also, ich frage dich noch mal: Wo ist der Rubin?«

»Ich habe ihn hier«, murmelt Zach und kramt in seiner Hosentasche. »Sie hätten auch freundlich darum bitten können, statt mir eine reinzuhauen.«

Schweigend wartet Beau ab, bis Zach ihm den winzigen Stein reicht. Kurz blickt er ihn an, sein Gesicht verzieht sich grimmig, dann steckt er ihn ein.

»Sollten sich Fingerabdrücke des Mörders darauf befunden haben, sind die jetzt futsch!«, grollt er. »Du hättest ihn in einen Plastikbeutel stecken oder in ein Taschentuch wickeln müssen, du Idiot!« Und dann in einem noch härteren Tonfall. »Umdrehen!« Schon hat er seine Handschellen aus der Gesäßtasche gezogen und sie Zach umgelegt. »Zachary Willoz, ich nehme Sie fest wegen des Diebstahls von Beweismitteln. Sie haben das Recht zu schweigen. Alles, was Sie sagen, kann und wird vor Gericht gegen Sie verwendet werden. Sie haben das Recht, sich einen Anwalt zu nehmen. Wenn Sie sich keinen leisten können, wird Ihnen einer gestellt. Haben Sie das verstanden? Hast du das verstanden, du Arschloch?«, fügt er hinzu, als mein Bruder nicht antwortet.

»Ja«, kommt es leise zurück.

»Gut. Gehen wir.«

»Haben Sie vielleicht ein Taschentuch, mit dem ich mir die Nase …?«

»Nein!«

Der knallharte Bulle.

»Bitte, sag Leila Bescheid, wo ich bin!«, ruft mir Zach noch zu, während Beau die Tür öffnet und ihn auf den Gang zerrt. »Sie ist bei den Atashis. Die Adresse lautet 3901 Palmyra Street.«

Dann schlägt die Tür hinter den beiden zu, und ich bin allein. Beau hat mich seit Zachs Erscheinen kein einziges Mal angesehen.

Ausser Kontrolle

Cheyenne

Müde blicke ich in den Spiegel. Meine Augen sind blutunterlaufen, meine Gesichtsfarbe ist fahl. Ich habe die halbe Nacht damit zugebracht, das Blut aus Marias Bluse zu entfernen, leider mit mäßigem Erfolg. Ich werde ihr eine neue kaufen müssen. Die Cargohose und die Unterwäsche hängen dafür sauber und trocken im Bad. Sobald ich Leila über Zachs Verbleib informiert habe, werde ich die Sachen zurückgeben.

Als ich mich aufs Fahrrad setze, ist es kurz nach acht. Nach dem nächtlichen Regen ist die Straße nass und dampfend, die Sonne bricht soeben durch die Wolken. Ich benötige eine gute halbe Stunde bis zum Haus der Atashis, das durch eine weiß getünchte Fassade und ein hellbraunes Spitzdach auffällt. Der Garten ist nicht sehr groß, aber liebevoll gepflegt und von einem niedrigen weißen Zaun umgeben. Ich erkenne auf Anhieb einen Pekannussbaum, Kletterrosen und roten Hibiskus. Die anderen Pflanzen sind mir zwar bekannt, aber ihre Namen weiß ich nicht. Botanik ist nicht unbedingt meine Stärke.

Ich schließe mein Fahrrad am Zaun an, öffne das Gartentor, das mit einem einfachen Riegel versperrt ist, und gehe den schmalen Kiesweg entlang zum Haus. Eine sich bewegende Gardine an einem der Fenster verrät mir, dass mein Kommen nicht unbemerkt geblieben ist. Obwohl es in mir sehr düster aussieht, bemühe ich mich um eine freundliche Miene. Da ich an der Eingangstür mit Fliegendraht nirgendwo eine Klingel entdecke, klopfe ich an den Holzrahmen.

»Guten Morgen«, begrüße ich die Frau, die keine zehn Sekunden später die Tür öffnet. Sie ist kleiner als ich und trägt eine weiße Hose und einen dünnen hellblauen Baumwollpullover. Die dunklen Haare sind kurz geschnitten. Ihr Gesicht mit den großen ausdrucksstarken Augen ist ernst. Ich schätze sie auf Anfang dreißig.

»Entschuldigen Sie, dass ich Sie so früh behellige, aber ich möchte mit Leila sprechen«, erkläre ich.

»Sind Sie eine Freundin?« Die Frau ringt sich ein mildes Lächeln ab, dennoch ist der Schmerz in ihren Zügen nicht zu übersehen.

»Mein Name ist Cheyenne. Ich bin die Schwester ihres Freundes Zach.«

»Zachary, ja!« Die Fältchen um ihren Mund vertiefen sich. »Wir haben ihn gestern kennengelernt. Ein netter junger Mann. Kommen Sie bitte rein!« Sie streckt mir ihre Hand entgegen. »Ich bin Shirin Atashi.«

»Angenehm.«

»Leila schläft noch«, erklärt Shirin, als ich das Haus betrete. »Sie war sehr erschöpft nach alldem, was passiert ist. Jetzt, da der Mörder meines Vaters tot ist, ist die Anspannung von ihr abgefallen.« Sie atmet tief durch. »Und nicht nur von ihr.«

Vermeintlicher Mörder, fährt es mir durch den Kopf, aber natürlich verbessere ich sie nicht.

»Mein Beileid, Mrs Atashi«, sage ich leise.

»Danke. Bitte nennen Sie mich Shirin.«

»Gern«, antworte ich mit einem Nicken.

»Darf ich Sie zu einer Tasse Tee einladen, damit wir Leila noch ein wenig schlafen lassen können?« Shirin hebt fragend die Augenbrauen. »Oder haben Sie es eilig?«

Ich lächele sie an. »Eigentlich nicht.«

»Schön.«

Daraufhin führt sie mich in das Wohnzimmer, das direkt vom Flur abgeht. Ein dicker Perserteppich verschluckt unsere Schritte. Weiche Sessel und lange Sofas werden von niedrigen Beistelltischen flankiert, einzelne Möbel und eine große Standuhr machen den Raum behaglich. An einer Wand hängen Dutzende kleiner Bilderrahmen mit Familienfotos.

»Wie mögen Sie Ihren Tee?«, fragt mich Shirin.

»Ich trinke ihn wie Sie.« Fieberhaft stöbere ich in meinen Erinnerungen. Einmal hat mir Mister Dunn erzählt, dass die Iraner ihren Tee auf eine ganz besondere Weise trinken. »Schwarz, ungesüßt und mit Ghand, wenn Sie haben.«

Ghand wird traditionell zu jeder Teerunde gereicht. Dabei handelt es sich um Zuckerbrocken, die zwischen die Vorderzähne geklemmt werden, bevor man den Tee trinkt. Bleibt nur zu hoffen, dass ich das auch ohne Lätzchen sauber hinbekomme! Shirin jedenfalls scheint diesbezüglich keine Bedenken zu haben, denn ihre Lippen verziehen sich zu einem Lächeln, das zum ersten Mal ihre Augen einbezieht. Während sie in der Küche verschwindet, die ans Wohnzimmer anschließt, betrachte ich die Familienfotos. *Wie Beau gestern Abend.* Ehe sich meine Gedanken auf eine schmerzhafte Reise begeben, ziehe ich die Notbremse.

»Ist das Ihr Vater?«, frage ich Shirin, als sie kurz darauf ein volles Tablett auf einem der Beistelltische absetzt, und zeige auf das Porträt eines grauhaarigen Mannes, der mit einem warmen Lächeln in die Kamera schaut.

»Ja.«

»Er sieht freundlich aus«, sage ich versonnen. »Und gütig.«

»Das war er. Unsere Mutter ist sehr jung gestorben, wissen Sie, und er hat uns allein aufgezogen.« Shirin wischt sich eine Träne aus dem Augenwinkel. »Er war der beste Vater, den man sich vorstellen kann.«

»O, Shirin, das tut mir leid«, rufe ich entsetzt. »Ich wollte keine schmerzhaften Erinnerungen wecken …«

Sie macht eine versöhnliche Geste. »Nein, nein. Im Gegenteil. Auf diese Weise wird er am Leben gehalten.«

Eher aus Verlegenheit spreche ich sie auf die anderen Familienfotos an. »Ihre Kinder?«, frage ich und zeige auf ein Mädchen und einen Jungen, die nicht älter als zehn sein dürften.

Shirin nickt. »Das sind Ina und Dario. Sie sind gerade in der Schule.«

Ich lasse einige Momente verstreichen, bevor ich meinen Finger auf einen gut aussehenden, ernst blickenden Mann in den Dreißigern richte, der ein weißes Poloshirt und eine schwarze Hose trägt. Ein schmaler Schnurrbart bedeckt seine Oberlippe.

»Ist das Ihr Mann?«, frage ich. Erst da wird mir bewusst, wie indiskret meine Frage ist. »Entschuldigen Sie bitte«, schiebe ich hastig hinterher. »Familienfotos üben auf mich eine große Faszination aus. Zach und ich sind bei Pflegefamilien aufgewachsen, wissen Sie.« Ich zucke ein wenig hilflos mit den Schultern. »Vielleicht kommt es daher.«

»Oh!« Bestürzung zeigt sich auf Shirins Gesicht. »Das ist traurig. Familie ist das höchste Gut.« Sie räuspert sich. »Das hier ist nicht mein Mann. Es ist Ramin, mein Bruder. Mein Mann ist … nun ja … er ist gegangen. Schon vor Jahren.«

»Das tut mir leid.«

»Muss es nicht.« Die Andeutung eines schelmischen Grinsens umspielt ihre Mundwinkel. »Er war ein Idiot.« Sachte berührt sie mich am Arm. »Kommen Sie, trinken wir unseren Tee, sonst wird er kalt.«

»Natürlich«, antworte ich.

Als ich mich abwenden will, fällt mein Blick zufällig auf eines der oberen Fotos. Zu sehen ist Shirins Bruder, der mit stolzer Miene und einem gerollten Dokument in der Hand, vermutlich einem Diplom, vor der Tulane University steht. Ich stocke kurz.

Das kann nicht sein.

»Ein schöner Ring«, sage ich leichthin, was mir verdammt schwerfällt, und deute auf Ramins Hand, die das Diplom umfasst.

»Ja«, antwortet Shirin. Sollte sie mein Verhalten seltsam finden, so lässt sie es sich nicht anmerken. »Ramin hat ihn von unserem Großvater erhalten. Er ist ein Familienerbstück.« Ein Schatten legt sich auf ihr Gesicht. »Bedauerlicherweise hat ihn Ramin vor ein paar Tagen verloren. Er ist ihm vom Finger gerutscht, und als er es bemerkt hat, war es zu spät.«

Mir bricht der kalte Schweiß aus. »Wie schade!«, antworte ich. »Sicher war dieser Ring etwas Besonderes.«

»Ja, das war er. Mein Großvater hat ihn vom Schah persönlich geschenkt bekommen. Für seine Treue und Freundschaft.« Shirin atmet tief durch. »Unsere Familie durchlebt eine schwere Zeit, aber im Land unserer Väter gibt es das Sprichwort ›Jede dunkle Nacht hat ein helles Ende‹.«

Gott! Bitte gib, dass ich falsch liege!

»Warten Sie!«, sagt Shirin, bevor ich etwas erwidern kann. »Irgendwo habe ich ein Bild.« Sie begibt sich zu dem Schrank, auf dem der Fernseher steht, und kramt etwas aus der Schublade. »Hier. Sehen Sie! Ist er nicht wunderschön? Möge er demjenigen, der ihn findet, so viel Glück bringen wie uns.«

Shirin scheint ein ebenso großes Herz zu besitzen wie ihr Vater. Umso miserabler fühle ich mich, als ich auf das Foto blicke. In einer Schatulle liegt, auf blauen Samt gebettet, ein schwarzer Männerring mit einem ovalen dunkelroten Rubin, der in eine silberne Tulpenranke gefasst ist. Ich habe den Rubin, den Zach am Tatort gefunden hat, zwar nur kurz gesehen, aber der Stein auf dem Foto sieht ihm verflucht ähnlich. Andererseits bin ich kein Experte. Vielleicht irre ich mich ja auch. Warum sollte Ramin Atashi seinen eigenen Vater umbringen? Es handelt sich sicher bloß um einen dummen Zufall. Die Erlebnisse der letzten Tage waren einfach zu viel für mich, und ich sehe schon Gespenster. Das muss es sein.

»Wunderschön«, flüstere ich.

»Kommen Sie!«, sagt Shirin und reißt mich aus meiner Betrachtung. »Der Tee wartet.«

Wir lächeln uns warm zu, und ich beschließe, die ganze Sache als Hirngespinst abzutun. Als ich mich umdrehe, spüre ich, wie mein Herz nach unten sackt. Vor uns steht Shirins Bruder in Anzug und Krawatte und schaut mich ausdruckslos an.

»Ramin?«, ruft Shirin erstaunt. »Was tust du hier? Ich dachte, du wärst auf dem Weg ins Büro.«

»Ich habe meinen Laptop vergessen und musste umkehren«, antwortet der Mann, ohne mich aus den Augen zu lassen.

»Darf ich vorstellen?«, sagt Shirin als die vollendete Gastgeberin, die sie ist. »Das ist Cheyenne, Zacharys Schwester.«

»Angenehm«, antwortet Ramin Atashi mit einem kurzen Nicken, während meine Zunge am Gaumen festgetackert zu sein scheint.

»Wir wollten gerade Tee trinken. Hast du Zeit, dich zu uns zu gesellen?«

Ramin Atashi schüttelt den Kopf. »Leider nein. Ich muss gleich wieder los.«

Ich verberge meine unendliche Erleichterung hinter einem freundlichen Nicken, gleichzeitig rotieren meine Gedanken.

Soll ich Beau anrufen und ihm von meiner Beobachtung berichten? Vielleicht steckt nichts dahinter, vielleicht aber doch. Was, wenn ich den armen Kerl irrtümlich beschuldige?

O Mann!

»Alles in Ordnung?«, fragt Shirin besorgt.

Ich blicke auf. Bruder und Schwester sehen mich forschend an.

»Ja, natürlich. Ich habe mich nur gefragt, wie der Tee wohl schmeckt«, sage ich und ringe mir ein Lächeln ab.

Shirin verzieht bedauernd das Gesicht. »Ich fürchte, ich werde ihn neu aufbrühen müssen.«

»O nein!«, rufe ich aus. »Bitte machen Sie sich meinetwegen nicht solche Umstände.«

»Das sind keine Umstände«, entgegnet Shirin sanft lächelnd. »Außerdem ist es mir allemal lieber, als untätig herumzusitzen und zu grübeln.«

Nach diesen Worten begibt sie sich in die Küche. Weil ich nicht mit Ramin Atashi allein in einem Zimmer bleiben will, unschuldig hin oder her, mache ich Anstalten, ihr zu folgen.

»Ich kann Ihnen helfen!«, sage ich.

»Auf keinen Fall!«, kommt es energisch zurück. »Sie sind unser Gast.«

Verdammt!

»Wegen mir müssen Sie nicht warten«, wende ich mich an den Mann im Anzug.

Erleichterung legt sich auf sein Gesicht. »Gut. Ich habe in einer halben Stunde einen wichtigen Termin.«

Kurz nickt er mir zu, dann geht er in die Küche, und ich kann hören, wie er sich von seiner Schwester verabschiedet. Mein Herz pocht wie ein Vorschlaghammer, als ich mich auf das weiche Polstersofa sinken lasse. Ich schließe die Augen, kämpfe mit aller Kraft gegen den Impuls an, die Beine in die Hand zu nehmen und aus dem Haus zu rennen. Ich werde mich zusammenreißen, brav sitzen bleiben und meinen Tee durch die Zähne am Ghand vorbei schlürfen, wie es sich gehört. Danach werde ich die freundliche Shirin bitten, Leila zu wecken und sie dann mit irgendeinem Vorwand aus dem Haus locken. Nur für alle Fälle. Ich werde behaupten, Zach wolle sie sehen, und wenn sie …

Die kalte Klinge an meinem Hals durchtrennt jeden weiteren Gedanken.

»Stehen Sie auf, aber langsam!«, zischt mir Ramin Atashi ins Ohr. »Ich will keinen Mucks hören, sonst schlitze ich Ihnen die Kehle auf.«

Ein eisiger Hauch fährt durch meine Eingeweide. Als ich heute Morgen aus dem Bett gestiegen bin, hätte ich mein Leben verwetten können, dass dieser Tag nicht schlimmer werden konnte. Ich hätte verloren. Während mein Verstand noch mit dem Schock ringt, komme ich der Aufforderung nach. Meine schlotternden Knie sind kaum in der Lage, mich zu tragen, und ich bin beinahe froh, als Ramin Atashi einen Arm um meinen Oberkörper schlingt. Den anderen hält er mit dem Messer unverändert an meine Kehle. Ungelenk durchqueren wir das Wohnzimmer, vollführen einen makabren Pas de deux.

Da geschieht alles gleichzeitig.

Schritte draußen im Flur sowie ein fröhliches »Guten Morgen!« kündigen Leilas Kommen an, während hinter uns etwas zu Boden fällt und Geschirr laut zerbirst.

»Leila, lauf weg!«, schreie ich aus Leibeskräften, ungeachtet der Tatsache, dass es mein letzter Atemzug sein könnte. »Ramin ist ein Mörder!«

Ich spüre, wie sich der Griff um meinen Hals lockert. Schon sprintet Ramin los, um Leila aufzuhalten, die bereits zur Haustür rennt. Höchstens zwei Meter trennen die beiden noch voneinander. Mein Magen stülpt sich um, als er mit dem Messer zum Wurf ausholt. Sie wird es nicht schaffen! Ich greife nach dem erstbesten Gegenstand, einer Vase aus geschliffenem

Glas, und werfe sie blindlings auf Ramin. Die Vase trifft ihn mit voller Wucht in den Rücken. Mit einem Schrei geht er zu Boden, das Messer fällt ihm aus der Hand und schlittert über die Holzdielen. Außerhalb meiner Reichweite. Es reicht, um Leila den nötigen Vorsprung zu gewähren. Ich höre, wie die Eingangstür aufgerissen wird und krachend ins Schloss fällt. Übelkeit steigt in mir auf, und ich muss mich an die Wand lehnen. Leila hat es geschafft.

Laut fluchend rappelt sich Ramin auf, ergreift das lange Küchenmesser und stürmt mit Mordlust in den Augen auf mich zu.

»Das hätten Sie nicht tun sollen!«, grollt er.

Starr vor Angst schaue ich ihm entgegen, sehe mich bereits sterbend zu seinen Füßen liegen, als ein markerschütternder Schrei ihn innehalten lässt.

»Ramin!«

Sein Blick löst sich von mir und richtet sich auf Shirin, die an der Schwelle zum Wohnzimmer steht, mit einem Gesicht, aus dem jegliche Farbe gewichen ist. Auf dem Boden vor ihr liegt zerbrochenes Porzellan in einem See aus verschüttetem Tee. Ich mache einzelne Zuckerbrocken aus, die darin schwimmen. Schon seltsam, welche Details einem in einer solchen Situation ins Auge springen.

»Was tust du da, Bruder?«, keucht sie, als hätte sie keine Kraft mehr in der Stimme.

»Ich habe uns nur einen Gefallen getan.«

»Was?«

»Vater war ein alter Narr! Wusstest du, dass er eine Hypothek auf das Haus aufgenommen hat, um diese Hure …« Er zeigt aus dem Fenster. »… herkommen zu lassen? Eine Fremde?« Seine Stimme trieft vor Wut. »Unsere Familie war einst bedeutend. Wir hatten Geld und Macht, aber jetzt? Sieh uns doch an! Wir sind zur Mittelmäßigkeit verdammt! Ich hätte der Familie den alten Glanz wieder zurückgebracht, wenn er mich gelassen hätte.« Ramin stößt ein unangenehmes Lachen aus. »Wenigstens habe ich mir einen Teil des Geldes zurückgeholt. Ich habe den Mittelsmann überredet, die Hure an mich zu übergeben, statt an Vater. Ich war es, der sie an den Zuhälter verkauft hat. Sie war so mit Beruhigungsmitteln vollgepumpt, dass sie nichts mitbekommen hat …«

»Aber …«, setzt Shirin an, doch dann bleiben ihr die Worte im Hals stecken.

Langsam sickert die Wahrheit in ihren Verstand, und ich kann sehen, wie erste Tränen über ihre Wangen rinnen. Indessen klebe ich wie versteinert an der Wand, wage es nicht, mich auch nur einen Millimeter zu rühren. Ramin ist nur einen Sprung von mir entfernt und könnte mir mit Leichtigkeit das Messer in den Bauch rammen. Ich fürchte, mein Mut ist mit der Warnung an Leila erloschen.

»Und dann«, wütet Ramin weiter. »Um das Maß vollzumachen, hat der Alte beschlossen, den Laden an Henry Mandal zu verkaufen.« Seine Augen blitzen. »Der Laden steht mir zu. Mir! Ich bin der älteste Sohn. Vater hat mein Erbe mit Füßen getreten. Ich weiß auch, warum er das getan hat. Um mich zu bestrafen!«

»Wi… wieso hätte er das tun sollen?«, stammelt Shirin. »Er war ein wundervoller Vater …«

»Für dich vielleicht!«, fährt ihr Ramin grob in die Parade. »Aber nicht für mich! Du warst sein absoluter Liebling, seine kleine *azizam,* während ich es ihm nie recht machen konnte. Dich hat er geliebt, mich hat er nur geduldet.« Ein boshaftes Lächeln legt sich auf sein Gesicht. »Ich habe ihn getötet und würde es wieder tun. Zweimal habe ich ihm in die Brust geschossen, und sein ungläubiger Blick war das Schönste, was ich jemals gesehen habe.«

»Ramin«, flüstert Shirin angesichts von so viel Hass, bevor sie bewusstlos zusammensackt, als hätte ihr jemand den Lebensfaden durchgeschnitten.

Ihr Bruder, der keine Anstalten macht, ihr zu helfen, richtet seine Aufmerksamkeit erneut auf mich. »Es war der Ring, nicht wahr? Er hat mich verraten. Die Polizei hat den Stein gefunden«, murmelt er, als ich nicht antworte. »Nachdem der Tatort wieder freigegeben worden ist, habe ich alles auf den Kopf gestellt, ihn aber nicht entdecken können. So ein Pech.« Er scheint mich und seine Schwester für einen Moment vergessen zu haben, redet mit sich selbst. »Anfängerfehler! Ich hätte Handschuhe tragen sollen. Wie bei Marsalis.«

»Sie haben Jean-Louis Marsalis erschossen?«, krächze ich ungläubig. Der Mann sieht wie ein Buchhalter aus und nicht wie ein eiskalter Killer. »Aber aus welchem Grund?«

Ramin zuckt mit den Schultern. »Am Anfang waren wir die besten Freunde, Jean-Louis und ich. Vor allem, nachdem ich ihm gesagt habe, dass ich ihm meinen Vater vom Hals geschafft habe. Der Alte hat nicht aufgehört, Fragen zu stellen und rumzuschnüffeln. Das hat Jean-Louis gar nicht gefallen.« Seine kaltschnäuzige Wortwahl lässt mich erschaudern, und ich bin froh, dass Shirin ihn nicht hören kann. »Durch eine undichte Stelle bei der Polizei hat er von einem blutigen Fingerabdruck erfahren. Danach war es für ihn ein Kinderspiel, dem Kerl, von dem der Abdruck stammt, die Tatwaffe unterzuschieben. Ach ja, es handelte sich ja um Ihren Loser von Bruder.« Er grinst. »Damit, meinte Jean-Louis, hätte er zwei Fliegen mit einer Klappe geschlagen. Er war ziemlich angepisst, dass Ihr Bruder sein kostbarstes Pferdchen gestohlen hat.«

Die Wahrheit sprudelt nur so aus Ramin, als hätte sich in seinem Inneren eine Schleuse geöffnet.

»Und wann ging diese wunderbare Freundschaft zu Ende?«, frage ich zwischen zusammengepressten Zähnen hindurch.

»Das Schwein hat mich erpresst. Jetzt, da ich den Laden erben würde, verlangte er fünfundzwanzig Prozent meiner Einnahmen. Jeden Monat bar auf die Hand. Fünfundzwanzig

Prozent!« Ramin kneift erbost die Augen zusammen. »Er meinte, so viel müsste mir meine Freiheit schon wert sein, sonst würde er den Bullen einen Tipp geben. Ich habe es so satt, mir von anderen vorschreiben zu lassen, was ich zu tun habe und was nicht! Erst mein Vater, dann Marsalis.« Er lächelt böse. »Die beiden Bodyguards zu überrumpeln war einfach. Die haben mich unterschätzt, und ich habe sie mit ihren eigenen Waffen erledigt. Marsalis hat überhaupt nichts mitbekommen. Der lag in einem Liegestuhl am Pool und hat Shakira gehört.« Ramin kichert. »Ganz schön dämlich, was!«

»Sie haben sie nicht mehr alle«, flüstere ich kaum hörbar und fühle mich schrecklich hilflos, als stünde ich auf der *Titanic,* die schnurstracks auf den Eisberg zufährt, ohne dass ich daran etwas ändern kann.

Ich verschränke die Hände hinter meinem Rücken und lehne mich schwer gegen die Wand, um das unkontrollierte Zittern einzudämmen.

»Und was passiert jetzt?«, frage ich weiter. »Werden Sie Ihre Schwester und mich auch umbringen?«

Ein Hauch von Empörung legt sich auf sein Gesicht. »Ich würde meiner Schwester nie etwas antun.«

Aber mir schon.

»Leila wird die Cops rufen, und dann sitzen Sie in der Falle, Ramin.«

»Mit Shirin als Geisel wird mir die Flucht gelingen«, erwidert dieser und gibt sich einen Ruck, als wäre ihm etwas eingefallen. Das Messer zeigt auf mich. »Sie sterben hier und jetzt.«

Säure steigt mir die Kehle hoch, und ich muss schwer schlucken. »Ihre Schwester wird Ihnen als Geisel nichts nutzen«, entgegne ich hastig. »Die Cops werden davon ausgehen, dass Sie sie verschonen, egal, was kommt.«

»Warum sollten sie das glauben? Ich habe meinen Vater getötet«, erwidert Ramin mit einem gemeinen Lächeln.

O verdammt!

»Ja, aber ich wäre als Geisel viel wertvoller für Sie«, rufe ich verzweifelt, schließlich verhandele ich um nichts Geringeres als um mein Leben.

Ramin verzieht spöttisch den Mund. »Wieso?«

»Weil ich mit dem Detective liiert bin, der in dem Fall ermittelt«, antworte ich, und mein Herz zieht sich schmerzhaft zusammen.

»Lamare?«, fragt Ramin nach.

Ich nicke, während ich nur mit Mühe die Tränen zurückhalten kann. Wären Beau und ich wirklich ein Paar, würde das meine Lage zwar nicht verbessern, trotzdem würde ich mich vielleicht nicht ganz so mutlos fühlen.

»Interessant.« Die Hand mit dem Messer senkt sich. »Also gut, Sie dürfen Ihr armseliges Leben ein wenig länger behalten, aber kommen Sie nicht auf dumme Gedanken. Ich habe immer noch ein Ass im Ärmel.«

Ich nicke. Damit meint er Shirin, die eben aus ihrer Bewusstlosigkeit erwacht. Als im gleichen Moment Polizeisirenen ertönen, tritt ein Ausdruck in Ramins Augen, der mein Blut zu Eis werden lässt.

»Wie aufs Stichwort«, sagt er leise. »Das Spiel kann beginnen.«

Beau

Mit brennenden Augen starre ich auf das weiß gestrichene Haus. Die Gardinen sind zugezogen, und ich will mir nicht vorstellen, was sich dahinter abspielt. Seit Leila vor einer halben Stunde den Notruf gewählt hat, versuche ich, der heftigen Gefühle Herr zu werden, die mich zu verschlingen drohen. Angst und Schmerz ringen um die Vorherrschaft. Die letzten Worte, die ich an

Cheyenne richtete, waren wie präzise ausgeführte Dolchstöße, die mitten ins Schwarze treffen sollten. Was sie auch taten, wie die Pein in ihren wunderschönen Augen bewies. Ich ignorierte ihre Qual und stellte meinen Blick und mein Herz auf unscharf. Weil es so viel einfacher war. Jetzt hasse ich mich deswegen. Mein Motiv dafür, sie verletzen zu wollen, hatte nichts mit meinem Berufsethos zu tun. Von wegen, ich bin in erster Linie ein Cop und erst dann ein Mann. Nicht Ärger oder Enttäuschung haben mich geleitet, obwohl beides angebracht gewesen wäre. Nein. Es war schnöde Eifersucht! Eifersucht auf diesen kleinen Scheißer von Bruder, für den Cheyenne Berge versetzen würde und der ihre Opferbereitschaft nicht einmal zu würdigen weiß. Mir fehlt dafür jegliches Verständnis. Vielleicht, weil ich als Einzelkind aufgewachsen bin und erst spät Vertrauen zu anderen gefasst habe.

Dessen ungeachtet habe ich mich wie ein Arschloch aufgeführt. Cheyenne hat es nicht verdient, von mir mit Verachtung gestraft zu werden. Sie hat ein großes Herz und den Mut einer Tigerin. Sollte ihr heute etwas zustoßen … Eine eiserne Faust quetscht meinen Magen brutal zusammen, und ich verbiete mir, den Gedanken zu Ende zu bringen. Stattdessen blicke ich mich um. Mehrere Dutzend Polizisten haben das Haus umstellt, darunter ein SWAT-Team in voller Kampfausrüstung. Einige der Cops halten ihre Waffen auf die Fenster und die Haustür gerichtet. Über unseren Köpfen kreist ein Polizeihubschrauber. Profis, rede ich mir ein, die wissen, was sie tun. *Oder aber sie bringen Ramin Atashi dazu, die Nerven zu verlieren,* raunt mir ein Teil meines Verstandes zu. An mir liegt es, dies zu verhindern. Weil ich dem Mann bereits zweimal persönlich begegnet bin, habe ich den Einsatzleiter überreden können, mich als Verhandlungsführer einzusetzen.

In diesem Moment gibt mir der zuständige Leutnant das Zeichen, dass er nach mehrmaligem Klingeln Ramin an der

Strippe hat. Ich atme tief durch, *Ruhe bewahren,* und greife nach dem Telefon.

»Ramin«, beginne ich. »Hier ist Detective Lamare. Wie geht es Ihnen?«

»Wie geht es *Ihnen*?«, kommt es gehässig zurück. »Schließlich habe ich Ihr Mädchen.«

Mein Mädchen.

Ich verdränge die betörende und zugleich Furcht einflößende Wärme, die in meinem Herzen entfacht wird. »Mir geht es gut so weit, danke«, antworte ich ruhig. »Ist Ihre Schwester wohlauf?«

»Natürlich.«

»Und Cheyenne?«

»Auch«, antwortet Ramin, wenn auch hörbar widerwillig.

»Gut.« Kurz schließe ich vor Erleichterung die Augen. »Wenn das so ist, können wir das hier ohne Blutvergießen beenden«, sage ich, jegliche Emotion aus meiner Stimme vertreibend. »Kommen Sie mit erhobenen Händen raus, und wir reden.«

»Reden? Worüber sollten wir reden?«

»Über Ihr Motiv. Sie halten zwei Frauen in Ihrem Haus gefangen und bedrohen sie mit einem Messer. Mehr ist bislang nicht passiert.«

Als Ramin in verächtliches Lachen ausbricht, mahle ich mit den Zähnen. Etwas entgeht mir hier. Und wenn es etwas gibt, was ich hasse, dann ist es, im Trüben zu fischen.

»Cheyenne hat Sie einen Mörder genannt«, taste ich mich vor. »Welchen Grund hatte sie, das zu sagen?«

Ramin schnaubt. »Sie wissen gar nichts, oder?«

»Nein«, antworte ich. »Sie waren einfach zu clever für uns.« Ein bisschen Schleimen kann nicht schaden.

»Ihr Mädchen hat den Braten früher gerochen als Sie.« Wieder lacht er. »Das hätte sie lieber lassen sollen.«

Kalte Wut packt mich, und wieder muss ich mich gewaltsam zur Gelassenheit zwingen. Ich darf mich zu keinem Fehler verleiten lassen.

»Was wollen Sie, Ramin?«, frage ich.

»Ein Fluchtauto und freies Geleit. Ihr Mädchen begleitet mich bis zur Staatsgrenze, danach lasse ich sie gehen.«

Träum weiter, du Drecksack!

»Ist das alles?«

»Ja.«

»Okay«, antworte ich. »Ich muss das klären. Aber lassen Sie eine der beiden Frauen frei, um Ihren guten Willen zu zeigen.«

»Halten Sie mich für blöd? Ich habe genug Filme gesehen, um zu wissen, dass Sie versuchen, Zeit zu schinden.«

»Nein, ich versuche, Ihr Leben und das Ihrer Schwester zu retten«, erwidere ich.

»Und das Ihres Mädchens«, entgegnet Ramin in ätzendem Tonfall.

Das vor allem.

»Natürlich.«

Jemand tippt mich von der Seite an. Es ist der Einsatzleiter, der mir Wasser reicht. Ich nicke ihm dankbar zu, nehme einen Schluck und drücke die kalte Flasche gegen die Stirn. Währenddessen lausche ich angestrengt durchs Telefon, ob ich im Haus noch andere Stimmen höre.

»Sind Sie noch da?«, fragt Ramin.

»Ja. Lassen Sie mich mit Cheyenne sprechen.«

»Nein!«

»Ich muss wissen, dass die beiden Frauen noch leben.«

Ich kann hören, wie Ramin das Telefon mit der Hand bedeckt und etwas murmelt, daraufhin höre ich eine fremde Frau »Es ist alles in Ordnung!« rufen, ihre Stimme zittert hörbar, dann ergänzt Cheyenne in schnoddrigem Ton »Tolle Party!«, was mir ein flüchtiges Lächeln entlockt. Im Hintergrund höre ich eine Uhr die volle Stunde schlagen. Dunkel und volltönend wie von einer Standuhr.

»Okay«, werfe ich ein, bevor Ramin etwas sagen kann. »Aber krümmen Sie Cheyenne ein Haar, war's das mit Ihren Forderungen.«

Nach diesen Worten lege ich auf.

»Wie sieht's aus?«, fragt mich der Einsatzleiter.

Ich erzähle es ihm, worauf er unwillig den Kopf schüttelt. »Entweder lässt er eine der Frauen frei, oder wir stürmen!«

»Am helllichten Tag?«, gebe ich zu bedenken und zeige auf die Nachbarn, die es sich nicht nehmen ließen, an die Absperrung zu treten, um zu gaffen. »Ganz schön riskant, Captain.«

»Wir können nicht bis zum Abend warten«, entgegnet mein Gegenüber. »Es sind noch über zwölf Stunden bis dahin.«

Ich seufze. Der Mann hat recht. »Ich glaube, dass sich Ramin Atashi und die beiden Frauen im Wohnzimmer aufhalten«, sage ich.

»Wie kommen Sie darauf?«

»Ich habe eine Standuhr in unmittelbarer Nähe gehört.«

Der Einsatzleiter nickt langsam. »Wir haben mithilfe eines Nachbarn einen Grundriss des Hauses erstellt. Das Wohnzimmer befindet sich vorn links«, erklärt er und überlegt. »Wir inszenieren ein Ablenkungsmanöver hinterm Haus, dann werfen wir Blendgranaten durch die Fenster und stürmen von zwei Seiten.«

»Ich will dabei sein.«

»Nichts für ungut, Detective, aber …«

»Da drinnen ist ein Mensch, der mir sehr viel bedeutet«, unterbreche ich ihn und unterstreiche meine Worte mit einem eindringlichen Blick. »Ich werde ganz sicher nicht hier draußen Däumchen drehen. Außerdem ist es nicht meine erste Geiselbefreiung.«

»Ja, aber die erste, in die Sie emotional involviert sind«, gibt der Einsatzleiter zu bedenken. Nachdenklich kratzt er sich übers Kinn und nickt schließlich. »Okay. Ich bin einverstanden. Sie besitzen einen soliden Ruf, deshalb dürfen Sie den SWAT-Commander und zwei seiner Leute begleiten. Aber Sie weichen ihnen nicht von der Seite.«

Ich nicke.

»Ich warne Sie, Detective. Kein Rambo-Gehabe! Es steht zu viel auf dem Spiel.«

»Das ist mir bewusst, Captain.«

»Gut. Ich werde den Commander anweisen, Sie zu briefen.«

In diesem Augenblick klingelt das Telefon.

»Warten Sie einen Moment«, sage ich dem Einsatzleiter, der im Begriff ist, sich zu entfernen. »Vielleicht gelingt es mir doch noch, Ramin Atashi umzustimmen.«

Das Gesicht des Captains spricht zwar Bände, dennoch bleibt er stehen.

Den Blick wieder auf das Haus gerichtet, nehme ich ab. »Ja?«

»Wo bleibt das Auto?«, fragt Ramin ohne Umschweife.

»Es ist unterwegs.«

»Warum dauert das so lang? Müssen Sie noch irgendwelche Wanzen anbringen?«

Ich ziehe es vor, seine rhetorisch gemeinte Frage nicht zu beantworten. »Hören Sie, Ramin«, sage ich mit einem versöhnlichen Unterton. »Selbst wenn Sie es bis zur Staatsgrenze schaffen, wird man Sie jagen. Sie werden keine Nacht mehr ruhig schlafen können. Wenn Sie aber jetzt aufgeben, kommen Sie glimpflich davon. Mit einem guten Anwalt sind Sie nach ein paar Monaten wieder raus aus dem Knast.«

»Sehr unwahrscheinlich«, erwidert Ramin mit einem schrillen Gackern. »Bei vierfachem Mord droht mir die Todesspritze. Ich habe nichts zu verlieren.«

Vierfacher Mord? Mein Puls schießt in die Höhe. *Verfluchte Scheiße!*

»Aber Ihre Schwester wollen Sie doch nicht auf dem Gewissen haben, oder?«, entgegne ich, nachdem ich mich wieder gefasst habe.

Kurzes Schweigen.

»Wenn der Wagen nicht in fünfzehn Minuten hier ist, schlitze ich Ihrem Mädchen die Kehle auf«, sagt Ramin schließlich mit kalter Stimme, dann legt er auf.

Wie in Zeitlupe drehe ich mich zu dem Einsatzleiter, der mich fragend ansieht. »Sie haben recht, Captain«, sage ich. »Es wird Zeit, das Ganze zu beenden.«

Cheyenne

Verzweifelt zerre ich an den gefesselten Händen in meinem Rücken, mit dem Ergebnis, dass mir die Kabelbinder, statt sich zu lockern, schmerzhaft ins Fleisch schneiden. Obwohl ich weiß, wie robust diese Dinger sind, ist es immer noch besser, als untätig herumzusitzen, während Ramin mit wildem Blick und mit seinem Messer fuchtelnd durch den Raum tigert. Man muss kein Hellseher sein, um zu erkennen, dass er sich wie ein Tier in der Falle verhält, deshalb gehe ich davon aus, dass es draußen vor Cops wimmelt. Als er mehrmals mit Beau telefoniert hat, bin ich vor Aufregung fast ohnmächtig geworden. Zu wissen, dass Beau da ist, nur wenige Meter entfernt, erfüllt mich mit Hoffnung und Liebe. Einerseits. Andererseits endete das letzte Telefonat vor zwölf Minuten. In drei Minuten will Ramin seine Drohung wahrmachen und meinem »armseligen Leben ein Ende bereiten«, wie er mir unmissverständlich klargemacht hat.

Shirin und ich sitzen nebeneinander auf dem Boden, mit dem Rücken an der Wand. Ramin hält offenbar nichts von Vorzugsbehandlung für Familienmitglieder, denn auch ihre Hände und Füße sind gefesselt. Nachdem sie wieder zu sich gekommen ist, hat Shirin ihrem Bruder ins Gewissen geredet und an seine Vernunft appelliert. Ohne Erfolg. Der Wall aus Hass und Paranoia, den er um sich errichtet hat, ist undurchdringlich. Jetzt sitzt Shirin einfach nur da, mit tränenüberströmtem Gesicht, und starrt auf den Perserteppich, als befände sich dort die Lösung all ihrer Probleme.

Als Ramin seine blutunterlaufenden Augen auf mich richtet, zucke ich zusammen. »Wie es aussieht, nehmen die Cops meine Drohung nicht ernst. Ein schwerer Fehler.«

Im Halbdunkel blitzt die Klinge seines Messers unheilvoll auf.

»Mister Atashi, bitte …«, flehe ich mit zitternder Stimme, als plötzlich das Telefon klingelt.

»Ja?«, meldet sich Ramin, ohne mich aus den Augen zu lassen. Dann lächelt er. »Das höre ich gern.«

Erleichterung brandet über mich wie eine erfrischende Woge, die im nächsten Moment zusammenbricht, als ein lautes Klirren im hinteren Teil des Hauses ertönt. Ein kurzes Erstarren, dann lässt Ramin den Hörer fallen und stürmt zur Wohnzimmertür, wahrscheinlich um sie abzusperren. Ich nutze die Gelegenheit und mache mich lang, um ihn zu Fall zu bringen. Ein riskantes Unterfangen, aber vielleicht gewinnen die Cops dadurch einige wertvolle Sekunden. Oder noch besser: Ramin fällt bäuchlings in sein eigenes Messer! Mit einem Poltern stürzt dieser zu Boden, rappelt sich aber genauso schnell wieder hoch. Das Messer hält er nach wie vor umfasst. Das Herz rutscht mir in die Kniekehlen.

»Du verfluchte Schlampe!«, knurrt er mit wutverzerrter Miene. »Ich mach dich kalt, und es ist mir scheißegal, ob …«

Hinter dem Vorhang zerspringt plötzlich das Fenster in einem Regen aus Splittern und Glasscherben, etwas landet auf dem Teppich. Dann folgt ein gewaltiger Knall, gleichzeitig erfüllt gleißend helles Licht den Raum. Sofort schließe ich die Augen, aber es ist zu spät. Der Schmerz in meinen Augen und Ohren ist unerträglich, als hätte jemand sie mit glühenden Klingen versengt. Wimmernd wiege ich mich hin und her. *Gott, hilf mir! Ich kann nichts mehr sehen und hören.* Alles, was ich wahrnehme, ist der vibrierende Boden. Ich versuche zu begreifen, was geschehen ist, aber mein Verstand sieht sich außerstande, zu funktionieren. Mein Kopf ist voller Panik, für etwas anderes ist kein Platz. Ich brabbele Unsinniges vor mich hin, kann nicht einmal meine eigene Stimme hören.

Einige Atemzüge lang bleibe ich auf dem Boden liegen, keuche und spüre, wie Tränen über meine Wangen strömen. Als ich die Augen wieder öffne, sehe ich weiße und schwarze Flecken. Ich blinzele hektisch, um die grellen Blitze zu vertreiben, und erkenne wie durch einen trüben Film, dass Shirin mit verzerrtem Gesicht neben mir liegt, den Mund zu einem lautlosen Schrei aufgerissen. Auch Ramin hat es von den Füßen gefegt, aber im Gegensatz zu uns kann er sich die Ohren zuhalten. Dann brechen dunkle Schemen wie Dämonen aus der Hölle durch das Licht. Starr vor Entsetzen schaue ich auf die breiten, unförmigen Gestalten – bis sich drei von ihnen auf Ramin stürzen und die Erkenntnis langsam in mein Bewusstsein sickert, dass der Albtraum vorüber ist.

»Teamleiter an Zentrale«, dringt eine dumpfe, leise Männerstimme an mein Ohr, als befände ich mich tief unter Wasser. »Das Haus ist gesichert, die Zielperson liegt am Boden. Die Geiseln sind am Leben.«

Und dann ist er da. Obwohl er einen Helm und eine dicke Schutzweste trägt, erkenne ich ihn auf Anhieb. Vielleicht liegt es an der Art, wie er den Kopf neigt, als er mich anschaut.

»Beau«, wispere ich.

Er nimmt seinen Helm ab. Die Haare stehen ihm zu Berge, sein Gesicht ist unrasiert, und in seinen Augen lese ich Sorge und noch etwas anderes, das mein Herz zum Taumeln bringt. Bevor ich etwas sagen kann, fühle ich seine Arme unter mir. In einer einzigen fließenden Bewegung zieht er mich hoch und drückt mich an sich.

»Bist du verletzt?«, murmelt er rau.

Ich schüttele vorsichtig den Kopf. »Nur Schmerzen in den Ohren und in den Augen.«

»Das geht bald vorüber. Na komm«, sagt er, nachdem er mich von meinen Fesseln befreit hat. »Raus hier!«

Ich nicke, doch als ich einen Fuß vor den anderen setzen will, wird mir schwarz vor Augen.

»Die Blendgranate hat deinen Gleichgewichtssinn gestört«, sagt Beau und hebt mich auf seine Arme. »Gott sei Dank hast du mich«, fügt er mit einem Lächeln hinzu.

Glückselig, anders kann ich das Gefühl nicht beschreiben, lege ich meinen Kopf auf seiner Schulter ab, sauge den Duft und die Wärme seiner Haut ein. Wenigstens meine Nase funktioniert. Ich bekomme kaum mit, wie wir das Haus verlassen. Erst als ein herbeigerufener Sanitäter mich untersucht, werde ich mir wieder meiner Umgebung bewusst. Die Straße ist mit Streifenwagen, Einsatzfahrzeugen und Ambulanzen zugepflastert, überall stehen Leute und starren.

»Wie geht es Shirin?«, frage ich Beau, der neben der Trage steht, auf der ich sitze.

»Den Umständen entsprechend gut.« Er zeigt mit dem Kopf hinter mich. »Sie wird gerade verarztet. Physische Verletzungen hat sie nicht davongetragen.«

Dafür aber den ganzen Rest. Mein Herz pocht vor Mitleid für die arme Frau. Ein Glück, dass sie ihre Kinder hat. Sie werden ihr die nötige Kraft geben, um die Tragödie durchzustehen.

»Was ist mit ihrem Bruder?«, frage ich weiter.

»Liegt hinten in einem der Einsatzfahrzeuge. Verschnürt wie ein Paket.«

Gut.

»Er hat sie alle getötet«, sage ich. »Seinen Vater, Marsalis und die beiden Leibwächter. Er hat es uns gegenüber zugegeben.«

Beau nickt langsam. »Jetzt wissen wir, wer der Geschäftsmann gewesen ist, der auf dem Parkplatz vor dem Laden beinahe über den Haufen gefahren worden wäre.«

»Was?«, frage ich.

»Nicht so wichtig. Aber warum hat Ramin das getan?«

»Ein liebloser Vater? Habsucht? Eine durchgeknallte Sicherung? Such's dir aus!«, erwidere ich und fühle mich plötzlich sehr erschöpft.

Beau lacht kurz auf, wird aber wieder ernst, als mir der Sanitäter etwas gegen die Übelkeit verabreicht und sich dann entfernt.

»Ich habe mich wie ein Arschloch benommen, Cheyenne.« Beaus ohnehin dunkle Stimme klingt belegt. »Es tut mir leid.«

Obwohl mein verliebtes Herz einen Dreifachsalto schlägt, zucke ich lässig mit den Schultern. »Du hast mir zum x-ten Mal das Leben gerettet. Ich will mal nicht so sein und vergebe dir.«

»Na ja, streng genommen waren es die Jungs vom SWAT-Team, die dich heute gerettet haben«, entgegnet Beau mit einem sanften Lächeln.

»Trotzdem bist und bleibst du mein Retter in schimmernder Rüstung«, antworte ich mit zugeschnürter Kehle. Als Beau nichts erwidert, hebe ich den Kopf. Unsere Blicke verschmelzen lange miteinander, bis ich seufzend die Augen schließe. »Ich bin todmüde.«

Ich spüre, wie ein Ruck durch seinen Körper geht. »Ich fahre dich nach Hause«, sagt er leise.

»Danke«, flüstere ich und sinke gegen seine Brust.

Kaum hat er mich in seinen Wagen gesetzt, bin ich auch schon eingeschlafen.

Der Bulle und sein Mädchen

Cheyenne

Die Ereignisse der letzten Tage haben Spuren hinterlassen, und ich schlafe den restlichen Tag und die Nacht durch. Nachdem ich morgens einen Bissen gegessen und etwas getrunken habe, lege ich mich wieder hin und wache erst am frühen Nachmittag auf. Auf der Mailbox meines Handys ist eine Nachricht von Beau, der mich darüber informiert, dass ich, sobald ich mich wieder fit fühle, eine Aussage im Revier machen soll. Wobei er betont, dass ich mir so viel Zeit nehmen soll, wie ich brauche. Sein Tonfall ist warm, und als er mich als »seine kleine Schlafmütze« bezeichnet, gerät mein Herz mal wieder aus dem Takt. Herzrhythmusstörungen scheinen im Paket »Beau Lamare« inklusive zu sein. Schwungvoll springe ich aus dem Bett und gehe unter die Dusche. Nach einem schnellen Kaffee schlüpfe ich in Jeans und T-Shirt. Höchste Zeit, die Bluse für Killians Frau zu besorgen. Die Aussage kann bis morgen warten.

Draußen vor dem Haus treffe ich Brian, der mit einem Ball spielt, den er gegen die Wand wirft und geschickt wieder auffängt.

»Mom kommt heute früher nach Hause, und dann gehen wir zusammen ins Kino«, begrüßt er mich freudestrahlend.

»Das ist schön.« Ich lächele ihn an. »Welchen Film schaut ihr euch an?«

»›Hotel Transsilvanien‹.«

»Was? Den kennst du noch nicht?«, ziehe ich ihn auf.

»Nein.« Er zieht eine Schnute. »Als der rauskam, war ich noch zu klein.«

Ich zwinkere ihm zu. »Er wird dir gefallen. Er ist lustig!«

Schon strahlt er wieder. »Ja, das sagen alle.«

»Viel Spaß, Brian, und grüß deine Mom von mir«, sage ich und steige aufs Fahrrad.

»Mache ich!«

Ich winke ihm noch einmal zu, dann fahre ich los. Nachdem ich in einem der kleineren Läden jenseits der Bourbon Street eine weiße Bluse mit winzigen Rosenblüten am Saum erstanden habe, mache ich mich auf den Weg zu Killian. Wie beim letzten Mal werde ich von seinen zotteligen Promenadenmischungen, den O'Reilly-Cousins, aufs Lauteste begrüßt. Killian ist nicht zu Hause, dafür aber Maria, eine hübsche Latina mit schwarzen Augen und viel Temperament. Besonders gut gefällt mir die Art, wie sie die beiden O'Reilly-Cousins zurück zu ihrer Arbeit scheucht, worin auch immer diese besteht. Zunächst beäugt sie mich skeptisch, doch als ich ihr die Bluse mit einem Lächeln überreiche, hellt sich ihr Gesicht merklich auf. Sie lädt mich zum Kaffee ein, und ich sage nicht Nein. Während wir über die kleinen Läden im French Quarter, das Wetter und die Pflege von Magnolien plaudern, taut sie nach und nach auf. Das Thema Killian kommt ebenfalls zur Sprache, aber ich habe seine Warnung nicht vergessen, was Marias Eifersucht betrifft, also beschränke ich meine Bemerkungen auf ein Minimum. Auch seine Vergangenheit betreffend, halte ich mich bedeckt, schließlich weiß ich nicht, wie viel er ihr von seiner Zeit als Pflegekind erzählt hat.

Die Stunden vergehen wie im Flug, und als ich nach Hause komme, ist es früher Abend. Die Dauphine Street ist zur Ruhe gekommen. Die Luft hat sich abgekühlt, und am fleckigen Bordstein raschelt das Papier einer weggeworfenen Zeitung im Abendwind. Alles ist wie stets. Bis auf die bernsteinfarbenen Augen, die mich über die Straße hinweg mustern. Beau, bekleidet mit Jeans und T-Shirt, steht reglos vor dem Hauseingang, seine Mähne ist wie immer zerzaust, ein dunkler Bartschatten bedeckt sein Kinn. In der Hand hält er etwas in braunem Packpapier, das wie ein Gemälde aussieht. Jets »The Cajun«, nehme ich an. Bei Beaus Anblick flattern meine Nerven wie bei einem ersten Date. Dennoch versuche ich, mir nichts anmerken zu lassen, als ich neben ihm stehen bleibe und vom Rad steige.

»Hi!«, begrüße ich ihn lässig.

»Wo warst du?«, entgegnet er mit ruhiger Stimme, jedoch kann ich den Unmut in seinem Blick sehen. »Ich habe mir Sorgen gemacht.«

»Bei Killians Frau. Ich habe ihr die geliehenen Klamotten wieder zurückgebracht«, antworte ich mit einem Lächeln. »Hättest du mich angerufen, statt wie ein brummiger Bär hier rumzustehen, wüsstest du es.«

»Ich habe angerufen, aber du bist nicht rangegangen.«

Ich runzele irritiert die Stirn. »Wirklich?« Dann taste ich meine Hose ab, krame in meiner Tasche. *Ups.* »Ich habe mein Handy oben liegen gelassen.«

Sein empörter Blick bringt mich zum Lachen, und bevor er etwas sagen kann, drücke ich ihm einen raschen Kuss auf die Nase. Er will mich packen, aber ich weiche ihm geschickt aus. Rasch schiebe ich das Fahrrad zwischen uns, hole meinen Schlüssel aus der Tasche und schließe die Haustür auf. Beau folgt mir wortlos. Nachdem ich mein Rad unten abgestellt habe, nehmen wir schweigend die Treppe nach oben. Sein Geruch, die Wärme seines Körpers, seine ganze Gegenwart hüllt mich ein. Entsprechend weich fühlen sich meine Beine an.

»Wann kommt Zach raus?«, frage ich oben angekommen, nur um das Schweigen zu brechen.

Du meine Güte, ich habe schon seit Stunden nicht mehr an ihn gedacht.

»Morgen früh.«

Meine Hand zittert leicht, als ich die Wohnungstür aufschließe. »Wird er angeklagt?«

Beau wartet mit der Antwort, bis wir das Apartment betreten haben und ich die Tür hinter mir geschlossen habe. »Nein. Letztlich verdanken wir seiner … nennen wir es mal Nachlässigkeit, dass du Ramin Atashi entlarvt hast. Hättest du den Rubin nicht mit eigenen Augen gesehen, hättest du ihn auf dem Foto nicht erkannt, und Atashi wäre womöglich davongekommen.«

»Du hättest den Rubin irgendwann selbst auf einem der Fotos entdeckt«, sage ich und lege meine Sachen ab.

»Vielleicht. Vielleicht auch nicht.« Er seufzt. »Wie auch immer. Dein Bruder bekommt noch einmal eine Chance, aber du solltest ihm klarmachen, dass es das allerletzte Mal ist. Er hat sein Glück zur Genüge strapaziert.«

»Was ist mit Leila?«

»Wir haben sie in einem Hotel untergebracht. Sie wird im Prozess gegen Atashi eine wichtige Zeugin sein.«

Ich schaue in sein wundervolles männliches Gesicht. »Danke, Beau.«

Sein Blick flackert. »Du weißt, warum ich das alles tue, oder?«, fragt er leise.

Angesichts seines bedeutungsschweren Tonfalls ringe ich nach Atem. Der plötzliche Kloß in meinem Hals lässt nur wenig Luft zu. »Ist das Jets Bild?«, frage ich mit dünner Stimme und deute auf das Gemälde in seiner Hand.

Mit gerunzelter Stirn, als bemerkte er es zum ersten Mal, schaut er hin und nickt.

»Prima!«, antworte ich hastig und reiße es ihm aus der Hand. Ratzfatz habe ich das Papier entfernt. »Ich denke, ich werde es hier aufhängen«, plappere ich und halte es über dem Sofa an die Wand. »Was meinst du?«

Wieder nickt er nur.

»Ist es nicht wunderschön?«, frage ich, nur um die Stille zu füllen.

»Wunderschön«, antwortet Beau, den Blick unverwandt auf mich gerichtet.

Wie das Kaninchen die Schlange starre ich ihn an, als er sich gemächlich in Bewegung setzt, mir das Bild abnimmt und aufs Sofa legt.

»Ich bin verrückt nach dir, Cheyenne. Weiß der Geier, wieso!« Seine tiefe Stimme klingt ungehalten. »Du manövrierst dich dauernd in Schwierigkeiten, stellst meine Geduld auf eine harte Probe und bringst mich dazu, das Gesetz zu missachten … Und du wolltest meinen Pick-up klauen!«

»Du bist von deinem Wagen regelrecht besessen!«, ziehe ich ihn auf, obwohl das Herz in meiner Brust wie ein wild gewordenes Vögelchen flattert.

»Ich bin besessen, aber nicht von meinem Pick-up …« Sein Blick streift über meine Lippen, bleibt mehrere Sekunden daran haften, und mein Hals wird trocken wie die Wüste. »… sondern von deinem süßen Mund«, sagt er mit einer dunklen, samtigen Stimme, die nur dazu da ist, mich zu verführen.

»Hast du Hunger?«, unterbreche ich ihn im Versuch, das Netz abzuschütteln, das er um mich webt. »Ich kann uns etwas kochen.«

»Mir ist nicht nach Essen, Cheyenne«, erklärt er, während ich Schritt für Schritt vor ihm zurückweiche, bis die Wand in meinem Rücken meinem albernen Fluchtversuch ein jähes Ende bereitet.

»So… sollten wir nicht noch ein paar Sachen klarstellen?«, stammele ich.

»Dein Bruder hat ein Beweismittel gestohlen, du hast die Info für dich behalten, um ihn zu schützen, ich habe mich wie ein eifersüchtiges Arschloch benommen und mich entschuldigt. Ende der Geschichte.«

»Du warst eifersüchtig?«, frage ich hingerissen. »Auf Zach?«

Beaus Gesicht verdüstert sich. »Mir ist gerade nicht der Sinn nach Quatschen, Cheyenne«, grollt er. »Ich will dich vögeln.«

Seine Worte haben die Wirkung eines Stromschlags, der mich aufkeuchen lässt. Ehe ich mich versehe, packt er mich und presst seine Lippen auf meine. Unser Versöhnungskuss ist von einer Süße, die mir den Atem raubt. Sanft und voller Hingabe. Allerdings nicht lang, denn seine Zunge wird mit jeder Sekunde drängender. Prickelnde Schärfe mischt sich in seinen Kuss. Sein Körper an meinem ist hart und unerbittlich, seine Hände umfassen meinen Kopf. Genau dort blitzt ein Bild auf, das mich wollüstig aufstöhnen lässt.

»Und ich will dich schmecken«, flüstere ich mit heiserer Stimme.

Was du kannst, kann ich schon lange, mein Lieber!

Als ich mich von ihm löse, sehe ich, dass sich seine Augen verdunkelt haben. Ich warte seine Antwort erst gar nicht ab, sondern gehe vor ihm in die Hocke und ziehe am Reißverschluss seiner Hose. Keuchend greift er mir mit der einen Hand ins Haar, mit der anderen zieht er seinen Schwanz heraus. Ein Anblick, der mich feucht werden lässt. Ungeduldig zerre ich den störenden Stoff, der mich von seiner nackten Haut trennt, nach unten und grabe meine Finger in seinen muskulösen Hintern. Als ein einzelner Lusttropfen aus seinem Schwanz tritt, lecke ich ihn ab, genieße den salzigen Vorgeschmack. Dann fahre ich mit der Zunge über die gesamte Länge seiner Männlichkeit, dabei halte ich die ganze Zeit über die Augen auf sein Gesicht geheftet. Er ist um Gelassenheit bemüht, doch das heiße Zittern, das seinen Körper erfasst, verrät ihn. Mit einem zufriedenen Lächeln stupse ich die samtweiche Haut mit der Nase an. Wie gut er riecht! Warm und herb und männlich.

Sein gequältes Keuchen, als ich seinen Schwanz mit meinem Mund umschließe, bringt mein Blut zum Kochen. Gemächlich bewege ich den Kopf vor und zurück, martere ihn zusätzlich mit meiner Zunge, während seine Hand in meinem Haar immer fester zupackt. Meine Kopfhaut schmerzt, was mich noch mehr anspornt, und so versuche ich, ihn noch tiefer aufzunehmen. Er weiß meine Bemühung zu schätzen, denn sein Schwanz schwillt weiter an, pulsiert verheißungsvoll. Mein Schoß fließt über, und ich presse die Oberschenkel gegeneinander, um das Pulsieren zu unterbinden, was sich als sinnlos erweist. Wollüstig ziehe ich sein Becken zu mir, um ihn voll und ganz zu verschlingen.

Kurz hält er mit seinen stoßenden Bewegungen inne. Ich suche seinen Blick. *Bist du sicher?*, scheinen seine Augen zu fragen, und ich nicke kaum merklich. Mit beiden Händen packt er meinen Kopf und rammt mir seinen Schwanz in den Rachen, während ich sein Ächzen und mein Stöhnen genieße, die seine Stöße begleiten. Als er heftig zuckt, schaue ich erneut zu ihm auf. Sein Gesicht hat einen animalischen Zug angenommen, sein Blick ist verschleiert. Ich grabe meine Fingernägel in seinen Hintern, gleichzeitig bewege ich meinen Kopf immer schneller. Seine Augenlider flattern, kurz verkrampft er sich, dann entlädt er sich mit einem befreienden Schrei in meinen

Mund. Zwischen meinen Beinen pocht und pulsiert es heftig, eine winzige Berührung meiner Finger würde genügen, damit ich komme. Aber ich tue es nicht. Stattdessen konzentriere ich mich auf meine köstliche Aufgabe und vergeude keinen einzigen Tropfen. Als er fertig ist und keuchend neben mir auf die Knie fällt, blicke ich ihm zufrieden ins Gesicht.

Ein heiseres Lachen entweicht seiner Kehle. »Ich wusste es. Du bist ein gieriges Kätzchen.«

Ich grinse. »Im Moment bin ich eher ein geiles Kätzchen.«

Seine kräftige Hand fährt über meine Wange, stößt hinab zu meiner Kehle und umschließt sie sanft. »Dagegen sollten wir etwas tun«, sagt er rau.

Kaum hat er die Worte ausgesprochen, als er mich nach hinten zu Boden drückt. Ich lasse es geschehen, auch dass er mir die Klamotten auszieht, bis ich nackt vor ihm liege.

»Das ist ein bisschen unfair, findest du nicht?«, keuche ich und zeige auf seine Jeans und das T-Shirt. »Du könntest wenigstens die Stiefel ausziehen.«

»Nein. Ich will es hart und schmutzig«, knurrt er, und in meinem Bauch zuckt es unkontrolliert.

»Oh … okay«, quieke ich und schreie auf, als er den Kopf beugt und meine Scham ausleckt. »Ich … Ich …«

Ich spüre seine Bartstoppeln an meinen Innenschenkeln, kurz darauf explodiert in meinem Kopf schon das erste Feuerwerk, gefolgt von einem zweiten, als er an der empfindlichen Perle saugt. Mein Herz verfällt in einen wilden Galopp, aber Beau gewährt mir kaum Zeit zum Durchatmen, sondern legt sich auf mich. Seine stählerne Umarmung lässt keine Flucht zu, nicht dass ich sie ernsthaft in Betracht ziehen würde. Gierig schnappen seine Lippen nach einem meiner Nippel, seine Zunge fährt über die Knospe und hinterlässt einen lustvollen Schauer auf meiner Haut. Ich keuche, als sich seine Zähne in das zarte Fleisch graben. Dann schiebt er sich zwischen meine

Beine und treibt mit einem harten Glanz in den Augen seinen Schwanz in mich.

Er ist wieder voll da!

Sein Atem streicht über meine Schläfe, während er mich nimmt. Ich wimmere, spüre den nächsten Höhepunkt, der unaufhaltsam auf mich zurast. Kurz zieht er sich aus mir heraus, dreht mich auf den Bauch, dann hämmert er seinen Schwanz von hinten in mich hinein.

»Weil wir gerade beim Klarstellen sind …«, keucht er.

»Was?«, entgegne ich benommen.

»Ich habe einen Peilsender in deinem Rucksack versteckt. Oder besser gesagt, Leroy hat das für mich gemacht«, erklärt er ein wenig atemlos, ohne jedoch von seinen Bewegungen abzulassen. »Deshalb habe ich dich beim Schrottplatz gefunden, und deshalb war ich auch schneller beim Laden als die anderen Cops.«

Ich brauche einen Moment, um zu begreifen. »Du hast was?«

»Für den Notfall. Ich wollte wissen, wo du bist.«

Vergeblich versuche ich, mich aus seiner Umklammerung zu befreien. »Du … du …«

Er beißt mir unsanft in den Nacken. »Das war nur zu deinem Besten.«

»Von wegen! Du wolltest nur, dass ich dich zu Zach führe!« Ich bin echt sauer, aber leider kümmert es meinen Körper nicht die Bohne.

Als Beau leise lacht, zieht sich mein Unterleib ruckartig zusammen. »Das war der angenehme Nebeneffekt.«

»Das ist illegal!«, ereifere ich mich weiter, obwohl es mir immer schwerer fällt, meine Empörung aufrechtzuerhalten, was vielleicht daran liegt, dass Beau seine Hand zwischen meine Beine geschoben hat, um mich zu massieren.

»Ist es«, krächzt er. Ihm geht langsam die Puste aus. Geschieht ihm ganz recht! »Wie ich schon sagte, du treibst mich dazu, immer wieder das Gesetz zu missachten.«

»Ach, jetzt bin ich schuld?« Ich werfe ihm über die Schulter einen wütenden Blick zu. »Hättest du es mir nur gesagt, als ich dich im Mund hatte! Ich schwöre dir, ich hätte …«

»Ich bin doch nicht verrückt!«, lacht er. »Ich wollte den perfekten Moment abpassen.«

»Ach … und … der ist jetzt?«

»O ja, Baby!«, antwortet er und verstärkt den Druck seiner Fingerkuppen auf meinen Kitzler. »Genau jetzt.«

»Du … du … hinterhältiger …«

Der Rest meiner Worte löst sich auf, als er jegliche Zurückhaltung fallen lässt und wie ein Irrer zustößt. Ein Schauder läuft durch meine Muskeln. Die kalten Fliesen unter mir und sein pulsierender heißer Schwanz in mir reichen aus, damit ich in luftige Höhen geschleudert werde. Ich will die Augen schließen, doch er lässt es nicht zu. Mit festem Griff packt er meine Haare, dreht meinen Kopf zur Seite und zwingt mich, ihn anzusehen. Während ich stöhne und abwechselnd seinen Namen stammele und ihn verfluche, mustert er mich mit loderndem Blick. Dann verwandelt sich das Farbenmeer vor meinen Augen in ein schwarzes Nichts, und ich sinke keuchend zusammen. Indessen rammen seine Hüften weiter in mich hinein, bis er sich mit einem kehligen Laut in mir ergießt. Lange und gründlich. Er presst sein Gesicht in meinen verschwitzten Nacken, sein Atem geht stoßweise, während er von Zuckungen geschüttelt wird. Als es vorbei ist, wälzt er uns herum und umarmt mich. Wir bleiben reglos liegen, bis wir wieder einigermaßen zu Atem gekommen sind.

»Ich bin immer noch sauer auf dich«, nuschele ich gegen seine warme Haut.

Statt einer Antwort haucht er mir einen Kuss auf die Schläfe. »Ich wollte nur verhindern, dass dir etwas Schlimmes passiert, Kätzchen. Ist das so schwer zu verstehen?«, sagt er mit leicht bebender Stimme.

So fühlt es sich an, beschützt zu werden, fährt es mir durch den Kopf, und ich spüre, wie sich mein Ärger wie Nebel in der aufgehenden Sonne verflüchtigt.

»Und du wolltest Zach schnappen!«, erwidere ich dennoch.

»Ich bin ein Bulle, Cheyenne. Das ist mein Job.«

»Ich weiß«, sage ich und schiebe sein T-Shirt nach oben, um kleine Küsse auf seinen Bauch zu hauchen.

»Immer langsam, Süße«, sagt er lachend und zieht mein Gesicht zu seinem. »Ich bin auch nur ein Mensch.«

»Ich kann eben nicht genug von dir kriegen«, murmele ich.

»Du hast mir also verziehen?«

Ich zucke übertrieben mit den Schultern. »Habe ich noch nicht entschieden«, antworte ich, kann mir aber ein Lächeln nicht verkneifen.

Unsere Blicke finden sich, und für einen Moment erstarrt die Zeit.

»Was meinst du?«, flüstert er. »Könntest du dir vorstellen, dass aus der Sache hier etwas Dauerhaftes wird?«

Obwohl mir bei seinen Worten das Herz fast aus der Brust springt, drehe ich den Kopf weg. »Ich weiß nicht«, antworte ich leise.

»Du weißt es nicht?«, fragt er sanft nach und hebt mit zwei Fingern mein Kinn zu sich heran, was es mir unmöglich macht, seinem Blick auszuweichen.

»Ich habe Angst vor dem, was du mit mir machst, Beau.«

Er lacht rau. »Glaubst du etwa, ich habe keine Angst?« Er küsst mich zärtlich. »Wir müssen ja nicht gleich zusammenziehen.«

Mein Herz macht einen Satz. »Nein?«

»Nein. Ich kann mir gut vorstellen, wie lieb und teuer dir dein Zuhause ist.«

»Wirklich?«

Er nickt ernst. »Ja, wirklich.«

»Ich werde Zach bitten, auszuziehen«, erkläre ich leise. »Zum ersten Mal werde ich allein leben, in meinen eigenen vier Wänden. Ich möchte mir das nicht nehmen lassen.«

»Das solltest du auch nicht.«

Sein Lächeln ist so voller Verständnis und Wärme, dass ich ihn ungläubig anstarre. »Ich glaube, ich liebe dich«, hauche ich, während eine Träne meine Schläfe hinunterrinnt.

»Ich glaube, ich liebe dich auch«, antwortet er und küsst die Träne weg.

Mein Herz schwillt vor Glück, die Gefühle drohen, mich zu überwältigen. »Und keine Peilsender mehr, okay?«, flüstere ich schnell, bevor ich wie ein Schlosshund losheule.

»Hmm.«

»Hey!«, sage ich und richte mich drohend über ihm auf.

Er stößt ein Lachen aus. »Okay, okay.« Als er meinen misstrauischen Blick auffängt, zieht er meinen Kopf zu sich hinunter, um mich zu küssen. Und ich höre augenblicklich auf, zu denken.

Ganz schön mieser Trick!

»Sag mal, Bulle«, sage ich nach einer Weile. »Ist es für dich nicht schrecklich ungemütlich hier so auf dem nackten Boden?«

Ein zärtlicher Ausdruck tritt in seine Augen. »Mit dir in meinen Armen, Mädchen? Niemals.«

Epilog

»Nein!«

»Doch!«

Der große, massige Mann und die hübsche Frau mit den ausdrucksvollen braunen Augen stehen sich kämpferisch gegenüber und funkeln sich an. Die untergehende Sonne überzieht ihre Haut mit einem warmen Goldton und betont ihre verletzliche Schönheit, was er krampfhaft zu ignorieren versucht.

»Als ich sagte, du sollst endlich den Führerschein machen, meinte ich den Autoführerschein!«, ereifert sich der Mann. Eine Falte des Unmuts hat sich zwischen seinen Augenbrauen gebildet. »Nicht den Motorradführerschein! Wer hat dich auf diese Schnapsidee gebracht? Jet?«

Die junge Frau verschränkt die Arme. »Und wenn es so wäre?«

»Dafür reiße ich ihr den Kopf ab!«, brummt er. »Ich schwöre es.«

»Ich werde es tun, ob du willst oder nicht! Ist mir eg…«

Weiter kommt sie nicht, denn der Mann hat den Abstand zwischen ihnen in Nullkommanichts überwunden und verschließt ihren Mund mit einem tiefen Kuss, den die junge Frau trotz ihrer Differenzen nur zu gern erwidert.

»Ich weiß, was du hier versuchst«, murmelt sie an seinen Lippen. Das Lachen in ihrer Stimme ist nicht zu überhören. »Sosehr ich deinen Bekehrungsversuch auch schätze, ich werde meine Meinung nicht ändern.«

Mit einem leisen Fluchen löst sich der Mann von ihr, fährt sich durch das zerzauste Haar. »Es liegt mir fern, dich zu bevormunden, Süße! Aber ich mache mir Sorgen. Die Unfallstatistiken …«

»Scheiß auf die Unfallstatistiken!«, unterbricht sie ihn leidenschaftlich, um dann ruhiger fortzusetzen. »Ich will es versuchen, okay? Ich will sehen, ob es etwas für mich ist.« Sie zwinkert ihm schelmisch zu. »Mein ganzes Leben bin ich auf zwei Rädern unterwegs gewesen. Das kriege ich mit links hin.«

Er stößt einen tiefen Seufzer aus. »Ich muss mich wohl damit abfinden, was?«

Sie legt ihre Arme um seinen Nacken und reibt sich schamlos an ihm. »So ist es. Du hast keine Wahl.«

»Okay. Aber nur unter Protest«, antwortet er und küsst ihre Schläfe. Das Herz schlägt hart in seiner Brust. Die Vorstellung, seinem Mädchen könnte etwas zustoßen, bringt ihn schier um den Verstand.

»Zur Kenntnis genommen, Bulle«, entgegnet sie mit unendlich zärtlichem Unterton.

Ein lautes Zischen, gefolgt vom Geräusch platzender Bläschen, lässt sie auseinanderfahren und zum Herd schauen, wo das brodelnde Nudelwasser im Begriff ist, sich über das Ceranfeld zu verteilen.

»Mist!«, ruft der Mann und stürzt zum Wasserhahn, um kaltes Wasser in ein Glas zu füllen und in den Topf mit den Spaghetti zu kippen.

Schon kehrt in der Küche wieder Ruhe ein. Nachdem der Mann den Herd, so gut es geht, trockengewischt hat, dreht er sich zu seiner Freundin um.

»Wo waren wir?«, fragt er mit einem kleinen Lächeln.

»Du wolltest den Tisch decken«, antwortet sie keck.

»Du wirst ganz schön frech auf deine alten Tage!«, ruft er in gespieltem Ärger und kitzelt sie.

»Hey!«, erwidert sie lachend. »Ich habe die Bolognese gemacht.«

»Du hast die Fertigsoße in den Topf geschüttet!«

Sie zieht empört die Augenbrauen nach oben. »Ich habe sie mit grünem, schwarzem *und* rotem Pfeffer nachgewürzt.«

Energisch packt er sie von hinten, um sie an sich zu drücken. »Du bist die Beste! Ich liebe Pfeffer.«

Sie lächelt. »Ich weiß.«

»Ich würde mich gern revanchieren«, raunt er in ihr Ohr.

Ihrem beschleunigten Puls zum Trotz klopft sie ihm strafend auf den Unterarm. »Zach und Leila kommen jede Minute. Wir haben dafür keine Zeit.«

»Wir könnten sie anrufen und absagen, erzählen, dass du Migräne hast …«

»Ich? Migräne?« Sie schnaubt. »Das glaubt mir Zach niemals.«

»Dann eben etwas anderes.«

Sein flehender Tonfall bringt sie zum Lachen. »Reiß dich zusammen, Don Juan!«, sagt sie, obwohl ihr die Vorstellung, die Handschellen aus der Schublade zu stibitzen und mit ihm hinter dem Paravent zu verschwinden, sehr verlockend erscheint.

Aber heute kommen ihr Bruder und seine Freundin erstmalig zum Essen in die Feuerwache, und ihr liegt es am Herzen, dass sich die beiden wichtigsten Männer in ihrem Leben besser kennenlernen. Versonnen lächelt sie vor sich hin. Obwohl sie seit über einem halben Jahr in festen Händen ist, schwebt sie immer noch auf Wolke sieben. Endlich meint es das Schicksal gut mit ihr und ihrem Bruder. Zach jobbt als Kurier für eine große Lebensmittelkette und hilft manchmal am Wochenende an der Bar eines Klubs in der Frenchmen Street aus. Er ist mit seiner Freundin zusammengezogen, die einiges zu verarbeiten hat und deshalb von einer Psychologin betreut wird. Sie hat einen Einbürgerungsantrag gestellt, und der zuständige Anwalt meint, sie habe gute Chancen, die amerikanische Staatsbürgerschaft zu erhalten. Die Zeichen stehen gut, dass Zach sein Leben in den Griff bekommt. Leila hat einen guten Einfluss auf ihn, und durch sie ist er erwachsen geworden.

Die schrecklichen Erlebnisse vom letzten Herbst haben die Beteiligten hinter sich gelassen. Shirin Atashi hat den Gewürzladen verkauft, wenn auch nicht an Henry Mandal, und ist mit ihren Kindern nach Boston gezogen, um dort ein neues Leben zu beginnen. Obwohl der Prozess gegen ihren Bruder Ramin noch im vollen Gang ist, muss sie nicht aussagen. Die junge Frau, die vor Kurzem ihre Leidenschaft fürs Motorradfahren entdeckt hat und eben dabei ist, ihrem Freund beim Tischdecken zu helfen, hat sich bereit erklärt, als alleinige Zeugin vor Gericht aufzutreten, um Shirin Atashi die Pein zu ersparen. Sie arbeitet nach wie vor bei Mister Dunn, der ihr eines Abends eröffnet hat, er wolle ihr im Fall seines Todes seinen Laden vermachen. Sosehr die großzügige Geste sie gerührt hat, hofft sie doch inständig, dass der alte Zauberer noch lange lebt.

»Du willst doch nicht die blauen Servietten nehmen?«, fragt sie ihren Freund, der sie daraufhin verdutzt anschaut. »Die passen nicht zu den Tellern«, fügt sie erklärend hinzu.

Er verzieht das Gesicht. »Als ob das jemanden interessiert.«

»Mich interessiert es.«

»Mich aber nicht«, widerspricht er energisch, und diesmal gibt sie sich mit einem Grinsen geschlagen, schließlich ist es sein Apartment.

Beide wohnen immer noch getrennt, verbringen gleichwohl jede Nacht zusammen. Entweder bei ihm oder bei ihr.

Er spricht das Thema nicht an, dennoch weiß sie, dass er sich nichts sehnlicher wünscht, als dass sie zusammenziehen. Noch hadert sie, aber sie spürt bereits, wie ihr Widerstand bröckelt. Zu sehr genießt sie die gemeinsamen Stunden mit ihm, vor allem draußen im Bayou, wo nichts und niemand ihre Zweisamkeit stört. Allmählich formt sich in ihrem Kopf und ihrem Herzen der Gedanke, dass sie sich dort heimisch fühlt, wo Beau ist.

Als es an der Tür klingelt, hellt sich ihr Gesicht auf. »Ich mache auf!«, ruft sie dem großen Mann zu, der sich anschickt, die Spaghetti aus dem Wasser zu nehmen.

Freudestrahlend öffnet sie die Tür. »Kommt rein!«, fordert sie das junge Pärchen auf, das mit einem Blumenstrauß und einer Weinflasche vor ihr steht.

Die Augen ihres Bruders leuchten auf, als er die Rutschstange in der Mitte der Garage entdeckt. »Darf ich?«, fragt er, wobei es ihm schwerfällt, seine Aufregung zu verbergen.

Sie lacht. »Klar.«

Schon sprintet er nach oben, ein »Hi, Beau!« in den Raum werfend, bevor er mit viel Geheule die Stange hinunterrutscht.

Keine halbe Minute später steht er wieder unten in der Garage. »Wow!«, haucht er ehrfürchtig.

Seine Schwester verdreht lachend die Augen, in dem Wissen, dass es an diesem Abend nicht bei einem Durchgang bleiben wird. Gemeinsam nehmen sie die Treppe nach oben. Bei jedem Schritt spürt sie den *Gris-gris,* der ihren Knöchel streift. Sie trägt den Talisman stets am Körper, hat er ihr doch das größte Glück gebracht, das man sich vorstellen kann: ein liebevolles Zuhause.

Nachwort

Liebe Leserin, lieber Leser,

New Orleans verfügt über neun Polizeireviere, ein 11. existiert nicht. Es ist eine kleine künstlerische Freiheit, die ich mir erlaubt habe, schließlich soll kein reales Polizeirevier der Korruption verdächtigt werden. Eine weitere künstlerische Freiheit betrifft die DNA-Analyse. Im Normalfall dauert es eine Woche und länger, bis eine solche Analyse abgeschlossen ist. Aus dramaturgischen Gründen habe ich mir erlaubt, die Dauer ein wenig zu verkürzen.

Kane und Beau aus der Clique des Fünfköpfigen Drachen haben ihre Seelenverwandten gefunden, jetzt gilt es, auch den drei anderen zu ihrem Glück zu verhelfen. Im nächsten Band, dem dritten aus der Reihe, steht Leroy im Mittelpunkt. Der Mann mit den auffallend grünen Augen ist nicht der, für den ihn alle halten, und eines Tages kommt es, wie es kommen muss: Er wird von seiner bewegten Vergangenheit eingeholt. Die hübsche Jewel Duchasnel von der CIA sorgt für zusätzlichen Sprengstoff. Mehr dazu erfahrt ihr beizeiten auf meinem Blog, auf Facebook oder Instagram.

Wenn ihr in Zukunft auf dem Laufenden bleiben möchtet, zu Veröffentlichungen, interessanten Neuigkeiten oder Aktionen, lege ich euch meinen Newsletter ans Herz. Und keine Sorge: Ihr werdet nicht wöchentlich oder gar täglich zugemüllt, denn ein bisschen Zeit braucht es schon, um ein Buch zu schreiben.

Zum Ende noch eine kleine Bitte: Sollte euch »Hungrig nach Liebe« gefallen haben, würde ich mich über eine Weiterempfehlung oder eine Rezension zum Beispiel bei Amazon freuen.

Ich danke euch und wünsche euch und euren Familien eine schöne Zeit!

Eure Amélie Duval

Danksagung

Mein Dank geht in erster Linie an meine LeserInnen, denen ich meinen Erfolg verdanke. Insbesondere an meine Freunde bei Facebook und Instagram, die an der Entstehung und Verbreitung meiner Geschichten regen Anteil nehmen, mich mit ihren Kommentaren und persönlichen Nachrichten motivieren und zum Weiterschreiben antreiben. Und das, obwohl ich den meisten noch nie persönlich begegnet bin! Ihr seid die Triebfeder meiner kreativen Arbeit. Vielen Dank dafür!

Ferner danke ich von Herzen dem Team von Amazon Publishing für die großartige Zusammenarbeit, ganz gleich, ob es sich ums Lektorat, um die Gestaltung des wunderschönen Covers oder ums Marketing handelt. Ohne die Argusaugen des Lektorats würde Jets Atelier immer noch nach Serpentin riechen und Cheyenne wäre in die Insulines Avenue statt in die Ursulines Avenue abgebogen. Weiß der Himmel, wo sie dann gelandet wäre! Ein spezielles Dankeschön geht an Nicole Tschierschke, die immer ein offenes Ohr für mich hat, sowie an Elisabeth Brucker aus der Produktion, die dafür gesorgt hat, dass aus vielen tausenden

Wörtern ein fertiges Buch wurde, das pünktlich auf eurem Reader bzw. eurem Nachttisch gelandet ist.

Außerdem danke ich meiner Familie und meinen Freunden für ihren Beistand, insbesondere meinem geliebten Mann, der mich seit der ersten Stunde uneingeschränkt unterstützt. Last but not least danke ich dem Thai um die Ecke, der verhindert, dass ich verhungere, nur weil meine Protas wieder einmal beschlossen haben, wir sollten gemeinsam die Nacht durchmachen.

Printed in Germany
by Amazon Distribution
GmbH, Leipzig

19517316R00179